Kontaktadresse nach EU-Produktsicherheitsverordnung:
produktsicherheit@droemer-knaur.de

*Von der Autorin sind im Knaur Taschenbuch
bereits erschienen:*
Die Ärztin von Rügen
Die Bernsteinheilerin
Die Bernsteinsammlerin
Die unsichtbare Handschrift
Das Marzipanmädchen
Die Braut des Pelzhändlers
Haus der Schuld

Über die Autorin:
Lena Johannson wurde 1967 in Reinbek bei Hamburg geboren. Nach der Schulzeit auf dem Gymnasium machte sie zunächst eine Ausbildung zur Buchhändlerin, bevor sie sich der Tourismusbranche zuwandte. Ihre beiden Leidenschaften Schreiben und Reisen konnte sie später in ihrem Beruf als Reisejournalistin miteinander verbinden. Vor einiger Zeit erfüllte sich Lena Johannson einen Traum und zog an die Ostsee.

LENA JOHANNSON

Sanddorn-sommer

ROMAN

Besuchen Sie uns im Internet:
www.knaur.de

Originalausgabe Mai 2016
Copyright © 2016 by Knaur Taschenbuch.
Ein Imprint der Verlagsgruppe
Droemer Knaur GmbH & Co. KG, München
Redaktion: Dr. Gisela Menza
Alle Rechte vorbehalten. Das Werk darf – auch teilweise –
nur mit Genehmigung des Verlags wiedergegeben werden.
Umschlaggestaltung: ZERO Werbeagentur, München
Umschlagabbildung: masterfile / Robert Harding Images;
masterfile / AWL Images; FinePic®, München
Satz: Adobe InDesign im Verlag
Printed in Germany
ISBN 978-3-426-51771-0

Tanken Sie auf!

»Sie sind am Ende, Frau Mischkowsky.«

»Wie bitte?« Frau Mischkowsky, eine große zerknitterte Blondierte mit spitzer Nase und unruhigen Augen, starrte Franziska an.

»Am Ende unseres Coachings. Vorerst zumindest.« Franziska schlug das linke Bein über das rechte und legte die ineinander verschränkten Hände auf ihre Knie. »Wir sind in den letzten ...«, sie musste kurz überlegen, »... rund achtzehn Monaten gut vorangekommen. Ihnen ist klargeworden, dass Sie nicht länger mit Ihrem Mann zusammenarbeiten möchten. Sie haben etwas Neues gefunden. Für ihn. Seitdem sind Ihre Umsätze gestiegen, und es ist Ihnen gelungen, Ihrer Tanzschule ein neues Profil zu geben.« Sie lächelte professionell. »Zeit, sich eine Pause zu gönnen.«

»Jetzt?« Frau Mischkowsky schnappte nach Luft. »Unmöglich! Der Laden fängt gerade an zu laufen. Jetzt muss ich dranbleiben. Hatten Sie das nicht gesagt? Ich brauche einen langen Atem, haben Sie gesagt.«

»Sie brauchen Geduld. Das waren meine Worte. Das ist etwas anderes. Wissen Sie noch, warum Sie vor anderthalb Jahren zu mir gekommen sind?« Ihr Blick glitt von dem Pergamentgesicht zum Fenster ihres Arbeitsraums, den sie in einer kleinen Wohnung einer Gründerzeitvilla ganz in der Nähe der Außenalster gemietet hatte. Vor dem Fenster hing ein luftig-weißer Vorhang, der die Sicht nach draußen versperrte, damit die Klienten nicht abgelenkt wurden.

»Ich wollte wissen, was ich tun kann, damit meine Tanzschule mehr Erfolg hat.« Frau Mischkowsky drückte das Kreuz durch.

Franziska seufzte. »Auch. Vor allem wollten Sie wieder Freude in Ihrer Beschäftigung finden. Sie wollten zufriedener werden. Das haben Sie damals jedenfalls so formuliert.« Sie studierte das Fischgrätmuster des Parkettfußbodens. »Sehen Sie, meine liebe Frau Mischkowsky, das dauert. Sie haben die Weichen gestellt, aber bis sich eine tiefe Zufriedenheit einstellt, wird noch etwas Zeit vergehen.« Ihre Klientin wollte protestieren, doch Franziska ließ ihr dazu keine Gelegenheit. »Dafür ist es nötig, dass Sie sich dessen bewusst werden, was Sie bereits erreicht haben. Sie müssen ganz tief in Ihrem Inneren begreifen, wie weit Sie sich bereits in eine neue großartige Richtung bewegt haben. Glauben Sie mir, die Befriedigung kommt dann ganz von allein.« Wie sie es hasste, mit einem erwachsenen Menschen sprechen zu müssen wie mit einem kranken Gaul. Die olle Mistkowsky, wie sie sie insgeheim nannte, hatte ein florierendes Geschäft, einen treu ergebenen Mann, der es ihr nicht einmal übelgenommen hatte, beruflich abserviert zu werden, und zwei gesunde Kinder mit guten Jobs. Sie lagen ihren Eltern längst nicht mehr auf der Tasche. Was wollte sie denn noch? Auch wenn sie sich noch achtzig Monate coachen lassen würde, wäre diese Ziege nie zufrieden.

Franziska schob den Ärmel ihrer Bluse ein Stückchen nach oben, um auf ihre ultraflache Uhr sehen zu können. Die für diese Sitzung eingeplante Zeit war seit über zehn Minuten abgelaufen.

»Machen Sie es wie ich, liebe Frau Mischkowsky, nehmen Sie sich eine Auszeit. Reflektieren Sie, erfreuen Sie sich an dem Erreichten und denken über neue Ziele nach. Wenn wir beide wieder da sind, kümmern wir uns gemeinsam um die Umsetzung.«

»Was soll das heißen, wenn wir beide wieder da sind?« Ihre Augen waren weit aufgerissen und suchten nach Anzeichen in Franziskas Gesicht, dass diese einen Scherz gemacht hatte.

»Ich hatte Ihnen gesagt, dass ich ein Sabbatical nehme. Drei Monate fern von meinem Arbeitszimmer, ohne Klienten, ohne Coachingaufgaben.« Sie seufzte wieder, voller Vorfreude dieses Mal, und erntete einen Blick, der noch mehr Falten auf das Gesicht ihrer Klientin zauberte. Rasch setzte Franziska hinzu: »Man muss sich hüten, nicht auszubrennen. Ich bin als Coach sehr gefragt. Im Zwei-Wochen-Rhythmus habe ich mich auf die Sorgen und Bedürfnisse eines mir bis dahin unbekannten Menschen einzustellen. Jeder hat Anspruch auf meine volle Konzentration und meine hundertprozentige Leistungsfähigkeit.« Es war beabsichtigt, dass ihre weiche Stimme einen arroganten Unterton angenommen hatte. »Ich bin es meinen Klienten schuldig, dass ich eine Auszeit nehme, meinen Akku auflade, neue Energie tanke.«

»Aber was wollen Sie denn machen?«

»Mus.«

»Bitte?«

Franziska lachte leise. »Entschuldigung. Mus und Marmelade aus Sanddorn. Bonbons werde ich auch herstellen, glaube ich.«

Nachdem sie Klientin Mischkowsky hinauskomplimentiert hatte, war Franziska nach Hause geradelt. Sie hatte eigentlich auf dem Weg eine Kleinigkeit essen wollen, hatte sich dann aber für keins der möglichen Lokale entscheiden können. In ihrer Wohnung angekommen, starrte sie sekundenlang in den Kühlschrank. Leer, so leer, wie er zu sein hatte, wenn seine Besitzerin ihn volle zwölf Wochen nicht benutzen würde. Einen Speiseplan B hatte sie nicht. Dann mussten eben die beiden Energieriegel genügen, die eigentlich Reiseproviant hätten sein sollen. Sie kochte sich dazu einen Espresso, reinigte anschließend die Maschine, die sie letztes Jahr bei einem Spezialisten in Italien erstanden hatte, und packte sie in einem Nest aus alten Zeitungen, von denen sie immer genug liegen hatte, in den Originalkarton, den sie längst hatte entsorgen wollen. Das Gerät musste alle zwölf Monate zur Inspektion geschickt werden, sonst verfiel die Gewährleistung. Der einzige Grund, warum Menschen nicht zur Inspektion mussten, war wohl der, dass es für sie ohnehin keine Gewährleistung gab.

Zusammen mit dem Karton hatte sie einen Koffer und ihre Reisetasche vom Dachboden geholt. Sie musste dem Vermieter unbedingt noch eine Mail schicken, dass er die Lampe auf dem Speicher, die vor nun schon bald einem halben Jahr den Geist aufgegeben hatte, gefälligst in Ordnung bringen sollte. Wenn sie zurückkäme, stünde der Winter vor der Tür. Ihr feiner Herr Vermieter würde ihr bestimmt nicht die Taschenlampe halten, wenn sie dann etwas auf dem Boden suchen musste.

»Nicht ärgern«, sagte sie sich. Schumann erledigte nur das absolut Notwendige am Haus. Meistens Dinge, die sofort ins Auge fielen. Das kannte sie schon. Außen hui, innen pfui. Sie könnte kündigen, aber sie mochte ihre Wohnung nun einmal.

»Hallo, Maren! Du, ich wollte nur kurz Tschüss sagen.« Den Hörer zwischen Ohr und Schulter geklemmt, packte sie Shirts, Hosen, Röcke und Wäsche, die sich seit Tagen auf ihrem Sofa stapelten, in den Koffer. Die rote Hose brauchte sie nicht, die konnte hierbleiben. Und die Bluse mit den Pailletten? War die etwas für Rügen? Eher nicht.

»Wie, Tschüss sagen?«

»Morgen geht es los. Sag nicht, das hast du vergessen!«

»Du machst Witze, oder? Du wirst doch nicht ernsthaft Erdbeerpflückerin auf Usedom.«

»Nein, ich werde Sanddornpflückerin auf Rügen.«

»Ach komm, du nimmst mich auf den Arm.«

Franziska packte die rote Hose doch wieder ein und musste nun entscheiden, welche Strickjacke und welcher dickere Pullover mitsollte. »Meinst du, es ist auf der Insel kälter als hier in Hamburg?«

»Vielleicht ein bisschen mehr Wind. Es ist dir also ernst?«

»Ja, Maren, das habe ich dir schon ein paarmal gesagt. Ich brauche eine Auszeit und muss mal etwas völlig anderes machen. Ungewohnte Aktivitäten führen zu neuen Einsichten.«

»Okay, aber warum muss es denn so was sein? Ich meine, Rügen ist nicht gerade der Nabel der Welt. Und du wirst dir komplett die Hände ruinieren. Warum, glaubst du, heißt dieser olle Busch Sand*dorn*?«

Franziska erklärte, dass sie bestens vorbereitet sei und davon ausgehe, dass es für die Helfer Handschuhe geben werde.

»Ach, Mensch, wenn ich gewusst hätte, dass du tatsächlich fährst, hätte ich darauf bestanden, dass wir uns noch sehen.«

»Du hast es gewusst.«

»Nee, ja, doch, schon irgendwie. Aber ich hab nicht daran geglaubt. Ich dachte, du schmeißt den verrückten Plan in letzter Sekunde doch wieder über den Haufen.« Stille. »So wie sonst auch immer.« Wieder Stille. »Kann ich dich wenigstens zum Bahnhof bringen?«

»Gute Idee!«

Nachdem die Bluse mit den Pailletten doch in die Reisetasche gewandert war, rief Franziska ihren Vater an, um sich zu verabschieden.

»Morgen schon? Ach so, ja, stimmt. Na, dann wünsche ich dir ganz viel Spaß und hoffe, dass du dich auch ein bisschen erholst. Wohin geht es denn nun?«

»Nach Rügen, Papa, das weißt du doch.« Sie versuchte den Reißverschluss der Tasche zuzuziehen, hatte aber keine Chance. Die Zähne ließen sich nicht einmal mit Gewalt aneinanderschieben. Sie hatte einfach zu viel eingepackt. Also doch wieder raus mit der roten Hose.

»Schon, aber ich dachte, du hast es dir vielleicht noch mal anders überlegt. Ich meine, wäre ja nicht das erste Mal.«

»Als ob ich so oft meine Pläne ändern würde.«

»Nicht oft. Ständig. Und Rügen … Ganz ehrlich, das ist nicht das Richtige für dich.«

Ein Wollpulli und ein Ersatzbadehandtuch lagen auf dem Boden. Dafür war kein Platz mehr. Franziska hockte nun auf dem Gepäckstück, zog die Seitenwände kräftig zusammen und hätte eine dritte Hand gebraucht, die den Reißverschluss hätte bedienen können. »Warum nicht, was soll so verkehrt an Rügen sein?« Sie kam ins Schwitzen.

»Verkehrt für dich. Du fährst sonst nach Verona und gehst in die Arena, um dir *Aida* anzusehen. Du läufst dir in Rom die Füße wund und stehst in Florenz stundenlang an, um in die Uffizien zu kommen. Auf Rügen kannst du in die Störtebeker Festspiele gehen, Putbus besichtigen und vielleicht ein Bernsteinmuseum. Ende. Das war's.«

»Na und, klingt doch nett.«

»Nett! Du wirst umkommen vor Langeweile.«

»Unsinn, Papa, ich werde neue Erfahrungen sammeln, abschalten und mich neu entdecken. Es geht nicht um Unterhaltung, sondern darum, mich auf mich selbst zu besinnen. Ich fahre schließlich nicht in die Ferien.«

»Schlimm genug.«

»Nicht nur. Auch, ich mache auch Ferien. Aber ich werde eben auch viel Zeit in der Natur verbringen, diese total gesunden Beeren sammeln und auf dem Hof bei der Verarbeitung helfen.«

»Früher hast du nicht mal Unkraut gezupft.«

»Ach, Papa!«

»Ist ja schon gut. Ich mache mir eben Sorgen. Jahrelang machst du gar keinen Urlaub bis auf deine Kurztrips, und dann nimmst du dir drei Monate frei und willst ausgerechnet in den Osten.«

»Papa, bitte, den Osten gibt es nicht mehr. Ich war drei, als die Mauer gefallen ist. Für mich gab's nie eine DDR.«

»Ich meine ja nur.«

»Rügen ist die größte deutsche Insel. Die sollte man mal gesehen haben. Findest du nicht?«

»Nö.«

Mit einem Ruck gelang es ihr endlich, den Reißverschluss zuzuziehen, nachdem sie die Seiten der großen Tasche mit den Knien zusammengequetscht hatte.

»Ich melde mich dann mal von dort, okay? Jetzt muss ich noch den Rest packen und ein paar Mails erledigen ...«

»Du weißt schon, dass es im Norden immer ein bisschen zu kalt ist? Außerdem regnet es da oben viel mehr als anderswo.«

»Also ehrlich! Es kann ja sein, dass es auf der Insel kühler ist als bei dir in München, aber der Unterschied zu Hamburg wird schon nicht so groß sein. Außerdem habe ich gelesen, dass es auf Rügen die meisten Sonnenstunden in ganz Deutschland gibt.« Sie ließ sich auf ihr Sofa fallen.

»Hast du auch gelesen, dass die Bäume da alle schief stehen, weil der Sturm immer von derselben Seite kommt? Das ist kein Vergleich zu deinem geliebten Italien mit seinen Palmen und Pinien. Von den Stränden brauchen wir gar nicht reden. Kannst froh sein, wenn du nicht vom Schlamm verschüttet wirst, der nach den dauernden Regenfällen die Steilküsten runterrutscht.«

»Ich gucke seit Tagen auf meine Wetter-App. Es hat nicht geregnet. Null. Seit ich dir von meinem Plan erzählt habe, versuchst du mir Rügen auszureden. Warum?« Sie stopfte sich ein Kissen in den Nacken. Eigentlich hatte sie das Gespräch längst beenden wollen, aber diese Frage beschäftigte sie schon eine ganze Weile.

»Ich will dir gar nichts ausreden.« Volltreffer, das war nicht zu überhören. »Ich würde dir nur wünschen, dass du dich da wohl fühlst, wo du die nächsten drei Monate verbringen wirst. Na ja, du wirst berichten. Dann will ich dich auch nicht von deinen Koffern abhalten. Hast bestimmt noch einiges zu erledigen so kurz vor dem Aufbruch. Also dann, Ziska, mach es gut, pass auf dich auf, und melde dich, ja? Kuss, meine Kleine. Tschühüss.« Aufgelegt. Was war das denn jetzt?

Als Maren sie am nächsten Morgen abholte, hatte Franziska wenig geschlafen. Immer wieder war ihr etwas eingefallen, das noch zu tun war. Oder ihr kam etwas in den Sinn, das sie unbedingt mitnehmen musste. Glücklicherweise war noch Zeit für einen Kaffee.

»Jetzt bitte noch mal für mich zum Mitschreiben. Ich kapier das sonst nicht.« Maren lehnte sich auf ihrem Stuhl zurück und fixierte ihre Freundin. Sie ließ sich nicht davon stören, dass sie ständig von jemandem angerempelt wurde, der sich auf der Suche nach einem freien Platz durch den breiten Gang schob, in dem die Bahnhofsbäckerei ihre Tische und Stühle stehen hatte. Gleich nebenan gab es eine Pommes-Bude, gegenüber einen Edel-Fisch-Imbiss. »Du bist supererfolgreich, der angesagteste Coach im Umkreis von mindestens hundert Kilometern.«

»Der Coach. Ich bin eine Frau, Maren.«

Sie zog die Augenbrauen hoch. »Schon klar. Aber ich kenne keine weibliche Form von …«

»Nee, eben. Die gibt's auch nicht. Was ist denn das für ein Job, für den nicht einmal eine weibliche Form existiert?«

»Wenn das dein einziges Problem ist …«

Franziska nahm einen Schluck Cappuccino und rümpfte die Nase. »Danke, dass du meine Kaffeemaschine zur Post bringst. Ich freue mich jetzt schon auf richtig guten Espresso, wenn ich wieder zurück bin.« Sie warf einen Blick auf die Uhr. Noch fünfundvierzig Minuten bis zur Abfahrt.

»Nach einer Woche auf der Insel wirst du dich auf alles freuen, auf Hamburg, deine Wohnung, auf deine Klienten. Ich pack's einfach nicht. In den letzten Jahren hast du geschuftet wie ein Tier, um den Punkt zu erreichen, an dem du jetzt stehst. Es kann doch nicht sein, dass dir das alles auf einmal keinen Spaß mehr macht.«

Eine blecherne Stimme sagte an, dass der ICE nach München außerplanmäßig von Gleis zwölf statt von Gleis vierzehn abfuhr und dass es aufgrund von Bauarbeiten zwischen Hamburg und Hannover zu Verzögerungen kam. Menschen mit Umhängetaschen und Rollkoffern prüften die Auslagen in der Vitrine der Bäckerei. Andere kauften Kaffee in Pappbechern und tauchten damit in der Menge unter. Wie konnte man nur Kaffee aus einem Pappbecher trinken? Und das auch noch im Laufschritt. Was andere offenbar für ein Zeichen ihrer zeitgemäßen Lebensweise hielten, war in Franziskas Augen überflüssig, stillos und weit entfernt von Genuss. Sie sah ihre Freundin an und stellte fest, dass die noch immer auf eine Reaktion wartete.

»Entschuldige bitte, Maren, ich bin nicht bei der Sache. Tut mir leid.« Sie schob ihre Tasse von dem papiernen Set, auf dem verschiedene Kaffeespezialitäten abgebildet waren. »Ich weiß doch selbst nicht so genau, ob ich das Richtige tue. Es ist nur …« Wie soll man einem Menschen, der im Schichtdienst am Fließband für einen Hungerlohn Fischstäbchen für die Verpackungsstation sortierte, die Unzufriedenheit mit einer lukrativen Selbständigkeit erklären? Sie musste es versuchen. Ihre beste Freundin sollte sie auf keinen Fall für undankbar oder dauerunzufrieden halten wie eine Mistkowsky. »Ich bin ja selbst nicht mehr sicher. Ich wollte eben etwas tun, was überhaupt nicht zu mir passt. Grenzen überschreiten.«

»Das predigst du deinen Klienten, ich weiß. Ganz ehrlich: Ich stelle mir da eher eine Mount-Everest-Besteigung vor oder eine Reise im Einbaum auf dem Amazonas. Aber Sanddornernte auf Rügen?«

»Maren, ich werde Ende Oktober dreißig. Ich habe damit kein Problem, aber irgendwie ist das doch ein Einschnitt.« Maren sah nicht aus, als wüsste sie, worauf Franziska hinauswollte. »Du bist seit fünf Jahren verheiratet.«

»Sechs.«

»Seit sechs Jahren, wirklich?«

Maren zog ihren Ehering vom Finger und tat so, als müsste sie die Inschrift entziffern. »Warte mal, ich glaube, da steht …« Sie schob den Ring wieder auf ihren Finger und sah Franziska an. »Du bist meine Trauzeugin, du solltest das wissen.« Sie trank ihren Kaffee aus.

»Ja, klar, seit sechs Jahren. Stimmt. Darum geht es doch gar nicht. Es geht darum, dass du einen Ehemann hast …«

»Wenn du dich einsam fühlst, dann schaff dir einen Hund an.«

»Das geht nicht.«

»Warum nicht? Du kannst dir deine Termine einteilen und das Vieh sogar mit ins Büro nehmen.«

»Stimmt schon, aber ich würde es nicht ertragen, wenn der Hund vor mir stirbt.«

Maren seufzte tief. »Zugegeben, dann musst du vermutlich noch 'ne ganze Weile warten, bis du dir einen Vierbeiner anschaffen kannst.«

»Damit ich vor ihm sterbe und er jämmerlich auf meinem Grab verhungert? Kommt überhaupt nicht in Frage.«

»Ziska, du bist ein hoffnungsloser Fall!«

Sie musste ihre Gedanken sortieren. »Du hast mich total aus dem Konzept gebracht mit dem Hund. Worum es geht, ist, dass du einen Mann hast, und du verdienst mit deinem Job genug Geld, damit ihr zurechtkommt. Das ist toll. Und in deiner Freizeit bringst du auch noch Migrantenkindern Kickboxen bei. Verstehst du, was ich meine?«

»Klar! Du hast die berufliche Erfüllung in der Fischstäbchenproduktion vergessen. Wenn man darüber nachdenkt, ist es ganz logisch, dass du mich beneidest und noch einmal ganz von vorn anfangen willst.«

»Witzig, Maren, echt! Bei Männern greife ich immer zielsicher daneben. Ich hätte gern Kinder, aber die Zeit wird langsam knapp. Und mein Job ... Es macht mir schon noch Freude, Menschen zu beraten, aber irgendwie hat sich das alles verselbständigt. Nach dem Artikel in dem Wirtschaftsmagazin war ich plötzlich angesagt, und es kamen nur noch Leute mit Luxusproblemen zu mir.«

»Ist doch egal. Für deine Klienten sind das Probleme, und sie zahlen super.«

»Stimmt, nur interessieren mich diese Probleme leider nicht. Im Grunde habe ich es ständig mit überspannten Gestalten zu tun, die beispielsweise den Erfolg einer neuen Modezeitschrift für existenziell halten. Oder die zusammenbrechen, weil ihr aktuelles Werk es nicht auf die Bestsellerliste geschafft hat.« Sie atmete durch die Nase aus und sah wieder auf ihre Uhr. »Möchtest du noch einen Kaffee? Ich wollte mir schnell noch Gebäck für die Reise holen.«

»Okay, dann kannst du mir noch einen Kaffee mitbringen.«

Zwei Minuten später stellte Franziska ihrer Freundin einen Becher vor die Nase und verstaute eine pralle Papiertüte in ihrer Handtasche.

»Danke, ich kann eine Extraportion Koffein gebrauchen. Hab heute Nachtschicht und blöderweise nicht viel geschlafen. Hinlegen schaffe ich auch nicht mehr, weil ich Sükrü Sondertraining versprochen habe. Ich bin echt ein Glückskind, was?« Maren rollte mit den Augen.

»Du könntest Sükrü absagen.«

»Kommt nicht in Frage.«

»Weil du ihn magst, ihm das nicht antun willst, und weil du für die Kids lebst. Wenn du mit ihnen zusammen bist, tankst du auf. Stimmt's?«

»Ja.«

Franziska beneidete sie noch mehr, als sie das Strahlen in ihren Augen sah.

»Genau das meine ich. Du kannst deinen Job aushalten, weil du etwas hast, wofür du brennst. Wofür brenne ich?«

»Für Sanddornmarmelade?«

»Wer weiß? Nee, im Ernst, ich fahre da hin, um herauszufinden, was mich zufrieden machen könnte. Ich kann mich nicht darauf verlassen, dass mir der Vater meiner Kinder noch über den Weg läuft. Also muss ich eine Alternative im Ärmel haben. Vielleicht kann ich mich als Coach spezialisieren.«

»In der Integrationsarbeit würden sie dich mit Kusshand nehmen. Dummerweise verdienst du da nichts. Aber ich könnte ein gutes Wort für dich in der Fabrik einlegen. Eine Schichtkollegin ist schwanger.«

»Danke für das Angebot. Vielleicht komme ich darauf zurück.« Wieder ein Blick zur Uhr. »Ich sollte mich langsam auf den Weg machen.«

Maren trank ihren Kaffee in einem Zug leer und stand auf. »Dann mal los.« Sie schnappte sich Franziskas Koffer. Die warf die Reisetasche über die linke und die Handtasche über die rechte Schulter und manövrierte sich zwischen Stühlen und Tischen hindurch. Schweigend liefen sie die Treppen hinunter zum Gleis zwölf. Laut Wagenstandanzeiger sollte die erste Klasse in Abschnitt C halten. In wenigen Minuten hieß es Abschied nehmen. Dabei gab es noch so viel, was Franziska gern besprochen hätte.

»Ich habe gestern mit meinem Vater telefoniert«, setzte sie an. Wenigstens dazu wollte sie noch die Meinung ihrer besten Freundin hören. »Er ist überhaupt nicht begeistert, dass ich nach Rügen fahre. Ich verstehe einfach nicht, warum. Ich meine, gegen meinen Ausstieg auf Zeit hat er nichts, sondern speziell gegen die Insel, glaube ich.«

»Wie kommst du darauf?«

Franziska zuckte mit der Schulter. »Es hat ihm von Anfang an nicht gepasst.«

»Du interpretierst bestimmt mal wieder zu viel hinein. Es geht ihm wie mir, er kennt deine Italien-Leidenschaft, er kennt dich. Das ist alles. Du wirst enttäuscht sein und frustriert darüber, so viel freie Zeit nicht anders genutzt zu haben. Das finden wir eben beide nicht witzig.«

Das war es nicht, was Franziska meinte. Sie verkniff sich jede weitere Frage. Es brachte nichts mehr, über das Thema zu diskutieren.

»Brauchst nicht zu warten.« Sie spürte einen Kloß im Hals. »Wenn du jetzt gehst, kannst du dich vielleicht vor dem Training doch noch hinlegen.«

»Kommt nicht in Frage. Ich bleibe bis zur letzten Sekunde, wenn ich schon drei Monate auf dich verzichten muss. Mann, du wirst mir echt fehlen.« Sie nahm Franziska in den Arm und drückte sie ganz fest. Diese musste schlucken. Vielleicht hatten alle recht, und Rügen war doch eine blöde Idee. Zumindest für so eine lange Zeit. Aber schließlich konnte sie niemand zwingen zu bleiben. Wenn es ihr gar nicht gefiel oder ihr Heimweh zu groß wurde, konnte sie ihre Zelte auch früher abbrechen.

»Und dass du mir ja nicht ohne Urlaubsflirt nach Hause kommst. Hättest du dich bloß für Olivenernte oder Limoncello-Produktion in Italien entschieden, dann hättest du diverse rassige Italiener kennengelernt.«

»Und ich wäre die nächsten Monate vor Liebeskummer zerflossen. Das fehlt mir noch.«

»Der Typ da beobachtet dich übrigens schon die ganze Zeit.«

Franziska sah kurz in die Richtung, in die Maren peinlich deutlich gezeigt hatte. Sie schnitt eine Grimasse. »Quatsch, wahrscheinlich wartet der nur auf jemanden.«

»Der hat dich mit den Augen schon entblättert, wenn du mich fragst.«

Der Zug rollte ein und hielt mit quietschenden Bremsen.

»Du wirst mir auch fehlen. Weißt du, Lieblingsfreundin, vielleicht ist das mein Problem, dass ich ständig das Gefühl habe, mir fehlt etwas oder jemand. Keine Ahnung, wie ich es sagen soll, aber ich fühle mich immer halb. Ich muss herausfinden, was mich ganz macht.«

»Ist hier noch frei?« Franziska steckte gerade kopfüber in ihrer Handtasche und kramte nach ihrem Fahrschein. Sie war sicher, ihn in das Seitenfach gesteckt zu haben, in dem auch ihr Portemonnaie seinen festen Platz hatte. Sie sah auf. Der Mann vom Bahnsteig stand vor ihr und lächelte siegesgewiss.

»Weiß nicht. Im Moment sitzt hier niemand. Das sehen Sie ja selbst.« Sie lachte. »Ich wollte sagen, ich habe keine Ahnung, ob der Platz reserviert ist.«

Der Mann warf einen Blick auf die Anzeige über den Sitzen. »Sieht nicht so aus.« Er stopfte eine kleine Aktentasche in das Gepäckfach und ließ sich neben ihr nieder.

Franziska fuhr unter anderem deshalb erste Klasse, weil es dort meistens viel Platz gab. Der Typ hatte nicht reserviert, er hatte also die freie Wahl. Musste er sich ausgerechnet neben sie setzen? Immerhin benutzte er ein ausgesprochen angenehmes Rasierwasser.

»Moin erst mal. Holger!« Er reichte ihr die Hand.

»Moin«, erwiderte Franziska automatisch, obwohl dieses Wort sonst nicht zu ihrem Sprachgebrauch gehörte. Sie griff zögerlich nach seiner Hand. »Franziska.«

»Schöner Name.« Wieder dieses sichere Lächeln. »Und, wohin geht die Reise? Nichts sagen!« Warum hatte er dann gefragt? »Sie haben viel Gepäck dabei. Sieht nach Urlaub aus. Also vermutlich Rügen.« Sie nickte. »Der Rest ist auch einfach. Sie haben Geschmack und Stil. Das bedeutet, Sie fahren nach Binz. Ihr Schlüsselanhänger hat die Form des italienischen Stiefels. Ich tippe auf Villa Italia.«

»Falsch.« Sie stellte fest, dass sie bei der Sucherei tatsächlich ihren Hausschlüssel auf ihren Schoß gelegt und dort vergessen hatte. Während sie ihn an seinen Platz in dem Außenfach verstaute, sagte sie: »Putgarten, Ferienwohnung.«

Er zog die Augenbrauen hoch. »Das hätte ich nicht gedacht. Nichts für ungut, aber da oben ist nix los. Tote Hose. Jedenfalls im Gegenteil zu dem Jubel-Trubel in Binz.« Seine Ausdrucksweise irritierte sie, dafür gefiel ihr das fröhliche Funkeln in seinen Augen. »Sie sind nicht der Typ, der nur untätig am Strand liegt oder sich mit einem Buch in seinem Zimmer vergräbt.«

»Was bin ich denn für ein Typ?« Jetzt wurde es allmählich interessant.

Er musterte sie kurz. »Sie sitzen gern in einem Café, bummeln gerne und kaufen sich dabei hübsche Sachen. Außerdem gehen Sie bestimmt oft auf die Piste, gerade im Urlaub. Also jetzt nicht keine Feier ohne Meier, aber ein Kind von Traurigkeit sind Sie sicher nicht.«

Sie spürte, dass ihr heiß wurde. War das die schlechte Luft im Zug, oder flirtete dieser Holger gerade mit ihr?

»Stimmt's oder hab ich recht?«

»Ja, ein bisschen stimmt's schon. Ich habe nicht vor, mich mit einem Buch zu verkriechen oder nur herumzuliegen.«

»Was haben Sie denn vor?«

Während eine Bahnmitarbeiterin, die gerade so zwischen den Sitzreihen hindurchpasste, die Fahrkarten kontrollierte, schmiedete Franziska einen Plan. Erstens war Holger ihr sympathisch. Falls er auch nach Rügen wollte oder in Stralsund wohnte, könnte man sich verabreden. Sie konnte Maren doch nicht enttäuschen und ohne Flirt nach Hause kommen. Zweitens wollte sie mal sehen, ob sie ihn überraschen konnte. Bisher war das anscheinend sein Privileg.

»Ich habe ein bisschen geschummelt«, sagte sie, als sie wieder alleine waren. »Ich mache keinen Urlaub, ich werde auf Rügen arbeiten.«

»Ach! Das ist ja interessant. Als was denn?«

»Erntehelferin.«

Er guckte ein wenig enttäuscht aus der Wäsche. »Darauf wäre ich nie gekommen. Da kann man mal sehen.« Nach einer Sekunde leuchteten seine Augen wieder. »Dann bleiben Sie länger?«

»Drei Monate.«

»Holla, die Waldfee. Damit lässt sich was anfangen.«

»Bitte?«

»Ich meine, da bleibt Ihnen bestimmt ein bisschen Zeit, um sich etwas von der Insel anzusehen.« Er griff in die Innentasche seiner Lederjacke. »Rufen Sie mich an, wenn Sie Lust haben, dann zeige ich Ihnen ein paar Sehenswürdigkeiten.«

»Danke.« Sie nahm die Visitenkarte entgegen und betrachtete sie gründlich, wie es sich gehörte. Das Papier war etwas zu dünn, um Eindruck zu machen, und die Herkunft, eine billige Online-Druckerei, war auf den ersten Blick zu erkennen. »Sie sind Makler. Interessant.«

»Ach was, ist auch nur ein Job.« Stimmt, dachte sie. Mehr als einer ihrer Klienten war in dieser Branche tätig. »Aber man lernt natürlich spannende Leute kennen. Auch manchmal Promis.« An der Stelle sollte sie ihn wohl nach ein paar Namen fragen. »Und man kriegt schon nette Hütten zu sehen«, fuhr er fort, als sie nicht fragte.

»Kann ich mir vorstellen.«

»Was möchten Sie am liebsten machen, wenn Sie mal frei haben? Ein bisschen Wassersport oder eher Besichtigungen? Das Jagdschloss Granitz ist ein Highlight. Hört sich 'n büschen öde an, lohnt sich aber. Hinterher ein schönes Gläschen Wein im Gewölbekeller.« Seine Augen blitzten, und Franziska ahnte, welches Dessert er sich gerade vorstellte. »Das ist ziemlich romantisch.«

»Klingt nett.«

»Auf jeden Fall, sonst würde ich es Ihnen nicht vorschlagen.« Er zählte weitere Sehenswürdigkeiten und Aktivitäten auf, die sie sich keinesfalls entgehen lassen sollte. Plötzlich stutzte er. »Was verdient man eigentlich als Erntehelferin? 'tschuldigung, das geht mich natürlich nichts an. Ich dachte nur gerade ...«

»Ist schon in Ordnung. Ich bekomme kein Geld, nur einen Zuschuss zur Unterkunft und der Verpflegung.«

»Oha.« Er kniff die Augen zusammen und musterte sie eine Weile. »Sie verschaukeln mich, oder?«

Franziska lachte. »Nein, bestimmt nicht.«

»Ha, ich hab's! Sie sind auf einem ... Wie sagt man? Einem Selbstfindungstrip, richtig? Wahrscheinlich sind Sie 'ne hochkarätige Journalistin oder vielleicht eine Herzchirurgin oder so was. Von dem ganzen Stress und der dauernden Verantwortung hatten Sie die Nase voll und wollten mal komplett abschalten und etwas anderes machen.«

»Stimmt.«

»Stimmt? Im Ernst?« Er schien nicht mehr so recht zu wissen, was er ihr glauben konnte.

»Ja. Sie sind richtig gut.«

»Das bin ich. In jeder Hinsicht.« Er zwinkerte ihr zu. Das hätte ordentlich danebengehen können, wirkte aber eher jungenhaft frech als anzüglich. »Was sind Sie nun, Journalistin? Nein, bestimmt Herzspezialistin, oder?«

»Tut mir leid, dieses Mal kann ich Ihnen keine Punkte geben. Für Herzen habe ich leider kein Händchen.«

»Das kann ich mir nicht vorstellen.«

»Ist aber so.« Sie lächelte scheu. »Ich bin Coach, ich berate Menschen, die sich beruflich verändern wollen oder überhaupt erst mal wissen wollen, in welche Richtung es für sie gehen könnte.«

»Dann ist die Geschichte mit der Erntehilfe eine Art Selbstversuch, oder wie? Damit Sie Ihren Kunden das hinterher empfehlen können?«

»Nicht ganz. Ab und zu muss auch ein Coach die Weichen neu stellen. Das geht am besten, wenn man sein Umfeld komplett wechselt und völlig neue Eindrücke gewinnt.«

»Verstehe.« Er nickte. »Beraten Sie auch Kunden, die sich beruflich nicht verändern wollen, bei denen es nur einfach nicht so tippi-toppi läuft?«

»Das kommt vor, ja. Einige meiner Klienten brauchen Hilfe, weil ihr Geschäft den Bach runtergeht und sie nicht sehen, woran es liegt.«

»Sie müssen mich unbedingt anrufen, ja? Also jetzt nicht wegen der Beratung. Bei mir läuft's wie geschmiert.« Er lachte. Allerdings lag in seinen Augen ein besorgter Ausdruck. Viele von Franziskas Klienten hatten diesen Blick, wenn sie das erste Mal kamen und das komplette Ausmaß ihrer Verzweiflung noch nicht preisgeben wollten. »Nicht, dass Sie jetzt denken ...« Er wechselte das Thema. Sie plauderten über Hamburg, das Leben auf einer Urlauberinsel, über die allgemeine politische Lage und über Romane, die man unbedingt lesen oder auf die man besser verzichten sollte. Die Zeit rauschte an Franziska vorbei wie die Landschaft. Ehe sie sich's versah, erreichten sie Stralsund.

»Dann wollen wir mal umsteigen«, sagte sie fröhlich.

»Ich habe noch einen Termin in Stralsund, bevor ich nach Hause darf. Deshalb kann ich Sie leider nicht weiter begleiten.« Er reichte ihr ihre Reisetasche aus dem Gepäckfach. »Leider.« Er stand vor ihr und sah ihr fest in die Augen. »Sie rufen mich an, ja? Es würde mich wirklich sehr interessieren, was Sie als Profi den Leuten so mit auf den Weg geben.« Er räusperte sich. »Vor allem wäre es mir ein großes Vergnügen, Ihnen meine schöne Insel zeigen zu dürfen. Ich würde Sie wirklich gern wiedersehen.« Das klang ehrlich und angenehm schlicht.

»Also gut, ich rufe an.«
»Versprochen?«
»Versprochen!«

Von der Hansestadt fuhr ein Zug bis nach Bergen. Von dort musste Franziska den Bus nehmen und zweimal umsteigen, um endlich in Putgarten anzukommen. Dass die Verbindung so unkomfortabel war, störte sie kein bisschen. Im Gegenteil. Sie drückte ihre Nase an den Fensterscheiben platt und konnte sich kaum sattsehen an den von Schilf bewachsenen Uferzonen des Boddens und den weiten Feldern auf der Halbinsel Wittow. Jedes Mal, wenn sie umsteigen musste, nahm sie den frischen Geruch von Salz und Algen wahr. Hier und da mischte sich der Duft der letzten Holunderblüten darunter, die der Frühsommer offenbar übersehen hatte. Einige Bäume standen hier oben tatsächlich schief, und es wehte ein nicht gerade zurückhaltender Wind. Was das anging, hatte ihr Vater schon recht gehabt. Doch das war nicht unangenehm. Die Spätnachmittagssonne hatte Kraft, da waren die kühlenden Böen gerade recht. Weit und breit war keine Regenwolke zu sehen. Und Franziska hatte schon einen Blick auf lange saubere Strände werfen können. Sie war fest davon überzeugt, dass man es hier sehr gut drei Monate aushalten konnte.

Eine junge Frau mit osteuropäischem Akzent, vermutlich eine Polin, traf Franziska wie vereinbart vor dem Tourismusbüro von Putgarten. Sie führte sie zu ihrer Ferienwohnung am Ende des Ortes.

»Bitte schön. Wenn Sie etwas brauchen, rufen Sie einfach diese Numer an.« Die Frau mit dem rollenden R und dem harten Klang in der Stimme, der im Widerspruch zu ihrem sanften Gesichtsausdruck stand, reichte Franziska ein Kärtchen. »Sol ich noch bleiben, während Sie sich umschauen?«

»Nein danke, ich denke, ich komme zurecht.«

»Sie haben ales, was Sie benotigen?«
»Ja, vielen Dank.« Franziska fischte eilig eine Münze aus ihrem Portemonnaie. »Danke fürs Abholen.«
»Oh, danke sehr. Das ist nicht notig.« Sie ließ das Geldstück rasch in ihre Hosentasche gleiten. »Wie gesagt, wenn Sie etwas brauchen, rufen Sie einfach an. Jederzeit.«
Franziska hatte befürchtet, sich in einer beengten unfreundlichen Kaschemme wiederzufinden, in der die Türen schief in den Angeln hingen und Spinnen mit Wollmäusen Fangen spielten. Obwohl Hochsaison war, hatte sie die Wohnung für einen verdächtig geringen Preis bekommen. Was sie sah, verschlug ihr die Sprache. Grauer Granitfußboden, weiße blitzsaubere Wände, moderne Möbel, ein Flachbildfernseher an der Wand und eine offene helle Küche. Eine geschwungene Steintreppe führte hinauf in den ersten Stock. Dort befand sich das Schlafzimmer, ein freundlicher großzügiger Raum. Unter einer Schräge stand ein Doppelbett. Wenn Holger das sehen könnte, er wäre begeistert. Sie schmunzelte. Auch das Badezimmer war ausgesprochen geschmackvoll gestaltet. Es gab sogar eine Infrarotkabine, in der sie entspannen und sich aufwärmen konnte, wenn das Wetter doch einmal umschlagen sollte.

Es war noch früh am Abend. Franziska beschloss, ihr Gepäck auszuräumen und sich einzurichten. Danach blieb ihr noch genug Zeit, um in Ruhe zum Essen zu gehen. Am nächsten Morgen hatte sie schon um halb neun eine Verabredung in der Sanddornproduktion. Da hatte sie bestimmt keine Lust, vorher noch für Ordnung zu sorgen. Während sie Wäsche, Shirts und Hosen in den Kleiderschrank packte, meldete sich ihr Magen lautstark. Vor lauter Holger hatte sie unterwegs keinen Bissen zu sich genommen. Kein Wunder, dass sie jetzt Bärenhunger hatte. In Windeseile füllte sie Bügel und Regale. Zum Schluss schob sie ihren Koffer und die Reisetasche auf den Schrank. Fertig. Einem plötzlichen Impuls folgend ließ sie sich mit ausgebreiteten Armen rücklings auf das Bett fallen. Sie fühlte sich jetzt schon zu Hause und war sicher, eine gute Entscheidung getroffen zu haben. Warum hatte sie beinahe dreißig Jahre alt werden müssen, bevor sie das erste Mal auf Rügen war? Wie oft war sie in ein Flugzeug gestiegen und hatte mehr als tausend Kilometer zurückgelegt, um in Italien Urlaub zu machen? Nichts gegen Bella Italia, aber das hier war doch wohl mindestens eine Alternative.

Franziska steuerte ein Restaurant an, das ihr auf dem Weg zur Wohnung aufgefallen war. Es war weder Pizzeria noch Osteria, aber es gab diverse Pasta-Gerichte, wie die Karte in einem Glaskasten neben dem Eingang verriet. Sie entschied sich für Linguine alle vongole und einen Barolo. Der Service war gut, das Essen hervorragend. Sie gönnte sich ein zweites Glas Wein und nach dem Essen einen Espresso, der den gelungenen Abend perfekt abrundete. Der Wind spielte mit ihrem Haar, als sie über das Kopfsteinpflaster zu ihrer Unterkunft zurückspazierte. Sie hatte ständig damit gerechnet, dass sie früher oder später vom Heimweh überfallen würde, doch das geschah nicht. Ihr war klar, dass sie nicht jeden Abend schick essen gehen konnte. Wenn sie in drei Monaten nicht bankrott sein wollte, würde sie so manches Mal allein in ihrer Wohnung hocken und sich ein Brot machen oder etwas kochen müssen. Ihr war außerdem bewusst, wie lang drei Monate sein konnten. Sie war gerade erst angekommen. Das Heimweh konnte schon in wenigen Tagen zuschlagen. Oder nach einem Monat. Sie beschloss, sich darüber jetzt noch keine Gedanken zu machen. Wie hieß es so schön? Sich heute Sorgen über die Zukunft zu machen war, wie Zinsen für einen Kredit zu bezahlen, den man vielleicht nie aufnehmen würde. Sie war wild entschlossen, das Gefühl der Leichtigkeit, das sie seit ihrer Ankunft begleitete, zu genießen, solange es anhielt. Alles andere würde sie auf sich zukommen lassen.

Werden Sie aktiv!

»Moin, ich bin Gesa. Wir duzen uns hier alle. Ich hoffe, das ist okay?« Die junge Frau mit dem strubbeligen Schopf, der von einem bunten Tuch nur unzureichend im Zaum gehalten wurde, reichte Franziska die Hand.

»Ich bin Franziska oder Ziska. Hallo.« Du liebe Zeit, diese Gesa hatte einen Händedruck wie ein Schraubstock. Sie war mindestens zwei Köpfe größer als Franziska und hatte ein offenes, freundliches Gesicht.

»Man sagt auf der Insel Moin. Besser, du gewöhnst dich dran. Die Leute hier sind supernett, aber auch ein bisschen eigen. Wenn du nicht gleich die Außenseiterin sein willst, passt du dich lieber an.«

»Kein Problem. Gibt es sonst noch etwas, worauf ich achten muss?«

»Jede Menge.« Gesa lachte schallend. »Keine Sorge, das kriegst du mit der Zeit schon raus. Dann wollen wir mal. Ich zeige dir erst mal die Produktion.«

»Ich dachte, es geht gleich nach draußen zur Ernte.«

Gesa lachte wieder. Sie schien ein sehr sonniges Gemüt zu haben. »Im August? Du bist drollig. Was willste denn da ernten? Nee, das geht Ende des Monats erst los. Frühestens. Vielleicht auch erst im September. Kommt ganz aufs Wetter an. Jetzt kannst du erst mal in der Verarbeitung und im Versand helfen.«

Franziska schloss kurz die Augen. Sie hatte einiges über den Sanddorn gelesen, über seinen hohen Vitamingehalt und über die Produkte, die hergestellt wurden. Bei ihrer Terminplanung hatte sie sich allerdings von ihrem Arbeitsaufkommen, das im Hochsommer meist minimal zurückging, und von der Aussicht auf schönes warmes Wetter und einen beginnenden goldenen Herbst leiten lassen. Sie sah an sich hinunter. Welch eine Schnapsidee, in kurzen Gummistiefeln, Jeans und langärmligem Sweatshirt, das seine besten Zeiten längst hinter sich hatte, an ihrem ersten Arbeitstag aufzutauchen.

»Mach dir nichts draus«, tröstete Gesa sie, die ihren Blick bemerkt hatte. »Für die Ernte wäre die Klamottenwahl gar nicht übel. Hier in der Produktion wird dir in dem Aufzug wahrscheinlich ziemlich warm werden. Aber sonst ist alles paletti. Ums Aussehen geht's hier nämlich nicht. Das interessiert kein Schwein.«

»Da habe ich ja Glück.«

»Wirst gleich kapieren, warum das so ist.« Gesa holte etwas aus einem Wandschrank, das nach Plastiktüte aussah. »Das ist dein Kittel. Topmodisch und voll körperbetont.« Mit einem breiten Grinsen reichte sie ihr das Kunststoffmonstrum. »Und das ist für den Kopp.«

»O nein! Das ist nicht dein Ernst.«

»Doch, leider. Oben ohne geht hier keiner in die Produktion.«

Widerwillig setzte Franziska die Plastikhaube auf und stopfte ihre Haare darunter. Das war gar nicht so einfach. Anscheinend war man nur auf extreme Kurzfrisuren eingerichtet. Sie folgte Gesa in die Halle, die mit geheimnisvollen Maschinen und überdimensionalen Behältern vollgestopft war.

»Irgendwie habe ich mir eine Bio-Sanddorn-Manufaktur anders vorgestellt.« Sie schluckte. Wenn sie in einer Fabrik hätte

Erfahrungen sammeln wollen, hätte sie auch bei Maren in der Fischstäbchenproduktion anheuern können.

»Das sieht schlimmer aus, als es ist. Niklas, also der Chef, hat irgendwann geschnallt, dass es Sinn macht, die Früchte selbst zu verarbeiten. Sonst müsste man das ganze Zeug von der Insel schaffen und durch die halbe Republik karren.« Sie blieb an einem Metallungetüm stehen. »Die Safthersteller würden unsere Ernte mit Kusshand nehmen. Aber die zahlen nur drei, vier Euro pro Kilo. Du weißt ja bald, wie mühsam es ist, die kleinen gelben Dinger von den Sträuchern zu kriegen. Das muss schnell gehen und kostet richtig Kohle. Da ist so ein Kilopreis echt ein Witz.« Dieses Mal lachte sie nicht. »Na ja, deswegen hat Niklas immer mehr ausgebaut und die Produktion erweitert. Das heißt aber nicht, dass hier nicht das meiste noch immer in Handarbeit passiert. Und gegen Bio spricht so 'ne Maschine auch nicht.« Gesa erklärte, wie in der Presse Saft gemacht wurde. »Der wird dann noch durch ein Kurzerhitzungsverfahren pasteurisiert und landet in unserer Lagerhalle im Tank.« Sie war anscheinend in ihrem Element. »Aus dem Saft kannst du total viele verschiedene Endprodukte machen: Gelee, trinkfertigen Saft, Sirup oder auch Sanddornwein.« Sie zog die Nase kraus und flüsterte: »Das ist allerdings nicht mein Ding.« Im nächsten Moment lachte sie schon wieder schallend und ging weiter. Sie zeigte Franziska das Passiergerät, in dem aus Beeren Mus wurde, die Ansetzbehälter, in denen Sanddornfrüchte in Hochprozentigem lagerten, bis sie durch ein Sieb gegeben wurden, damit die Flüssigkeit, köstlicher Likör und schon eher Gesas Ding, wie Franziska erfuhr, abgefüllt werden konnte. Von der Halle ging es in einen Flur, von dem man den Packraum und die Hexenküche erreichte, wie Schilder an den Türen verrieten. Im fensterlosen Packraum wimmelte es von gefalteten Kartons und Tischen, auf denen man Flaschen und Gläser sortieren und nach Kundenwunsch packen konnte. Die Hexenküche war eine Mischung aus einfacher Küchenzeile und Labor, wie Franziska es vom Chemieunterricht in Erinnerung hatte.

»Hier toben Niklas, Helmut und manchmal auch ich uns aus. Kannst ja nicht jedes Jahr dieselben Produkte anbieten. Deshalb experimentieren wir mit allen möglichen Zutaten. Dabei kam schon ein Murks heraus, das kann ich dir sagen!« Sie kicherte albern. »Gott sei Dank haben wir aber auch schon Volltreffer gelandet. Sanddorn-Birnen-Marmelade ist meine Kreation.« Sie reckte stolz das Kinn und wirkte gleich noch etwas größer. »Musst du probieren.«

Zum Schluss statteten sie noch dem Lagerhaus einen Besuch ab. In frostiger Kälte, die selbst jetzt im Sommer zu heftig war, um sich dort länger aufzuhalten, gab es zwei große Tanks und unzählige riesige Holzbehälter, von denen einige voll mit orange leuchtenden Beeren waren. Gesa erklärte, dass Chef Niklas die Wahl gehabt hatte, zusätzlich zum Sanddorn weitere Obst- oder Gemüsesorten anzubauen oder sich vollständig der Zitrone des Nordens, wie die Beere gern genannt wurde, zu widmen.

»Sonst wäre er ja die meiste Zeit des Jahres arbeitslos«, erklärte sie fröhlich. Er hatte sich für die zweite Variante entschieden. Das große Lagerhaus sorgte dafür, dass er fast das ganze Jahr seinen Rohstoff hatte, um Nachschub herstellen zu können.

Gesa hatte nicht übertrieben. Von wegen raus in die Natur! Franziska würde die nächsten Tage, möglicherweise sogar einen knappen Monat, in einem stickigen fensterlosen Raum schwitzen und überwiegend Flaschen und Gläser in Pappschachteln sortieren oder Pakete für die Kunden packen. Oder sie durfte an einer der lauten Maschinen stehen. Keine tolle Aussicht. Aber sie war selbst schuld. Wäre sie später angereist, hätte die Sache ganz anders ausgesehen. Was sagte sie ihren Klienten immer? Wenn Sie nicht tun können, was Sie lieben, dann lieben Sie das, was Sie tun müssen. Oder anders gesagt: Machen Sie das Beste aus dem, was sowieso nicht zu ändern ist. Wenigstens konnte man beim Packen herrlich denken. Als der Rundgang beendet gewesen war, hatte Gesa ihr noch Grundsätzliches mit auf den Weg gegeben: Anfangs- und Pausenzeiten, Hygieneregeln. Sanddornmarmelade für den eigenen Bedarf durfte sie sich aus einer extra dafür vorgesehenen Kiste mitnehmen, und Bonbons standen in kleinen Schalen überall für die Mitarbeiter herum. Der Chef schien recht großzügig zu sein, wenn es darum ging, die spontane Naschlust seiner Leute zu befriedigen.

»Auf lange Finger reagiert er allerdings allergisch«, hatte Gesa ihr erklärt. Dann hatte die sympathische Kollegin, die Franziska auch in Zukunft für alle Fragen und Sorgen zur Verfügung stehen würde, ihr den Rest des Tages freigegeben. »Wenn du was brauchst, ich bin eigentlich immer hier. Gehöre zum Inventar. Und jetzt guckst du dich vielleicht erst mal ein bisschen am Kap um. Is 'ne coole Gegend hier, wirst sehen.«

Froh, Plastikkittel und Haube schnellstens loszuwerden, verließ Franziska schwungvoll die Produktionshalle, blieb mit dem rechten Gummistiefel an der Türschwelle hängen und rempelte einen Mann an, der im Begriff war, einzutreten.

»Da hat's aber jemand eilig, hier wegzukommen.«

»Moin, Niklas, das ist die Neue«, rief Gesa.

Franziska hatte ihr Gleichgewicht wieder und starrte den Mann an, den Gesa Niklas genannt hatte. Knaller! War es das, was alle meinten, die von Liebe auf den ersten Blick sprachen? Sie hatte keinen Schimmer. Irgendwie hätte sie erwartet, dass es die bombastisch aussehenden Typen waren, für die man beim ersten Anblick entflammte. Der hier sah okay aus. Blond, graue Augen, groß, etwas zu schmale Lippen, dafür Lachfältchen um den Mund. Nicht unattraktiv, aber eben auch nicht ein Brad Pitt oder wie solche Supermänner für gewöhnlich hießen.

»Das ist Franziska. Normalerweise kann sie sprechen«, erklärte Gesa und grinste breit.

»Entschuldigung. Ich bin Franziska Marold.« Sie reichte ihm die Hand. »Tut mir leid, ich bin irgendwie hängen geblieben.«

»Geistig?« Er lächelte zum ersten Mal.

»Bitte?«

»Na, das sah aus wie ein geistiger Systemabsturz. Oder habe ich etwas im Gesicht kleben?« Er tastete seine Wangen und sein Kinn ab.

»Nein, nein. Ich bin nur … Sie kommen mir so … Ich bin einfach gestolpert.« Franziska räusperte sich.

Er nickte. »Willkommen im Team. Wie ich Gesa kenne, hat sie dir schon alles gezeigt und erzählt, was wichtig ist.«

»Ja, hat sie. Danke.« Sie warf Gesa einen Blick zu.

»Schön. Dann sehen wir uns morgen, nehme ich an?«

»Acht Uhr, ja.«

»Gut. Bis dann.« Er schüttelte noch einmal ihre Hand. »Kannst du bitte gleich ins Büro kommen, Gesa?«

»Bin gleich da, Chef.«

Er nickte noch einmal und verschwand in der Halle.

»Das war der Chef?« Franziska schloss die Augen. »Da habe ich ja einen perfekten Start hingelegt.«

»Keine Sorge, Niklas is 'n cooler Typ. Der hat das morgen schon vergessen.«

»Ich aber nicht.«

»Wieso? Du willst hier doch nicht Karriere machen, sondern nur mal aus deinem Alltag rauskommen. Is doch wurscht, was der Chef von dir hält.« Sie standen wieder in dem Vorraum, in dem Gesa sie empfangen hatte. Franziska räumte Kittel und Haube in das ihr zugewiesene Fach. »Jedenfalls fachlich kann dir das egal sein. Privat anscheinend nicht.« Franziska sah sie fragend an und blickte in amüsiert funkelnde Augen. »Der is bei dir ja eingeschlagen wie 'ne Bombe.«

»Was? Nein! Ich dachte nur ... Irgendwie kommt der mir total bekannt vor.«

»Is klar! Das is ja mal ein ganz origineller Spruch. Ich muss dann mal ins Büro. Schönen Tag noch und bis morgen.«

»Ja, bis morgen.«

In ihrer Wohnung tauschte Franziska Gummistiefel gegen leichte Sportschuhe und das Sweatshirt gegen eine luftige Bluse. Dann lief sie die Dorfstraße entlang geradewegs Richtung Steilküste. Es ging zwischen Feldern hindurch. Schon aus der Ferne waren die beiden Leuchttürme zu sehen, Wahrzeichen der nördlichsten Inselspitze. Welch eine Weite! Selbst an der Elbe oder Alster gab es immer Häuser, Kräne oder dicke Pötte, die die Sicht begrenzten. Hier aber konnte sie bis zum Horizont sehen. Je näher sie dem Kap kam, desto mehr Raum nahm das glitzernde Blau der Ostsee ein. Und dieser Duft! Es roch sommerlich-salzig. In Italien hatte sie sich manches Mal über den Gestank der Abgase der unzähligen Motorroller geärgert. Hier schienen kaum motorisierte Fahrzeuge unterwegs zu sein. Sie hatte einiges über die Sehenswürdigkeiten in diesem Teil Rügens gelesen. Heute hatte sie noch kein konkretes Ziel. Schließlich blieben ihr volle drei Monate, in denen sie höchstens bis fünfzehn Uhr arbeitete, an den Wochenenden gar nicht. Sie würde genug Zeit haben, alles ausgiebig anzusehen. Jetzt wollte sie sich treiben lassen. Auf ein strammes Touristenprogramm hätte sie sich sowieso nicht konzentrieren können. Die Begegnung mit Niklas ging ihr nicht aus dem Kopf. Sie hatte sich nicht verliebt. So ein Blödsinn! Vielleicht wäre ein Mann in der Lage, sie mit wenigen Worten, tiefen Blicken oder gekonnten

Gesten in seinen Bann zu ziehen. Nur hatte Niklas nicht einen Ton von sich gegeben, und trotzdem war der Blitz eingeschlagen. Seine bloße Anwesenheit hatte sie völlig aus der Fassung gebracht. Wie konnte so etwas sein?

Sie ließ den Rügenhof, eine charmante Ansammlung kleiner Läden, Handwerker-Ateliers und Cafés, auf der rechten Seite liegen. Sicher würde sie der Anlage noch so manchen Besuch abstatten, für diesen Moment herrschte ihr dort zu viel Betrieb. Nach wenigen Schritten bog sie rechts ab. In den saftig grünen Wallanlagen einer einstigen slawischen Burg stand ein hübscher runder Backsteinturm. Auch hier war einiges los, aber Franziska hatte den Eindruck, dass die meisten Besucher sich allmählich auf den Rückweg in ihre Unterkünfte oder zum Mittagessen in ein Restaurant machten. Die Zahl der Betten auf der Halbinsel, die sich Windland nannte, war begrenzt. Die meisten Urlauber mussten noch zurück nach Jasmund oder noch weiter über die Schmale Heide bis in die berühmten Seebäder Binz oder Sellin.

Franziska war es recht. Sie stieg die Stufen hinauf bis zur Aussichtsplattform, über die sich eine Glaskuppel spannte. Der Blick über die Ostsee, über die Reste der slawischen Burganlage und hinüber zu den beiden Leuchttürmen war fantastisch. Leider fehlte ihr die Ruhe, ihn zu genießen. Auch für die Kunstgegenstände aus Treibholz, die in den großen Fenstern der Kuppel ihren Platz hatten, konnte sie sich nicht begeistern. Sie war viel zu sehr mit sich selbst beschäftigt. Da war nicht nur der emotionale Blitzschlag gewesen, als sie Niklas zum ersten Mal gesehen hatte, plötzlich war auch das altbekannte Gefühl der Leere wieder da und machte sich in ihr breit. Sie stand da und richtete ihre Augen und ihren Sinn auf den Horizont. Wenn sie darüber nachdachte, war dieses ungeliebte Empfinden, als hätte sie etwas für ihr Leben Unersetzbares, Wichtiges verloren, als wäre sie unvollständig, in dem Moment wieder da gewesen, in dem sie Niklas, den Sanddorn-Chef, über den Haufen gerannt hatte. Aber was hatte das eine mit dem anderen zu tun? Es war keine vierundzwanzig Stunden her, da hatte sie sich noch herrlich leicht gefühlt. Und jetzt? Ihr Herz war bleischwer geworden. Sie musste an ihre Mutter denken wie immer in solchen Momenten voller unerklärlicher Traurigkeit. Als Kind hatte sie nicht verstanden, warum sie sich manchmal am besten unsichtbar machen sollte. Später war ihr klargeworden, dass ihre Mutter unter Depressionen litt und Phasen hatte, die sie nur allein aushalten konnte. War es das? Hatte Franziska diese Neigung geerbt? Hatte auch ihre Mutter eine ständige Sehnsucht nach etwas, das sie nicht benennen konnte? Inzwischen ging es ihr wohl ganz gut. Jedenfalls hatte Franziska den Eindruck gehabt, als sie sich das letzte Mal getroffen hatten. Ihre Mutter lebte auf Ibiza. Sie behauptete, die Sonne dort sei ihr Heilmittel. Würde sie ihre Medikamente absetzen, könnte diese Arznei ihr kaum helfen, vermutete Franziska.

Langsam trat sie den Rückweg an. Auf dem Rügenhof holte sie sich ein Fischbrötchen. Unterwegs beobachtete sie eine Katze, die in Zeitlupe durch hohes Gras schlich. Sie drehte den Kopf, die Ohren wie Radarschirme aufgestellt. Eine Pfote vor, dann die zweite. Lauern, warten. Jetzt legte sie die Ohren an. Die Schwanzspitze war das Einzige an diesem Tier, das sich schnell bewegte. Nach einigen Schritten auf sanften Sohlen begann der Hinterleib der Katze hin- und herzuwackeln. Ein gezielter Satz nach vorn, und die Beute war gepackt. Franziska sah zu, wie der Stubentiger ein Mäuschen davontrug. Ob nun irgendwo in der Deckung eines Busches eine Mäusefamilie umsonst wartete? Franziska fand sich albern, als sie merkte, dass ihr Tränen in die Augen schossen. Sie machte sich wieder auf den Weg, beschleunigte ihre Schritte. In ihrer Wohnung angekommen, atmete sie auf. Obwohl es erst ihr zweiter Tag war, fühlte sie sich hier bereits geborgen.

Franziska erwachte mit klopfendem Herzen. Die Augen weit aufgerissen, sah sie sich um. Ganz allmählich begriff sie, dass ihr Wecker die Filmmusik von *Und täglich grüßt das Murmeltier* spielte. Sie war nicht zu Hause. Und sie war schon gar nicht in ihrem Kinderzimmer. Aber genau dort war sie gerade gewesen, im Traum. Sie war vielleicht zwei oder drei Jahre alt gewesen und hatte mit einem Jungen gespielt, der einige Jahre älter war als sie. Jürgen. Sie schlug die dünne Decke zurück und schwang die Beine aus dem Bett. Wie lange hatte sie nicht mehr an ihn gedacht? Franziska stand auf und ging unter die Dusche. Ihre Knie fühlten sich seltsam weich an, als könnte man nicht sicher sein, dass sie ihr Gewicht auf Dauer halten würden. Während sie sich lauwarmes Wasser über das Gesicht laufen ließ, dachte sie daran, dass sie als kleines Mädchen immer behauptet hatte, sie habe einen großen Bruder. Er hatte Jürgen geheißen, dessen war sie ganz sicher gewesen. Und das war auch jetzt das Einzige, was ihr sicher im Gedächtnis war. Ihre Mutter hatte stets behauptet, sie habe eine blühende Fantasie. Natürlich war es vollkommener Unsinn, dass sie einen Bruder haben könnte. Ihre Eltern hätten das schließlich wissen müssen. Und sie würden sie niemals anlügen. Trotzdem spürte sie, wie die Erinnerung, die der Traum wachgerufen hatte, sie verwirrte. Es war die Erinnerung an etwas, das sie einige Jahre ihrer Kindheit begleitet hatte. Die Erinnerung an eine Vorstellung, die sie als kleines Mädchen lange gehabt hatte und die so stark gewesen war, dass sie nicht in der Lage gewesen war, sie von der Realität zu unterscheiden. Eine Zeitlang hatte sie immer wieder nach Jürgen gefragt, bis ihr Vater sie einmal zur Seite genommen hatte.

»Wahrscheinlich wünschst du dir so sehr einen großen Bruder, dass du dir einbildest, du hättest mal einen gehabt. Aber das ist nicht wahr. Und weißt du, meine Kleine, es macht deine Mutter sehr traurig, wenn du immer wieder davon anfängst. Sie hätte gern ein Geschwisterchen für dich gehabt, aber das hat nicht geklappt.«

»Wieso nicht?«

»Weil man die Babys leider nicht beim Storch bestellen kann. Das weißt du doch. Mami und Papi müssen sie machen. Und das funktioniert nicht immer. Wenn du groß bist, verstehst du das.«

So hatte sie also darauf gewartet, groß zu werden. Sie fragte nicht mehr nach dem Jungen, denn sie wollte nicht, dass ihre Mutter noch trauriger wurde, als es sowieso schon oft der Fall war. Ihre Gedanken an ihn wurden mit der Zeit weniger. Sie kam in die Pubertät und hatte mehr als genug mit sich zu tun. Irgendwann hatte sie ihn vergessen. Schon möglich, dass sie noch hin und wieder die Spur einer Erinnerung gehabt hatte, als sie begann, sich für Jungs zu interessieren. Es war wohl wie mit einer alten Fotografie. Sie verblasst immer stärker, und eines Tages hat man sich so an sie gewöhnt, dass man sie nicht mehr sieht, obwohl sie gerahmt an der Wand hängt. Doch jetzt war der Gedanke an diesen geheimnisvollen Jungen plötzlich wieder da.

Sie schlüpfte in eine Jeans und ein einfaches Shirt. Ob es in der Nachbarschaft einen Jungen gegeben hatte, mit dem sie gespielt hatte, als sie noch ganz klein gewesen war? Es musste eine Erklärung dafür geben, dass ihre Fantasie ihr seine Existenz vorgaukelte. Sie war ein Einzelkind. Wer war dann der Junge aus dem Traum, der Junge, der ja immerhin einen Namen hatte? Auf diese Frage hatte sie keine Antwort. Auf eine andere dagegen schon. Warum kam er ihr ausgerechnet hier und jetzt wieder in den Sinn? Das lag auf der Hand. Niklas hatte sie heftig an ihn erinnert. Deshalb auch die Fassungslosigkeit, als sie ihm zum ersten Mal begegnet war. Wenn sie an ihren Traum zurückdachte, verschwamm das Bild ihres vermeintlichen Bruders. Sie hätte nicht sagen können, ob es Niklas gewesen war oder nur jemand, der ihm ähnlich sah.

Pünktlich um acht betrat sie, ausgerüstet mit Kittel und Haube, die Produktionshalle. Am Ende, in der Versandabteilung, entdeckte sie Gesa und Niklas. Sie spürte, dass sie nervös wurde. Nur nichts anmerken lassen. Es fehlte ihr noch, dass sie vor lauter Aufregung wieder stolperte und er sie für einen kompletten Tollpatsch hielt. Und er musste sich auch nicht unbedingt etwas einbilden. Es reichte ihr schon, dass Gesa meinte, sie hätte sich auf der Stelle in den Chef verguckt.

»Moin«, rief Gesa von Weitem. »Gut geschlafen?«

»Moin. Ja, danke, sehr gut.« Wenn man von dem verwirrenden Traum einmal absah.

»Guten Morgen.« Hatte Gesa nicht erklärt, man sage auf der Insel grundsätzlich Moin? Wer das nicht tat, wäre ein Außenseiter. Das schien Niklas nicht zu stören. »Wir sind demnächst auf einer Reisemesse in Rostock vertreten. Könnte ein paar Ideen für einen Stand gebrauchen. Ich habe Gesa schon die Eckdaten gegeben. Hättest du Lust, dich darum zu kümmern?«

»Ja, gern!« Danke, lieber Himmel! Das ersparte ihr wochenlanges stupides Packen sowie die attraktive Ausstattung, bestehend aus Häubchen und Plastikmantel. Vielleicht entwickelte sie bei dieser kreativen Arbeit obendrein sogar Ideen für neue Betätigungsfelder.

»Schön, freut mich. Okay, Gesa, wenn du mich brauchst, ich bin draußen auf der Plantage.«

»Alles klar, Boss.«

Wie schon am Tag zuvor nickte er den beiden Frauen kurz zu und ging.

»Er ist nicht gerade sehr gesprächig, was?« Franziska blickte ihm nach und musste wieder an ihren Traum denken. Es war eigenartig, wie vertraut Niklas ihr war, als wäre er der mögliche Nachbarjunge von früher. Dabei hatten sie sich gestern zum ersten Mal in ihrem Leben getroffen, oder?

»Ich sag immer: Jeder hat seine eigene traurige Geschichte. Keine Ahnung, was er auf dem Herzen hat. Niklas sabbelt nich gerade viel. Obwohl er nich von hier is. Aber so gesprächig wie ein echter Rügener Jung isser.« Sie lachte ihr fröhliches lautes Lachen.

»Ach, er kommt ursprünglich gar nicht von der Insel?«

»Nee, seine Mutter hat ihn als Kind hergeschleppt. Da gab es noch die DDR. Schräg, was? Die haben vom Westen in den Osten rübergemacht. Tja, das gab's auch.« Gesa wurde ernst, ein Zustand, den Franziska bei ihr noch nicht oft beobachtet hatte. »Das muss 'ne heftige Zeit für ihn gewesen sein. Aber er spricht nicht drüber.« Plötzlich war ihr Grinsen wieder da. »Du interessierst dich ziemlich für ihn. Sag nicht, du bist verknallt.«

»Unsinn! Das ist bei mir eine Berufskrankheit. Wenn du Leute beraten willst, musst du dich für sie interessieren, für ihre Geschichte. Ich kann einfach nicht umschalten.«

»Bist du nicht genau dafür hier? Oder habe ich da was nicht richtig kapiert?« Sie wartete keine Antwort ab. »Ich würde sagen, dann sorge ich jetzt mal dafür, dass du um- oder abschalten kannst. Komm mit, ich zeige dir die Unterlagen für die Messe.«

Zuerst hatte Franziska Schwierigkeiten, sich auf ihre Aufgabe zu konzentrieren. Irgendwann allerdings hatte sie eine Lust gepackt, wie sie es lange nicht erlebt hatte. Sie sah sich im Internet Bilder von der Grünen Woche in Berlin an, ließ sich von Messeauftritten ähnlicher regionaler Anbieter inspirieren, machte eine Liste mit den Dingen, die ihres Erachtens unverzichtbar waren. Gesa hatte ihr Flyer und Plakate von zurückliegenden Auftritten gezeigt. Franziska hatte sofort erkannt, was modernisiert werden musste. Man müsste den Bezug zu Rügen deutlicher herausarbeiten, fand sie. Der gesamte Stand sollte den Besuchern den Zauber der Insel vermitteln.

»Findest du nicht, du übertreibst ein wenig?« Erschrocken sah sie von ihren Notizen auf. Niklas stand vor ihr. »Es ist dein erster Tag, und du machst schon Überstunden. Geh nach Hause, heb dir was für morgen und den Rest der Woche auf.«

»Ist es schon so spät?« Sie sah auf die Uhr. Tatsächlich. Wo waren die Stunden geblieben? Sie hatte nicht einmal eine Mittagspause gemacht. Sie erinnerte sich, dass Gesa sich irgendwann verabschiedet hatte.

»Ich habe heute einen halben Tag frei. Behördengänge.« Sie hatte mit den Augen gerollt. »Muss auch mal sein. Bis morgen«, hatte sie über die Schulter gerufen und war auch schon weg gewesen.

»Ist deine Wohnung okay?«

»Das ist gar kein Ausdruck, sie ist toll. Ich habe großes Glück.«

»Schön. Also dann ... schönen Feierabend.« Er drehte sich um.

»Ach, Niklas!« Er blieb an der Bürotür stehen. »Die Wohnung ist ein Traum. Leider gehört kein Fahrrad dazu. Kann man sich in der Nähe eins leihen?«

»Da fragst du am besten vorne am Informationsamt. Blöder Name, ich weiß.« Er zuckte entschuldigend mit den Schultern, als hätte er sich diese Bezeichnung ausgedacht. »Weißt du, wo das ist?«

»Ja, klar, vorne an dem großen Parkplatz, an dem die Bimmelbahnen Richtung Leuchttürme starten, oder?«

»Genau.« Wieder machte er Anstalten zu gehen.

»Noch was. Entschuldige, ich will dir nicht auf die Nerven gehen. Falls es jetzt nicht so gut passt, können wir auch ein anderes Mal ...«

»Was gibt's denn?« Sein Blick sagte, dass es eigentlich nie passen würde.

»Na ja, ich habe natürlich einen Reiseführer. Und ich habe im Vorfeld schon einiges gelesen. Aber ich dachte, du als Insider kannst mir bestimmt am besten raten, was ich mir auf der Insel ansehen sollte und was ich unbedingt gemacht haben muss, bevor es wieder nach Hamburg geht.«

»Hast du Gesa schon gefragt?«

»Nein, die Gelegenheit hat sich noch nicht ergeben. Ich frage sie natürlich auch noch. Es hat doch sicher jeder so seinen eigenen Geschmack.«

»Die Sachen, die im Reiseführer stehen, sind sehenswert, denke ich. Sonst hätte man sie ja nicht aufgenommen, nehme ich an. Es gibt ein paar Museen und Theater. Das Beste an Rügen ist seine Natur. Du kannst stundenlang laufen oder Wassersport machen. Aber das steht sicher alles in deinem Buch.«

»Ja, danke, guter Tipp. Das werde ich mal gezielt nachlesen.« Sie schob ihre Unterlagen zusammen und klopfte sie auf den Tisch. »Dann werde ich mal ... Schönen Feierabend und bis morgen.«

»Dir auch. Tschüss.«

O Mann, wie dämlich konnte sie eigentlich manchmal sein? Wenn sie ihn in ein Gespräch verwickeln wollte, musste sie es demnächst geschickter anstellen. Der musste sie ja für völlig unterbelichtet halten. Warum hatte sie ihn nicht nach der Pflege des Sanddorns gefragt oder danach, ob es verschiedene Sorten gibt? Sie musste wirklich raffinierter vorgehen, wenn sie herausfinden wollte, ob sie sich vor vielen Jahren schon einmal begegnet sein konnten.

Am nächsten Morgen hatte sie die Gelegenheit dazu. Niklas streckte den Kopf zur Tür des kleinen Büros herein, in dem Franziska gerade über dem Entwurf eines Flyers brütete.

»Du kommst zurecht?«

»Ja, danke. Das heißt, ich könnte Hilfe gebrauchen. Ich habe die Idee, sowohl in den Stand selbst als auch in das Werbematerial mehr Inselflair zu bringen.« Er runzelte die Stirn. »Ich glaube, viele haben eine falsche Vorstellung von Rügen. Nein, das glaube ich nicht, das weiß ich. Du ahnst nicht, was ich mir anhören musste, als ich gesagt habe, dass ich für drei Monate herkommen will.«

»Tatsächlich?«

»Allerdings. Manche denken, hier ist es immer kalt, es regnet dauernd, und vor lauter Wind stehen die Bäume ganz schief. Also alle Bäume. Einige sind ja wirklich …« Er begriff offenbar nicht, worauf sie hinauswollte. »Ist ja egal. Jedenfalls kennen die, die ein anderes Bild haben, vermutlich vor allem Binz und natürlich die Strände. Aber diese ursprüngliche Natur hier oben im Norden und Sanddornfelder, so weit das Auge reicht, das kennt bestimmt kaum einer.«

»Kann schon sein.«

»Dabei ist genau das doch sicher unglaublich schön und einzigartig, oder?« Er schwieg. »Ich dachte mir, es wäre toll, den Leuten davon eine Vorstellung zu geben. Was könnte ein Sanddornprodukt besser verkaufen als das Land, von dem der Sanddorn kommt?« Es machte sie nervös, dass er kein Wort dazu sagte. Er sah sie nur ernst an und wartete ab, ob sie mit ihren Ausführungen fertig war. »Wenn ich konkrete Ideen für einen Stand und für Prospekte entwickeln soll, dann wäre es hilfreich, wenn ich wüsste, wie das Land genau aussieht. Also, wenn es sich in den nächsten Tagen mal ergibt, dass ich auf die Plantage mitkommen kann, wäre das vielleicht nicht schlecht.«

»Ja, kein Problem. Ich gehe nachher rüber. Wenn du willst, kommst du mit. Dauert aber noch ein bisschen. So gegen halb drei?«

»Super!« Sie strahlte ihn an.

»Kannst dann ja morgen später anfangen. Wegen der Stunden, meine ich. Schließlich kriegst du kein Geld für deine Arbeit hier. Da reichen sechs Stunden am Tag, finde ich.«

»So genau nehme ich das nicht. Und wann habe ich sonst schon die Gelegenheit, eine Sanddornplantage zu besichtigen? Das interessiert mich auch privat.«

Er nickte. »Ist 'ne gute Idee, das mit dem Inselflair und so.« Damit war er verschwunden.

Der Tag zog sich in die Länge. Franziska hatte sich mittags mit ihrem Apfel und dem mitgebrachten Brot nach draußen gesetzt. Es gab eine Sitzgruppe. Vier Bänke, halbe Baumstämme, die mit der runden Seite auf je zwei kurzen Baumstümpfen ruhten, standen rund um einen quadratischen Tisch, der ebenfalls aus nur grob bearbeitetem Holz gemacht war. Eine mächtige Kiefer spendete Schatten, und von der See wehte ein angenehm frischer Wind herüber. So konnte man es aushalten. Nachdem die Pause zu Ende gewesen war, hatte Franziska noch öfter auf die Uhr geschaut, als sie es schon am Vormittag getan hatte. Es war beinahe drei, als Niklas auftauchte.

»Los geht's«, sagte er. Das war alles. Schweigend ging er neben ihr her. Es war kein weiter Weg von dem Firmengebäude an der Straße entlang, die zu dem kleinen Fischerdorf Vitt führte, bis zu dem Feld, auf dem die markanten Sträucher mit ihren schmalen Blättern und wehrhaften Dornen in Reih und Glied standen. Für jemanden, der in einer Sanddornregion aufgewachsen war, mochte der Anblick Normalität sein, Franziska, die das erste Mal eine solche Ansammlung sah, war beeindruckt.

»Das sieht toll aus.« Sie zückte ihre kleine Kamera. Die schlanken Blätter der Sträucher erinnerten sie mit ihrer Form und dem silbrigen Glanz an Olivenbäume. Obwohl ordentlich in Reihen gepflanzt, strahlten die Büsche natürliche Wildheit aus.

»Noch sind die Früchte blass. Im Lauf des nächsten Monats wird das Feld immer schöner. Dann dominiert allmählich das leuchtende Orange.« Sein Gesicht bekam einen Ausdruck, den sie bei ihm noch nicht gesehen hatte. Er liebte seine Pflanzen, seine Arbeit, das Land, auf dem das alles wuchs, das wurde ihr in der Sekunde klar. Als sie ihre Kamera hob, um ein Bild zu machen, trat er rasch zurück.

»Du kannst ruhig stehen bleiben.«

»Lass mal. Ich bin nicht fotogen.«

Das war mit Sicherheit gelogen oder eine krasse Fehleinschätzung. »Macht nichts. Ich will das Foto ja nicht direkt verwenden. Ist nur eine Gedächtnisstütze für mich. Wenn du mit drauf bist, habe ich einen Größenvergleich.«

»Diese sind jetzt ungefähr drei Meter hoch«, murmelte er mit gesenktem Kopf. »Wenn man sie lässt, können sie doppelt so hoch werden.«

Sie stapften durch das hohe Gras, das sich zwischen den Sträuchern ausbreiten durfte. Franziska ahnte, dass auf den Bildern, die sie bisher gemacht hatte, nicht viel von Niklas' Gesicht zu sehen sein würde. Sie musste es später noch einmal versuchen, wenn er nicht damit rechnete.

»Ich hatte erwartet, dass die Pflanzen dichter stehen, wegen der optimalen Ausnutzung der Fläche und dem maximalen Ertrag. Aber mit so viel Platz ist es natürlich wesentlich angenehmer, die Beeren zu ernten.«

»Es sind keine Beeren im botanischen Sinn«, korrigierte er sie. »Streng genommen sind es Schein-Steinfrüchte. Keine Ahnung, ob das für die Werbung wichtig ist.« Er legte die Stirn in Falten. »Es macht doch einen komischen Eindruck, wenn wir einen botanisch nicht korrekten Ausdruck verwenden, oder?« Er sagte das mehr zu sich selbst.

»Auf jeden Fall.« Franziska nickte.

»Der Abstand der Sträucher hat nichts mit der Ernte zu tun«, erklärte er nach einer Weile. »Würde man die Pflanzen enger setzen, kämen sie sich zu stark in die Quere.« Er deutete auf den Boden. »Die Wurzeln breiten sich locker zehn Meter nach allen Seiten aus.«

»Zehn Meter?« Sie betrachtete mit großen Augen das Feld und sah dann fragend zu Niklas auf.

»Ist mächtig stürmisch hier. Wenn der Sanddorn sich nicht ordentlich im Boden verankern könnte, hätte er in dieser Region keine Chance.« Franziska nickte. »Auf der Plantage kann er seine Wurzeln natürlich auch tief in die Erde strecken, aber er wächst auch direkt an der Uferzone oder oben an den Steilküsten. Da ist der Boden nicht tiefgründig, und die Wurzeln müssen dicht unter der Erdoberfläche bleiben.«

Sie gingen wortlos ein Stück nebeneinander her. An einem Kreuzweg bogen sie links ab. Franziska versuchte sich an das zu erinnern, was sie über Sanddorn gelesen hatte. Sie hätte ihm gern eine kluge Frage gestellt, die ihm zeigen sollte, dass sie sich auf ihren Besuch hier vorbereitet hatte. Dummerweise wollte ihr nichts Gescheites einfallen. Gelbe und braune Halme knisterten, als sie unter ihren Sohlen brachen.

»Ziemlich trocken ...«, sagte sie im selben Augenblick, in dem er ihr eine Frage stellte.

»Fällt dir an den Sträuchern etwas auf?«

Sie lachten unsicher.

»Was wolltest du sagen?«, fragte Niklas.

»War nicht wichtig. Ich dachte nur gerade, dass es so aussieht, als wäre es hier ganz schön trocken.«

»Allerdings.« Sein Gesicht hatte augenblicklich wieder einen sehr ernsten Ausdruck. »Das wird von Jahr zu Jahr schlimmer. Andere Landwirte haben wirklich darunter zu leiden.«

»Du nicht?«

»Sehr viel weniger jedenfalls. Die Früchte werden größer und saftiger, wenn die Pflanzen im Frühjahr und Sommer genug Regen hatten, aber zur Not kommt Sanddorn mit trockenen Phasen gut klar. Und hier auf dem Feld kann er sich der Situation anpassen und tief wurzeln, wie gesagt. So dringt er immer bis in feuchte Erdschichten vor und holt sich, was er braucht. Wer durstigere Arten anbaut, muss immer mehr Wasser auf die Felder bringen.«

Die Insel lebte sicher zum großen Teil vom Tourismus. Dem konnte die Trockenheit nur recht sein. Wenig Regen bedeutete zufriedene Urlauber. Aber nicht jeder vermietete Zimmer. Ein Dilemma.

»Jetzt du«, sagte Franziska, als das Schweigen wieder eine Weile gedauert hatte.

»Was jetzt du?«

»Du wolltest eben etwas sagen.«

»Ach das. Ich wollte wissen, ob dir an den Sträuchern etwas auffällt. Kannst du einen Unterschied zwischen der ersten Reihe, durch die wir gekommen sind, und dieser hier feststellen?«

Mist, sie hatte nicht so genau hingesehen. Ihr Hirn war viel zu sehr damit beschäftigt gewesen, sich schlaue Fragen zu überlegen, darüber nachzudenken, ob sie Niklas tatsächlich schon früher begegnet war und wie sie das herausfinden konnte. Vor allem hatte sie mehr sein Gesicht studiert als Zweige und Blätter. Sie betrachtete eingehend einen kleinen Ast. Schmale längliche Blätter, beeindruckend spitze Dornen. Sie hätte zurücklaufen und einen direkten Vergleich anstellen müssen, um Unterschiede zu erkennen, wenn sie denn vorhanden waren.

»Ist für den Laien nicht so einfach«, setzte er an.

»Moment, der hier hat dunkle Stellen.« Sie ging näher heran.

»Das sind die Reste der Blüten.«

»Und er hat keine Beeren. Ich meine, keine Früchte.« Sie sah genauer hin. »Oder? Vorhin waren doch zumindest schon kleine helle Exemplare zu erkennen. Aber hier?« Sie drehte den Zweig ein wenig. »Au! Mann, das pikst aber ordentlich. Ich freue mich schon auf die Ernte.« Sie verdrehte die Augen.

»Man gewöhnt sich dran.« Niklas zuckte mit den Schultern. Sie konnte nicht einordnen, ob es Schadenfreude war, die ihm ein Lächeln ins Gesicht zauberte, oder was ihn sonst amüsieren mochte. »Du hast recht, die hier tragen keine Früchte.« Er deutete den Pfad entlang. »Das sind männliche Exemplare. Auf neun Reihen weibliche kommt eine Reihe männliche Pflanzen.«

Sie zog die Augenbrauen hoch. »Eine männliche Pflanze bestäubt neun weibliche? Ich wusste gar nicht, dass der Hippophae rhamnoides so viel mit dem Homo sapiens gemein hat.«

Jetzt war er es, der die Augenbrauen hochzog, und sie war mächtig stolz, dass sie sich den lateinischen Namen des Sanddorn gemerkt hatte.

»Was kennst du denn für Männer?«

Sie grinste schief. »Wegen des Bestäubens oder wegen …« Franziska zuckte mit den Schultern. »So oder so, frag lieber nicht!« Sie wich seinem Blick aus und wandte sich wieder dem Sanddorn zu. »Vielweiberei in der Pflanzenwelt also.«

»Ich sehe die eher als Brüder und Schwestern an.« Ihm wurde anscheinend klar, was er da gesagt hatte. »Das macht's nicht besser, was die Befruchtung angeht, fürchte ich.«

Es war höchste Zeit, das Thema zu wechseln. »Jetzt mal im Ernst. Ich dachte immer, Bienen oder andere Insekten seien für die Bestäubung zuständig.«

»Nicht beim Sanddorn. Da macht der Wind den Job. Aber das ist ja nur die Art und Weise. Fakt ist, dass Sanddorn zweihäusig ist. Männliche und weibliche Blüten kommen also nicht auf ein und demselben Exemplar vor. Das verhindert Inzucht. Insofern sollte ich meine Ansicht von Brüder- und Schwesterpflanzen wohl noch mal überdenken.«

Sie gingen ein Stück, bogen erneut ab und liefen nun wieder zwischen weiblichen Sträuchern hindurch. Niklas betrachtete sie konzentriert. Mal blieb er stehen und zog einen Zweig zu sich heran, dann machte er nur einen Schritt auf einen Busch zu und ging kurz darauf weiter.

»Wonach schaust du?«

»Fruchtfliegen. Sie legen ihre Eier in die unreifen Früchte. Die Sanddornfruchtfliege hat bis vor wenigen Jahren so gut wie keinen Schaden angerichtet. Jetzt macht sie uns zunehmend Probleme.«

»Hat sich das Vieh denn so stark vermehrt?«

Er schüttelte den Kopf. »Das kann man so nicht sagen. Sanddorn ist eben eine junge Kulturpflanze. Sie wird in der Region erst seit 1980 angebaut, vorher kam sie nur wild vor.«

»Verstehe.«

»Die Löcher, durch die die Eier in die Beeren gelegt werden, sind winzig. Der Schaden fällt erst so richtig ins Auge, wenn die Früchte am Strauch verderben. Aber dann ist es natürlich zu spät.« Wieder trat er an einen Strauch heran und betrachtete die Fruchtansätze eingehend.

»Und?«

»Sieht bisher ganz gut aus.«

»Kann man nicht vorbeugen? Ich meine, ich erinnere mich, dass meine Großmutter in manchen Jahren gelbe Tafeln in ihren Kirschbaum gehängt hat, um irgendwelche Schädlinge abzufangen.«

»Das wäre eine gute Sache. Leider funktioniert es bei der Gemeinen Sanddornfruchtfliege nicht.«

»Das ist ja wirklich gemein.«

Im Grunde hatte Franziska den Eindruck gewonnen, den sie sich für ihre Arbeit an dem Messeauftritt gewünscht hatte, und fühlte sich jetzt überflüssig. Aber sie mochte noch nicht gehen. Zwar war es heiß und seit einer Weile auch beinahe windstill, so dass die Luft zwischen den Buschreihen stand, doch sie empfand die Gesellschaft von Niklas als ausgesprochen angenehm. Er war kein großer Unterhalter. Das war es sicher nicht, was sie an ihm schätzte. Doch seine Nähe fühlte sich zutiefst vertraut an. Sie wusste, dass sie sich nicht in etwas hineinsteigern durfte, was es möglicherweise nicht gab. Andererseits war es nicht ihre Schuld, wenn diese Sehnsucht, die sie sonst oft begleitete, sich aus dem Staub machte, sobald sie Niklas sah. Es musste einen Grund dafür geben, und den musste sie herausfinden.

»Hast du die Plantage selber angelegt, oder hast du sie von deinen Eltern übernommen?«

Er warf ihr einen kurzen Blick zu, den sie nicht zu deuten wusste. Hatte sie ein Thema angesprochen, das sie besser ausklammern sollte?

»Selbst angelegt.« Sie meinte schon, er würde sich nicht weiter äußern, als er schließlich ergänzte: »Es gab nichts, was wir von unserer Mutter hätten übernehmen können.« Das klang nicht gerade freundlich.

»Wir?« Franziska war nicht sicher, ob es nicht besser wäre, den Mund zu halten.

»Mein Bruder und ich. Ich habe einen Bruder.«

»Du Glücklicher.«

Wieder so ein kurzer Seitenblick. »Is nich immer einfach«, sagte er leise.

»Kann ich mir vorstellen. Trotzdem, ich hätte gern einen.« Sie betrachtete ihn angespannt. Keine Reaktion. Was hatte sie erwartet? »Wahrscheinlich will man immer das, was man nicht haben kann«, plapperte sie weiter. Wenn sie glaubte, ihn damit aus der Reserve locken zu können, war sie schiefgewickelt. Sie rief sich eine einfache Regel im Umgang mit ihren Klienten ins Gedächtnis. Wenn du nichts Wichtiges zu sagen hast, sage gar nichts.

Niklas blieb unvermittelt stehen. »Ist das so?«

»Bitte?«

»Glaubst du wirklich, dass man immer das haben will, was man nicht hat? Das würde ja bedeuten, dass man trotzdem nicht zufrieden ist, auch wenn man bekommt, was man sich gewünscht hat.« Er sah sie eindringlich an. »Ich meine, in letzter Konsequenz würde deine Theorie heißen, dass man sich in dem Moment, in dem einem ein Wunsch erfüllt wird, schon wieder etwas anderes wünscht. Das wäre schrecklich.« So viel hatte er noch nie an einem Stück gesprochen.

»Moment mal, das ist nicht meine Theorie. Das war nur ein Gedanke. Ich habe von Berufs wegen fast nur mit Leuten zu tun, die etwas anderes wollen. Na ja, und ich wäre nicht hier, wenn es mir nicht auch ein wenig so gehen würde. Eigentlich habe ich beruflich erreicht, was ich mir gewünscht hatte. Tja, trotzdem bin ich nicht zufrieden. Schon komisch, oder?«

Wieder blickte er sie lange an. »Wenn ich das richtig verstehe, ist dein Job eine große Lüge, oder deine Theorie stimmt doch nicht.« Jetzt war sie es, die ihn kritisch ansah. »Was hätten deine Kunden von deiner Beratung oder dem Coaching oder wie das heißt, wenn sie mit deiner Hilfe zwar etwas verändern würden, am Ende aber trotzdem nicht zufrieden wären, sondern sich wieder etwas anderes wünschen würden?«

So hatte sie es noch nie betrachtet. »Zufriedenheit ist ein ziemlich großes Wort.«

»Was hat es für einen Sinn, dass du hergekommen bist, wenn du nicht die Hoffnung hättest, hier einen neuen Weg einzuschlagen, der dich zufriedener macht?«, konterte er.

»Schon gut, ich gebe mich geschlagen.« Sie gingen weiter. Reihe für Reihe schritten sie ab. Während er immer mal wieder einige Früchte kontrollierte, versuchte Franziska ein Foto von ihm zu machen, ohne dass er es bemerkte. Als sie glaubte, dass es ihr gelungen war, steckte sie den Apparat weg. Im selben Moment blieb Niklas stehen und wandte sich ihr zu.

»Dein Job ist doch nur sinnvoll«, nahm er unerwartet das Thema wieder auf, »wenn du Menschen helfen kannst, etwas zum Besseren zu verändern.«

»Ja, das ist wohl so.«

»Was sind das für Fälle, um die du dich kümmerst?«

»Fälle ist gut.« Sie lachte. »Leider sind es meistens Menschen, die auf sehr hohem Niveau jammern, wie man so schön sagt. Solche wie ich«, ergänzte sie und rollte mit den Augen. »Denen geht es eigentlich gut, weil sie viel erreicht haben. Dann merken sie dummerweise, dass sie von ihrem Leben etwas anderes wollten. Und da haben sie den Salat. Wer gibt schon ein lukratives erfolgreiches Unternehmen auf, um sich selbst zu verwirklichen?«

»Muss man es denn immer aufgeben? Kann man nicht innerhalb des Unternehmens etwas ändern?«

»Im besten Fall schon, ja. Leider ist das nicht immer möglich.« Sie legte den Kopf schief. »Hätte gar nicht gedacht, dass dich das so interessiert.« Er sah ertappt zu Boden. »Verstehe. Wo drückt denn der Schuh? Sag jetzt bitte nicht, dass du Sanddorn im Grunde nicht ausstehen kannst!«

»Im Gegenteil.« Er blickte auf, und seine Augen leuchteten. »Ich kann mich nur leider viel zu wenig damit beschäftigen.«

»Ach! Ich dachte, du machst den ganzen Tag nichts anderes.«

»Es hat alles mit Sanddorn zu tun, das ist richtig. Die meiste Zeit verbringe ich blöderweise im Büro. Ich muss mich um die Buchhaltung kümmern, muss den Einkauf machen, natürlich auch den Verkauf regeln. Wir verkaufen ja nicht alles in unserem kleinen Markt selbst, sondern beliefern mit unseren Produkten auch Händler auf Rügen und auf dem Festland. Die Maschinen müssen gepflegt und gewartet werden. Und dann die Werbung. Das ist überhaupt nicht mein Fall.«

»Ich dachte, du hättest für diese Aufgaben Personal. Gesa zum Beispiel kümmert sich doch auch um solche Sachen, soweit ich das mitgekriegt habe.«

»Stimmt schon. Trotzdem bleibt vieles an mir hängen. Ich treffe alle Entscheidungen. Das heißt, dass ich über alles ziemlich gut Bescheid wissen muss. Es ist einfach nie genug Zeit für das, was ich wirklich machen will.«

»Das wäre?«

»In einigen Gebieten Asiens, vor allem in China und Indien, wird Sanddorn in riesigen Mengen kultiviert. Man versucht damit in erster Linie Wüsten zu befestigen, damit die Erde nicht abgetragen werden kann.«

»Das wusste ich nicht.«

»Natürlich nicht. Nicht mal die Bewohner von Rügen und Hiddensee, die die Sträucher ständig vor der Nase haben, wissen darüber Bescheid. Warum auch? Die Beeren enthalten 'ne Menge Vitamin C. Das reicht. Einige kennen vielleicht noch die Bedeutung für den Küstenschutz, aber das war es dann auch schon.«

»Verarbeiten die Asiaten die Früchte denn ähnlich wie wir?«

»Klar. Die sind da ziemlich gut und kreativ. Außerdem haben sie die meiste Erfahrung. Sanddorn stammt ursprünglich aus der Himalaja-Region, also aus Indien und China. Ich war mal auf einem Kongress im Reich der Mitte. Sie befestigen dort ihre Wüsten, wie wir unsere Küsten sichern, und stellen Produkte her, die sie weltweit auf den Markt bringen.« Sie schlenderten zu einem Bereich des Feldes, auf dem deutlich niedrigere Büsche standen. »Mich interessiert, welche Art sich wofür am besten eignet. Ich will die Fruchtfliege bekämpfen, ohne Chemie verwenden zu müssen. Außerdem finde ich es ungeheuer spannend, was man aus den Blättern alles machen kann. Man hat ihre Inhaltsstoffe untersucht, weißt du? Die sind nicht ohne.

Wenn nicht nur die Beeren, sondern auch die Blätter nutzbar wären, als Tee zum Beispiel, das wäre großartig.«

Sie nickte. »Das leuchtet ein. Gibt es auch verschiedene Geschmacksrichtungen bei den Beeren? Soweit ich weiß, sind die ohne Zuckerzusatz nicht genießbar, oder?«

»Das ist eine Frage der Gewohnheit. Ich kann durchaus ein paar Früchtchen pur naschen.« Er musste lachen. »Allerdings treibt mir allein der Gedanke daran schon das Wasser unter die Zunge, so sauer sind die.« Im nächsten Moment war er wieder ernst. »Es gibt Kollegen, die wollen süßen Sanddorn züchten. Davon halte ich nicht viel. Aber grundsätzlich ist es natürlich sinnvoll, durch Zucht Eigenschaften zu verstärken oder zu verringern. Wir bauen beispielsweise auch verschiedene Sorten an, allein um die Erntezeit zu verlängern. Einige sind früh reif, andere brauchen länger.« Er warf ihr einen Seitenblick zu. »Und komm mir jetzt nicht wieder mit dem Vergleich zu Männern.«

»Daran habe ich nicht mal gedacht.« Sie deutete auf die niedrigen Sträucher. »Ist das eine andere Sorte oder eine neue Züchtung?«

»Nein, das ist einfach nur eine Neupflanzung. Sanddorn trägt nicht gleich im ersten Jahr. Man muss sich also rechtzeitig um Nachschub kümmern, bevor die alten Sträucher müde geworden sind und die Erträge schrumpfen.«

»Da sieht man es mal wieder: Triff nie dein Urteil über jemanden, in dessen Schuhen du nicht mindestens zehn Kilometer gegangen bist!«

»Wie soll ich das verstehen? Hast du ein Urteil über mich getroffen?«

Ihr wurde heiß. So hatte sie das nicht gemeint. »Nein, nein! Du kannst auch sagen: Triff nie ein Urteil über eine Tätigkeit, die du selbst nie probiert hast. Ich hatte schon oft Klienten, von denen ich zuerst dachte, sie hätten einen eher anspruchslosen Job. Dann erzählen sie dir davon, und du staunst, was alles dahintersteckt. Ist es dir noch nie so gegangen, dass du überrascht warst, wenn dir jemand von seinen konkreten Aufgaben oder beruflichen Herausforderungen erzählt hat? Nehmen wir die Marketing-Verantwortliche eines Friedhofs.« Er zog fragend die Augenbrauen hoch. »Siehst du, du kannst dir nicht vorstellen, was die den ganzen Tag zu tun hat. Man sollte doch meinen, die kriegt ihre Kundschaft von allein.«

»Allerdings.«

»Und trotzdem hat der Job seine Berechtigung und ist sehr vielfältig. Das meine ich. Ich dachte, bei deinem Unternehmen geht es in erster Linie um die Pflege der Sträucher und vielleicht noch um die Verarbeitung der Früchte. Klar hätte ich mir denken können, dass man sich zum Beispiel mit Schädlingen auskennen muss. Was dich noch sonst alles beschäftigt oder dass du zu einem Kongress in China warst, hätte ich nie erwartet.«

Er sah auf die Uhr. »Das waren genug Überstunden für heute. Du solltest Feierabend machen.«

Tatsächlich, gleich sechs Uhr. Franziska hatte überhaupt nicht bemerkt, wie viel Zeit sie auf dem Feld verbracht hatten.

»Und du solltest dir über deine Schwächen klarwerden.«

»Ach ja?« Er schickte sich gerade an, zurück in Richtung Straße zu gehen. Jetzt war er stehen geblieben und sah sie an.

»Ja. Ein schlauer Mensch hat mal gesagt, es ist wichtiger zu wissen, was man nicht kann, als zu wissen, was man kann. Ich finde, da steckt viel Wahrheit drin. Womit du dich beschäftigen willst, hast du mir erzählt. Ich habe den Eindruck, damit kennst du dich auch aus.«

»Ich habe dir auch gesagt, was nicht mein Fall ist.«

»Das stimmt. Trotzdem solltest du dir ganz konkret überlegen, welche der nicht so geliebten Aufgaben dir richtig Schwierigkeiten machen, welche dich am meisten Zeit kosten. Wenn du die delegierst, hast du schon viel gewonnen.«

»Kann es sein, dass du gerade genau das tust, wovon du hier eine Auszeit nehmen wolltest?«

Franziska lachte. »Tja, wir haben wohl etwas gemeinsam. Grundsätzlich liebe ich meinen Job nämlich auch. Nur an den Details würde ich gern etwas ändern.«

Finden Sie Ihren Hühnergott!

Maren, du musst mich unbedingt besuchen kommen. Also nicht sofort. Irgendwann im Lauf meiner drei Monate hier.«

»Kann ich mir denken. Wahrscheinlich kommst du jetzt schon vor Heimweh und Einsamkeit um.«

»Von wegen Heimweh! Hamburg kann mir momentan gerade so was von gestohlen bleiben. Rügen ist unglaublich schön. Die Sonne scheint ununterbrochen …«

»Auch nachts? Ist das nicht etwas weit südlich für Mitternachtssonne?«

»Witzig, Maren. Natürlich tagsüber. Aber jeden Tag. Habt ihr mir nicht alle erzählt, es regnet hier ständig? Ich sage dir, der blaue Himmel und der Sonnenschein können mit italienischen Verhältnissen locker mithalten.«

»Und sonst so?«

»Du, das gilt grundsätzlich. Die Strände sind toll, soweit ich das bisher beurteilen kann. Die Landschaft ist richtig hübsch. Nach dem Dienst will ich heute einen langen Spaziergang am Steilufer machen. Das Essen ist prima, die Leute sind nett. Sogar guten Espresso gibt es.«

»Dann ist ja alles gut.«

»Besser als gut.«

»Was ist mit Männern? Gibt es ein paar interessante Exemplare, oder wimmelt es nur vor lauter Inselaffen?«

»Was soll das denn sein?«

»Ich meine ja nur.«

»Ich habe eine total nette Kollegin. Gesa. Die ist wirklich unglaublich sympathisch und offen.« Franziska machte eine Kunstpause. »Der Chef ist auch ziemlich nett.« Wieder eine Pause. »Und attraktiv.«

»Alter?«

»Weiß nicht, schätzungsweise Mitte dreißig.«

»Ich ahne Schlimmes. Verheiratet?«

»Glaube ich nicht. Jedenfalls trägt er keinen Ring.«

»Bingo!«

»Nix Bingo. Maren, ich weiß, das klingt jetzt komisch, aber ich habe das Gefühl, ich kenne den.«

»Wie, du hast das Gefühl, du kennst den?« Komplette Verwirrung am anderen Ende der Leitung. »Du musst doch wissen, ob …«

»Von früher. Ich habe das Gefühl, wir sind uns als Kinder schon begegnet.« Sie erzählte von ihrem Traum, den sie nach der ersten Begegnung mit Niklas gehabt hatte.

»Bitte nicht, Ziska! Fang bloß nicht wieder mit dieser ›Ich hatte mal einen Bruder‹-Geschichte an! Damit hast du mich bis aufs Blut genervt, als wir Kinder waren. Das halte ich nicht noch mal aus.«

»Ich weiß doch auch nicht, warum er mir so vertraut ist.«

»Vielleicht hast du dich einfach nur verknallt. Aber das ist dir wahrscheinlich zu unkompliziert. Also ist er dein verschollener Bruder, der als Kind entführt wurde, was deine Eltern komplett vergessen haben.« Sie schnaufte. »Ziska, entschuldige, aber du hast echt 'ne Meise.«

»Vielen Dank für dein Verständnis. Es ist nur merkwürdig, dass er gleich in unserem ersten längeren Gespräch auf das Thema Geschwister kam. Aber das findest du vermutlich ganz normal.«

»Na ja, extrem ungewöhnlich nicht unbedingt.«

»Du kennst ihn ja auch nicht. Es ist schon ungewöhnlich, dass er überhaupt über persönliche Dinge mit mir gesprochen hat. Gesa hat auch gesagt …« Sie hatte keine Lust, weiter darüber zu reden. »Ach, ist ja egal. Ich habe mir schon gedacht, dass es besser ist, dir nichts davon zu erzählen.«

»Nun sei mal nicht gleich beleidigt.«

»Bin ich nicht.« Franziska fragte nach Sükrüs Training. Sie wusste, dass sie damit zuverlässig das Thema wechselte. Sie plauderten noch kurz, dann verabschiedeten sie sich, denn Maren musste sich auf den Weg zur Arbeit machen.

»Die Fischstäbchen rufen«, sagte sie. »Lass es dir auf der Insel gutgehen, und bleib unbedingt an dem Chef dran. Versprochen?«

»Versprochen!« So oder so.

Franziska ging die Dorfstraße entlang, die ihr schon so vertraut war wie der Ort, in dem sie aufgewachsen war. Nachdem sie die Siedlung hinter sich gelassen hatte, lief sie zwischen Feldern und Wiesen hindurch in Richtung der Leuchttürme. Schon wieder ein Tag, an dem der sonst so zuverlässige Ostseewind eine Pause machte. Der Schweiß lief einem den Rücken hinab, wenn man sich nur in der Sonne aufhielt. Bewegte man sich, war man innerhalb von Minuten nass. Franziska hatte eine große Flasche Wasser in ihre Strandtasche gepackt. Um den Kopf trug sie ein Tuch, das sie vor einem Sonnenstich schützen sollte. Unglücklicherweise hatte sie das Gefühl, dass die Hitze sich darunter staute, und ihr Hirn kochte. Sie durchquerte den Leuchtturmwärtergarten mit seinen knorrigen, seltsam gewachsenen Bäumen und atmete auf. Der Schatten tat gut. Obendrein war es ein hübscher Platz mit einer sehr eigenen Atmosphäre. Die Kiefern und Buchen hatten etwas Lebendiges an sich. Sie beschloss, irgendwann einen Abend hier zu verbringen, vielleicht mit einem Picknick. Wenn keine Familien mit lärmenden Kindern mehr hier waren, die Fangen spielten, musste es noch zauberhafter sein.

Der Weg führte zwischen dem Marinesignalhaus und dem Arkona-Bunker hindurch zur Königstreppe. Über zweihundert Stufen führten auf der in der ersten Hälfte des 19. Jahrhunderts angelegten Treppe, wenn sie sich richtig erinnerte, hinunter zum Strand. Auch hier spendeten mächtige Bäume angenehmen Schatten. Den würde sie da unten auf weißem Sand und vor den blendend weißen Kreidewänden schmerzlich vermissen. Während sie eine Holzstufe nach der anderen hinter sich ließ, stellte sie sich vor, wie die Damen zu König Friedrich Wilhelms Zeiten mit ihren bodenlangen Kleidern und schmalen Schuhen mit hohen Absätzen auf ebendieser Treppe hinabstolziert waren. Sie war sehr froh über ihre leichten Sportschuhe, die kurze Hose und das ärmellose Oberteil. Ein paarmal blieb sie stehen und blickte über die Küstenlinie, die im sanften Schwung die Nordspitze der Insel markierte. Dann hatte sie den Strand erreicht. Statt des grollenden Rauschens der Wellen war nur ein leises, beinahe schüchternes Glucksen zu hören. Fast so glatt und ruhig wie die soeben polierte Fläche einer Eislaufhalle lag die Ostsee da. Nur hin und wieder, wenn etwa eines der Ausflugsschiffchen vorbeituckerte, wölbte sich die glänzende Wassermasse. Ihre Ausläufer murmelten zwischen großen und kleinen Steinen, die dicht an dicht beieinanderlagen.

Franziska ging links entlang Richtung Nordstrand. Ihre Füße versanken mal im weichen Kies, dann wieder mussten sie Halt auf den Resten der Felsbrocken finden, die die Gletscher der Eiszeit hierhergebracht hatten. Sie lief einige Meter, blieb stehen und nahm einen großen Schluck aus ihrer Flasche. Schon jetzt schmeckten ihre Lippen salzig, und der Schweiß brannte in ihren Augen. Franziska betrachtete die weiße Wand zu ihrer Linken, eine Wand aus Kreide. Sie ging ein Stückchen näher heran. Unvorstellbar, dass Tonnen von Schlamm und Mergel ganz in der Nähe herabgestürzt sein sollen, ging ihr durch den Kopf. Wenn sie richtig informiert war, war genau dieser Abschnitt deswegen eine ganze Weile gesperrt gewesen. Trotz ihrer Sonnenbrille blendete sie der Felsen. Sie legte den Kopf in den Nacken und blickte nach oben. Eine Gänsehaut lief über ihren Körper. Gern hätte sie sich eingeredet, die Erdrutsche seien Schauermärchen ihres Vaters, um ihr die Insel zu verleiden. So wie die Kälte und der Dauerregen im Sommer. Leider wusste sie es besser. Sie hatte die Berichte vor einigen Jahren in der Zeitung gelesen, als ein kleines Mädchen hier ums Leben gekommen war. Sie wusste, dass das die traurige Wahrheit war. Vorstellen konnte sie es sich an diesem heißen Tag, an dem alles die Luft anzuhalten schien, nicht.

Um die bedrückenden Gedanken abzuschütteln, setzte sie ihren Spaziergang fort. Sie entdeckte einen hühnereigroßen weißen Stein und hob ihn auf. Kreide. Im Grunde nichts anderes als Kalk. Doch mit etwas Glück konnte man hier und da Skelette von Muscheln, Schwämmen oder Kopffüßern erkennen, hatte sie gelesen. Der ovale Brocken fühlte sich leicht an. Sie versuchte ihn in der Mitte durchzubrechen. Mit dumpfem Knacken brach das Kreide-Ei tatsächlich. Krümel und Staub fielen zu Boden. Sie betrachtete die entstandenen Bruchkanten aufmerksam, doch da war kein Hinweis auf urzeitliches Leben. Trotzdem steckte sie das größere Stück als Andenken in ihre Tasche. Ihr Blick fiel auf ihre Finger. Sie waren weiß. Genau wie früher, wenn man an die Tafel musste, um eine Aufgabe zu lösen. Ein schöner Gedanke. Sie war gern zur Schule gegangen. Es hatte sich gut angefühlt, zu einer Klassengemeinschaft zu gehören.

Weniger schön war die Erinnerung daran, wie es sich anhörte, wenn die Kreide bei zu viel Druck gebrochen war und ein Schüler unabsichtlich mit den Fingernägeln über die Tafel gekratzt hatte. Allein die Vorstellung verursachte ihr Zahnschmerzen. Sie rieb Daumen und Zeigefinger aneinander. Schon diese kurze Berührung der Kreide hatte ihre Haut ganz weich gemacht. Auch das war schon damals so gewesen, fiel ihr ein. Kein Wunder, dass Kreidepackungen in den Wellnesstempeln der Insel ganz hoch im Kurs standen. Bisher hatte sie nicht geplant, sich eine solche Behandlung zu gönnen. Jetzt dachte sie anders darüber.

Langsam schlenderte sie weiter, den Blick stets auf den Boden geheftet. Man musste achtgeben, wie man seine Schritte setzte, um nicht womöglich auf dem glatt gewaschenen Kies auszurutschen und umzuknicken. Außerdem wollte sie sichergehen, einen Donnerkeil oder Hühnergott zu entdecken, falls sie das Glück hatte, dass ein Exemplar auf ihrem Weg lag. Schwarze Feuersteine mit weißen Krusten und den typisch scharfen Kanten gab es zuhauf. Nur wenn sie ein Loch hatten, handelte es sich um einen sogenannten Hühnergott. Eines der ersten Kapitel, die sie in ihrem Reiseführer gelesen hatte, nachdem ihr Beschluss für den langen Rügenaufenthalt gefasst gewesen war, hatte sich den Hühnergöttern gewidmet. Natürlich brachten die Steine angeblich Glück. Es gab Erklärungen, die Menschen in früheren Zeiten hätten eine Schnur hindurchgezogen und sie am Hühnerstall aufgehängt. Das Federvieh sollte dadurch vor bösen Mächten beschützt und dazu angeregt werden, besonders viele Eier zu legen. Diese Erklärung für den ungewöhnlichen Namen war jedoch nicht belegt. Noch lieber als einen Hühnergott hätte sie einen Donnerkeil gefunden. Diese länglichen Gebilde, die an die Patronen von Gewehren erinnerten, waren Teile versteinerter Tintenfische, die schon seit der Kreidezeit ausgestorben waren.

Fragmente eines Wesens in der Hand zu halten, das in einer unfassbar langen Zeit vor ihrer eigenen gelebt hatte, war für sie ein faszinierender Gedanke. Ihr war klar, dass ihre Chancen an diesem Tag nicht sehr groß waren, überhaupt einen interessanten Fund zu machen. Nach starken Stürmen oder Wetterumschwüngen war die Aussicht auf Erfolg am besten. Doch wer konnte schon wissen, ob es nicht einen Donnerkeil gab, der seit dem letzten Frühjahrssturm zwischen zwei Steinen klemmte und nur darauf wartete, von ihr aufgelesen zu werden.

Als sie einen mächtigen Findling in der See liegen sah, wusste sie, dass sie den nördlichsten Punkt Rügens erreicht hatte. Sie ging die erfreulicherweise deutlich kürzere Treppe, als die Königstreppe es war, hinauf und fand sich auf dem Hochuferweg wieder. Zum ungezählten Mal wischte sie sich den Schweiß von der Stirn und trank gierig Wasser. Sie dachte kurz darüber nach, den Rückweg anzutreten, doch ihr Plan war ein anderer. Sie lief weiter bis zum Nordstrand, von dem eine von Niklas Packerinnen ihr erzählt hatte, es sei der Geheimtipp schlechthin. Wenn ihr das auch ein wenig übertrieben zu sein schien, mochte sie die Bucht doch auf Anhieb. Es gab feinen weißen Sand, und um diese Zeit war kaum mehr jemand hier.

Franziska schlüpfte aus Hose und Shirt. Wie gut, dass sie ihren Bikini untergezogen hatte. Vorne, wo die Ostsee noch ganz flach war, brachte das seidig weiche Wasser kaum Abkühlung. Leider gab es einige Steinriffe, die ihren Fußsohlen zu schaffen machten. Es gelang ihr allerdings ganz gut, den meisten auszuweichen. Durch die fehlende Brandung hatte man eine klare Sicht auf den Meeresgrund. Sie lief in vorsichtigem Slalom weit nach draußen, bis sie endlich untertauchen und mit kräftigen Zügen schwimmen konnte. Welch eine Wohltat! Es fühlte sich an, als käme das Leben in ihren verdorrten Körper und ihren benommenen Geist zurück. Nachdem sie sich eine ganze Weile mit geschlossenen Augen auf dem Rücken hatte treiben lassen, schwamm sie zurück, balancierte zwischen den Steinen entlang und ließ sich auf ihrem Handtuch nieder. Hier gab es keine Kreidewand, sondern Bäume und dichtes Buschwerk. Nicht mehr lange, und ihr Platz würde im Schatten liegen. Bis dahin war sie vermutlich getrocknet. Genau richtig, um sich dann auf den langen Heimweg zu machen.

Freitag. Franziskas erste Arbeitswoche ging zu Ende.

»Ich mach mich vom Acker«, verkündete Gesa zum Abschied wie an jedem Tag. Ihre Augen blitzten dabei allerdings noch mehr als üblich. Franziska ahnte, dass die Kollegin noch etwas zu sagen hatte. »Ich hätte natürlich gern die Fremdenführerin gegeben, damit du an deinem ersten freien Wochenende auf der Insel nicht alleine abhängen musst.« Sie machte eine bedeutungsvolle Pause.

»Ach, und was hindert dich daran?«

»Ich habe da so was mitgekriegt ... Denk jetzt bloß nicht, ich hätte geschnüffelt. Bin nur total zufällig drübergestolpert, dass der Chef Tickets für Störtebeker in Ralswiek reserviert hat. Zwei Tickets.« Sie warf ihr einen Blick zu, der alles sagte. »Da geht normalerweise kein Einheimischer hin.«

»Vielleicht kriegt er Besuch über das Wochenende.« Das war die naheliegendste Erklärung, fand Franziska. Wobei ihr eine andere Begründung sehr viel besser gefallen würde.

»Nee, das glaube ich nicht. Wer sollte das denn sein? Wenn er Besuch bekommt, sind das meistens Pärchen. Freunde, die im Ruhrpott wohnen oder noch weiter im Süden. Da bräuchte er mindestens drei Karten, hab ich recht?«

»Nicht unbedingt.« Sie wollte sich nicht zu früh freuen. »Du sagst doch selbst, Einheimische gehen da nicht hin. Vielleicht hat er Karten für Freunde bestellt, fährt sie hin, holt sie ab und geht zwischendurch spazieren.«

»Ja, klar.« Wieder schüttelte Gesa so heftig den Kopf, dass Franziska schon meinte, ihr Tuch, das sie immer um den Schädel gewickelt trug, würde im nächsten Moment durch die Luft segeln. »Läuft da was zwischen euch?«, wollte sie unvermittelt wissen.

»Quatsch! Also ehrlich, liebe Gesa, du hast zu viel Fantasie. Ich bin gerade mal eine Woche hier. Da werde ich wohl kaum etwas mit dem Chef anfangen. Sowieso ... der ist ja wohl tabu.«

»Wieso das denn? Niklas ist doch nett und vermutlich ganz attraktiv, oder?«

»Geschmackssache«, wich Franziska aus. »Warum fragst du mich das? Du kannst dir ja wohl viel besser ein Urteil erlauben. Vermutlich ganz attraktiv«, wiederholte sie leise.

Ausgerechnet in dem Moment ging die Tür auf, und Niklas kam herein. Er sah Gesa an und wirkte kurz ein wenig verunsichert. »Ach, Gesa, hier bist du.«

»Jo, wollte gerade Feierabend machen. Is noch was?«

»Ja. Nein, ich wollte nur Tschüss sagen. Ich dachte mir, dass du ins Wochenende düst.« Er sah von einer zur anderen. »Hast du was vor?«

»Weiß noch nich. So dies und das. Ich habe noch keine festen Pläne«, gab Gesa zurück, wobei sie das Ich betonte.

»Na gut, dann will ich mal wieder.« Er zögerte. Franziska seufzte. Also hatte Gesa doch falsche Schlüsse aus dem gezogen, was sie so mitgekriegt hatte. »Und du?« Niklas sah Franziska an.

Ihr Herz machte einen Freudenhüpfer. Hoffentlich lief sie nicht rot an. »Ich habe auch keinen Plan. Also, ich habe nichts vor, meine ich. Ist ja mein erstes Wochenende, das wollte ich einfach auf mich zukommen lassen.«

»Hm.« Er nickte. »Gute Idee. Na dann, schönes Wochenende!« Die Tür schloss sich hinter ihm. Die beiden Frauen sahen sich an.

Gesa fand ihre Fassung zuerst wieder. »Komisch, ich hätte schwören können ... Tja, da hab ich wohl die Schollen husten hören.«

»Hast du wohl.« Franziska versuchte die Enttäuschung aus ihrer Stimme fernzuhalten. Mit mäßigem Erfolg. Gesa war taktvoll genug, nicht darauf einzugehen. Sie murmelte einen Gruß und verschwand.

Franziska räumte noch den Schreibtisch auf und fuhr den Computer herunter. Vielleicht ergab sich am Montag eine Gelegenheit, Niklas die Ergebnisse ihrer Arbeit zu präsentieren. Sie hatte einen Messestand entworfen, einen Flyer gestaltet und Ideen für Marketingaktionen entwickelt. Jetzt war sie äußerst gespannt auf seine Reaktion. Sie schnappte sich ihre Tasche und stellte fest, wie niedergeschlagen sie von einer Sekunde auf die andere war. Eigentlich hatte sie sich auf das Wochenende gefreut. Wie sie gesagt hatte, war ihr Plan gewesen, sich treiben zu lassen. Sie wollte genau das tun, wonach ihr ganz spontan der Sinn stand. Keine große Vorbereitung, kein fester Termin. Das war Freiheit pur. Jedenfalls hatte sie es noch vor einer halben Stunde so empfunden, bis Gesa mit dieser Geschichte von Störtebeker gekommen war. Nun erschienen ihr zwei Tage ohne das Büro, ohne die Sanddornplantage oder wenigstens einen Termin lang und schrecklich einsam.

Sie schloss hinter sich ab, durchquerte die Halle, die am Freitag bereits seit mittags verwaist war, und kam an der Tür zu Niklas Büro vorbei. Sollte sie kurz reinschauen? Im Grunde hatte er sich ja bereits verabschiedet. Unentschlossen stand sie in dem stillen großen Raum. Ach was, sie machte sich immer zu viele Gedanken. Tun Sie, was Ihr Herz Ihnen rät! Sagte sie das ihren Klienten nicht immer? Franziska klopfte.

»Ja?«

Sie öffnete und steckte den Kopf hinein. »Ich wollte nur sagen, ich bin jetzt auch weg.«

»Das ist schön.« Sie lächelte irritiert. »Nicht, dass du weg bist, sondern dass du dich noch mal meldest«, ergänzte er schnell, stand auf, ging ein wenig hastig um seinen Tisch herum und kam auf sie zu. »Das ist sogar super. Ein schöner Zufall.« Ihm verunglückte ein Lachen, das vermutlich überrascht geklungen haben sollte. Irgendetwas stimmte nicht mit ihm. »Ich habe nämlich gerade eben 'ne Mail bekommen. Von einem Bekannten. Der hat zwei Karten für die Störtebeker Festspiele in Ralswiek für morgen Abend und möchte die gerne loswerden. Beste Kategorie für den halben Preis.« Er senkte den Blick und betrachtete die Spitzen seiner Turnschuhe, als ob es dort etwas Interessantes zu entdecken gäbe.

»Klingt toll.« Franziska wäre ihm am liebsten um den Hals gefallen, aber er hatte sie ja noch nicht einmal gefragt, ob sie ihn begleiten wolle.

»Ich war da noch nie.« Wieder lachte er. Dieses Mal klang es scheu und hilflos. »Ist nichts für Einheimische. Andererseits könnte es bei dem Wetter ganz nett sein. Außerdem sollte man doch gerade als Einwohner von Rügen wissen, was die Insel so zu bieten hat, denke ich. Ist immerhin eine der größten Attraktionen.«

»Aha. Ja, klar, das sollte man mal gesehen haben.«

»Ja.«

»Ja.« Sie wartete kurz ab, bevor sie sagte: »Dann wünsche ich dir viel Spaß. Bin gespannt, was du am Montag erzählst.«

»Was? Ach so, nein, ähm, ich dachte, vielleicht magst du mitkommen. Es sind ja zwei Karten. Alleine gehe ich auf keinen Fall.«

»Oh, das ist ja lieb. Wann ist das genau?«

»Ich dachte, du hast noch nichts vor.«

»Nein, habe ich auch nicht.«

»Gut, dann hole ich dich am besten so um fünf Uhr ab. Da ist um sechs schon eine Falknershow oder so was. Keine Ahnung, ob dich das interessiert.«

»Doch, ja, das hört sich wirklich gut an.«

Mit einem Mal strahlte er erleichtert. »Schön, das freut mich. Dann bin ich also morgen spätestens um fünf bei dir.«

Niklas kam eine Viertelstunde zu früh.

»Ich bin gleich fertig«, rief Franziska, nachdem sie ihn hereingebeten hatte, schon halb auf der Treppe. »Ich hole mir nur noch eine Strickjacke. Es wird bestimmt kühl, wenn die Sonne weg ist.«

»Das ist ja wirklich eine tolle Wohnung«, hörte sie ihn unten sagen.

»Ja, ein Traum. Ich bin so froh, dass ich sie bekommen habe.«

»Die kostet bestimmt ein Vermögen.« War das für ihre Ohren bestimmt? Sie war nicht sicher.

»Komme gleich«, rief sie, als hätte sie seine Bemerkung nicht gehört. Ein letzter Kontrollblick in den Spiegel. Sie trug ein thymiangrünes Kleid. Ihr halblanges blondes Haar, das mit jedem Tag in der Sonne heller zu werden schien, wurde von einem weißen Tuch gehalten. Ja, so konnte sie aus dem Haus gehen. Sie war nervös. Albern, aber so war es.

Auf dem Weg durch Juliusruh, über den schlanken Landstrich der Schaabe, an Sagard vorbei und schließlich bei Lietzow zwischen Großem und Kleinem Jasmunder Bodden hindurch nach Ralswiek sprach Niklas kaum ein Wort. Das konnte ja ein netter Abend werden. Womöglich war es keine gute Idee gewesen, seiner Einladung zu folgen. Franziska hatte wenig Lust, Stunden neben einem schweigsamen Mann zu verbringen, den sie kaum kannte und der sie vielleicht nur aus Pflichtgefühl ausführte. Möglicherweise hatte er das Gefühl, sich um seine Mitarbeiterin kümmern zu müssen, die sich, obwohl sie nur einen Zuschuss zur Unterkunft und Verpflegungsgeld bekam, außerordentlich ins Zeug legte. Wenn sie ihn fragte, warum er ihr etwas von einem Bekannten erzählt hatte, der Karten loswerden wollte, statt zuzugeben, dass er die Tickets regulär bestellt hatte, konnte sie ihn sicher zum Reden bringen. Wenn es dumm kam, allerdings nur für wenige Sätze. Danach verstummte er, wenn sie Pech hatte, womöglich komplett. Trotzdem lag ihr die Frage auf der Zunge. Sie hätte die Antwort nämlich zu gerne gekannt.

»Da sind wir.« Er lenkte den Wagen auf einen Parkplatz. Kies spritzte unter den Rädern in die Luft. Es roch ein wenig nach Algen, nach Fisch und auch ein bisschen nach fauligem Wasser. Der Charme des Boddens. Glücklicherweise wehte ein leichter Wind.

Franziska sah sich um. Da war ein niedlicher Yachthafen, und ganz in der Nähe gab es Katen, die sich unter Reetdächern verkrochen. Ein Stück weiter reckte ein Schloss, versteckt zwischen stattlichen Bäumen, seine weißen Türme in den blauen Himmel.

»Ist das schön hier.«

»Du bist leicht zu begeistern«, stellte er nüchtern fest.

»Bitte? Der kleine Hafen, die Häuschen, ich finde das sehr hübsch.«

»Entschuldige. Ich meinte nur, weil du die Plantage auch so schön findest.«

»Wäre es dir lieber, ich würde alles madigmachen?«

»Nein, bestimmt nicht. So habe ich das nicht gemeint. Entschuldige.« Er berührte behutsam ihren Arm und dirigierte sie in Richtung Eingang. »Ich hoffe, die Veranstaltung gefällt dir genauso gut. Keine Ahnung, ob das nur ein peinliches Spektakel oder wirklich gute Unterhaltung ist.«

»Nachher bist du schlauer.« Sie passierten die Kasse und nahmen ihre Plätze ein. Dritte Reihe, Mitte. Sie hatten einen fantastischen Blick auf die riesige Naturbühne und das dahinter liegende Boddengewässer. »Wenn du mich fragst, hat sich der Ausflug jetzt schon gelohnt. Liegt das an meiner anspruchslosen Begeisterungsfähigkeit, oder sieht das toll aus?« Sie deutete nach vorn, wo sich links und rechts prachtvolle Backsteinbauten und malerische Bauernhäuser tummelten, als würde man in eine mittelalterliche Stadt mit der dazugehörigen bäuerlichen Umgebung blicken.

»Hast recht, das ist gut gemacht.« Er nickte. »Sieht klasse aus.«

Nachdem zweimal ein Gong ertönt war, kam das Publikum allmählich zur Ruhe. Franziska ging davon aus, dass es ein weiteres Mal gongen würde, bevor jemand eine Ansage machte und die Show begann.

»Wie viel bekommst du eigentlich für die Karte?«, wollte sie gerade von Niklas wissen, als wie aus dem Nichts ein Vogel mit unglaublicher Flügelspannweite über den Köpfen der Zuschauer auftauchte, eine Runde drehte und auf einem Holzbalken landete, der später im Störtebeker-Spiel vermutlich zu einem Marktstand gehören würde. Hier und da schrie jemand erschrocken auf, andere lachten, ein Raunen ging durch die Menschenmenge. Dann Applaus. Und schon waren sie mittendrin in der Vorführung.

»Nichts«, flüsterte Niklas. »Das wäre ja noch schöner.«

Ein beleibter Falkner mit Lederweste, einem langen Lederhandschuh, mit ungestümer Haarpracht und ebensolchem Bart betrat die Bühne. Er erzählte amüsant und informativ von den

Tieren, mit denen er arbeitete. Zu den verschiedensten Klängen, mal meditativ, mal geradezu dramatisch, glitten Falken, Adler und andere Greifvögel über die Köpfe der Besucher hinweg. Als die Show vorbei war, sah Franziska irritiert zur Uhr.

»Schon zu Ende? Ich hatte das Gefühl, es hat gerade erst angefangen. Das war wirklich kurzweiliger, als ich erwartet hatte.«

»Geht mir genauso.«

»Übrigens, das Thema Eintrittskarte ist noch nicht erledigt.« Während der Darbietung hatte sie sich überlegt, dass sie seine Einladung auf keinen Fall annehmen wollte. Dass er einen Abend mit ihr verbrachte, freute sie durchaus, aber sie wollte nicht, dass er für sie bezahlte. So gut kannten sie sich noch nicht.

»O doch, das ist es. Und das sage ich als dein Chef.« Er verzog keine Miene. »Wie soll ich dir denn sonst deine Überstunden vergüten, wenn ich dir nicht mal ein Gehalt zahle?«

Mit diesem Argument hatte sie nicht gerechnet. »Ich weiß nicht, ob ich das ...«

»Glaub mir, du kannst«, unterbrach er sie. »Solltest du dich stur stellen, müsste ich ab sofort darauf bestehen, dass du keine einzige Minute länger in der Firma bist als besprochen. Das würde uns beiden nicht gefallen, habe ich recht?« Er warf ihr einen Seitenblick zu und musste schmunzeln.

»Stimmt.«

»Also, dann ist das ja geklärt.«

»Einverstanden. Danke. Es ist jetzt schon ein richtig schöner Abend. Dann darf ich dich nachher aber noch zu einem Glas Wein oder Bier einladen, abgemacht?« Er sah aus, als wollte er Einspruch erheben. »Alkoholfrei natürlich«, ergänzte sie rasch. »Sonst müsste ich ab sofort leider streng darauf achten, nicht eine Minute länger in der Firma zu bleiben als besprochen. Und das würde uns beiden nicht gefallen, habe ich recht?«, säuselte sie. Plötzlich fiel ihr etwas ein. »Oder hast du nachher keine Zeit mehr? Ich meine, wenn du nach der Vorstellung lieber gleich nach Hause willst, können wir auch ein anderes Mal ...«

»Zu spät. Du hast von alkoholfreiem Bier angefangen, jetzt musst du zu deinem Wort stehen. Vor gar nicht langer Zeit hat nämlich zufällig eine Insel-Brauerei eröffnet. Die bieten eine ausgezeichnete Hopfen-Kaltschale an. Auch in Autofahrer-Variante.« Sie wollte etwas dazu sagen, kam jedoch nicht dazu. »Aber nächstes Mal, wenn wir da einkehren, fährst du.«

Sie musste lachen. »Das ist nur fair.«

Wieder ertönte der Gong. Franziska atmete tief ein. Sie war so glücklich wie lange nicht mehr. Da war sie wieder, diese Leichtigkeit, die sie bei der Ankunft auf der Insel empfunden hatte. Auch die Vertrautheit zwischen ihr und Niklas war wieder da. Stärker denn je. Ihre Befürchtung, es könnte ein zäher Abend werden, hatte sich in Luft aufgelöst. Stattdessen erfüllte sie nun die Freude darüber, dass er sich offenbar vorstellen konnte, mehr als einmal etwas mit ihr zu unternehmen.

Nach dem dritten Gong trat ein Erzähler auf, wenig später bevölkerten Darsteller die Bühne und hauchten dem mittelalterlichen Ort Leben ein. Die Geschichte präsentierte den Freibeuter Klaus Störtebeker, wie zu erwarten gewesen war, als edlen gutaussehenden Mann, der die reichen fiesen Gestalten um ihr Geld brachte und es sich mit seinen Mannen, allesamt anständige Kerle natürlich, teilte. Das gehörte sich wohl so für einen, der sich Gottes Freund und aller Welt Feind nannte. Selbstverständlich musste er eine schöne Frau retten, die sich auf der Stelle in ihn verliebte. Die Handlung hielt wenig Überraschungen bereit. Dafür verstand der Regisseur es, bei den Zuschauern reichlich Emotionen zu wecken. Außerdem wurde eine Menge für das Auge geboten. Pferde preschten über den Sandboden, die Schauspieler trugen prächtige bunte Kostüme, Kutschen rollten durch die Szene, als hätten sich Handlungsreisende aus einer fernen Zeit geradewegs nach Ralswiek verirrt. Und dann die Schiffe! Elegant mit stolz geblähten Segeln kamen sie über den Bodden, legten an und spuckten eine ganze Piratenmeute aus. Das furiose Finale zog sich über Minuten hin und begeisterte mit einem Feuerwerk und Lasereffekten, die den Abendhimmel in leuchtende Farben tauchten. Es dauerte lange, bis der Applaus allmählich verebbte und die Besucher sich auf den Heimweg machten. Niklas legte Franziska ihre Jacke um, die ihr von der Schulter gerutscht war.

»Ich habe den Eindruck, dieses Störtebeker-Spektakel ist durchaus auch etwas für Einheimische. Oder täusche ich mich?« Sie sah ihn von der Seite an.

»Nö, hast recht. Das war nicht übel. Hätte ich mir gar nicht so gut vorgestellt.«

Während der Fahrt hatten sie über Details der Show geplaudert. Jetzt saßen sie im Biergarten, hatten einen Teller mit Wurst, Schinken und Käse vor sich stehen und prosteten sich zu.

»Die Falkner-Präsentation war wirklich gut«, begann Niklas. »Eigentlich ein bisschen unfair, dass sie direkt vor der Störtebeker-Geschichte stattfindet. Dadurch vergisst man sie so schnell.«

»Da hast du recht. Das waren beeindruckende Tiere. Ich bin nur nie sicher, ob die gerne in Gefangenschaft leben und Kunststücke vorführen.«

»Ich weiß, was du meinst.« Er pikste ein Stück Salami auf und schob es in den Mund. »Ich würde mir nie eine Delfinshow ansehen oder so einen Zirkus mit Robben. Aber in diesem Fall denke ich, die Vögel können jederzeit abhauen. So schlimm kann es also nicht sein.« Sie nickte. »Als ich noch ein kleiner Junge war, habe ich mal einen Film gesehen, der mir ganz lange nicht aus dem Kopf gegangen ist. Da ging es um einen Knirps, der einen Seeadler besaß.« Er sah ihren skeptischen Blick. »Besitzen ist das falsche Wort. Sein Vater war Förster, glaube ich. Der hatte den Adler verletzt gefunden und behandelt. Der Sohn war immer dabei und hat assistiert. Jedenfalls blieb der Vogel von dem Moment, in dem er wieder in die Freiheit entlassen werden konnte, immer in der Nähe des Hauses. Wenn der Junge irgendwohin gegangen ist, flog der Adler mit ihm.« Er lächelte bei der Erinnerung. »Du ahnst es wahrscheinlich schon: Irgendwelche älteren Burschen haben dem Knirps eines Tages aufgelauert und wollten ihm Ärger machen. Er hatte eine Uhr geschenkt bekommen, glaube ich. Die wollten sie ihm wegnehmen. So genau erinnere ich mich nun auch nicht mehr. Jedenfalls hätte er sich allein natürlich nicht wehren können, aber der Vogel hat ihm geholfen. Er ist auf die Fiesling heruntergesaust und hat ihnen gehörig Angst eingejagt.« Seine Handfläche wurde zum Adler. Sie raste so knapp über den Teller hinweg, dass die Käsewürfel vermutlich am liebsten in alle Himmelsrichtungen gehüpft wären, wenn sie nur gekonnt hätten. »Ich wusste natürlich, dass das nur ein Märchen war. Trotzdem habe ich mir gewünscht, ich hätte auch so einen Adler als Freund.«

Franziska sah ihn als kleinen Jungen vor sich. In ihrem Hirn arbeitete es fieberhaft. Konnte sie sich an einen Außenseiter in der Nachbarschaft erinnern? Ihr war klar, dass sie kaum eine bessere Gelegenheit bekäme, ihm auf den Zahn zu fühlen.

»Du hattest bestimmt einen Haufen Freunde. War denn keiner dabei, der großen Jungs Beine machen konnte?«

Niklas nahm einen großen Schluck. »Ein Haufen Freunde?« Er schüttelte langsam den Kopf. »So würde ich es nicht gerade nennen.«

»Immerhin hattest du einen Bruder!«

»Es gab Zeiten, da wäre es ohne ihn vielleicht einfacher gewesen.«

»Du machst es aber spannend.«

»Das war gar nicht meine Absicht.« Er sah ihr lange in die Augen. Sie war schon sicher, dass er genau wusste, woher sie sich kannten, dass er im nächsten Moment fragen würde, ob sie sich denn an gar nichts erinnern konnte. Doch das tat er nicht. »Ich fürchte, meine Geschichte würde dich eher langweilen.« Er war kurz davor gewesen, etwas von sich preiszugeben, was er nicht jedem auf die Nase band, das spürte sie ganz deutlich. Sie musste am Ball bleiben.

»Du hast auch gedacht, das Störtebeker-Spektakel könnte peinlich sein. War es aber nicht. Ich wette, deine Geschichte ist alles andere als langweilig.«

Wieder sah er sie an, als würde er sich gründlich überlegen, ob es nicht klüger wäre zu schweigen. »Also gut«, sagte er schließlich, »du hast es so gewollt.« Er lächelte, aber seine Augen blieben ernst und traurig. »Ich bin mit sechs Jahren nach Rügen gekommen. Meine Mutter stammt von hier, weißt du? Sie ist auf Rügen aufgewachsen. Sie mochte die Insel wohl auch auf eine Art. Andererseits war ihr hier alles zu eng. Sie wollte sich entfalten oder sich selbst finden, was weiß ich? Auf jeden Fall hat sie rübergemacht, wie man so sagt. Sie ist in den Westen gegangen.«

»Einfach so?«

»Nee, nicht einfach so. Das muss ziemlich spektakulär gewesen sein. Sie hat nie einen Ausreiseantrag gestellt, sondern ist gleich abgehauen. Wer einen Antrag gestellt hat, hat sie mal gesagt, wurde behandelt wie ein Krimineller. Da wurde man drangsaliert und noch mehr bespitzelt als so schon. Das wollte sie sich ersparen. Typisch.« Er verzog das Gesicht. »Meine Mutter hat einen ziemlichen Dickschädel.«

»Wie ist sie geflohen?«

»Über das Wasser. Logisch, oder? Ein Inselmädchen haut über das Wasser ab. Tausende haben das versucht, viele sind dabei ertrunken.« Er lachte auf. »Kannst du dir das vorstellen? Hiddensee war damals für DDR-Bürger des Binnenlandes so etwas wie ein Traumziel. Aber nur ganz wenige Normalsterbliche hatten eine Chance, dort einen Urlaubsplatz zugewiesen zu bekommen. Die meisten Unterkünfte waren den Bonzen vorbehalten, irgendwelchen Parteifunktionären. Ausgerechnet meine Mutter hat in dieser undurchschaubaren Zuteilungslotterie einen Platz bekommen.«

»Moment, sie hat auf Rügen gewohnt und wurde nach Hiddensee in den Urlaub geschickt?«

»So ist es.« Er nickte und schmunzelte. »Sie meinte, die Verantwortlichen hätten einfach Lose gezogen. Oder sie haben sich gedacht, dass jemand, der die Küste sowieso ständig vor der Nase hat, keinen Fluchtversuch über die Ostsee unternehmen wird, nur weil er ein Stückchen weiter westlich ist.«

»Aber genau das hat sie getan?« Franziska hing an seinen Lippen. In der Schule war deutsche Geschichte nicht gerade ihr Lieblingsthema gewesen. Wenn man plötzlich ein Schicksal so lebendig vor Augen geführt bekam, war das etwas völlig anderes.

»Ja. Vollkommen planlos und überstürzt. Sie hatte eigentlich nach Bulgarien reisen und von dort in den Westen gelangen wollen. Auf diese Reise hat sie gespart. Und dann kam Hiddensee. Die Südspitze durfte niemand betreten. Von da war es für trainierte Schwimmer nur ein Katzensprung in das Gellen-Fahrwasser, das regelmäßig von Schiffen aus Schweden oder Dänemark passiert wurde. Die übrigen Strände weiter im Norden waren okay. Aber auch nur am Tag. Nachts hatte sich niemand am Strand aufzuhalten.«

»Sehr unromantisch.«

»Die DDR war nicht gerade für ihre romantische Seite bekannt.«

»Das ist wahr. Und wie hat deine Mutter es nun angestellt?«

»Sie war auf einem Campingplatz untergebracht. Da gab es so was wie ein Wirtschaftsgebäude, das gerade renoviert wurde. Meine Mutter entdeckte Platten, die wohl zur Dämmung oder zur Verkleidung verwendet werden sollten. Sie waren aus Styropor oder ähnlich leichtem Material. Sie hat eine Platte geklaut und in ihr Zelt gelegt. Nachts um drei ist sie los.«

»Alleine?« Franziska bemerkte, wie trocken ihr Mund war. Sie bestellte noch ein Bier.

»Ja. Sie wusste einfach, dass das ihre Chance war. Hätte sie das mit ihrem Freund besprochen, mit dem sie damals dort war, wäre die Gefahr zu groß gewesen, dass er nicht bereit gewesen wäre und versucht hätte sie aufzuhalten. Sie hat ihn zwangsläufig zurückgelassen.«

Zwangsläufig? Sie hätte durchaus einen Versuch machen können, ihn zu überzeugen, dachte Franziska. Was hätte sie in so einer dramatischen Situation getan? Wahrscheinlich konnte das niemand von sich sagen, bis er nicht in eine ähnliche Lage kam.

Niklas leerte sein Glas und sah auf die Uhr. »Ganz schön spät geworden. Ich fürchte, ich habe dich genug gelangweilt.«

»Spinnst du? Entschuldige, das ist mir so rausgerutscht.« Erst denken, dann reden. Was war daran so schwer? »Du langweilst mich überhaupt nicht. Im Gegenteil. Ich will auf jeden Fall noch wissen, wie ihr die Flucht gelungen ist, sonst kriege ich heute Nacht kein Auge zu. Wurde sie von einem Schiff aufgegabelt?«

Er schüttelte den Kopf. »Nein. Das hatte sie gehofft. Sie hat sich ihren Brustbeutel mit Ausweis und ein paar Ostmark umgehängt, die Platte geschnappt und ist aus dem Zelt geschlichen. Ihrem Freund hat sie zugeflüstert, dass sie mal für kleine Mädchen müsste. Toller Abschied, was?« Er rollte mit den Augen. »Dann ist sie an den Strand und hat sich in die Brandung gestürzt. Dieses Brett hatte sie wohl unter dem Bauch, um Kräfte zu sparen. Wenn die Suchscheinwerfer über das Wasser glitten, ist sie getaucht. Sie hat versucht sich südlich zu halten, um eben zu dieser Fahrrinne zu kommen, nur war der Sturm ziemlich stark und hat sie immer weiter auf das offene Meer hinausgezogen. Sie hat mal erzählt, dass die Wellen so hoch waren und sie sich irgendwann so schwach fühlte, dass sie schon dachte, sie würde mit gerade mal zwanzig Jahren absaufen. Die Angst vor dem Tod war nicht so schlimm wie die Sorge, dass sie als Leiche womöglich doch wieder in der dämlichen DDR landen könnte.« Er neigte den Kopf. »Aber sie hat es geschafft. Ist bis nach Møn geschwommen. Sie ist die Einzige, der das je gelungen ist.«

»Bis nach Dänemark?« Franziska konnte es nicht fassen. Sie war schon froh, wenn sie es im Schwimmbad auf tausend Meter brachte.

»Ich habe doch gesagt, sie ist ein Dickschädel. Sie hat ihrer Mutter später oft genug vorgehalten, dass die das Land schon hätte verlassen sollen, bevor dieses Passänderungsgesetz kam. Von da ab wurde die sogenannte Republikflucht mit Gefängnis bestraft. Vorher hätten sie noch relativ problemlos in die BRD gehen können.«

Franziska hätte ihm liebend gern weiter zugehört. Vor allem würde sie zu gerne mehr über ihn und seine Kindheit erfahren. Doch es war wirklich sehr spät geworden. Sie waren die letzten Gäste und brachen auf.

Im Auto sagte sie: »Jetzt weiß ich noch immer nicht, warum du dir als Steppke einen Adlerfreund gewünscht hast, der böse Jungs erschreckt, und warum es mit deinem Bruder ein bisschen schwierig war. Versprichst du mir, dass du mir das beim nächsten Mal erzählst? Wenn ich fahre?«

»Abgemacht.« Sie waren zurück in Putgarten. Er schaltete den Motor aus. Sollte sie ihn fragen, ob er noch mit reinkommen wollte? Nein, um diese Uhrzeit wäre das ja wohl ein unmoralisches Angebot. Sie hatte auch keinen Schnaps, den sie ihm als Schlummertrunk anbieten konnte, höchstens Espresso, der aber um diese Uhrzeit nicht in Frage kam.

»Ich war fünf, als mein Vater uns verlassen hat«, begann er plötzlich. Die Straßenbeleuchtung war längst verloschen. Es war nachtschwarz und still. Sie sah ihn von der Seite an. Niklas starrte in die Dunkelheit. »Ein Jahr später, 1988, hat sie einen DDR-Ausweis beantragt. Irgendwie lagen Wende und Mauerfall schon in der Luft. Trotzdem hat niemand gedacht, dass es so schnell gehen oder dass es überhaupt zum Äußersten kommen würde. Ich kann mich noch erinnern, dass wir in ein Lager in der Nähe von Stralsund mussten. Dort wurde meine Mutter tagelang verhört. Es hieß immer, sie würde eine Arbeitsstelle irgendwo in der DDR zugeteilt bekommen. Das hatte sie sich aber ganz anders vorgestellt. Sie wollte unbedingt zurück nach Rügen, weil sie sich als Alleinerziehende Unterstützung von ihrer Familie erhofft hatte. Ihre Eltern hatten beide noch gelebt, und auch Freunde von früher gab es noch. Aber auch da hat sie sich Illusionen gemacht, die bitter enttäuscht wurden. Es gab kein großes Hallo, dass sie wieder zurück war. Ihr Vater hat ihr nie verziehen, dass sie abgehauen ist. Ihre Mutter hat das wohl verstanden, war aber auch nicht gerade begeistert, weil sie natürlich nach der Flucht der Tochter ziemlichen Repressalien ausgesetzt waren. Von der Angst um ihr Kind und der Sehnsucht ganz zu schweigen.«

Franziska war bedrückt. »Gab es denn niemanden, der sie von früher kannte und sich über ihre Rückkehr gefreut hat? Was war mit ihrem ehemaligen Freund?«

»Den sie auf dem Campingplatz zurückgelassen hatte?« Er lächelte bitter. »Was meinst du, was da am nächsten Morgen los war, als die kapiert haben, dass meine Mutter getürmt ist? Ihr

Freund wurde ordentlich in die Mangel genommen. Der hatte danach bestimmt keine Chance mehr, den Plan mit Bulgarien in die Tat umzusetzen, so wie die den bespitzelt haben. Bei dem brauchte sie sich gar nicht erst sehen lassen.« Er seufzte. »Nee, es gab niemanden. Wir konnten zu dritt sehen, wie wir klarkamen. Die einen waren noch sauer, dass meine Mutter damals abgehauen ist, die anderen dachten, sie müsste Dreck am Stecken haben, weil sie freiwillig aus der BRD weggegangen ist. Einige hielten sie tatsächlich für kriminell. Und die Nächsten meinten, sie sei bestimmt asozial und komme mit niemandem zurecht, sonst hätte sie ja wohl im goldenen Westen Fuß gefasst. Ich war noch ein Kind und hatte keine Ahnung von der Geschichte unseres getrennten Staates, geschweige denn von Politik. Trotzdem erinnere ich mich daran, als wäre es gestern gewesen, dass meine Mutter sagte, als mein Vater uns verließ: Siehst du, das sind die Westler! Kein Zusammenhalt. Das war bei uns anders. Als wir auf Rügen angekommen waren, habe ich sie gefragt, was mit dem Zusammenhalt sei, von dem sie immer gesprochen hatte. Sie meinte, das sei schon der Einfluss der Westler. Auf die hat sie alles geschoben.« Er schwieg. Dann räusperte er sich. »Die in der Nachbarschaft des ersten Lagers haben uns gemieden wie der Teufel das Weihwasser, bestenfalls haben sie uns ignoriert. Ganz toll für ein Kind, das gerade dabei gewesen ist, sich in der alten Heimat einen Freundeskreis aufzubauen.«

»Wo war denn deine Heimat? Wo habt ihr gewohnt? Ich meine, bevor deine Mutter mit euch in die DDR ging?«

»Zuletzt in Schleswig-Holstein, im Speckgürtel von Hamburg.«

Ihr stockte der Atem. Bevor es mit den Depressionen ihrer Mutter so schlimm geworden und es zur Trennung ihrer Eltern gekommen war, hatten sie in Schleswig-Holstein gewohnt. Ihr Vater war nach München gegangen und hatte ihr erlaubt, sich mit siebzehn eine Wohnung in Hamburg zu nehmen, weil sie gerade ihre Ausbildung bei einer Bank begonnen hatte.

»Wenn du mit der Lehre fertig bist, kommst du nach in den Süden. Von da ist es nicht weit nach Italien«, hatte er gelockt. Aber Franziska war ein Nordgewächs. Sie hatte sich nie mit dem Gedanken anfreunden können, nach Bayern zu ziehen. Plötzlich wurde ihr bewusst, dass Niklas sie ansah. Ihre Blicke begegneten sich.

»Darüber habe ich noch nie mit jemandem gesprochen«, sagte er leise. »Nicht so ausführlich. Was hast du an dir, dass ich plötzlich aus meinem Leben plaudere?«

Die Scheiben des Wagens waren beschlagen, die Luft war feucht. Nur die Beleuchtung des Armaturenbretts spendete ein wenig Helligkeit.

Stellen Sie sich Ihrem Schicksal!

Es war beinahe zehn Uhr, als Franziska am nächsten Morgen erwachte. Es musste kurz vor Sonnenaufgang gewesen sein, als sie ins Bett gekommen war. Sie hatte geschlafen wie der sprichwörtliche Stein. Sofort musste sie an all das denken, was Niklas ihr erzählt hatte. Hellwach sprang sie aus dem Bett und machte sich Frühstück. Das Radio schaltete sie entgegen ihrer Gewohnheit nicht ein. Ihr Kopf war viel zu beschäftigt, als dass sie noch irgendwelche zusätzliche Reize gebrauchen konnte. In Gedanken rechnete sie nach. Niklas war fünf gewesen, als sein Vater die Familie verlassen hatte. Ein Jahr später, als er sechs war also, waren sie nach Rügen gegangen. Das war 1988 gewesen. Folglich war Niklas Jahrgang 1982 und damit vier Jahre älter als sie. Das würde passen. Sie biss in eine Scheibe Toastbrot mit Sanddorn-Birnen-Marmelade, Gesas Kreation, die wirklich ausgesprochen köstlich war. Außerdem war er in Schleswig-Holstein aufgewachsen oder hatte dort zumindest eine Zeit verbracht. Vor den Toren Hamburgs. Genau wie sie. Es war möglich, dass sie sich aus Kindertagen kannten. So viel zur Erkenntnis. Nur was sollte sie damit anfangen? Sie konnte etwas unternehmen und Niklas am nächsten Tag in der Firma auf ihre Gedanken ansprechen. Das heißt, sie konnte ihn erst mal vorsichtig fragen, in welchem Ort Schleswig-Holsteins er denn gelebt habe. Vielleicht gab es weitere Indizien, die ihr Sicherheit gaben und sie davor bewahrten, mit Schlusssprung ins Fettnäpfchen zu hüpfen. Im Grunde kein übler Plan, er hatte nur einen Haken: Sie musste den kompletten Sonntag durchstehen, ohne mehr zu erfahren, geschweige denn Gewissheit zu bekommen. Ein schrecklicher Gedanke. Was war die Alternative? Hatte sie überhaupt eine? Nachdem sie das Frühstück beendet und den Tisch abgeräumt hatte, dachte sie kurz daran, die Wohnung zu putzen. Staubsaugen konnte nicht schaden. Andererseits sah alles noch sauber aus. Nein, in ebenso hektische wie überflüssige Betriebsamkeit zu verfallen, nur um sich abzulenken, war keine Lösung. Ihr fiel ein, dass sie sich längst bei ihrem Vater hatte melden wollen. Immerhin war sie schon eine Woche hier. Bestimmt würde es ihn freuen, wenn er hörte, wie gut es ihr auf der Insel gefiel. Sie wählte seine Nummer.

»Ziska, Schätzchen! Na, kommst du klar, oder kommst du schon um vor Langeweile?«

»Du warst noch nie auf Rügen, stimmt's? Sonst würdest du nicht ständig so schlecht davon reden. Es würde dir gefallen, weißt du?« Ihr Ton hatte patziger geklungen, als sie beabsichtigt hatte. Eigentlich wollte sie ihn doch nur beruhigen, ihm sagen, dass sie sich pudelwohl fühlte, und von der Schönheit der Landschaft erzählen. Dass er sofort wieder negative Erwartungen hatte, brachte sie auf die Palme.

»Ist ja schon gut. Bin ja froh, wenn du es gar nicht so schlimm findest. Und, was hast du so gemacht in deiner ersten Woche?« Das klang einerseits wirklich interessiert, andererseits war da ein merkwürdiger Unterton. Ganz so, als wollte er auf etwas ganz anderes hinaus.

Franziska begann zu erzählen, von dem Sanddorn und der Kreideküste, von den netten Kollegen und dem Störtebeker-Theater. Ihr Vater hörte ruhig zu. Er unterbrach sie nicht, stellte keine Fragen.

Als sie einen ziemlich umfassenden Bericht abgegeben hatte, blieb es am anderen Ende noch eine Sekunde still. Dann fragte er: »Es ist also alles in Ordnung bei dir?«

»Ja, Papa, bei mir ist alles bestens. Du brauchst dir keine Sorgen zu machen.«

»Das freut mich.« Er klang ehrlich erleichtert. »Das freut mich wirklich sehr. Na gut, meine Kleine, dann wollen wir es mal nicht so teuer machen. Gespräche mit diesen Handy-Dingern kosten doch immer gleich so viel.«

Was war bloß los mit ihm? Kein Wort darüber, was er so trieb, wie es ihm ging. Normalerweise setzte er sie über die Befindlichkeiten der gesamten Straße ins Bild, bevor sie nur dazu kam, eine Silbe von sich zu erzählen.

»Nein, Papa, das habe ich dir doch schon öfter erklärt. Ich habe eine Flatrate. Solange wir beide im Lande sind, zahle ich keinen Cent. Keinen zusätzlichen Cent zu der Grundgebühr«, ergänzte sie schnell, bevor sein klassischer Einwand kam, dass kein Unternehmen dieser Welt etwas zu verschenken habe und jemanden kostenlos telefonieren lasse.

»Dann ist es ja gut.« Es entstand eine kurze Pause. Keine Geschichte von der neugierigen Nachbarin, die ständig am Fenster hockte, um zu sehen, was bei ihm oder den anderen Nachbarn so los war? »Kannst dich ja nächste Woche wieder melden. Jetzt willst du doch sicher etwas unternehmen. Ich meine, es ist Sonntag. Da hast du ja wohl frei.«

»Ja, habe ich. Ich weiß noch gar nicht, was ich heute mache. Vielleicht lege ich mich einfach faul an den Strand und gehe italienisch essen.« Sie lachte fröhlich. Es sollte eine Anspielung sein, doch er reagierte nicht darauf.

»Dann wünsche ich dir viel Spaß. Also ... Servus!«

»Ach, Papa, was ich noch fragen wollte ... Papa, gab es mal einen Jungen, als ich noch ein Kind war, mit dem ich viel Zeit verbracht habe?« Es war raus gewesen, ehe sie darüber hatte nachdenken können. Stille. »Keine Sorge!« Sie lachte ein wenig zu laut. »Ich fange nicht wieder mit meinem eingebildeten Bruder an. Wobei … Das ist witzig, weißt du, ich musste plötzlich wieder daran denken, dass ich früher immer damit genervt habe, dass ich einen Bruder hätte. Ich hatte das total vergessen. Und ausgerechnet hier auf Rügen ist es mir wieder eingefallen. Sagt man nicht«, sprudelte sie weiter, »was man in der ersten Nacht in einer neuen Wohnung träumt, das ist wahr oder es wird wahr? Na ja, es war ja gar nicht die erste Nacht.« Sie lachte wieder ein wenig unsicher. »Aber die zweite, vielleicht zählt die ja auch.« Es blieb weiter still in der Leitung. Sie meinte seinen Atem zu hören. »Papa?«

»Ja, Franziska.«

Er hatte das ruhig gesagt und eindringlich, bedeutungsvoll. Es war kein Ja-ich-bin-noch-dran gewesen und kein Ja-die-zweite-Nacht-zählt-auch. Es war mehr gewesen. Viel mehr. Sie ließ sich auf den Sessel fallen. Ihr war mit einem Mal flau, als hätte ihr jemand in den Magen geschlagen. In diesen zwei Worten lagen alle Antworten, die sie so lange gesucht hatte. Doch sie konnte es nicht glauben. Sie hatte verstanden, trotzdem fragte sie noch einmal nach, nur zur Sicherheit: »Wie, ja, Franziska?«

Wieder Schweigen. Dann ganz leise: »Du hattest einen Bruder. Ich meine, du hast einen. Ich nehme zumindest an, dass er noch lebt.«

»Was?« Ihre Stimme war rau, ein dicker Kloß bildete sich in ihrem Hals. Sie hätte nicht sagen können, wie lange sie nur so dasaß und dem schweren Atmen ihres Vaters lauschte. Die hübsche Wohnung mit dem Regal in Form eines Ruderbootes, mit dem Ofen und dem Fernseher an der Wand verschwamm vor ihren Augen. Sie war unfähig, sich zu bewegen. Sie spürte, dass sie zu zittern begann. Er sagte nichts. Warum sagte er denn nichts? Warum erklärte er ihr nicht, weshalb er jahrelang die Existenz seines Sohnes verschwiegen, ihr den Bruder vorenthalten hatte, den sie sich so gewünscht hatte? Je mehr es ihr gelang, darüber nachzudenken, desto größer wurde ihre Wut. »Ich rufe dich später wieder an«, sagte sie tonlos. »Ich kann jetzt nicht …« Sie drückte eine Taste, das Gespräch war beendet.

Franziska schloss die Augen und ließ die Hand mit dem Mobiltelefon in ihren Schoß sinken. Der Kloß in ihrem Hals wurde dicker, schmerzte. Weinen konnte sie nicht, weder vor Freude noch vor Enttäuschung. Ich hab's gewusst, hämmerte es in ihrem Hirn. Ich hab's die ganze Zeit gewusst.

Am liebsten wäre sie in ihr Bett gekrochen und hätte die Decke über den Kopf gezogen. Das war natürlich Unsinn und brachte sie nicht weiter. Sie konzentrierte sich. Wenn sie es mit Klienten zu tun hatte, die vollkommen durcheinander waren oder verzweifelt, ermahnte sie sie immer, die Augen nicht vor der Realität zu verschließen. »Stellen Sie sich Ihrem Schicksal«, pflegte sie zu sagen. Dann mal los. Sie war ohnehin so aufgewühlt, dass sie es im Bett keine Minute aushalten würde. Sie musste sich bewegen. Jawohl, sie musste einfach nur laufen. Also schnappte sie sich ihren kleinen Rucksack, schmiss ihr Portemonnaie hinein und verließ die Wohnung. Sie hatte keinen Plan, wohin sie gehen wollte. Sie hatte überhaupt keinen Plan. Ohne nachzudenken, bog sie in den Vitter Weg ein. Nachdem die Sanddornplantage und die letzten Häuser hinter ihr lagen, kam sie an einem alleinstehenden Hof vorbei. Danach waren da nur noch Felder. Sie hatte keinen Blick dafür. Als hätte sie einen Termin und wäre spät dran, stapfte sie vorwärts. Der Schweiß war ihr schon nach wenigen Schritten ausgebrochen. Ihr wurde bewusst, dass sie sich nicht mit Sonnenschutz eingerieben und auch keine Creme eingesteckt hatte. Es kümmerte sie nicht.

Sie war schon eine Weile gegangen, als vor ihr ein kleiner runder Bau auftauchte. Die gemauerten weißen Wände blendeten, von der Sonne angestrahlt. Franziska kniff die Augen zusammen. Die kleine Kirche – auf dem Dach stand ein einfaches Kreuz – war nicht rund, sie war achteckig. Der Eingang lag in einem kleinen Vorbau. Sie trat ein und nahm die Sonnenbrille ab. Es war angenehm kühl. Und es war unglaublich still. Kein Mensch hatte sich hierher verirrt. Dabei war Sonntag, obendrein noch Hochsaison. Wenn hier Messen gefeiert wurden, dann war die heutige sicher schon vorüber. Franziska war von Herzen froh, allein sein zu können. Sie ging die wenigen Schritte bis in den kleinen Altarraum. Auf zwei Beinen thronte dort eine flache Metallschale in Form eines Fisches. Nicht irgendein Fisch, sondern das Symbol des Christentums, das sich viele auf ihr Auto klebten. Die Schale war mit Sand gefüllt. Darin standen dicht an dicht kleine Opferkerzen. Auf jeder von ihnen war die achteckige Kapelle abgebildet. Dazwischen stand ein Schild, auf dem der Fisch mit der markant gekreuzten Schwanzflosse zu sehen war. Er sei das Bekenntniszeichen der frühen Christen, war zu lesen. Außerdem standen dort die fünf griechischen Schriftzeichen untereinander, die das Wort für Fisch ergaben. Die einzelnen Buchstaben wiederum standen für die Wörter Jesus, Christus, Gottes, Sohn, Retter, wurde auf dem Schild erklärt. Franziska fühlte sich seltsam berührt. Kein Wunder, sie war in einer höchst emotionalen Verfassung, um nicht zu sagen, sie befand sich im Ausnahmezustand. Das Wort Sohn brannte sich in ihre Augen. Ihr Vater hatte einen Sohn, den er jahrelang verleugnet hatte. Warum? Wie mochte sich dieser Sohn fühlen? Einem Impuls folgend zündete sie eine Kerze für ihn an. Da wurde ihr mit einem Schlag klar, dass diese kleine Kerze für Niklas brannte. Niklas war ihr Bruder! Sie hatte es von Anfang an gespürt. Sollte sie nicht einfach zu ihm gehen, es ihm sagen?

Sie wusste nicht einmal, wo er wohnte. Also kam das wohl nicht in Frage. Ob er sie erkannt hatte? Er hatte nichts von einer Schwester erwähnt. Mit einem Mal konnte sie die Ruhe und Stille in der Kirche nicht mehr ertragen. Leise ging sie hinaus. Die Hitze draußen raubte ihr den Atem. Sie ignorierte die sengende Sonne und die Feuchtigkeit, die in der Luft lag. Nicht einmal die angenehm erfrischende Brise, die von der nahen Ostsee den Duft von Salz mitbrachte, nahm sie wahr. Sie wurde immer schneller und lief zum Schluss beinahe den Weg entlang, der zu dem Fischerörtchen Vitt führte.

Kleine Boote mit bunten Fähnchen an langen Stangen bestückt, waren nach getaner Arbeit am Kai vertäut. Netze hingen an Holzhütten zum Trocknen. Ein paar Nussschalen lagen am Strand. Ein steinerner Deich schützte den Ort vor den Wellen, die jetzt freundlich plätscherten, im Herbst jedoch großes Unheil anrichten konnten. Auf den Buhnen, den hölzernen Pfählen, die in einer Reihe ein gutes Stück in die Ostsee hineinragten, saßen Möwen.

»Na, das ist ja ein Zufall!« Franziska erkannte die Männerstimme sofort. Sie drehte sich um. Vor ihr stand Holger, ihre Zugbekanntschaft von der Hinreise. »Da wird doch der Hund in der Pfanne verrückt.«

Erst jetzt nahm sie ihre Umgebung wahr. Sie hatte gelesen, dass einige Vitt für den hübschesten oder zumindest den romantischsten Ort der Insel hielten. Das war nachvollziehbar. Die Häuser, die meisten von ihnen trugen ein Reetdach, kuschelten sich in der engen Bucht zusammen, als würden sie Verstecken spielen und sich vor dem Rest Rügens hinter der Steilküste verbergen. Holger stapfte von dem grob zusammengezimmerten Unterstand, neben dem es aus einem schwarzen Räucherschrank qualmte, zu ihr herüber.

»Ich muss mit Ihnen schimpfen. Sie haben mich nicht angerufen. Oder waren wir schon beim Du? Na, ist egal, Schwamm drüber. Wie geht's dir?«

Franziska war kurz versucht, ihm die Meinung zu sagen. Sie würde sich nicht als spießig einschätzen, bestimmte aber doch gerne selbst, mit wem sie sich duzte und mit wem es beim förmlichen Sie blieb. Doch sie hatte nicht die Kraft.

»Mir geht es ganz gut, danke. Und selbst?« Es interessierte sie nicht die Spur, aber eine ganz normale Unterhaltung zu führen war genau das, was sie jetzt brauchte.

»Schlechten Menschen geht es immer gut.« Er lachte. »Tja, ich habe viel zu tun. Sogar am heiligen Sonntag bin ich dienstlich unterwegs.« Er flüsterte: »Hab was läuten hören, dass hier ein Haus zu verkaufen sein könnte. Eine Immobilie in Vitt zu vermitteln ist leicht verdientes Geld. Hier gibt's ja kaum was. Habe eine Warteliste im Büro liegen …« Er deutete mit beiden Händen die Länge des Papiers an. »Wenn du hier was kaufen willst, musst du Geduld mitbringen. Und viel Geld natürlich.« Jetzt rieb er den Daumen an dem Mittelfinger. »Deshalb bin ich natürlich fix hinterher, wenn ich was höre.«

»Das leuchtet ein.« Sie sah sich kurz um. »Hoffentlich vermittelst du nicht an irgendwelche reichen Typen vom Festland, die nur ein Ferienhaus haben wollen. Das würde den Charme des Ortes über kurz oder lang zerstören«, sagte sie nachdenklich.

»Weißt ja, wie das ist, der Meistbietende kriegt den Zuschlag.« Er tat so, als würde er mit einem Hammer auf ein Auktionspult schlagen. »Aber keine Sorge, die Leute hier haben ihren eigenen Kopf. Und die entscheiden letztendlich, an wen verkauft wird.«

Sie nickte und starrte auf ihre Schuhe. Wie konnte sie diese belanglose Unterhaltung beenden, ohne unhöflich zu sein? Sosehr sie auch ihr Hirn anstrengte, ihr wollte nichts einfallen. Sie dachte gar nicht wirklich nach. In ihrem Kopf war ein zäher Brei, der jegliche Denkarbeit verhinderte.

»Geht es dir wirklich gut?« Holger beobachtete sie. »Du bist ein bisschen blass. Ich dachte, du bist jeden Tag draußen auf dem Feld. Da müsstest du doch …«

»Die Ernte hat noch nicht angefangen. Ist noch ein bisschen früh«, fiel sie ihm ins Wort. »Ich kümmere mich erst mal um Marketing und solche Sachen.«

»Verstehe. Und sonst?«

»Was und sonst?«

»Hast du schon etwas von der Insel gesehen?« Er sah auf die Uhr. »Ich fahre gleich zurück nach Bergen. Wenn du willst, nehme ich dich mit, und wir machen einen Abstecher in die Granitz. Da gibt es ein Jagdschloss mit …«

»Mit einem Restaurant. Du hast davon erzählt.« Sie erinnerte sich, dass er von einem romantischen Essen oder zumindest einem Glas Wein gesprochen hatte.

»Genau. Wir könnten zum Schloss spazieren, zum Mittag einkehren und den Turm erobern. Dafür musst du allerdings schwindelfrei sein.«

»Bin ich nicht.« Sie zuckte entschuldigend mit den Schultern.

»Macht nichts. Ist sowieso kein Vergnügen, sich mit zig Touristen auf der kleinen Plattform zu drängeln.« Er sah sie erwartungsvoll an. Gab es denn nichts, womit man ihn bremsen konnte? »Na, wollen wir los?«

»Ehrlich gesagt …« Wenn ihr Grips doch nur funktionieren würde. Sie war einfach nicht in der Lage, einen vernünftigen Satz zu formulieren. Ständig sah sie Niklas vor sich und hatte die Stimme ihres Vaters im Ohr.

»Was ist jetzt, ja oder ja?« Er lachte. Holger ging ihr furchtbar auf die Nerven. Andererseits wollte er wahrscheinlich nur nett sein.

»Lassen Sie sich von dem man nix aufquatschen.« Der raue Bass kam aus dem hölzernen Unterstand. Franziska hatte gar nicht bemerkt, dass ein Mann hinter dem herunterklappbaren Brett, das als Tresen diente, stand. Dabei war der Kerl eigentlich nicht zu übersehen. Er war so groß, dass die Strickmütze, die er trotz der Hitze trug, beinahe an die Decke stieß. Breit war er auch, hatte fleischige Arme und einen mächtigen Brustkorb, der sich unter dem dunkelblauen T-Shirt abzeichnete. »Is so'n Immobilien-Heini. Die wollen einem ständig was verkaufen oder abluchsen.«

»Na, na, so würde ich das aber nicht sagen.« Holger suchte sichtlich nach etwas, das ihn wieder in ein besseres Licht rückte. »Du willst doch auch ständig etwas verkaufen. Deinen Fisch da.« Er fuchtelte in der Luft herum.

Franziska betrachtete den Räucherofen neben der Bretterbude eingehend. »Sie räuchern Fisch?«

»Ja, wat wohl sonst? Ik bün ja man Fischer. Da werd ik kaum Würstchen räuchern.« Als er lachte, schien der gesamte Unterstand zu vibrieren. »Heute gibt's Hornfisch und Hering. Der Hornfisch war spät dies Johr. Is alles 'n büschen dörcheinannergekommen mit den Laich- und Fangzeiten.«

»So viel zum Thema aufquatschen«, mischte Holger sich wieder ein. »So, ähm, Frauke, wie ist es nun?«

»Franziska«, korrigierte sie, ohne seine Frage zu beantworten.

»Klar, 'tschuldigung, böser Fehler. Ich mach's gut und gebe dafür einen aus.«

»Sie will nich mit. Hast das nich kapiert?« Der Fischer zog die Augenbrauen hoch und verschränkte die Arme vor der Brust. Falls Franziska ihn wegen einer beruflichen Neuorientierung beraten müsste, würde sie ihm nahelegen, über eine Karriere als Türsteher nachzudenken.

»Das, äh, habe ich noch gar nicht so ... Das sehe ich anders«, stammelte Holger.

»Er hat schon recht. Heute passt es nicht so. Ich habe dir versprochen, dass ich dich anrufe, also mache ich das auch.« Er sah richtig enttäuscht aus. »Ist ja erst eine Woche von drei Monaten rum«, tröstete sie ihn.

»Stimmt, da können wir noch was anfangen.« Sie runzelte die Stirn. »Mit der Zeit«, sagte er schnell. »Mit so viel Zeit kann man noch einiges anfangen. Tja, dann …« Er schob die Hände in die Taschen seiner roten Stoffhose.

»Tja, dann man tschüss«, brummte der Fischer.

»Tschüss.« Holger nickte. Er wirkte noch immer etwas unentschlossen. Als Franziska keine Anstalten machte, ihn aufzuhalten, ging er. »Denk noch mal nach, Heini, über das, was ich dir gesagt habe«, rief er über die Schulter, hob die Hand und ging den Weg hinauf davon.

»Heinrich«, brummte der Fischer. »Für dich Heinrich, du Pennschieter.« Leiser fügte er hinzu: »Wie schon mein Urgroßvater, mein Großvater und mein Vater.« Er sah sie an und strahlte mit einem Mal, als wäre ihm gerade etwas unfassbar Schönes eingefallen. War es auch. »Den sind wir los!«

Franziska wendete sich ihm zu. Sie sah durch ihn hindurch und versank in ihren Gedanken. Die Erkenntnis, nicht mehr neu eigentlich, kam ihr erst jetzt wieder klar in das Bewusstsein, als hätte sie eben begriffen, dass sie nicht geträumt hatte. »Ich habe einen Bruder«, sagte sie tonlos.

»Mein Mitgefühl.« Er rollte mit den Augen und lachte dröhnend. Doch er wurde schnell wieder ruhig und warf ihr einen durchdringenden Blick zu. »Na ja, gibt Schlimmeres, oder?«

»Den habe ich mir immer gewünscht.« Jetzt erst sah sie ihm direkt ins Gesicht. »Ich müsste mich freuen.« Sie ließ die Schultern hängen. »Tu ich aber nicht.«

»Is womöglich 'n büschen spät, was? Nix für ungut, aber so jung sind Sie nun nich, dass Sie mit so 'nem Knirps noch viel anfangen können. Sie könnten ja selber schon Mutter sein. Nehme ich an.«

»Der Knirps ist erwachsen. Wir passen schon ganz gut zusammen. Altersmäßig.« Sie seufzte tief. Warum musste es ausgerechnet Niklas sein? »Ich würde mich ja freuen«, erklärte sie heftig, »aber wieso erfahre ich das erst jetzt? Wieso wurde ich mein ganzes Leben belogen? Und wieso denn ausgerechnet der? Ich meine, er ist nett, aber ... Irgendwie ...« Sie brach ab. Was sollte sie dem Fremden auch sagen?

»Na, Sie sind mir ja 'ne verdrehte Person, so viele Fragen auf einmal. Erst wollen Sie 'n Bruder haben, dann doch lieber nich. Dann wollen Sie bestimmen, wer's denn sein darf. So geht das nich. Seine Verwandten kann man sich nicht aussuchen.«

Franziska ließ ihn einfach stehen. Mit hängenden Schultern trottete sie über den winzigen Strand. Eine Möwe, die auf dem Deich gehockt hatte, brachte sich kreischend in Sicherheit. Franziska setzte sich auf die Steine. Es kümmerte sie nicht, dass sie ein nasses Hinterteil bekam. Sie sah hinaus auf die Ostsee. Kleine Wellen hoben die Wasseroberfläche hier und da an. Alles war in Bewegung, nirgendwo gab es einen festen Halt. Da wurde einem schon beim Hingucken schwindlig. Sie zog die Beine an und legte ihre Arme um die Knie.

»Seine Verwandten kann man sich nicht aussuchen«, wiederholte Fischer Heinrich neben ihr. Er war ihr nachgegangen, stand nun neben ihr und blickte wie sie auf die Ostsee. »Mein älterer Bruder zum Beispiel. Er hätte die Fischerei von meinem Vater übernehmen sollen. Is ja klar, der Erstgeborene erbt das Geschäft.« Er betonte jede Silbe. Dann schnaubte er missbilligend. »Dabei bin ich nur zwei Jahre jünger. Heinz, also mein Bruder, der älteste – ich habe sechs Brüder.« Er sah sie kurz an.

»Oh«, machte sie.

»Und eine Schwester.« Er blickte wieder in Richtung Horizont. »Die hat's nich leicht. Aber das wollte ich gar nich erzählen. Heinz jedenfalls sollte alles übernehmen. Auch das hier.« Er deutete mit der Pranke über seine Schulter nach hinten, wo die Bretterbude stand. »Seine Fischerlehre hat er absolviert und auch das Kapitänspatent gemacht. Nur hat er nix so lassen wollen, wie mein Vater das mal aufgebaut hat. Die Zeiten ändern sich. Das war immer sein Spruch.« Er schwieg so lange, dass Franziska schon meinte, er habe sie vergessen.

»Tja, unrecht hat er damit nicht, oder?«

»Tüünkroom! Wat soll dat überhaupt sein, die Zeiten ändern sich? Die Zeiten bleiben immer gleich. Jeder Tach hat vierundzwanzig Stunden, jede Woche sieben Tage. Morgens wird's hell und abends wieder düster. Das Wetter ändert sich. Die Politik ändert sich auch. Ständig. Und de Lüüd ok. Aber die Zeit?« Er schob die Unterlippe vor und schüttelte langsam den Kopf. »Die nich.« Wieder schwieg er eine ganze Weile. Franziska genoss es dieses Mal. Irgendwie hatte er wohl recht, und irgendwie hatte der Gedanke etwas Beruhigendes. »In der DDR wurde die Küstenfischerei noch subventioniert. Da brauchte man sich nich anstrengen, jedenfalls nich so wie heute. Hast immer dein Geld gekriegt. Konntest zwar nix Anständiges für kaufen, aber hast es gekriegt.« Er lachte. »Das war vorbei, als die Vereinigung kam.« Er sagte nicht Wiedervereinigung. Sie schätzte ihn auf höchstens Anfang fünfzig. Also war er mit zwei deutschen Staaten aufgewachsen. Von wegen, es wächst zusammen, was zusammengehört. Für viele Menschen seiner Generation war das eine ziemlich theoretische Angelegenheit. »Die meisten Fischer auf Rügen haben damals aufgegeben«, erzählte er ihr. »Aber mein Vater und mein Bruder haben weitergemacht. Und ich bin bei ihnen in die Lehre gegangen. Tja, der Heinz, der wollte die Chance, die in der Veränderung lag, auf seine ganz eigene Weise nutzen. Der hatte meinen Vater vorher schon immer getriezt, dass er moderner werden sollte. Expandieren war eines seiner Lieblingswörter. Mein feiner Herr Bruder wollte auf Schleppnetze umsteigen. Dabei weiß doch jeder, dass die die Pflanzen und Tiere am Meeresgrund beschädigen oder sogar umbringen. Stellnetze sind auch nich doll. Da hast zu viel Beifang, Vögel oder Schweinswale. Aber ganz ohne Stellnetze ging es eben nich.« Er dachte eine Weile nach, dann fuhr er fort: »Jedenfalls hat Heinz gemeint, mit dem Ende der DDR und dem Wegfall der Subventionen hätten wir gar keine andere Wahl, als uns mit anderen zu Fangflotten mit großen Schleppnetzen zusammenzutun.«

»Aus Ihrer Sicht gab es aber eine Wahl?«

»Die gibt's immer.« Er holte tief Luft. »Gerade durch den Zugang, den wir plötzlich zu allem hatten, war es gar nicht so schwer, auf umweltfreundliche Methoden umzustellen. Nachhaltig heißt das heute. Auch so 'n Wort.« Er schüttelte den Kopf. »Aber von der Sache her isses schon richtig. Wenn wir alles leer fischen und auch vor weiblichen Tieren nich haltmachen, die noch ihren ganzen Laich im Bauch haben, dann schippen wir uns doch das eigene Grab als Fischer. Oder nich?«

Sie nickte. »Allerdings.«

»Sehen Sie, selbst 'ne Landratte sieht das ein. Nur mein Bruder nich. Quer geschossen hat er. So lange, bis Vadder beinahe nachgegeben hätte. Aber da bin ich dann dazwischengegangen. Da meinte Heinz, wir sollten das man schön unter uns ausmachen. Wir könnten ihn auszahlen und ihm die Bude überlassen. Daraus wollte er dann ein schickes Lokal machen. Tüünkroom«, schnaubte er wieder. »Hier kannst mit Badehose und Schlappen antanzen und Fisch essen oder mitnehmen. Wat soll in Vitt denn bitte schön so 'n piekfeines Lokal?«

Franziska sah sich kurz um. Der Platz war ideal für ein stilvolles Restaurant mit großer Terrasse. Man würde niemals einen Tisch bekommen, ohne zu reservieren. Insofern konnte sie diesen Heinz verstehen. Nur würde man den Charme dieses Fleckchens unwiederbringlich zerstören, wenn man hier eine schicke Gastronomie ansiedeln wollte. Denn dafür mussten mit Sicherheit mehr Gebäude dran glauben als nur die kleine Bretterbude.

»Wie es aussieht, haben Sie und Ihr Vater sich durchgesetzt.«

»Hm«, machte er. »Und was ham wir davon? Ich habe seit x Jahren kein Wort mehr mit meinem Bruder gewechselt. Vadder hatte damals einen Schlaganfall vor lauter Ärger. Nu isser ständig auf Hilfe angewiesen. Allein geht fast nix mehr. Schon gar nich in dem ollen Haus mit lauter engen Zimmerchen. Ich muss rausfahren, die Reusen beködern und leeren. Ums Räuchern muss ich mich auch kümmern und um den Verkauf. Meine Schwester is viel bei Vadder, aber nu hat ihr Mann eine Stelle auf dem Festland gekriegt.« Er hob die Schultern und sah mit einem Mal völlig hilflos aus. »Is wohl besser, wenn ich den alten Mann in so 'ne Einrichtung bringe. Bloß weiß ich jetzt schon, dass er es da nich mehr lange macht. Und das Haus wär auch futsch. Diese Seniorendinger kosten ja 'n Vermögen.« Er seufzte tief.

Franziska stand auf, rutschte mit einem Fuß weg und rettete sich mit einem Sprung zur Seite davor, im Wasser zu landen. Sie sah zu ihm auf.

»Lassen Sie mich raten. Der Typ vorhin, Holger, streckt schon die Finger nach Ihrem Haus aus.«

Er nickte. »Kann sein, dass er recht hat. Für Vadder isses bestimmt besser, wenn er von Leuten versorgt wird, die wat davon verstehen.« Ein älteres Paar kam den Weg hinunter und steuerte geradewegs auf die Fischbude zu. »Denn will ik man wedder.

Hat gutgetan, mit Ihnen zu schnacken.« Damit trottete er davon, zog automatisch den Kopf ein, als er seine Hütte betrat, und klappte den Tresen hinter sich herunter.

Nach einem sehr langen Spaziergang von Vitt nach Norden und ganz um die Westspitze Kap Arkonas herum war Franziska erschöpft in ihre Wohnung zurückgekehrt. Sie hatte sich einen Sonnenbrand eingefangen, der sich gewaschen hatte. Vermutlich würde sie in einigen Tagen einer Pellkartoffel gleichen, die jemand mit Speisefarbe zum Erröten gebracht hatte. Außerdem hatte sie sich eine stattliche Blase an der rechten Ferse gelaufen. Die Ballerinas waren eben für Gewaltmärsche nicht geeignet. Schon gar nicht, wenn man sie ohne Strümpfe trug und sich mit jedem Schritt mehr Sandkörner hereinschaufelte. Trotz allem fühlte sie sich besser. Sowohl der Besuch in der kleinen achteckigen Kapelle als auch das Gespräch mit Fischer Heinrich hatten ihrer Seele wenigstens ein bisschen Klarheit zurückgegeben. Immerhin so viel, dass sie in aller Ruhe einen Plan fasste. Sie mochte Pläne, sie gaben ihr Sicherheit. Während sie sich von oben bis unten Quark auf die brennende Haut strich, ging sie ihn noch einmal durch. Sie würde Niklas am nächsten Morgen um ein Gespräch bitten. Dann würde sie ihn fragen, ob er ausschließlich einen Bruder hatte. Je nachdem, wie die Antwort ausfiel, würde sie weiter bohren und herausfinden, ob er sich nicht mehr an eine Schwester erinnerte, weil er damals noch so jung gewesen war, oder ob er sich womöglich nicht erinnern wollte. Man konnte sich seine Verwandten nicht aussuchen. Was, wenn ihm seine Mutter eingeredet hatte, dass es eigentlich nur zur Trennung gekommen sei, weil die Geschwister sich aufs Blut gehasst hatten? Nein, das war völlig undenkbar. Dekolleté, Arme und Gesicht waren weiß, ein Frotteeband verhinderte, dass ihr die Haare in die Stirn fielen und sich für immer mit dem Quark verbanden. Nun machte sie sich daran, auch die Beine einzustreichen. Sie hatte während ihres ausgiebigen Spaziergangs eine kurze Hose getragen. Jetzt hatte sie nur Slip und Hemdchen an, aber es sah noch immer aus, als hätte sie eine weiße Hose an wie eine Tennisspielerin. Vom Rand abwärts leuchtete alles in schönstem Rot.

Niklas war sechs gewesen, als seine Mutter mit ihm nach Rügen gegangen war. Ein Jahr vorher hatte sein Vater, oder besser ihr gemeinsamer Vater, ihn verlassen. Bedeutete das, dass Papa ein Doppelleben geführt hatte? Natürlich, das war eine Erklärung für sein Leugnen. Er hatte eine Affäre mit Niklas' Mutter gehabt, sie aber trotz des Sohnes nicht geheiratet. Stattdessen hatte er Susanne geheiratet, Franziskas Mutter. Als Franziska zur Welt kam, hat er die Kinder manchmal zusammen spielen lassen. Dann wurde ihm die Sache aber zu anstrengend oder zu heikel, und er trennte sich von Niklas' Mutter. Ja, so klang das alles logisch. Es klang allerdings auch ziemlich mies. Ein solch doppelbödiges Spiel hätte sie ihrem Vater nie zugetraut. Das passte nicht zu ihm. Es erklärte jedoch, warum er ständig die Existenz des Sohnes abgestritten hatte. Sie versuchte sich zu entsinnen, ob ihre Mutter je dabei gewesen war, wenn die Kinder miteinander gespielt hatten. Wahrscheinlich nicht. Aber daran konnte sie sich beim besten Willen nicht erinnern. Es gab immer nur einzelne Fragmente, zum Beispiel, wie Jürgen versucht hatte ihr das Ballspielen beizubringen. Sie verharrte in der Bewegung. Jürgen. Ihr Bruder hieß Jürgen. Wenn auch sonst so einiges in ihrer Erinnerung durcheinandergeraten sein mochte, das wusste sie noch ganz genau. Sie musste Papa anrufen. Sie musste das klären. Jetzt sofort. In dem Moment klingelte es an ihrer Tür. Franziska erstarrte. Wer konnte das sein? Es wussten nicht viele, wo sie wohnte. Nur Gesa, der Vermieter und Niklas. Ihr Herz schlug heftig in ihrer Brust. Was sollte sie tun? Sie schlich die Treppe hinunter, als könnte sie jemand hören. Dabei war das nicht möglich. Besucher mussten sich zunächst die Haustür öffnen lassen, um in das Treppenhaus zu gelangen. Es stand also niemand direkt vor ihrer Wohnungstür. Was jetzt, nicht reagieren, abwarten, bis der Besucher wieder ging, oder sich beherzt der Situation stellen? Niemand konnte sehen, ob sie zu Hause war. Mist, sie hatte die Balkontür weit geöffnet. Das war zumindest ein Indiz für ihre Anwesenheit. Es klingelte wieder. Franziska drückte auf den Knopf der Gegensprechanlage.

»Hallo?«

»Ach, du bist doch da.« Niklas! »Ich dachte schon, du bist unterwegs, und wollte gerade wieder ... Störe ich?«

Sie sah an sich hinunter. Der Quark auf ihren Armen begann bereits zu trocknen und wurde rissig wie die Erde Afrikas in einer Dürreperiode.

»Franziska?«

»Ja. Äh, nein, du störst eigentlich nicht. Es ist nur gerade etwas ungünstig. Ich hab nicht viel an.«

»Macht nichts.«

»Das sehe ich ein bisschen anders«, fauchte sie.

»Sollte ein Scherz sein. War nicht witzig, entschuldige bitte.«

»Nee, ist schon okay, ich bin nur ... Ich bin etwas gereizt«, erklärte sie und zwang sich zu einem Lachen. »Im übertragenen Sinne. Hab ein bisschen zu viel Sonne abbekommen. Ich habe gerade ungefähr achtzig Prozent meiner Hautoberfläche eingeschmiert.« Als er nichts sagte, ergänzte sie: »Mit Quark.«

Stille, dann schallendes Gelächter. »Ich gebe zu, das würde ich wirklich gerne sehen«, prustete er.

»Danke für dein Mitgefühl.«

»Entschuldigung. Auf so etwas kommt auch nur eine Frau. Quark gegen Sonnenbrand.« Sie konnte förmlich sehen, wie er den Kopf schüttelte.

»Ist ein altes Hausmittel. Das funktioniert. Hoffe ich.«

»Tja, dann gehe ich mal lieber und überlasse dich deinem Milchprodukt. Ich wollte auch nur fragen, ob du Lust hast, mich morgen zu einem Termin zu begleiten. Es geht um die Vorbesprechung für eine Veranstaltung auf dem Rügenhof. Wenn du magst, kannst du dein Messekonzept vorstellen. Das mit dem Inselflair und so.«

»Okay, gerne.«

»Dann brauchst du gar nicht in die Firma zu kommen. Ich hole dich um neun Uhr ab, wenn das in Ordnung ist.«

»Klar, das passt prima.«

»Gut, bis dann. Ach, Franziska?«

»Ja?«

»Soll ich dir aus der Firma einen Kittel mitbringen?« Es war nicht zu überhören, dass er sich das Lachen nur schwer verkneifen konnte. »Nur falls du die Pampe nicht wieder runterkriegst, meine ich.«

»Das kannst du nicht wissen, aber diese Wohnung verfügt über eine Dusche.«

»Glück gehabt. Dann bis morgen. Schönen Abend noch. Und gute Besserung!«

»Danke«, sagte sie, ohne den Knopf der Anlage zu drücken. Er ist dein Bruder, hämmerte es in ihrem Hirn. Er ist dein Bruder. Am liebsten wäre sie auf den Balkon gerannt und hätte ihn Jürgen gerufen. Sie schnaufte. Mann, war das alles kompliziert! Ihr schöner Plan war dahin. Sie musste zuerst ihren Vater anrufen und die Sache mit dem Namen klären. Aber nicht jetzt. Irgendwie fühlte sie sich mit einem Mal zu erschöpft, um ein solches Gespräch zu führen. Morgen. Sie war beinahe dreißig Jahre ohne ihren Bruder ausgekommen, da würde sie auch noch ein paar Tage länger aushalten, sagte sie sich.

Schon am nächsten Morgen hatte sich Franziskas Einstellung komplett geändert. Schluss mit der Aufschieberitis! Das war einer der wichtigsten Grundsätze jedes Coachings. Wenn du etwas ändern oder anfangen willst, verschiebe es nicht auf nächste Woche, tue es gleich! Dummerweise hatte Niklas sie nicht zu Wort kommen lassen. Er konnte sich erst gar nicht über die Rotschattierungen ihrer Haut beruhigen, dann sprudelte er los und erklärte ihr, worum es bei der bevorstehenden Besprechung ging und was bisher schon für die Veranstaltung geplant war. War das der Mann, den sie als eher schweigsam kennengelernt und von dem Gesa gesagt hatte, er sei ungefähr so redselig wie der durchschnittliche Rügener Jung, mit anderen Worten schweigsam wie ein Hering? Der Tag ging vorbei, ohne dass Franziska eine Gelegenheit gefunden hätte, ihn auf ihren Verdacht anzusprechen. Das galt auch für die darauffolgenden Tage, an denen Niklas in Stralsund zu tun hatte. Gesa nutzte die Chance des abwesenden Chefs, es ein bisschen langsamer angehen zu lassen und Franziska auszuhorchen.

»Nun mal raus mit der Sprache. Mit wem warst du am Strand, dass du dermaßen die Zeit vergessen hast und so verbrennen konntest? Erzähl mir nicht, du bist eingeschlafen.«

»Nein, ich bin spazieren gegangen. Hab ich doch gesagt. Ich hab blöderweise vergessen, mich einzureiben. Das ist alles.«

»Allein. Du machst allein einen Mammutspaziergang, obwohl du nicht eingecremt bist. Ist klar.« Sie zog die Augenbrauen hoch. An diesem Tag trug sie ein Kopftuch mit Leopardenmuster. Irgendwie passte es nicht zu ihr.

»Warum denn nicht? Ich habe mich mit der Entfernung verschätzt. Wärst du etwa zurückgelaufen, nur um dich einzuschmieren?«

Franziska half Gesa, die ziemlich umfangreiche Bestellung eines Kunden in Süddeutschland zu erledigen. Er hatte fünfzig kleine Geschenkkörbe geordert. Die beiden Frauen standen also in dem fensterlosen Packraum, stellten Marmeladengläser, Likörfläschchen und Salami, ein Produkt, das Niklas von einem ansässigen Biobauern zukaufte, in die Körbe, wickelten sie in Folie ein und verzierten sie mit Schleifen.

»Weißt du, was mir aufgefallen ist?« Franziska sah Gesa kurz an. »Hier gibt es echt viele Kollegen mit Doppelnamen. Piet-Olaf zum Beispiel oder Anne-Marieke. Hast du einen zweiten Namen?«

Gesa lachte. »Ganz dummer Ablenkungsversuch.«

»Jetzt sag doch mal!«, beharrte Franziska.

»Gesa, das Superweib.« Sie schüttelte den Kopf. »Nee, was anderes kann ich nicht bieten. Und du?«

»Ich auch nicht. Einfach nur Franziska. Reicht ja auch.«

Die Nachrichten im Radio verhallten ungehört. Jetzt lief ein altes Rockstück, vielleicht von den Stones, vermutete Franziska. Gesa spielte augenblicklich Luftgitarre, schnappte sich ein Marmeladenglas, drehte damit eine Pirouette, warf das Glas in die Luft und schob das Kinn im Takt vor und zurück, als sie sich wieder der Arbeit zuwandte.

»Hat Niklas noch einen zweiten Namen?«

»Nicht dass ich wüsste«, antwortete Gesa. Dann verzog sich ihr Mund zu einem breiten Grinsen. »Du hast doch ein Auge auf ihn geworfen. Hab ich am ersten Tag schon gemerkt. Warst du etwa mit ihm am Strand?«

»Ach Quatsch.«

»Kein Quatsch. Gute Beobachtungsgabe meinerseits. Schade, ich hätte wetten können, dass er dich am Samstag zu Störtebeker entführen wollte. Ich wollte ihn am Montag schon fragen, mit wem er da war, aber das hätte ja so ausgesehen, als hätte ich auf seinem Schreibtisch geschnüffelt. Ich meine, wie sollte ich sonst wissen, dass er Tickets hatte? Man will ja auch nicht neugierig erscheinen.«

»Kein bisschen.« Franziska schmunzelte.

»Sei ehrlich!« Gesa stützte sich auf und ließ Geschenkkorb Geschenkkorb sein. »Es hätte doch gut sein können, dass die Karten für ihn und dich gewesen wären. Der Typ ist Single, du bist nicht gerade hässlich.«

»Danke!« Sie rollte mit den Augen.

»Der schnackt nicht viel, der schafft Fakten. Dachte ich. Aber das war ja wohl ein Satz mit x.«

»Stimmt. Das mit dem x, meine ich. Ich habe mich nämlich extrem gut amüsiert.« Sie zwinkerte Gesa zu.

Die starrte sie mit offenem Mund an. Dann fand sie ihre Sprache wieder. »Über mich, oder was?«

»Nee, mit dem Störtebeker.«

»Ist nicht wahr! Ihr wart doch zusammen los?« Franziska nickte. »Wann wolltest du mir das erzählen?« Sie hockte sich auf die Arbeitsfläche und knuffte Franziskas Arm. »Los, ich will Einzelheiten hören. Und zwar alle. Schlimm genug, dass du mich so lange ahnungslos gelassen hast.«

Machen Sie eine Liste!

»Sascha, nett, dass Sie mal wieder vorbeikommen.«

»Neulich hatte ich keinen Appetit, aber heute möchte ich gerne Ihren Fisch probieren.« Franziska betrachtete den Ofen, aus dem es wie bei ihrem ersten Besuch vielversprechend qualmte.

Sie bestellte jedoch das Tagesgericht, Ostsee-Scholle aus der Pfanne. Dazu gab es wahlweise Bratkartoffeln oder Krautsalat. Das war alles. Diese beiden Beilagen waren im Angebot, sonst nichts. Schnörkellos, aber gut war die Devise von Fischer Heinrich. Franziska entschied sich für die Kartoffeln.

»Wussten Sie, dass die Scholle erst ab einem gewissen Alter zum Plattfisch wird?«

Sie schüttelte den Kopf. »Nein, das habe ich nicht gewusst.«

»Is aber so. Das linke Auge wandert auf die rechte Körperseite.« Er untermalte seine Erklärung, indem er mit dem Finger von seinem linken Auge neben das rechte wanderte. »Der Fisch dreht sich um und schwimmt nu immer mit der linken Seite nach unten. Drollig, was?«

»Ja, interessant.«

»Na, Sie bringen sich ja beinahe um vor lauter Begeisterung.« Er zuckte mit den Schultern.

»Entschuldigung, ich war wohl nicht ganz bei der Sache. Um ehrlich zu sein, bin ich nicht nur wegen des Fisches gekommen. Mir geht unser Gespräch nicht mehr aus dem Sinn.«

»Ach so?« Er legte den Kopf schief und sah sie misstrauisch an. »Wollen Sie etwa mein Haus kaufen?«

»Nein, bestimmt nicht.«

»Na, hören Sie mal! Dat is 'ne ganz feine Hütte.« Er schien wirklich empört zu sein.

»Das glaube ich gern. So war das nicht gemeint. Ich denke, Sie sollten das Haus gar nicht verkaufen.«

»Ick hab Ihnen den Schlamassel doch erklärt.«

»Stimmt, haben Sie. Ihr Vater ist körperlich eingeschränkt. Für ihn ist das Haus nicht optimal. Sie meinten, eine Senioreneinrichtung wäre vielleicht besser, ist aber so teuer, dass Sie das Haus zur Finanzierung verkaufen müssten.« Er nickte. »Sie haben außerdem gesagt, dass es gutgetan hat, mit mir zu sprechen. Das höre ich öfter.« Sie lächelte. »Gehört zu meinem Job.«

»Sind Sie Paster oder so wat?«

Franziska musste lachen. Für eine Pastorin hatte sie noch niemand gehalten. »Nein, ich bin Coach. Wahrscheinlich finden Sie das Wort ungefähr so toll wie nachhaltig oder expandieren. Im Grunde ist ein Coach ein Berater.«

»Aha.« Die Sache war ihm nicht geheuer.

»Menschen erzählen mir, was sie in ihrem Leben gern ändern würden, und ich bringe sie dazu, eine Lösung zu finden. Jedenfalls so ungefähr.« Ihm stand im Gesicht geschrieben, was er von der Hilfe einer Fremden in Familienangelegenheiten hielt. Noch dazu von einer, die eine so verdrehte Berufsbezeichnung führte. Wahrscheinlich ging er davon aus, dass Franziska ihm gerade eine Dienstleistung verkaufen wollte. Nachdem schon Makler Holger versucht hatte Profit aus Heinrichs Situation zu schlagen, stand nun Franziska auf der Matte. »Keine Sorge, ich will Sie nicht als Klienten gewinnen. Ich bin sozusagen im Urlaub hier.«

»Drei Monate?« Er machte große Augen. »Hab ich doch richtig gehört, dass Sie so lange hier sind, oder?«

»Stimmt. Ich helfe bei der Sanddornernte. Demnächst. Jedenfalls mache ich Ferien von meinem Beruf. Ich habe gemerkt, wie sehr die Situation Sie belastet. Und ich hatte das Gefühl, dass Sie in Kürze etwas unternehmen werden. Deswegen bin ich vorbeigekommen. Sie dürfen Ihren Vater nicht in ein Heim stecken, wenn das für ihn das Ende ist. Das würden Sie den Rest Ihres Lebens bereuen. Und das Haus sollten Sie auch nicht verkaufen, finde ich.«

»So, finden Sie?«

»Jedenfalls nicht nur, um das Geld für ein Heim zu haben, nicht so überstürzt.« Er sagte nichts. »Im Coaching gibt es Techniken, die Ihnen die Augen öffnen. Sie kommen von selbst auf Ideen und Lösungen, die Sie bisher einfach übersehen haben oder von denen Sie glaubten, sie wären nicht realistisch oder möglich. Oft lassen sich diese Techniken auch bei ganz konkreten Fragestellungen anwenden. Sie müssten sich zwei oder drei Stunden dafür Zeit nehmen. Es kann aber auch sein, dass wir schneller ein Ergebnis haben.«

Er schaufelte Bratkartoffeln auf einen Teller und platzierte die Scholle daneben. Zum Schluss legte er behutsam ein Zitronenviertel auf den Fisch. »Nu lassen Sie sich's man erst man schmecken. Das Ergebnis *meiner* Arbeit braucht nämlich keine drei Stunden.« Er schob ihr den Teller hin.

»Danke schön. Das duftet köstlich. Da läuft einem das Wasser im Munde zusammen.« Unter seinem strengen Blick schob sie etwas Fisch mit herrlich krosser Haut von der Gräte auf ihre Gabel und kostete. »Wunderbar. Ich kann mich nicht erinnern, wann ich je so guten Fisch gegessen habe.«

Jetzt strahlte er. »Is eben ganz frisch. Besser geht's nich.« Er machte sich umgehend daran, die Pfanne zu säubern. Auch die Fettspritzer auf der Arbeitsfläche wischte er sofort weg. Nach einer Weile sagte er: »Zwei oder drei Stunden also. Und Sie wollen kein Geld dafür?« Mit vollem Mund schüttelte sie den Kopf. »Aber Sie glauben, dass ich denn weiß, wie der ganze Schlamassel aufzudröseln is, obwohl ich nu noch keinen Schimmer hab.«

»Ich kann nichts versprechen, aber es klappt in den allermeisten Fällen.«

»Hm, tja, denn könnt man's mal probieren.«

»Gerne.« Sie schob sich eine Gabel Kartoffeln in den Mund. Sie waren perfekt gebraten, knusprig und genau richtig gewürzt.

»Ich frag mich nur, warum Sie das machen wollen. Wat ham Sie davon?« Bevor sie etwas erwidern konnte, setzte er hinzu: »Heutzutage macht doch keiner was, wenn er nicht selbst was davon hat.«

»Wissen Sie, viele meiner Klienten kommen mit Fragestellungen, bei denen ich am liebsten die Hände über dem Kopf zusammenschlagen würde. Die haben eigentlich schon alles, wollen aber noch mehr. Oder sie sind schon sehr reif, zumindest laut Personalausweis, wissen aber noch immer nicht, was für sie wichtig ist im Leben. Die sitzen vor mir und wollen, dass ich ihnen im Handumdrehen Lösungen liefere. Immerhin bezahlen sie mich sehr gut dafür. Nur funktioniert das so nicht. Das müssen sie oft erst lernen. Bei Ihnen habe ich das Gefühl, es geht um eine wirklich wichtige Sache. Es ist von Bedeutung, Ihre vertrackte Situation schnellstens zu klären. Ich sehe einen Sinn darin, Ihnen zu helfen, verstehen Sie? Bei meinen üblichen Kunden sehe ich diesen Sinn oft nicht.«

Er dachte eine ganze Zeit nach. »Is doch immer sinnig, jemandem zu helfen«, meinte er endlich. »De Lüüd, die zu Ihnen kommen, glauben bestimmt alle, dat sie inne vertrackte Situation stecken.«

»Da haben Sie recht.« Franziska schob den leeren Teller zur Seite. »Es war sehr nett, dass Sie mich neulich nicht allein gelassen haben. Sie kennen mich überhaupt nicht, aber Sie haben gemerkt, dass es mir nicht gutgeht, und haben mit mir geredet. Sie haben mir sogar ganz viel von sich und Ihrer Familie erzählt. Damit haben Sie mir geholfen. Einfach so, ohne dass Sie etwas davon hatten. Ist doch schön, wenn ich mich jetzt revanchieren kann.«

»Na dann ...« Er lächelte. »Wat is dat nu eigentlich für 'ne Geschichte mit Ihrem Bruder?«

Sie erzählte ihm von Anfang an, was sie noch aus ihrer Kindheit wusste und was in den letzten Tagen geschehen war, was sie erfahren hatte.

»Tja«, sagte er, nachdem er sie bis zum Ende angehört hatte, und schob die Oberlippe zur Nasenspitze, »dat is aber auch 'ne vertrackte Situation. Falls Ihre Dingens-Techniken da nich helfen, kann ich es vielleicht versuchen. Mit Brüdern kenne ich mich aus.«

Franziska hatte Niklas die ganze Woche nicht mehr zu sehen bekommen. Am Freitag begleitete sie Gesa nach Dienstschluss nach Sassnitz, wo diese wohnte.

»Ich habe noch ein altes Damenrad herumstehen, das kein Mensch benutzt. Wenn du das für die Zeit haben willst, in der du auf der Insel bist ...«, hatte sie angeboten. Die beiden Frauen hatten das gute Stück aus einem Schuppen hervorgeholt, wo es hinter Holzlatten, einem Schneeschieber und angeschlagenen Blumentöpfen ein trauriges Dasein fristete. Nachdem sie es von Spinnenweben befreit, die Reifen aufgepumpt und noch eine Rhabarberschorle zusammen getrunken hatten, hatte sich Franziska auf den Heimweg gemacht. Sie ließ den Ort mit der letzten Wohnsiedlung und einigen Supermärkten hinter sich. Dann führte sie ein Weg parallel der Bahnstrecke durch Wald und Wiesen. Von Sagard musste sie eine Landesstraße nehmen.

Gesa hatte ihr nahegelegt, das Rad nicht erst am Samstag abzuholen. »Dann ist Bettenwechsel«, hatte sie erklärt. »Da sind die Straßen proppenvoll, die Leute schwer genervt, und du wirst nur totgefahren. Fahrradwege sind leider Mangelware.«

Jetzt wusste Franziska, was Gesa gemeint hatte. Schon am Freitag herrschte viel Betrieb. Feierabendverkehr. Dazu kamen die, die auf Rügen wohnten, aber auf dem Festland arbeiteten und umgekehrt. Alle schienen unterwegs zu sein. Mehr als einmal musste Franziska auf den schmalen Grünstreifen neben der Fahrbahn ausweichen, weil sie trotz Gegenverkehr von einem Auto überholt wurde. Sie sah ein großes Schild, das für ein Dinosaurierland warb, bog jedoch schon vorher in die Schlossallee ab. Das musste die Zufahrt zu Schloss Spyker sein, von dem sie gelesen hatte, es sei das älteste Schloss der Insel, sogar älter als das Jagdschloss, in das Holger sie unbedingt schleppen wollte.

Franziska stellte das Rad ab und spazierte durch den Park. In dem knallroten Gebäude, das mit seinen vier runden Türmen an eine Märchenburg erinnerte, war ein Hotel untergebracht. Als sie um die Ecke bog, sah sie eine Hochzeitsgesellschaft, die gerade Fotos auf dem sattgrünen Rasen vor der edlen Unterkunft machte. Die Braut trug ein weißes Kleid mit Schleppe und einen Schleier, der an einem weißen Blumenkranz befestigt war. Sie sah so glücklich aus, wie man es an einem solchen Tag sein sollte. Franziska wurde es schwer ums Herz. Sie schlug eine andere Richtung ein, weg von der Hochzeitsgesellschaft. Noch in diesem Jahr wurde sie dreißig Jahre alt, und es war kein Ehemann in Sicht. Nicht einmal einen Lebensabschnittsgefährten hatte sie vorzuweisen. Zwischen alten Linden und Weiden schlenderte sie zum Ufer des Spykerschen Sees.

»Tja, Ziska«, sagte sie zu sich selbst, »diese Baustelle hast du schön brachliegen lassen.« Mit Anfang zwanzig hatte sie kurze Beziehungen gehabt. Oder sollte sie sie als Affären bezeichnen?

Später war auch mal etwas dabei, das stolze zwei Jahre gehalten hatte. Das Etwas hatte Fritjof geheißen. Ein netter Kerl, sehr anhänglich und vollkommen auf sie fixiert. Wäre sie bei ihm geblieben, könnte sie jetzt höchstwahrscheinlich auch verheiratet sein. Nur hatte sie sich irgendwann eingestehen müssen, dass sie mit den meisten Männern nicht zusammen gewesen war, weil sie so gut zu ihr gepasst hatten oder weil sie sich Hals über Kopf in sie verliebt hatte, sondern weil sie gehofft hatte, mit ihnen die Leere auszufüllen, die sie ständig in sich spürte. Das galt für Fritjof ebenso wie für Giuseppe, der italienische Lebensart in ihren Alltag gebracht hatte. Leider nicht nur in ihren, sondern gleichzeitig auch in denen mindestens zweier anderer Damen, wie sie irgendwann hatte entdecken müssen. Franziska seufzte. Die Erkenntnis, dass sie von einer Sehnsucht getrieben war, die sie nicht definieren konnte, hatte dazu geführt, dass sie die Finger von den Männern gelassen und sich ganz auf ihre berufliche Laufbahn konzentriert hatte. Mit Erfolg. Ihre Freundin Maren hatte schon recht, wenn sie sagte, sie sei der angesagteste Coach zwischen Skandinavien und Bayern. Tatsächlich führte sie eine Warteliste von Interessenten und brauchte sich um neue Klienten keine Sorgen zu machen. Eine Warteliste von Männern, die an ihr interessiert waren, führte sie nicht gerade. Wieder seufzte sie. Wollte sie mit unzufriedenen Menschen, die bei ihr Rat suchten, einer zugegebenermaßen großartigen besten Freundin und ein paar netten Bekannten grau und schrumpelig werden? Sie blickte über den See. Der Wind kräuselte seine Oberfläche. Schilf wiegte sich am Ufer raschelnd hin und her. Ein paar Gänse hockten auf einer Wiese dahinter.

»Auf keinen Fall«, sagte Franziska laut und blickte sich erschrocken um. Aber da war niemand, der sie für vollkommen durchgeknallt halten konnte. Sie wollte keinesfalls mit nörgelnden Klienten alt werden. Sie wollte eine Familie gründen. Diese

Einsicht traf sie ebenso unvermittelt wie klar. Viele Frauen bekamen in der heutigen Zeit erst mit fünfunddreißig oder noch später ihr erstes Kind. Na und? Der Familien-Express war für sie noch nicht abgefahren.

Franziska hatte sich auf den Rückweg zu ihrem Fahrrad gemacht. Mit jedem Schritt beschleunigte sie ihr Tempo. Okay, sie wäre nicht gerade scharf darauf, mit Maren Seite an Seite Fischstäbchen übers Fließband zu schubsen, aber sie musste auch nicht der Star am Coachinghimmel sein. Eine Nummer kleiner war auch in Ordnung. Vor allem, wenn sie den Schritt zurück an der Berufsfront zugunsten eines ausgefüllteren Privatlebens machte. Wie oft hatte sie Klienten schon gepredigt, dass es im Leben um Zufriedenheit ging, dass diese aber nicht zwingend aus der Arbeit kommen musste. Zur Not konnte man es auch wie Maren machen und einen Job haben, der lediglich Geld einbrachte. Erfüllung konnte aus so vielen anderen Quellen geschöpft werden.

Franziska setzte sich in den Sattel und trat kräftig in die Pedale. Es knirschte beängstigend, doch sie kümmerte sich nicht darum. Sie strampelte nach Glowe, musste dann zurück auf die Landstraße und gelangte schließlich über Juliusruh und Altenkirchen nach Hause. Rund dreißig Kilometer musste sie von Gesas Wohnung zurückgelegt haben. Trotzdem sprang sie leichtfüßig die Stufen zu ihrem Apartment hinauf. Sie schnappte sich Stift und Block und notierte:

* Arbeitszeit reduzieren
* frei gewordene Zeit nutzen, um einen Mann zu finden
* Coachingaufträge nach Sinngehalt wählen, auch auf Kosten des Honorars

Am Sonntagmorgen erwachte Franziska mit schwerem Herzen. Sie hatte in der Nacht furchtbar geschwitzt, ihre Haare klebten ihr am Kopf, das kurze Hemdchen, in dem sie schlief, war feucht. Sie schlich in das Badezimmer. Auf dem Weg unter die Dusche fiel ihr Blick kurz in den Spiegel. Der Sonnenbrand war längst abgeklungen, ihre Haut hatte die Farbe von leuchtendem Rot zu einem hübschen Braun gewechselt. Das konnte die dunklen Ringe unter den Augen allerdings nicht vollkommen verdecken. Was für eine Nacht! Sie war mehrmals aufgeschreckt. Einmal hatte sie geträumt, dass es an der Tür klingelte. Sie hatte aus dem Fenster gesehen, war barfuß hinunter in das Wohnzimmer und auf den Balkon gelaufen, doch weit und breit war niemand zu sehen gewesen. Je wacher sie geworden war, desto deutlicher wurde ihr bewusst, dass der Klingelton überhaupt nicht zu dieser Wohnung gepasst hatte. Ein anderes Mal war sie hochgefahren, weil sie glaubte, jemand habe gesprochen. Es war eine Männerstimme, und sie war ganz nah gewesen. Jedes Mal war sie mit klopfendem Herzen wieder in einen unruhigen Schlaf gefallen.

Franziska drehte die Dusche auf. Lauwarmes Wasser prasselte auf ihren Körper. Da erinnerte sie sich, was sie geträumt hatte. Sie war noch ein kleines Kind gewesen. Ihr Vater hatte ihr ein Planschbecken gekauft. Es war ein heißer Sommertag, und sie durfte zum ersten Mal in ihren ganz privaten Plastik-Pool steigen. Das Wasser war viel zu kalt. Sie quietschte und kreischte vor Vergnügen, sprang nach wenigen Sekunden hinaus, kletterte aber gleich wieder hinein. So ging es weiter – rein in das kalte Vergnügen, spritzen, kreischen, springen und schnell wieder nach draußen. Plötzlich war Jürgen da und nahm sie auf den Arm. Und dann veränderte sich ihr Traum. Sie war kein kleines Mädchen mehr, sondern ein Teenager. Und sie war auch nicht mehr im Garten ihres Elternhauses, sondern in einem Schwimmbad mit einer Wasserrutsche. Während sich Franziska ein Handtuch um den Körper schlang und ein weiteres als Turban um den Kopf wickelte, erinnerte sie sich an die Details ihres Traums. Sie war mit einer Clique Jugendlicher unterwegs. Gerade war sie gerutscht, nun lief sie die vielen Betonstufen zurück auf den Gipfel eines Hügels, auf dem der Einstieg der Rutsche lag. Jemand packte sie von hinten, nahm sie auf den Arm und hielt sie an seiner nassen Brust. Sie erinnerte sich genau an das Kribbeln, das die Berührung ausgelöst hatte. Der Körper des Jungen, der sie gepackt hatte, fühlte sich warm an. Sie spürte seinen Herzschlag. Es lag eine große Vertrautheit in der Art, wie er sie die Stufen hinauftrug. Gleichzeitig löste es ein Prickeln aus, das jeder kannte, der einmal bis in die Haarwurzeln verknallt gewesen war. Franziska schloss kurz die Augen. Sie versuchte sich an das Gesicht des Jungen zu erinnern, doch es wollte ihr nicht gelingen. Ein Teil von ihr war sicher, dass es Jürgen gewesen war, dessen nassen warmen Körper sie gespürt hatte. Ein anderer Teil wusste, dass das keine geschwisterlichen Gefühle waren, die sie gehabt hatte. Sie öffnete die Augen und seufzte. Die Erinnerung verschwamm, war nicht mehr greifbar. Nur einzelne Bilder blieben, die sie aufwühlten.

Sie warf sich ein leichtes Sommerkleid über, lief nach unten in die Küche, schnitt sich einen Pfirsich klein und mischte ihn mit einem Joghurt und frischen Himbeeren. Bald war die Zeit wieder vorüber, in der der Tisch reich mit Früchten von Sträuchern und Bäumen gedeckt war. Das musste man ausnutzen. Sie ließ sich mit ihrem Frühstück auf dem Balkon nieder. Auch das war etwas, das sie liebte. In Hamburg blickte sie überwiegend auf schicke Jugendstilvillen, hier gab es bis zum Horizont nur Grün, und in den blauen Himmel reckten die Leuchttürme ihre Spitzen.

Lange nachdem ihre Schüssel geleert war, saß Franziska noch immer da. Dann endlich raffte sie sich auf. Wie war das noch?

Schluss mit der Aufschieberitis! Sie kochte sich einen Milchkaffee, danach wählte sie die Nummer ihres Vaters.

»Endlich rufst du an. Ich habe mir schon solche Sorgen gemacht.« Er klang vorwurfsvoll. Dabei war sie es, die ihm Vorwürfe machen könnte, fand sie.

»Du hättest auch anrufen können.«

»Das ist doch immer so teuer mit diesen Handys. Und anders kann ich dich ja nicht erreichen.«

»Papa, du nagst nicht am Hungertuch. Wenn du dir wirklich Sorgen gemacht hättest oder wenn du mir vielleicht etwas hättest erklären wollen, hättest du mich anrufen können«, wiederholte sie. Eine ganze Weile sagten beide nichts.

»Hast ja recht«, kam es schließlich kleinlaut vom anderen Ende der Leitung. »Zum Teil. Ich habe mir wirklich Sorgen gemacht«, betonte er. »Aber ich hatte auch Angst.« Sie musste schlucken. »Ich habe mich nicht getraut, dich anzurufen. Ich dachte, du brauchst vielleicht etwas Zeit, um den ersten Schock zu verkraften. Na ja, ich wollte nicht, dass du mich anschreist.« Wieder eine lange Pause. Dann: »Ich wollte nicht, dass du am Telefon weinst. Ich hätte dich nicht in den Arm nehmen können. Am liebsten würde ich bei dir sein, wenn ich dir alles erkläre, damit ich dich in den Arm nehmen kann.«

»Was meinst du, wie viele Sanddornplantagen es auf Rügen gibt?«

»Keine Ahnung. Wieso?« Er verstand kein Wort.

»Ich weiß, es ist ein weiter Weg von München bis hierher in den Norden. Aber du hättest herausfinden können, wo ich wohne. Du hättest dich in einen Zug setzen können.«

»Hättest du das gewollt?«

Gute Frage. Sie hatte keine Antwort darauf. »Nein, wahrscheinlich nicht«, entgegnete sie, nachdem sie darüber nachgedacht hatte.

»Möchtest du, dass ich mir jetzt einen Zug buche? Ich könnte morgen bei dir sein.«

»Nein, Papa. Das ist lieb, aber ich möchte nicht noch eine Nacht wirres Zeug träumen. Ich will jetzt endlich wissen, warum du mich so lange belogen hast. Und nicht nur mich. Wie konntest du das Mama antun und der Frau, mit der du den Sohn hast? Du hast ein Doppelleben geführt, stimmt's? Jahrelang!« Sie hatte sich in Rage geredet.

»Halt, halt, es ist nicht, wie du denkst.«

»Das ist ja wohl der dämlichste Satz, mit dem man eine Erklärung anfangen kann, Papa.«

»Nur wenn man nicht sicher wissen kann, was der andere denkt. Du hast es mir aber gerade um die Ohren gehauen.« Da hatte er recht. »Hast du einen Kaffee vor dir?«

»Ja, wieso?«

»Weil du nicht auszustehen bist, wenn du unter Koffeinmangel leidest.« Er lachte leise und sehr bemüht. Dann hörte sie, wie er tief Luft holte. »Ist nicht ganz einfach. Ich weiß gar nicht, wie ich anfangen soll. Doch«, sagte er eilig, »das weiß ich. Ich muss mich zuerst bei dir entschuldigen, Ziska. Von ganzem Herzen. Es war ein Fehler, dir die Wahrheit so lange zu verschweigen.«

Sie musste erneut schlucken. »Sehr nett ausgedrückt. Mich so lange anzulügen trifft es aber eher, oder?« Ihre Stimme war rau.

»Anfangs schon. Ich war schon einmal verheiratet, weißt du? Bevor ich Susanne, bevor ich deine Mutter geheiratet habe.« Franziska wusste nicht, was sie sagen sollte. Sie nahm einen Schluck Kaffee und beschloss, dass sie gar nichts sagen musste. Sie würde einfach nur zuhören. »Mit Marianne, meiner ersten Frau, hatte ich einen Sohn, Jürgen. Zwei Jahre nach seiner Geburt hat Marianne uns verlassen. Sie sagte, es sei ein Fehler gewesen, ein Kind zu bekommen. Sie wäre noch zu jung dafür, müsse sich erst selbst finden. Na ja, so ein Zeug hat sie damals von sich gegeben.« Er schnaubte spöttisch. »Ich habe ihr gesagt, das hätte sie sich früher überlegen müssen. Ein Kind ist keine Puppe, die man in die Ecke setzen kann, bis man wieder Lust bekommt, mit ihr zu spielen. Sie meinte nur, sie wisse ja, dass ich so etwas nie tun würde. Der Junge sei bei mir also in den besten Händen. Und dann hat sie gesagt, dass sie, wenn sie ihren Weg im Leben gefunden habe, auch wieder für ihren Sohn da sei. Ich habe mir eingeredet, dass sie für immer verschwunden ist, aber ich hatte ständig Angst, dass sie eines Tages wieder vor der Tür steht. Verstehst du? Ich wollte kein Hin und Her, ich wollte Ruhe. Mein Sohn sollte in geordneten Verhältnissen aufwachsen.« Er seufzte tief. Es musste schmerzhaft sein, all diese bösen Erinnerungen wieder wachzurufen. Franziska schämte sich, dass sie die Erklärung, die sie sich zusammengereimt hatte, für die einzig mögliche gehalten hatte. Von wegen Doppelleben. Er war verlassen worden. »Das war wohl einer der Gründe, warum ich Susanne so schnell an mich binden wollte. Ich habe sie kennengelernt und sofort gewusst, dass sie eine gute Mutter sein würde. Wir kannten uns nicht einmal ein Jahr, da haben wir geheiratet.«

»Du hast dich also sofort von dieser Marianne scheiden lassen?«

»Ja. Ich sagte dir doch, ich wollte klare Verhältnisse.« Er schwieg. Sie hörte ihn schwer atmen.

»Aber? So, wie du das sagst, hatte die Sache einen Haken.«

»Kluges Mädchen. Kein Wunder, dass du in deinem Beruf so erfolgreich bist.«

»Ich höre!«

»Sie hat das Sorgerecht behalten.«

»Was? Wieso das denn?«

»Sie hat darauf bestanden. Hätte ich nicht zugestimmt, hätte sie sich nicht scheiden lassen. Oder sie hätte Jürgen mitgenommen. Damit hat sie gedroht.«

»Ich denke, sie fand sich noch zu jung, um Mutter zu sein? Und dann wollte sie gleich eine alleinerziehende Mutter sein. Wie passt das denn zusammen?«

»Gar nicht. Es ist mir auch alles schrecklich auf die Nerven gegangen, das kannst du mir glauben. Ich wollte das Theater nicht, und ich dachte, wenn wir geschieden sind, finde ich eine andere Frau, mit der ich mir dann das Sorgerecht holen kann. Susanne hat sich fantastisch verhalten. Sie hat den Jungen angenommen, als wäre er ihr eigener. Wir sind umgezogen, ich habe eine neue Stelle angetreten. Es war immer so viel, worum man sich kümmern musste. Und dann wurdest du geboren.«

»Moment, du willst mir erzählen, ihr habt es verpennt, euch um das Sorgerecht zu kümmern?«

»Es schien nicht so wichtig zu sein. Ein befreundeter Anwalt sagte uns irgendwann, dass unsere Chancen, das Sorgerecht zugesprochen zu bekommen, mit jedem Tag steigen würden, den wir als Familie verbringen. Also haben wir einfach weitergemacht. Wir dachten, es ergibt sich schon die Gelegenheit, und dann wäre die ganze Sache nur noch pro forma.«

»Das hat anscheinend nicht geklappt.«

»Nein. Als du anderthalb warst, tauchte Marianne plötzlich auf. Sie sagte, sie sei mit einem Anwalt zusammen. Ausgerechnet. Jedenfalls hat sie Jürgen zu sich geholt.«

»Und ihr habt ihn einfach so gehen lassen.«

»Nicht einfach so, Ziska. Wir haben dir erzählt, dass er in die Ferien gefahren ist. Dann haben wir gesagt, er sei krank und müsse erst ganz gesund werden, bevor er nach Hause kommen kann.« Seine Stimme wurde rau und sehr leise. »Du warst noch so klein. Trotzdem hast du immer an uns vorbei zur Tür gesehen. Wir wussten, dass du auf deinen großen Bruder wartest, dass er dir fehlt. Du warst ein Spätzünder, was das Sprechen angeht.« Er lachte traurig. »Das erste Wort, das du nicht gebrabbelt, sondern klar und deutlich gesprochen hast, war nicht Mama oder Papa, es war Jürgen.« Er kämpfte mit den Tränen. Auch ihr fiel es schwer, die Fassung zu behalten.

»Ihr habt mir Ammenmärchen erzählt. Das verstehe ich sogar. Ich hätte in dem Alter unmöglich verstehen können, was passiert ist. Ich wüsste nur zu gerne, ob ihr auch etwas unternommen habt, um ihn zurückzuholen.«

»Natürlich haben wir das. Wir haben Erkundigungen eingeholt. Leider hat man uns nicht viel Mut gemacht. Wenn die leibliche Mutter das Sorgerecht hat und in sehr guten wirtschaftlichen Verhältnissen mit einem Partner lebt, wird man ihr in neunzig Prozent der Fälle das Kind zusprechen, sagte man uns.«

»Und die anderen zehn Prozent? Was war damit?«

»Susanne neigte schon damals zu Depressionen. Die wurden durch die vielen Gespräche, die wir geführt haben, nicht gerade besser. Erschwerend kam hinzu, dass Marianne mit dem Kind in ihre Heimat gegangen ist, in die DDR. Kannst du dir das vorstellen? So kurz vor der Wende hat sie einen Antrag gestellt, um zurück in die DDR zu kommen.«

»Ja, ich kann mir vorstellen, was das bedeutet.« Sie musste an das denken, was Niklas ihr erzählt hatte, von einem Lager, in dem Marianne verhört worden war.

»Es war alles so absurd. Wir hatten keinen Zugriff mehr. Alles wurde noch komplizierter. Mit Susanne ging es immer weiter bergab. Eines Tages sagte sie zu mir: ›Wir wussten, dass das passieren kann. Wir wussten, dass sie das Sorgerecht hat, wir sollten uns damit abfinden.‹«

»Wie bitte?«

»Sie meinte, wir hätten doch jetzt ein eigenes Kind. Dich, Ziska. Wir hatten dich. Darauf wollte sie sich konzentrieren. Du kannst dir nicht vorstellen, wie das war. Manchmal weinte sie, dann wieder hat sie mich angeschrien, auf mich eingeschlagen. Wir mussten das Haus abbezahlen, ich konnte es mir nicht leisten, Fehler bei der Arbeit zu machen. Wenn ich abends heimkam, wusste ich nie, in welcher Verfassung sie gerade war. Es hat eine ganze Weile gedauert, bis ich begriffen habe, dass sie die Existenz unseres Sohnes leugnet. Sie hat sich einen Schutz aufgebaut, indem sie den Jungen einfach vergessen hat. Habe ich das Thema angesprochen, ist sie entweder durchgedreht, oder sie behandelte mich, als würde ich fantasieren. Ich weiß ja, dass es ein Fehler war, Ziska, aber irgendwann hatte ich keine Kraft mehr. Es ging mir nur noch darum, meine Familie zu schützen. Ich wollte dich schützen, und ich wollte, dass es Susanne wieder besser geht. Je weniger ich von meinem Sohn sprach, desto größer war die Chance, dass es funktioniert.«

»Du wolltest mich schützen und hast behauptet, ich hätte mir meinen Bruder nur eingebildet.«

Es dauerte, bis er sagte: »Das war noch nicht mal das Schlimmste. Viel schlimmer war, dass ich jeden Tag, den der liebe Gott hat werden lassen, an der Entscheidung gezweifelt habe. Ich habe mich gefragt, ob mein Junge es in seiner neuen Familie gut hat oder ob er nicht lieber bei uns aufgewachsen wäre. Das werde ich wohl nie erfahren.«

Franziska saß auf dem Balkon und starrte zu den Leuchttürmen. Sie hielt das Telefon an ihr Ohr, obwohl ihr Vater schon länger nichts mehr gesagt hatte. Hin und wieder wischte sie eine der Tränen weg, die ihre Wange hinabliefen und von ihrem Kinn tropften. Möwen zogen kreischend ihre Runden über dem Haus, irgendwo klapperte Geschirr, aus der Ferne waren Stimmen zu hören. Es fiel ihr schwer, alles zu sortieren, was er ihr erzählt hatte.

»Wusstest du, dass Marianne mit deinem Sohn nach Rügen gegangen ist?«, brachte sie endlich heraus.

»Ich habe es angenommen. Ihre Familie stammte von der Insel. Marianne ist dort aufgewachsen. Sie hatte sich wohl inzwischen selbst gefunden und erkannt, dass sie zu ihren Wurzeln zurückwill. Dort sollte ihr Sohn aufwachsen. Irgendetwas in der Art muss sie sich wohl gedacht haben.«

»Hattet ihr denn nie Kontakt? Hat sie dir nicht geschrieben, wie es deinem Sohn geht?«

»Am Anfang schon. Das gab allerdings jedes Mal Theater mit deiner Mutter. Also habe ich mich immer seltener gemeldet. In dem letzten Brief, den ich von ihr bekommen habe, war ein Foto von Jürgen. Er muss darauf so vierzehn oder fünfzehn gewesen sein. Er sah so fröhlich aus, so als ob es ihm gutginge. Vielleicht wirst du das nie verstehen, Ziska, aber ich dachte, es ist die Hauptsache, dass meine beiden Kinder glücklich sind. Natürlich hätte ich euch am liebsten beide bei mir gehabt, doch wäre das nicht furchtbar egoistisch gewesen? Hätte ich Jürgen zumuten sollen, dass er sich wieder umstellt oder dass er womöglich hin- und hergerissen wird zwischen Mutter und Vater? Das wollte ich nicht.«

»Es wächst zusammen, was zusammengehört«, sagte sie nachdenklich. »Wer hätte gedacht, dass ich meinen Bruder trotz allem wiedersehen würde?«

»Bist du denn sicher, dass er es ist?« Sie erzählte von ihren Träumen und von ihrem Gefühl. »Du sagst, er heißt Niklas. Da kann doch etwas nicht stimmen.«

»Vielleicht hat er sich einen neuen Namen ausgesucht. Das kommt vor.«

»Ich weiß nicht. Kind, du solltest hundertprozentig sicher sein, bevor du dich noch mehr in diese Geschichte verrennst. Warte, ich hol mir etwas zum Schreiben.« Es raschelte. Sie hörte ihn durch das Zimmer gehen. »So, bin wieder da. Gib mir deine Adresse auf Rügen. Ich schicke dir das Foto.«

Franziska verbrachte den Rest des Tages auf dem Balkon, ging nur mal hinein, um sich einen Apfel zu holen oder frischen Kaffee zu kochen. Zwischendurch döste sie kurz in dem Liegestuhl ein, dann wieder träumte sie einfach vor sich hin. In der Luft lag ein schwacher Salzgeruch, Möwen krakeelten, Urlauber lachten in der Ferne. Es war warm, mit dem Wind aber genau richtig, um es im Schatten bestens auszuhalten. Je länger sie die entspannte Ferienstimmung genoss, desto ruhiger wurde sie. Viel zu oft fühlte sie sich wie eine Getriebene. Jetzt gab es nichts, das nicht warten konnte. Ihr Vater würde ihr ein Foto ihres Bruders schicken. Sie war sicher, dass sie Niklas darauf erkennen würde. Ein Gedanke, der unterschiedliche Gefühle in ihr auslöste. Bis der Brief ihres Vaters da war, hatte sie gewissermaßen Schonfrist. Weder brauchte sie unauffällig Fragen zu stellen, noch musste sie Niklas ansprechen. Nicht, dass sie ihm dadurch gelassener würde gegenübertreten können. Das bildete sie sich nicht ein. Aber immerhin war der Druck von ihr genommen, in dieser Sache weiter aktiv zu sein. Der Nachmittag tröpfelte dahin. Sie konnte sich nicht erinnern, wann sie zuletzt so untätig gewesen war. Es fühlte sich herrlich an.

Irgendwann meldete sich ihr Magen, und sie schlug sich ein Ei in die Pfanne. Nach dem Essen blätterte sie in einem Magazin, ohne auch nur einen einzigen Artikel von Anfang bis Ende zu lesen. Als es kühler und dämmrig wurde, holte sie sich eine Fleecedecke, die auf dem Sofa lag, und wickelte sich darin ein. Sie hatte ein Windlicht angezündet und lauschte den Grillen, die ihr Abendkonzert anstimmten. Mit dem Einbruch der Dunkelheit schienen ihr alle Geräusche und Gerüche noch intensiver zu werden. In der Stadt war das anders. Hier wirkte alles so friedlich, als ob die gesamte Natur mitsamt den Menschen wirklich zur Ruhe käme. In Hamburg herrschte immer Leben. Dort wechselten die Klänge nur vom Tagesgeschäft in die Phase der Nachtschwärmer.

Die Temperaturen sanken, doch sie konnte sich nicht entschließen, in die Wohnung zu gehen. Sie zog die Decke bis unter das Kinn und seufzte. Wann hatte sie zuletzt einen solchen Himmel gesehen? Als sie Kind war, vielleicht. Sie versuchte Sternbilder zu erkennen, rutschte tiefer in den Liegestuhl und blickte hinauf zur Milchstraße. Da, ein heller Punkt, der mitten am Himmel auftauchte, in einem Bogen dahinglitt und verglühte. Eine Sternschnuppe, schnell etwas wünschen! Sie schloss die Augen. Was wünschte sie sich am meisten? Sie wollte den Wunsch nicht verschwenden, nur fiel ihr leider nicht ein, was ihr in diesem Moment am allerwichtigsten war. Wie lange durfte man sich eigentlich Zeit lassen nach einer Sternschnuppensichtung? Ach, das war doch sowieso nur dummer Aberglaube. Sie blickte wieder zum Firmament. Wieso sollte man sich etwas wünschen dürfen, nur weil man Meteore sah, die da draußen im Universum verglühten? Oder bereits vor langer Zeit verglüht sind. Da, schon wieder. Zwei Sternschnuppen so kurz hintereinander. Das konnte nun aber doch kein Zufall sein. Franziska fiel ein, dass Gesa davon gesprochen hatte.

»Am Wochenende ist Sternschnuppengucken angesagt«, hatte sie verkündet. »Lach dir einen netten Urlaubsflirt an, trinke ihn dir zur Not mit einem Fläschchen Rotwein schön, und dann geht die Romantik ab! Oder wie wäre es mit dem Chef? Kann doch sein, dass er noch nichts vorhat«, hatte sie mit Unschuldsmiene ergänzt. Von wegen. Sich einen Mann anzulachen war auf lange Sicht ein guter Plan. Von einem Urlaubsflirt hielt sie dagegen nichts. Schon gar nicht, wenn Niklas das Flirtobjekt sein sollte. In diesem Augenblick war sie gern allein. Sie kuschelte sich in die Decke und beobachtete das Firmament. Aus dem Augenwinkel nahm sie etwas sehr Helles wahr. Als sie den Kopf drehte, war der Himmelskörper bereits verglüht. Ein nebelartiger weißer Streifen stand noch eine Sekunde da, ehe auch er verschwand. Nein, sie wollte sich nichts wünschen. Dieses Naturschauspiel war Erfüllung genug. Sie fühlte sich wie ein kleines Kind, das jedes Feuerwerk noch mit leuchtenden Augen verfolgte und bei dem besonders spektakuläre Raketen grenzenloses Staunen auslösten.

Franziska hatte keine Ahnung, wie spät es war und wie lange sie nun schon in diesem Liegestuhl auf dem Balkon zubrachte. Es war ihr auch egal. Sie hätte noch ewig so liegen und schauen können, nur wurde es immer kälter. Sie begann zu frösteln. Noch eine richtig große Sternschnuppe wollte sie sehen. Eine besonders strahlende, die einen Schweif hinter sich herzog wie der Stern von Bethlehem. Dann würde sie zu Bett gehen. Da! Nein, die zählte nicht, sie war viel kleiner als die bisherigen Sichtungen. Nach einigen Minuten lag das Leuchten außerhalb ihres Blickfelds. Sie sah nur noch die Spur, die der Meteor hinterlassen hatte. Langsam begann sie zu zittern, doch sie hielt aus.

»Du bist kein Stück besser als deine Klienten«, hörte sie plötzlich Maren schimpfen. Natürlich war sie nicht da, aber die Stimme der Freundin war so deutlich in Franziskas Kopf, dass sie sich beinahe umgedreht hätte. Wäre Maren jetzt bei ihr, hätte sie ihr mit Sicherheit genau das um die Ohren gehauen. Da regte sie sich ständig darüber auf, dass ihre Kunden schon so viel hatten und doch nie zufrieden waren, sondern mehr wollten. Und was tat sie? Sie sah so viele Sternschnuppen hintereinander, hatte einen so klaren Himmel über sich wie noch nie vorher in ihrem immerhin schon fast dreißig Jahre dauernden Leben und wollte unbedingt noch ein besonders großes und prächtiges Exemplar zu sehen bekommen. Sie schüttelte den Kopf. Schluss damit. Sie stand auf, faltete die Decke zusammen und löschte das Kerzenlicht. Bevor sie durch die Balkontür nach innen trat, drehte sie sich noch einmal um. Sie wollte einen letzten Blick auf diesen traumhaften Nachthimmel werfen. Da schoss eine Sternschnuppe direkt vor ihren Augen zwischen den anderen funkelnden Sternen entlang. Sie zog einen Schweif hinter sich her und malte einen dicken weißen Strich ins Schwarz, bevor sie Geschichte war. Tief berührt und mit einer Gänsehaut, die nicht allein von der nächtlichen Kühle kam, ging Franziska hinein.

Sie saßen zu siebt in Niklas' Büro an dem runden Konferenztisch, der seinem Schreibtisch gegenüberstand. Nicht weit von ihnen drehten sich brummend die Blätter eines Ventilators in einer Gitterkugel, die sich ständig hin und her bewegte. Nur wenn der Luftstrom, der von dem Gerät in Bewegung versetzt wurde, einen direkt traf, konnte man ein wenig aufatmen, sonst ließ einem die Hitze den Schweiß aus sämtlichen Poren treten und von den Schläfen hinabrinnen. Schon auf dem kurzen Weg hierher hatte Franziska nicht fassen können, wie innerhalb von nur einigen Stunden aus einer kühlen klaren Nacht eine derartig drückende heiße Hölle werden konnte. Kein Lüftchen wehte. Es fühlte sich an, als hätte jemand eine überdimensionale Käseglocke über die Insel gestülpt und würde diese mit einer Infrarotlampe, wie man sie für die Aufzucht von Küken verwendete, bestrahlen. Und das Ende August! Wenn sie es richtig im Gedächtnis hatte, lagen die höchsten Temperaturen des Sommers dann doch schon hinter einem.

Außer Niklas, Gesa und Franziska waren Piet-Olaf und Anne-Marieke anwesend. Hinzu kamen zwei Männer, die Niklas als John und Sergej vorstellte. John kam aus dem Senegal. Er hatte eine schwarze Haut, die diese Bezeichnung wirklich verdiente. Das Weiß seiner Augen und seiner Zähne leuchtete förmlich in seinem Gesicht. Überhaupt schien seine freundliche Miene von innen heraus zu strahlen. Sergej stammte aus der Ukraine. Er hatte eine Narbe neben dem rechten Auge und wirkte ein wenig verschlossen. Beide kamen seit drei oder vier Jahren extra für die Ernte nach Rügen, wie Niklas erzählt hatte.

»Die Sonne hat in den letzten beiden Wochen für einen kräftigen Entwicklungsschub der Beeren gesorgt.« Er sah seine Mitarbeiter an. »Mit dem Ende dieser Woche ist auch der Monat um. Ich möchte pünktlich am 1. September mit der Ernte beginnen.« Niklas wischte sich mit dem Handrücken Schweiß von der Oberlippe. »Wir machen es nach dem bewährten System, Gesa ist Vorarbeiterin.«

Sie legte die Handkante an die Augenbraue. »Aye, aye, Sir!«

»Ihr Wort gilt.«

»Genau«, bekräftigte Gesa. Sie trug an diesem Morgen ein blaues Tuch mit knallgelben Sonnen darauf. Wie passend. »Wenn was schiefgeht, kriege ich nämlich auch eins an die Hörner.« Die Kollegen grinsten. John flüsterte Sergej etwas zu, was Franziska nicht verstehen konnte. Selbst wenn er lauter gesprochen hätte, hätte sie es vermutlich nicht mitbekommen, so sehr war sie damit beschäftigt, Niklas zu betrachten, während sie gleichzeitig versuchte ihn nicht anzustarren.

»Nur noch mal zur Erinnerung«, fuhr Niklas fort, »in vier Wochen muss alles runter. Wenn wir zu langsam sind, verderben die Beeren.« Er sah Franziska an. »Buttersäure. Die bildet sich in den Früchten, während die noch am Strauch hängen. Falls das mit der Ernte nicht fix genug geht, ist der Sanddorn ungenießbar.« Jetzt wandte er sich wieder allen Mitarbeitern zu. »Jeder Baum, den wir nicht schaffen, bedeutet einen Schaden für die Firma.«

»Genau«, unterstrich Gesa die Worte ihres Chefs erneut, »die Kosten laufen nämlich weiter. Allein für den Stickstoff für die Kühlung brauchen wir über tausend Euro täglich. Dazu kommt der Lohn. Niklas zahlt fünfzig Cent über dem Mindestlohn. Das mal acht Stunden täglich und mal achtzehn Leute auf dem Feld. Könnt ihr euch ja ausrechnen, was das kostet. Das muss durch die kleinen Vitamindinger erst mal wieder reinkommen.«

»Ja, danke, Gesa.« Niklas schmunzelte. Es war der gleiche Ausdruck, den auch ihr Vater hatte, wenn ihn etwas amüsierte, ging Franziska durch den Kopf. Zumindest war die Mimik ähnlich, fand sie.

John tuschelte jetzt mit Anne-Marieke, Piet-Olaf spielte unter dem Tisch mit seinem Handy herum. Für keinen hier war das etwas Neues, nur für Franziska.

Niklas bemerkte ebenfalls, dass die Konzentration nachließ. »Piet-Olaf, Anne-Marieke, Sergej und John, ihr übernehmt das Vorschneiden. Gesa und ich sind wie in den vorigen Jahren überall und nirgends. Franziska, du gehst in Johns Truppe und bist am Feinschnitt beteiligt. Jeder von euch Vorschneidern hat vier Leute für die Feinarbeit in seinem Team.«

»Dann sind das ja sogar zwanzig Helfer dieses Jahr«, stellte Gesa überrascht fest.

»Sieh an, ein Mathe-Genie«, feixte Sergej.

Gesa ignorierte ihn. »Ist das nicht zu teuer?«

»Ich will nicht wieder diesen Stress, den wir bisher jedes Jahr hatten«, antwortete Niklas finster. »Es fallen immer welche aus. Wenn wir schon mit einer dünnen Personaldecke anfangen, setzen wir uns nur unnötig unter Druck.«

Die Kollegen stimmten eifrig zu.

»Ist die Kühlmaschine eigentlisch schon da?«, wollte John wissen. »Isch finde, wir sollten unbedingt einen Testlauf machen.« Er schob die Unterlippe nach vorn, pustete sich ins Gesicht und fasste gleichzeitig nach dem Kragen seines Shirts, den er wie einen Fächer vor und zurück wedelte.

»Das können wir einfacher haben«, meinte Anne-Marieke. »Verlegen wir die Konferenz doch in das Lagerhaus.«

»Könnte euch so passen.« Niklas lächelte. Dann wurde er sofort wieder ernst. »Das war es auch schon. Ich kann euch nur ans Herz legen, es diese Woche körperlich langsam angehen zu lassen. Schont euch, damit ihr nächste Woche topfit seid. Am Samstag kommen die Helfer. Ihr braucht nicht dabei zu sein, wenn wir denen eine kurze Einführung geben und die Gruppen einteilen. Das machen Gesa und ich.« Er sah sie an. »Stimmt's?«

»Aye, aye, Sir«, wiederholte sie und schlug sich dieses Mal mit der flachen Hand an die Stirn. »Ich kann mir nichts vorstellen, was ich am Wochenende lieber machen würde.« Sie verdrehte die Augen und tat so, als würde sie sich vom Stuhl fallen lassen. Dann lachte sie schallend. »Nee, geht klar. Same procedure as every year.«

Niklas erwartete eine gute Ernte. Er sprach von neunzig Tonnen und mehr. Sie würden also jeden Tag viereinhalb Tonnen ernten müssen. Franziska hatte keine Vorstellung davon, wie viel das war, aber in ihren Ohren klang es nach einer gewaltigen Menge. Um genug Lagerplatz im Kühlhaus zu schaffen, sollten in dieser Woche die letzten Beeren der vergangenen Saison verarbeitet werden. Gesa war mit Niklas auf den Feldern unterwegs. Sie brachten Markierungen an, um es den Gruppen zu erleichtern, später die Orientierung zu behalten. Die unterschiedlichen Sorten mit dem Vermerk, welche zuerst und welche zum Schluss reif waren, wurden ebenso notiert wie das Alter der Bäume. Franziska blieb mit Anne-Marieke und Piet-Olaf in der Produktionshalle zurück. Sie war für heute am Entsafter eingeteilt. Es war keine schwere körperliche Arbeit. Sie solle sich mal auf einiges mehr gefasst machen, warnte Piet-Olaf sie, wenn es erst raus auf das Feld ging. Trotzdem fiel es Franziska schwer, bis zum Feierabend durchzuhalten. In der Halle stand die Luft noch schlimmer als draußen. Die Maschinen taten ihr Übriges und sorgten dafür, dass das Thermometer auf weit über vierzig Grad kletterte. Die Lichtblicke des Tages waren die Gänge zum Kühlhaus. Zwar musste sie dann Kisten von einigen Kilo Gewicht heranschleppen, aber die Erfrischung erschien ihr jedes Mal wie Rettung in letzter Sekunde.

»Fall bloß nicht drauf rein, und halte dich länger als nötig im Lager auf«, warnte Anne-Marieke sie, »sonst hast du im Handumdrehen eine Erkältung und fällst aus. Das wäre echt übel.«

Kurz vor Franziskas Dienstschluss waren Gesa und Niklas zurück. Franziskas Hirn war derartig gekocht, dass sie nicht mehr darauf achtgab, ob sie Niklas unauffällig ansah oder plump fixierte. Sie starrte ihn unverhohlen an und suchte nach Ähnlichkeiten mit ihrem Vater. Niklas nickte ihr im Vorübergehen zu und wollte seinen Weg schon fortsetzen, doch er bemerkte ihren Blick. Natürlich. Der war ja selbst mit schwerstem Augenleiden nicht zu übersehen.

»Alles gut?«

»Klar, alles bestens.« Sie grinste dümmlich.

Gesa legte die Stirn in Falten. »Hast du genug getrunken? Du siehst aus wie das Innere einer Wassermelone. Genauso nass und so rot.«

»Wirklich? Immerhin besser, als würde ich aussehen wie die Schale.« Sie kicherte. Gesa und Niklas sahen sich irritiert an. O Mann, wenn es nächste Woche auch noch so heiß war, musste sie ihren Kopf schützen, sonst war sie der superpeinliche Erntekasper. Wenigstens würde sie dann schon mit Niklas gesprochen haben und ihr Hirn nicht auch damit noch belasten müssen. Während sie das noch dachte, wurde ihr klar, dass sie falschlag. Wie auch immer das Gespräch mit ihm verlaufen würde, würde sie sich auch weiterhin Gedanken machen. Womöglich fiel sie zur Ernte sogar aus. Nicht wegen einer fiesen Erkältung, sondern weil Niklas sie vielleicht nicht länger auf der Plantage haben wollte.

»Austrinken!« Gesa hielt ihr ein Glas Wasser vor die Nase.

»Danke.« Sie leerte es in einem Zug.

»Der blaue Behälter da in der Ecke, neben dem der Bistrotisch mit Gläsern steht, ist übrigens nicht für die Blumen da.« Gesa sah sich übertrieben suchend um. »Wir haben hier nämlich gar keine Pflanzen«, rief sie aus. Dann seufzte sie vernehmlich. »Echt, Ziska, du bist doch schon mehr als drei mal sechs Jahre alt. Könntest du dich bitte um dich selbst kümmern?«

»Ich habe getrunken«, verteidigte sie sich halbherzig. »War wohl noch zu wenig. So schnell, wie man im Moment Flüssigkeit verliert, kann man sie gar nicht nachfüllen.«

»Für heute reicht's«, meldete sich Niklas zu Wort. »Mach Feierabend. Das heißt, könntest du bitte kurz in mein Büro kommen?« Und zu Gesa gewandt, die breit grinste: »Hast du die Arbeitsverträge schon ausgedruckt?«

»Logisch, Chef. Ist längst erledigt.«

»Danke. Könntest du bitte noch einen für Franziska ausdrucken? Gleiche Konditionen. Ich bin dann auch gleich bei dir.«

Gesa zog überrascht die Augenbrauen hoch. »Okay, Boss.« Damit verschwand sie in ihr Büro.

Franziska trottete benommen hinter Niklas her. Hoffentlich konfrontierte er sie jetzt nicht mit ihrer Verwandtschaft. Konnte doch sein, dass ihr Nachname ihm komisch vorgekommen war und er ein paar Nachforschungen angestellt hatte. Immerhin hatte er einmal denselben Namen getragen. Vielleicht hatte er gleich recherchiert, als er ihre Bewerbung bekommen hatte, und wusste von der ersten Sekunde an Bescheid. Nein, sie musste auf dem Teppich bleiben. Die Hitze hatte ihr wirklich zugesetzt. Die Wahrscheinlichkeit, dass er eine Ahnung hatte, war gering. Aber es gab sie, und sie wollte unbedingt diejenige sein, die das Thema anschnitt.

»Setz dich doch.« Er deutete auf den Besucherstuhl und ließ sich gegenüber nieder. »Du könntest die Haube jetzt übrigens abnehmen.« Er konnte sich das Lachen kaum verkneifen.

»Ach ja, hab ich gar nicht mehr dran gedacht«, murmelte sie. Wie peinlich! Sie hatte sich so oft den Schweiß von der Stirn und den Schläfen gewischt, dass das schreckliche Häubchen nun auch noch schief auf ihrem nassen Haar gehangen hatte. Sie riss es eilig herunter, stand auf und schälte sich aus dem Kittel.

»Ich warte«, sagte Niklas und sah sie ernst an.

Himmel, er wusste Bescheid. Dabei hatte sie sich gestern bei keiner einzigen Sternschnuppe gewünscht, dass es so war. So viel zu der Verlässlichkeit dieser Himmelserscheinungen.

Sie räusperte sich. »Worauf?«

»Auf deinen Vorschlag für einen Termin. Denk bloß nicht, ich habe vergessen, dass ich noch ein echtes Bier guthabe, während du die Chauffeurin bist.«

Ihr fiel eine komplette Felswand vom Herzen. »Du warst die ganze Woche unterwegs. Wie soll ich da wohl einen Terminvorschlag loswerden?«

»Einen Punkt für dich.« Er sah richtig gut aus, wenn er lächelte. Nicht, dass ihr Vater nicht auch ein attraktiver Mann wäre. Für sein Alter. Aber so recht wollte es ihr nicht gelingen, eine Ähnlichkeit festzustellen. »Alles in Ordnung?«

»Ja, äh, alles klar. Ich habe gerade überlegt, wann es am besten passt.«

»Hast du schon so viel vor?«

»Nein, das kann man nicht gerade sagen.« Sie spürte, wie ein Schweißtropfen zwischen ihren Schulterblättern hinablief. Auf ihrem Dekolleté klebte der Stoff ihres Tops.

»Wenn du keine Lust hast, bestehe ich nicht darauf, dass du noch mal mit mir ausgehst.«

»Doch«, sagte sie eilig.

»Ich wollte nicht drängeln, aber wenn die Ernte nächste Woche losgeht, ist Freizeit bei mir gestrichen. Apropos, für die vier Erntewochen werde ich dich genauso bezahlen wie die anderen Helfer.«

»Was? Wieso? Ich habe doch schon die freie Unterkunft. Na ja, fast frei. Und die ist so toll!«

»Wenn du hier zwei Monate eine Art Praktikum machst und keinen Lohn dafür nimmst, dann ist das in Ordnung. Dich bei der Ernte schuften zu lassen, ohne dir dafür das zu zahlen, was alle anderen auch bekommen, und es als Teil des Praktikums zu deklarieren, wäre nicht fair. Das wäre Ausbeutung, und das ist nicht mein Ding. Basta.«

»Danke«, sagte sie kleinlaut.

»Wie sieht es bei dir am Samstag aus?«

Franziska kam kaum noch mit. Ihre Hirntätigkeit war deutlich verlangsamt. »Klar, Samstag geht.«

»Prima, dann nehme ich dich mit zum Vilmschwimmen.«

»Zum was?«

»Vilmschwimmen. Keine Angst, du brauchst nicht teilzunehmen. Du musst nur ordentlich jubeln. Ein Freund von mir schwimmt nämlich mit. Wenn der aus dem Wasser steigt, ist entfesseltes Gejohle angesagt. Kriegst du das hin?«

»Ich habe zwar keine Ahnung, wovon du sprichst, aber ja, ich denke, das schaffe ich.«

»Sehr schön. Die Einführung der neuen Helfer dauert nicht lange. Ich hole dich dann ab, damit wir mittags rechtzeitig zur Ankunft der ersten Schwimmer in Lauterbach sind. Ist immer eine echt schöne Atmosphäre«, versicherte er ihr. »Und von da ist es auch gar nicht weit zur Brauerei.« Er setzte eine sehr zufriene Miene auf. »Das ist mein letzter freier Abend. Am Sonntag muss ich zeitig ins Bett gehen, damit ich am Montag fit bin.«

»Dann musst du am Samstag natürlich noch richtig auf die Pauke hauen. Das sehe ich ein.«

»Gut.« Er strahlte sie an. »Dann mal einen schönen Feierabend.«

Auf dem Heimweg machte Franziska einen Abstecher zum Rügenhof. Sie gönnte sich ein großes Eis, setzte sich auf eine Bank im Schatten und sah dem Treiben zu. Vor dem hufeisenförmig angelegten Gebäudekomplex war ein Platz aus Kopfsteinpflaster. Dort hatten Verkäufer ihre Stände aufgebaut und boten die verschiedensten Dinge an. Es gab Körbe und alte Milchkannen, Zinkwannen und Stiefelknechte, Spiegel und altes Geschirr sowie Silberbestecke, die früher einmal Dienst in einem vornehmen Hotel getan hatten. Kinder tollten zwischen den Ständen herum. Einige Eltern wirkten angespannt und waren ständig damit beschäftigt, ihren Nachwuchs von zerbrechlichen Gegenständen fernzuhalten. Andere hingegen verließen sich wohl auf ihr Glück, die gute Erziehung ihrer Sprösslinge oder auf ihre Haftpflichtversicherung. Sie schlenderten gelassen, sahen sich ausgiebig Dinge an und schienen bereits zu planen, wie sie eine Wanne bepflanzen oder wo sie einen Spiegel aufhängen könnten. Es wurde gehandelt und gefeilscht. Franziska ließ träge ihren Blick schweifen. Nur nicht unnötig bewegen. Erst nach einer Weile fiel ihr ein Schild auf.

»Bernsteinschnitzen für jedermann« stand darauf. Bernstein war nicht gerade das Material, das sie in zügellose Begeisterung versetzte. Sie musste an eine Kette aus lauter unbearbeiteten Bernsteinen denken, die ihre Mutter eine Zeitlang getragen hatte. Da konnte man sich doch gleich Modeschmuck aus Plastik umbinden. Trotzdem reizte sie das Angebot. Schon lange hatte sie mit einer Handarbeit beginnen wollen. Man brauchte schließlich einen Ausgleich, wenn man nur mit dem Kopf arbeitete, am Schreibtisch saß oder mit Klienten zusammenhockte. Ihr war nur nie so recht eingefallen, woran sie Spaß haben könnte. Es gab Bastelarbeiten, die vielleicht Freude machten, aber deren Ergebnisse sie scheußlich fand. Beim Nähen, Häkeln oder Stricken war es das Gleiche. Die ersten Versuche würden kaum taugen, um sie stolz zu tragen. Bis sie in einer Disziplin so gut war, dass sie sich mit den Werken sehen lassen konnte, würde es dauern. Das hatte sie bisher abgehalten. Doch sie war schließlich hier, um sich auszuprobieren. Hier auf der Insel war es ganz gleich, ob sie ein vorzeigbares Resultat zustande bringen würde oder nicht.

Franziska verspeiste den Rest ihrer Waffel und betrat das Backsteingebäude. In einem der kleinen Läden hatte der Bernsteinschnitzer sein Reich. Sie sah sich neugierig um. In einem Regal standen unzählige kleine Kästchen mit Steinen in verschiedenen Größen. Einige hatten schon ein Loch in der Mitte, andere waren gänzlich unbehandelt. Es gab hellgelbe Exemplare, gefleckte, typisch rötlich braune und auch ganz dunkle. In einem anderen Regal standen fertige Figuren, Schildkröten und Zwerge, Schiffchen und Seesterne. Auf einem Gestell war der Schmuck ausgestellt. Franziska war überrascht, wie schön und durchaus modern einige Ketten, Ringe und Ohrringe waren.

»Moin«, tönte es mit einem Mal aus einer Ecke. Ein Mann erhob sich, den sie auf etwa ihr Alter schätzte.

»Moin.«

Der Mann kam zu ihr. Er hatte einen Zopf, der sich ein wenig lockte, und ein Ziegenbärtchen. »Willst nur mal gucken, oder brauchst du Beratung?«

»Um ehrlich zu sein bin ich wegen des Schildes gekommen, das draußen steht. Ich interessiere mich für das Bernsteinschnitzen.«

»Jo, kann losgehen.«

»Jetzt sofort?«

Er schüttelte den Kopf. »Nee. Heute Abend um sieben. Is immer montags und mittwochs um sieben Uhr. Kostet fünf Euro pro Abend. Material is schon drin.«

»Aha. Wie lange dauert denn so ein Abend?«

»Bis keiner mehr Lust hat.« Er zuckte mit den Schultern. »Manchmal schnacken die Leute und fragen mir Löcher in den Bauch. Manchmal ham sie aber auch nach 'ner Stunde die Nase voll. Du musst nach einem Mal nich wiederkommen. Kannst dein Kunstwerk auch mitnehmen und zu Hause weiter dran schnitzen. Ein einfaches Messer und 'ne Nagelfeile hast du bestimmt. Das reicht.«

»Hört sich gut an.«

»Jo. Ja dann, bis später.«

In ihrer Wohnung hatte Franziska alle Fenster geschlossen, Jalousien heruntergelassen und Vorhänge zugezogen. Dann hatte sie lauwarm geduscht und sich noch leicht feucht auf ein Badetuch gelegt, das sie auf dem Bett ausgebreitet hatte. So war sie eingedöst. Nun kam sie allmählich zu sich und hätte sofort wieder duschen mögen. Ihr Körper schien zu glühen, und sie hatte das Gefühl, nicht genug Luft zu bekommen. Hoffentlich gab es bald ein reinigendes Gewitter und danach den Ostseewind, den sie schon nach wenigen Tagen auf Rügen schätzen gelernt hatte. Sie blickte erschrocken zur Uhr, doch bis zu ihrem Schnitzkurs war noch Zeit. Wenn sie jetzt daran dachte, die Wohnung noch einmal verlassen zu müssen, stieg ihre Laune nicht gerade. Nun gut, sie hatte nichts unterschrieben, konnte sich also drücken. Keine gute Idee. Dann würde der Abend nur unnötig lang werden und ihre Gedanken ausschließlich um Niklas und den Brief ihres Vaters kreisen. Etwas Ablenkung würde ihr bestimmt guttun. Außerdem erinnerte sie sich, dass es in dem Backsteinbau wenigstens ein wenig kühler gewesen war als hier in ihrem Apartment. Sie zog sich ein luftiges Kleid an und machte sich auf den Weg.

Außer Franziska nahmen noch ein Ehepaar mit einem pubertierenden Sohn, zwei junge Mädchen, ein älteres Paar und eine Dame teil, deren Alter schwer zu schätzen war. Sie hatte kupferrotes Haar und trug ein Top zu einer sehr weiten wild gemusterten Leinenhose. Die Haut an den Oberarmen verriet ebenso wie die tiefen Furchen um die Lippen und an den Augen, dass sie nicht mehr so knackfrisch sein konnte, wie man im ersten Moment glauben mochte. Der Bernsteinmeister verteilte Klumpen des versteinerten Baumharzes und verschiedene Messer und Feilen. Er ließ die bunt zusammengewürfelte Gruppe wissen, dass er normalerweise ein paar Kerzen anzündete, damit die Teilnehmer das Material erwärmen konnten.

»Dann wird es weich und lässt sich leichter bearbeiten«, erklärte er. »Wegen der Bullenhitze hab ich mal lieber drauf verzichtet. Ich hoffe, das ist okay für euch.« Zustimmendes Nicken. Wenn er es auch nur wagen würde, eine einzige Flamme zu entzünden, würde Franziska ihm eigenhändig den Pferdeschwanz abfackeln. Bevor er noch Warnhinweise loswerden und Tipps zum Umgang mit dem Werkzeug geben konnte, hatte der Junge, der mit seinen Eltern da war, schon ein Messer angesetzt, war abgerutscht und hätte sich um ein Haar in den Finger geschnitten.

»Jost«, fauchte die Mutter, »kannst du nicht warten, bis alle anfangen? Nein, der Herr Sohn hat es mal wieder eilig und amputiert sich die Finger.«

Die jungen Mädchen kicherten, der Junge verzog genervt das Gesicht, und die Leinenhose zwinkerte ihm fröhlich zu.

»Jo, das kann schnell ins Auge gehen, wenn ihr nicht aufpasst«, hakte Ziegenbärtchen ein.

»Ich heiße Jost«, brummte der Junge. Der Schnitzmeister hörte ihn nicht oder verstand das Missverständnis nicht. Er zeigte, wie man die Klinge am besten führte oder die Feile hielt. Den Bernstein nicht in der Luft halten. Immer schön auf den eigens dafür ausgelegten Brettchen fixieren. »Jo, kann losgehen«, meinte er schließlich, zog sein Handy aus der Tasche und tippte eine ganze Weile darauf herum.

»Entschuldigen Sie bitte«, rief die ältere Dame, die mit ihrem Mann da war, nach einigen Minuten, »ob Sie wohl mal kommen könnten?«

»Logo«, erwiderte Ziegenbärtchen, ohne auch nur aufzusehen. Er beendete in aller Ruhe eine SMS oder womit auch immer er gerade beschäftigt gewesen war und schlurfte zu ihr hinüber.

»Ich möchte gern einen Seestern schnitzen«, flüsterte sie so laut, dass jeder im Raum es hören konnte. »Das ist mein Lieblingstier. Haben Sie nicht einen anderen Bernstein für mich, einen, der schon flach ist? Gucken Sie mal, dieser Brocken hier ist fast eine Kugel. Wie soll ich den denn in die richtige Form kriegen?«

»Dann machst du eben keinen Seestern, sondern 'nen Kugelfisch. Oder 'ne Qualle. Geht auch prima.« Er tätschelte ihr die Schulter und ging durch die Reihen, um zu sehen, was seine Schützlinge so zustande brachten.

»Eine Qualle?« Die Frau verzog angewidert das Gesicht. »Ich kenne niemanden, dessen Lieblingstier eine Qualle ist.« Der Einwand kümmerte Ziegenbärtchen nicht. »Wer hängt sich denn bitte eine Qualle um den Hals?«, fragte sie ihren Mann. Der zuckte nur mit den Schultern.

»Und was wird das?«, wollte der Schnitzmeister von der lustigen Leinenhose wissen.

»Weiß noch nicht. Entweder Yin und Yang ...« Sie sah zu ihm auf. »Oder ein Kugelfisch.«

»Cool.« Er schlenderte weiter und kam bei Franziska an. »Ah, ein Vogel!«

Kunststück! Ihr Exemplar hatte von vornherein die Form eines Vogels gehabt. Jedenfalls grob. Sie hatte das Ziegenbärtchen in Verdacht, ihr ein Exemplar untergejubelt zu haben, an dem vor ihr schon ein anderer Teilnehmer gearbeitet hatte. So konnte er sicher sein, dass am Ende der Stunde wenigstens ein vorzeigbares Ergebnis zu präsentieren war.

»Das soll eine Möwe werden.« Sie sah zu ihm auf. Dummer Fehler. Er wäre nämlich beinahe weitergegangen, beugte sich nun aber zu ihr herunter. Ja, es war heiß. Und ja, jeder schwitzte. Aber hätte dieser Typ nicht noch schnell duschen und vielleicht sogar ein Deo verwenden können, bevor er arglose Menschen in sein Atelier sperrte? Franziska bemühte sich, flach zu atmen.

»Sieht mehr nach einem Adler aus, oder?«

Für sie sah es bisher einfach nach einem Vogel aus. Und auch das nur ungefähr. »Na und«, meinte sie, »so ein Raubvogel ist doch nicht schlecht als ständiger Begleiter.« Sie musste an die Show denken, in der sie mit Niklas gewesen war, und an den Film, von dem er ihr erzählt hatte. »Der kann wenigstens etwas ausrichten gegen große böse Jungs. Über eine Möwe lachen die sich doch kaputt«, erklärte sie trotzig.

Ziegenbärtchen zog die Augenbrauen hoch. »Oha!«

Dem halbwüchsigen Jost wurde die Sache schnell zu langweilig. Wahrscheinlich vor allem deshalb, weil seine Mutter ihm in die Wahl des Motivs hereinredete und ihn spätestens alle zwei Minuten daran erinnerte, dass er mit dem Messer vorsichtig zu sein hatte. Die ältere Dame, die sich gegen jeden guten Rat doch an einem Seestern versuchte, war frustriert, weil nicht einmal im Ansatz zu erkennen war, woran sie arbeitete. Ihr Mann dagegen hatte in bemerkenswert kurzer Zeit für jeden klar erkennbar Hiddensee geschnitzt.

»Da sind wir sonst immer im Urlaub«, sagte er bescheiden. Einer nach dem anderen ging zu ihm hinüber, um das kleine Kunstwerk zu bestaunen und ihm Komplimente zu machen. Das trieb die Laune seiner Frau endgültig in den Keller.

»Und da fahren wir nächstes Mal auch wieder hin«, gab sie patzig von sich, knallte Feile und Bernstein auf den Tisch und stand auf. »Kurt, ich möchte gehen.«

Die Familie nutzte die Gelegenheit, sich ebenfalls zu verabschieden.

»Tja, dann is wohl Feierabend«, meinte Ziegenbärtchen und sah keinesfalls unglücklich aus. Konnte man verstehen. Jeder wollte nur noch irgendwohin, wo er sich abkühlen konnte und nicht mehr viel tun musste. Ihm würde Franziska wenigstens noch eine Dusche vorschlagen. »Ich kassiere dann eben noch und würde mich freuen, wenn ihr alle übermorgen wiederkommen würdet.« Er rang sich ein Lächeln ab.

»Also ich brauche jetzt eine Erfrischung!« Die Leinenhose war neben Franziska getreten, die gerade überlegte, ob sie sich ein Fischbrötchen oder doch lieber wieder ein Eis kaufen sollte.

»Wer braucht das nicht? Ist kaum auszuhalten, was?« Sie fächelte sich Luft zu.

»Ich bin Thekla.« Die Frau mit dem kupferroten Haar streckte ihr die Hand entgegen und lächelte gewinnend. »Ein schrecklicher Name, ich weiß. Frag mich nicht, was meine Eltern sich dabei gedacht haben.« Das Ziegenbärtchen hatte alle ganz selbstverständlich geduzt. Thekla tat das ebenfalls.

»Wenigstens kein Allerweltsname und schön kurz. Ich heiße Franziska. Oder einfach Ziska.«

»Freut mich, Ziska. Wie sieht es aus, gehen wir schwimmen?«

»Oh, äh, ist das nicht ein bisschen spät?« Gleich halb neun.

»Wieso, gibt es eine richtige Uhrzeit fürs Schwimmen und eine falsche?«

»Nein.« Franziska musste lachen. »Eigentlich ist es eine ziemlich gute Idee. Es hat sich kein bisschen abgekühlt, habe ich den Eindruck.«

»Der Eindruck täuscht dich nicht.«

»Allerdings habe ich keine Badesachen mit.«

»Das ist aber dumm.« Thekla schüttelte den Kopf. »Wohnst du denn weit weg von hier?«

»Nein, nur ein Stückchen die Straße runter.«

»Na dann! Ich setze mich schon mal in Bewegung. Bin nicht mehr die Jüngste und brauche sowieso eine ganze Zeit, bis ich am Strand bin. Du holst deine Klamotten und kommst nach. Abgemacht?«

»Einverstanden.«

Sie verabredeten sich an dem kleinen Strand von Vitt. Franziska lief in einem Tempo nach Hause, das Theklas Wartezeit im Rahmen hielt und gleichzeitig verhinderte, dass sie selbst auf halber Strecke kollabierte. Als sie den Strand erreichte, schlüpfte Thekla gerade aus ihrer Hose. Es sah ein wenig ungelenk aus, und Franziska ahnte, dass sie älter war, als Haarfarbe und Lidstrich vermuten ließen. Die Bude von Fischer Heinrich war bereits geschlossen. Kein Wunder, am Abend gingen die Urlauber essen oder bereiteten sich etwas in ihren Ferienwohnungen zu. An einem Kiosk zu stehen war für ein schnelles Mittagessen und für zwischendurch geeignet. Um am Abendgeschäft teilzuhaben, müsste ein Restaurant her, wie Heinrichs Bruder es sich vorstellte. Franziska folgte Thekla um den kleinen Steindeich herum ins Wasser. Es war großartig! Mit jedem Schritt, den sie auf dem sandig-weichen Grund der Ostsee machte, kamen mehr ihrer Lebensgeister zurück.

»Oh, du Wonne«, stöhnte Thekla.

»Ja, das war eine grandiose Idee von dir.« Als ihr das Wasser bis zu den Oberschenkeln reichte, ließ Franziska sich vollständig hineinfallen. Sie drehte sich auf den Rücken. Endlich wurde auch ihr Kopf kühler.

»Du bist allein im Urlaub?«, wollte Thekla wissen.

»Ja. Sozusagen. Im Grunde bin ich gar nicht im Urlaub.«

»Ach? Willst du hauptberufliche Bernsteinschnitzerin werden?«

Franziska lachte. »Nein, lieber nicht. Da würde ich innerhalb kürzester Zeit am Hungertuch nagen, fürchte ich.«

»Immerhin hat er bei dir einen Vogel erkannt.«

»Ich glaube, er hat mir schon einen Vogel gegeben.«

»Raffiniert.« Thekla schmunzelte. Der Gedanke gefiel ihr anscheinend. »Hätte ich dieser Schlaftablette mit dem komischen Bart gar nicht zugetraut. Was machst du hier, wenn du nicht im Urlaub bist?«

Franziska erzählte, womit sie in Hamburg ihr Geld verdiente, warum sie damit nicht mehr zufrieden war und dass sie hoffte, auf der Insel ein bisschen Klarheit zu finden. »Ich werde in diesem Jahr immerhin dreißig. Da sollte man doch das im Leben gefunden haben, wofür man brennt, oder nicht?«

Sie trieben beide auf dem Rücken und strampelten hin und wieder ein wenig mit den Füßen, um sich fortzubewegen. Es roch nach Salz und Algen und gluckerte um sie herum. Ansonsten war es – von einigen Grillen abgesehen – still, kein Kindergeschrei, keine ballspielenden Männer, keine aufgeregt plappernden jungen Hühner.

»Du wirst schon dreißig«, stellte Thekla ironisch fest. »Dann wird es natürlich Zeit.«

»Ich will ja nicht alles in festen Bahnen haben, ohne die Chance, auch später noch etwas Neues zu entdecken oder anzufangen. Das meine ich gar nicht. Aber wenigstens die Grundrichtung sollte doch stimmen. Ob es mir passt oder nicht, die berühmte Uhr tickt. Wenn ich noch Kinder haben will oder mich beruflich neu orientieren, dann habe ich dafür nicht ewig Zeit.«

»Das ist wahr.« Thekla nickte bedächtig, nahm einen Schluck Ostseewasser in den Mund und spuckte eine Fontäne in die Luft. »Eklig, dieser salzige Geschmack.« Sie schüttelte sich so sehr, dass sie beinahe wieder Wasser in den Mund bekommen hätte.

»Warum tust du das dann?«

»Soll gesund sein.«

»Wir sollten umdrehen. Nachher treiben wir noch ab und müssen von Juliusruh zurücklaufen.«

»Lieber nicht. Da wäre ich die halbe Nacht unterwegs.« Thekla ruderte mit einer Hand und begann sich zu drehen wie eine Fähre vor dem Anlegen. »Du hast schon recht«, begann sie plötzlich, »wenn ich noch Kinder wollte, wäre ich spät dran. Ich werde nämlich schon achtzig. Aber erst nächstes Jahr.«

»Du nimmst mich auf den Arm!«

»Nein, die Zeiten sind vorbei. Das machen meine Bandscheiben nicht mehr mit.« Sie stiegen aus dem Wasser und gingen zu ihren Handtüchern. »Glücklicherweise ist die Familienplanung bei mir schon abgeschlossen.« Sie zwinkerte fröhlich. »Ich habe eine Handvoll Kinder bekommen, vier Jungs und nur ein Mädchen.« Sie seufzte, während sie ihren Körper trocken rubbelte. »Ausgerechnet meine Tochter ist der Problemfall. Als du vorhin sagtest, was du beruflich machst, musste ich an sie denken. Vielleicht hätte sie so ein Coaching auch mal gebrauchen können.« Thekla erzählte von ihrer Rosa, die ein Jahr vor dem Abitur vom Gymnasium abgegangen war. »Sie wollte unbedingt Schauspielerin werden, dabei hatte sie überhaupt kein Talent.« Sie und ihr Mann hatten das Kind trotzdem unterstützt, Privatstunden finanziert und sie von einer Aufnahmeprüfung zur anderen gefahren. »Ausgerechnet an der renommierten Ernst-Busch-Schule in Berlin muss etwas schiefgegangen sein. Sie haben sie genommen. Es war eine elende Quälerei. Sie war von jungen Menschen mit Naturbegabung umgeben. Die brauchten nichts zu tun und haben trotzdem die Leistung gebracht, die gefordert wurde. Es lag ihnen eben im Blut. Rosa nicht. Sie hat geackert und geschuftet, um sich das Handwerk draufzuschaffen, wie man heute sagt.« Thekla rollte mit den Augen. »Es hat nicht lange gedauert, da hieß es plötzlich: Schauspielerei gebe ihr nichts. Sie wolle etwas tun, das einen tieferen Sinn habe. Was soll ich sagen? Sie hat die Ausbildung geschmissen.« Thekla erzählte, dass Rosa für sich entschieden hatte, ein Kind zu bekommen. Sie hatte mit niemandem darüber gesprochen. »Jedenfalls nicht mit uns«, sagte Thekla und stöhnte. Nachdem das Kind auf der Welt war, wurde Rosa klar, dass die Erziehung eines kleinen Menschen zwar durchaus sinnvoll, aber auch nicht alles im Leben sein konnte. Sie wollte Altenpflegerin werden und begann eine Ausbildung. Ihr Kind, einen kleinen Jungen, parkte sie bei ihren Eltern. Mit dem Erzeuger war sie natürlich längst nicht mehr zusammen. Sie hatte ihn wirklich nur für den Zeugungsakt gebraucht. Franziska musste an das denken, was ihr Vater ihr von seiner ersten Frau Marianne erzählt hatte. Auch sie hatte erst nach der Geburt begriffen, dass das Muttersein sie nicht ausfüllte. Rosa hatte ihr Kind zwar häufig den Großeltern anvertraut, es aber wenigstens nicht gleich völlig im Stich gelassen.

»Es war sehr nett, mit dir zu plaudern«, stellte Thekla fest, nachdem sie wieder angezogen war und ihre Sachen in einer knallbunten Badetasche verstaut hatte.

»Das gebe ich gern zurück.« Die beiden machten sich langsam auf den Weg die Stufen hinauf in Richtung der kleinen

Kapelle von Vitt. »Was macht deine Tochter jetzt? Arbeitet sie noch in dem Beruf?«

»Gelegentlich. Sie hat ein paar Zusatzausbildungen gemacht. Für Demenzkranke zum Beispiel. Dummerweise wird in dieser Branche nicht besonders gut bezahlt. Und Rosa hat vor zehn Jahren noch ein Kind bekommen, eine Tochter. Mit weit über vierzig.« Sie schüttelte den Kopf und schnaufte. Der Weg bergauf strengte sie an. »Ihr Sohn steht auf eigenen Beinen. Ist ein prächtiger Kerl, aber die Kleine kostet natürlich Geld. Hat auch noch Neurodermitis, das arme Ding.«

Am großen Parkplatz von Putgarten verabschiedeten sich die beiden Frauen. »Kommst du am Mittwoch wieder zum Kurs?«, wollte Franziska wissen.

»Ja, ich denke schon. Wenn ich dann noch lebe.« Sie grinste breit.

»Das will ich doch schwer hoffen.«

»Und ich erst!« Thekla winkte und stieg in ein Taxi, das sie nach Binz bringen würde.

Am nächsten Morgen lief Franziska hinunter zum Briefkasten, noch ehe sie Kaffee gekocht hatte. Sie riss die Haustür auf und wurde augenblicklich von der gleichen quälenden Hitze erschlagen, die ihr schon am Vortag zu schaffen gemacht hatte. Im Moment spielte das keine Rolle. Sie schloss den Kasten aus gebürstetem Edelstahl auf. Nichts. Kein Brief aus München. Wahrscheinlich hatte ihr Vater ihn erst gestern Abend nach der letzten Leerung eingeworfen. Womöglich erst heute. So oder so, sie musste sich gedulden. Irgendwie brachte sie den Tag hinter sich.

»Das Wetter soll umschlagen«, sagte Gesa, als diese Franziska im Packraum besuchte, in dem ein kleiner Ventilator für einigermaßen erträgliche Bedingungen sorgte. Sie machte ein für sie vollkommen untypisches sorgenvolles Gesicht. »Bei so einer Affenhitze ist die Ernte kein Vergnügen. Wenn jetzt aber der große Regen einsetzt, haben wir auch nicht gerade Spaß da draußen.«

»Gegen ein paar Tropfen von oben hätte ich nichts einzuwenden. Es muss ja nicht gleich von einem Extrem ins andere kippen«, gab Franziska zu bedenken.

»Muss es von mir aus nicht. Aber das Leben ist leider kein Wunschkonzert. Und das Wetter schon dreimal nicht.« Damit ließ Gesa sie wieder allein.

Nach ihrem Dienst war Franziska mit Fischer Heinrich verabredet. Sie ging kurz nach Hause. Dort warf sie einen weiteren Blick in den Briefkasten, denn sie hatte keinen Schimmer, wann hier die Post ausgetragen wurde. Wieder nichts. Sie holte ihre Badesachen von der Leine, schnappte sich einen Notizblock und machte sich gleich wieder auf den Weg.

»Moin, junge Frau«, begrüßte Heinrich sie. »Ick heff hüüt geräucherte Sprotten. Willst welche?«

»Moin, Heinrich. Nein danke, ich habe bei dieser Hitze keinen Hunger.«

»Für lecker Sprotten brauchst auch keinen Hunger. Der kommt beim Essen.«

»Ist lieb, danke, aber ich möchte wirklich nichts.«

Er kratzte sich am Hinterkopf und stieß sich prompt den Ellbogen in der engen Hütte. »Au, verdammig!« Ein junges Paar, sie trug einen Säugling in einem Tuch vor der Brust, bestellte Sprotten. Außerdem fanden sich eine Frau und ein Paar mittleren Alters ein. »'tschuldigung«, sagte Heinrich, »siehst ja, was hier los is. Hast 'n büschen Zeit mitgebracht?«

»Klar, das Geschäft geht vor. Weißt du was, ich gehe eine Runde schwimmen. Wir können uns nachher unterhalten.«

Wie schon am Abend zuvor genoss Franziska das kalte Wasser der Ostsee unendlich. Sie ließ sich auf dem Rücken treiben und beobachtete Möwen, die ihre Kreise zogen. Sie wirkten irgendwie auch müder als sonst. Kein Streiten um Brötchenkrümel, kein lautes Kreischen. Franziska beneidete Heinrich nicht, der in dem Bretterverschlag neben dem Ofen ausharren musste. Wie viel besser hatte sie es! Nicht nur jetzt, auch in ihrem normalen Leben in Hamburg. Sie konnte sich ihre Termine einteilen. Nun gut, das war nur die halbe Wahrheit. Die Anzahl ihrer Klienten war so groß, dass sie meist neun oder zehn Stunden täglich mit ihnen beschäftigt war, Vor- und Nachbereitung noch nicht eingeschlossen. Da ihr Tag auch nur zwölf Stunden hatte, blieb nicht furchtbar viel Flexibilität übrig. Musste sie denn so viele Klienten haben? Sie könnte kürzertreten, dann war sie auch wieder flexibler. Finanziell käme sie leicht mit weniger Einnahmen zurecht. Hatte sie nicht ohnehin schon *Arbeitszeit reduzieren* auf ihren schlauen Zettel geschrieben? Sehr richtig. Und zwar nicht nur, um einen netten Mann zu finden. Sie würde die Zeit ebenfalls nutzen, um auch in Hamburg regelmäßig schwimmen zu gehen. Warum hatte sie das nicht schon viel früher getan? Ein Schwimmbad war zwar nicht so toll wie die Ostsee, aber besser als gar nichts. Plötzlich kam ihr der Gedanke, ob sie ihren Job nicht ebenso gut auf Rügen erledigen konnte. Ja, klar! Sie riss die Fäuste aus dem Wasser und spritzte sich eine Ladung Salzwasser in die Augen. Gleich darauf schwappte eine Welle über ihr Gesicht. Sie schluckte und prustete, ihre Füße tasteten nach Grund. Blöderweise war sie gerade an einer tiefen Stelle. Bei dem Versuch, sich hinzustellen, ging sie unter, bekam einen weiteren Schwall Ostsee in den Hals, hustete und würgte so sehr, dass die Leute schon aufmerksam wurden. Sie gab sich alle Mühe, den Würgereflex zu unterdrücken und mit kräftigen Zügen in Richtung Strand zu schwimmen. Keuchend ließ sie sich auf ihrem Handtuch nieder. Es dauerte eine Weile, bis sie sich vollständig beruhigt hatte, und noch länger, bis sie den ekelhaften Geschmack los war. Hoffentlich war Salzwasser im Mund wirklich gesund, wie Thekla behauptet hatte.

Ihre Laune aber hätte trotz ihres Beinahe-Absaufens kaum besser sein können. Sie musste das Ganze natürlich noch im Detail durchgehen, aber die Idee war genial: Coaching im Urlaub! Die Kunden würden für zwei oder drei Wochen zu ihr kommen und sich während der Ferien coachen lassen. So waren sie nicht von ihrem Alltag abgelenkt und konnten sich voll auf ihre Fragestellung und die Lösungsfindung konzentrieren. Das war viel intensiver, als monatelang einmal pro Woche zu erscheinen. Und das Beste daran: Sie konnte auf dieser hübschen Insel leben. Ganz in der Nähe ihres Bruders. Und auch wenn er nicht ihr Bruder war, fand sie die Vorstellung schön, auf derselben Insel zu leben wie er. Gesa würde ihr bestimmt eine gute Freundin werden. Maren würde ihr natürlich sehr fehlen. Die müsste eben ihren gesamten Urlaub auf Rügen verbringen. Sie seufzte zufrieden, atmete tief die salzige Luft ein und begann schon wieder zu schwitzen. Glücklicherweise bekam sie genau in dem Moment ein wenig Schatten ab. Sie blinzelte. Zogen etwa Wolken auf? Von wegen, der Himmel war knallblau. Heinrich stand neben ihrem Handtuch.

»So, der Laden is dicht. Ick wär denn so weit.« Ihm war anzusehen, dass er der Sache noch immer skeptisch gegenüberstand.

Franziska richtete sich auf. »Okay, ich ziehe mich schnell an, dann kann es losgehen. Wollen wir hier …?« Sie sah zu seiner Hütte, deren Vordach bereits heruntergeklappt war.

»Nein, wir gehen nach Hause. Dann ist Vadder nich allein, und Sie sehen den ollen Schuppen gleich mal.«

»Ich dachte, Sie hätten ein schönes Haus«, neckte sie ihn schmunzelnd.

»Jo, dat is richtig. Das mit dem Schuppen hab ich man nur so gesagt.«

»Gute Idee, zu Ihnen zu gehen.« Franziska zögerte, dann streckte sie ihm die Hand hin. »Ich bin übrigens Franziska oder noch besser Ziska.«

»Ach so, ja, is nett.« Er lächelte fast schüchtern. »Ick bün Heinrich. Aber das wissen Sie … das weißt du ja schon.«

Das Haus war alles andere als ein Schuppen, es war eine Puppenstube. Räume und Fenster waren klein, die Möbel offenbar von Generation zu Generation weitergegeben worden. Einige der Stücke hielt Heinrich vermutlich für so altersschwach, dass man sie bei Gelegenheit austauschen könnte, wenn man nichts Wichtigeres zu tun hatte. Nur hatte er eben immer etwas zu tun. Außenstehende mit Sinn für Antiquitäten und traditionelle Wohnkultur dagegen gerieten wahrscheinlich in Verzückung. Franziska ging es jedenfalls so. Sie hatte den Eindruck, die alte Pendeluhr war ganz bewusst neben dem Kachelofen aufgehängt worden, und ein Paar abgewetzter Pantoffeln lag nur scheinbar zufällig unter der Bank, die direkt am Ofen stand. Selbst Heinrichs Vater, Heinrich III., wie der Fischer ihn vorgestellt hatte, sah aus, als wäre er nur in den knarzenden Schaukelstuhl mit der hohen Lehne, dessen Holz Schrammen und Kerben aufwies, gesetzt worden, um das Bild der alten Kate gekonnt abzurunden.

»Moin, ich bin Franziska«, begrüßte sie den Mann, der sie aus wasserblauen Augen ansah. Wie in Zeitlupe hob er die linke Hand. Die rechte lag merkwürdig verkrümmt in seinem Schoß. Er streichelte ihre Fingerspitzen, dann ließ er den Arm wieder sinken.

»Er spricht nicht«, erklärte Heinrich. »Seit seinem Schlaganfall spricht er nicht mehr.«

»Verstehe.« Sie wusste nicht recht, wie sie mit der Situation umgehen sollte. Hören konnte Heinrich III. sie doch sicher.

»Wir können uns hier hinsetzen. Willst du was trinken? Meine Schwester hat bestimmt Schorle oder so 'nen Tüünkroom gekauft.«

»Gerne.« Sie nahm an dem Eichentisch Platz. Der Stuhl knarrte, als sie sich setzte. Verstohlen blickte sie zu Heinrich III. hinüber. Seine hellen Augen fixierten sie. »Schön haben Sie es hier. Richtig schön.« Sie sah sich um und nickte anerkennend. »Ich kann mir vorstellen, dass Sie dieses Haus nicht hergeben wollen.« Er nickte langsam. Sie lächelte. »Kann ich gut verstehen. Das würde ich an Ihrer Stelle auch nicht.« Ihr war, als würden seine Lippen zucken. Heinrich kam zurück, stellte eine Flasche auf den Tisch und hielt das Glas, das er ebenfalls mitgebracht hatte, gegen das Licht.

»Geht wohl«, murmelte er. Dann schenkte er ein und nahm ihr gegenüber Platz.

»Es ist erstaunlich kühl hier drinnen«, stellte sie fest. »Das ist herrlich. Du musst mir euren Trick verraten.«

»Da is nix weiter dabei. So warn früher alle Häuser. Das Stroh und der Lehm sind gut für das Klima in der Bude. Na, und durch die lütten Fenster kommt nich viel Hitze rein.«

»Dafür ist es im Winter ordentlich kalt, oder?«

»Nö. Ich sach ja, Stroh und Lehm. Mit dem Ofen hast das schnell muckelig warm in der Stube.« Es entstand eine Pause. »Nu musst mir helfen«, sagte Heinrich mit einem Mal. »Ich hab so wat noch nie nich gemacht.«

»Da haben wir etwas gemeinsam.« Sie lachte. »Ich nämlich auch nicht. Jedenfalls nicht in dieser Form. Wir improvisieren einfach.«

Franziska stellte ihm ein paar Fragen. Sie wollte herausfinden, ob die Familie schon über andere Lösungen für die vertrackte Situation nachgedacht hatte, als den Vater in ein Heim zu geben und das Haus zu verkaufen. Schnell entwickelte sich ein Gespräch, in dem Heinrich die eine oder andere Möglichkeit andeutete. Franziska hörte ihm aufmerksam zu und machte Notizen. Zwischendurch sah sie kurz zu Heinrich III. hinüber. Er ließ die beiden nicht aus den Augen. Sie war sicher, dass er genau zuhörte und jeden Satz verstand. Natürlich, warum auch nicht? Nur weil es ihm im wahrsten Sinne des Wortes die Sprache verschlagen hatte, bedeutete das nicht, dass er nicht begreifen konnte.

»Tja, nu weiß ich nich, was ich dir noch erzählen soll«, meinte Heinrich irgendwann.

»Kein Problem, das war doch eine ganze Menge.« Sie überflog ihre Notizen. Auf Anhieb erkannte sie nichts, womit sich arbeiten ließe. Da war kein vernünftiger Ansatz, der die Situation des Vaters zufriedenstellend lösen konnte. »Habt ihr nie darüber nachgedacht, jemanden ins Haus zu holen?« Sie sah ihn an. Er wirkte für eine Sekunde sehr irritiert. War das nicht immer die Alternative, wenn darüber diskutiert wurde, ob ein alter Mensch zu Hause bleiben konnte oder ob er in eine Senioreneinrichtung ziehen musste? »Hier ist wahrscheinlich nicht genug Platz, was?«

»Der Platz ist kein Problem.« Er deutete über die Schulter. »Da gibt's einen Anbau.«

»Einen Anbau?«

»Ja. Willst mal sehen?«

»Gern.« Sie standen auf, und Franziska folgte ihm. »Da bin ich aber gespannt«, sagte sie zu Heinrich III., als sie an ihm vorbeiging, und zwinkerte ihm zu. Wieder zuckten seine Lippen. Der Anbau war ein rechteckiger Kasten mit einem eigenen Eingang.

»Meine Eltern haben sich 'n büschen zu doll vermehrt. Da reichte der Platz vorne und hinten nich, und sie ham gemeint, mehr als zwei Jungs sollten man lieber nich in einem Zimmer hausen. Wir ham schon genug Unfug angestellt. Die Deern brauchte natürlich ein Zimmer für sich. Und weil sie schon mal dabei warn, ham sie auch gleich ein Bad für die Kinner gebaut. Ein eigenes Bad«, betonte er voller Stolz. »Wir haben uns gefühlt wie Könige.«

»Das kann ich mir vorstellen.«

»Das hatte hier keiner, im ganzen Ort nich, kann sein auf der ganzen Insel nich. Unsere Eltern hatten sich das plietsch ausgedacht. Die wollten, dat dat morgens fix geht, wenn wir alle in die Gänge kommen mussten.«

Das Badezimmer der kleinen Könige hatte im Lauf der Jahre viel von seinem Glanz verloren. Sie vermutete, dass es nie wirklich welchen gehabt hatte. Es war zweckmäßig. Und in der Situation, in der die Familie jetzt steckte, konnte es noch sehr wertvoll werden.

»Wie wird der Anbau heute genutzt?«

Er kratzte sich am Kopf. »So richtig eigentlich gar nich mehr. Ich hab meine Kammer drüben unterm Dach. Meine Brüder schlafen manchmal hier, wenn sie zu Besuch kommen. Meine Schwester denn wohl auch bald, wenn sie nich mehr auf der Insel wohnt.«

Franziska sah sich um. »Als Abstellplatz und Gästezimmer ist euer ehemaliges Geschwisterreich viel zu schade, finde ich.«

»Tja, na ja …«

»Was wäre denn, wenn da jemand einziehen würde? Jemand, der sich professionell um Heinrich III. kümmern würde?« Er sah sie mit großen Augen an. »Meinst du, das wäre in Ordnung für ihn?«

»Meinst denn, dass sich da jemand finden ließe?«

»Das könnte ich mir schon vorstellen.«

»Wär das denn billiger als so 'n Heim?«

»Ganz sicher. Und er könnte in seinen vier Wänden bleiben.«

»Och, dat wär fein.« Seine Augen glänzten, und Franziska wurde ganz warm ums Herz. »Ick hab mir überlegt, wenn ich 'n paar Holzbohlen vor der Fischhütte verlegen würde und Tische und Stühle draufstellen würde, denn wär das zwar nich so 'n piekfeines Lokal, wie mein Herr Bruder dat gern gehabt hätte, aber es wär mehr Platz. Denn verdien ich mehr Geld mit der Bude und kann das so 'ner Pflegeperson geben.«

»Gute Idee. Die Leute bräuchten nicht zu stehen, könnten aber weiterhin in Badelatschen kommen.«

»So heff ick mi dat dacht.«

»Die Einnahmen steigen, du kannst dir eventuell sogar einen Mitarbeiter leisten und hast mehr Zeit für deinen Vater.«

»Man langsam mit den jungen Pferden!« Er hob die Hände. »Fein wär dat schon.«

Auch am Mittwoch war der Briefkasten leer. Auch am Mittwoch verweigerte sich die kühle Ostseebrise. Allmählich litten Bewohner wie Urlauber wirklich unter den viel zu hohen Temperaturen und der stehenden Luft. Immer häufiger waren Einsatzfahrzeuge zu hören, mit denen der Notarzt anrückte und mit denen die Menschen ins Krankenhaus gebracht wurden, die ausgetrocknet oder einfach umgefallen waren. Franziska war ausgesprochen beruhigt, als sie Thekla abends im Rügenhof beim Schnitzkurs traf. Die hatte ein Tuch in Piratenmanier um den Kopf geschlungen und wirkte putzmunter. Ihr Bernsteinobjekt verwandelte sich während der Arbeit daran von dem Yin-Yang-Symbol oder wahlweise einem Kugelfisch in eine Glücksperle, wie Thekla schmunzelnd erklärte. Mit anderen Worten, sie hatte es aufgegeben, irgendeine Form herausarbeiten zu wollen, und schmirgelte und schliff nur noch den Brocken, bis er möglichst glatt war. Franziskas Raubmöwe hatte eindeutig eine Behinderung. Ein Flügel war verkümmert, der andere hatte einen Buckel. Es machte ihr nichts aus. Schließlich kam es auf die inneren Werte an, fand sie. Warum sollte man nur makellose Geschöpfe schnitzen?

»Hat deine Tochter Rosa momentan einen Job?«, fragte Franziska, nachdem die beiden sich von Ziegenbärtchen verabschiedet hatten.

»Ja, sie ist in einer Stiftung untergekommen. Das ist aber mal wieder zeitlich begrenzt. Keine Ahnung, ob sie sich schon um einen Anschlussjob gekümmert hat. Ist nämlich nicht so, dass sie das ihrer alten Mutter unbedingt auf die Nase bindet«, raunte sie Franziska zu. »Das Gute ist, dass sie in ihrer Branche immer etwas findet. Wir Alten sterben nicht aus.« Sie lachte fröhlich.

»Glaubst du, sie könnte sich vorstellen, auf Rügen zu arbeiten?«

»Hier?« Sie zuckte mit den Schultern. »Ich weiß nicht. Bei Rosa weiß man nie.«

»Ich habe mal eine Hautärztin beraten. Die hat mir erzählt, wie gut Neurodermitis-Patienten auf das Ostseeklima ansprechen. Der Körper braucht allerdings eine Eingewöhnungszeit. Im Urlaub lässt sich deshalb keine nennenswerte Besserung erreichen.« Sie legte den Kopf zur Seite und sah Thekla an.

»Ach so meinst du das.« Sie dachte nach. »Für ihre Tochter würde sie schon umziehen. Ob sie hier aber eine Stelle findet?«

»Du wirst es nicht glauben, aber auch auf Rügen sterben die Alten nicht aus.«

Thekla lachte laut auf. »Für meine Enkelin wäre das wunderbar«, meinte sie ernst. »Man müsste sich mal umhören.«

»Ruf Rosa doch mal an. Ich habe da nämlich etwas läuten hören, dass hier eine Fachkraft gesucht wird. Ist noch nicht ganz sicher«, sagte sie schnell, »könnte aber demnächst aktuell werden. Einzelbetreuung, Wohnung vorhanden.«

Mitten in der Nacht schreckte Franziska hoch, weil es ohrenbetäubend gekracht hatte. Gleich darauf war ihr Schlafzimmer taghell. Ein Gewitter ging über der Insel nieder, das sich aufführte, als wollte es die ganze Welt verschlingen. Sie schlüpfte aus dem Bett, lief hinunter ins Wohnzimmer und kauerte sich auf das Sofa. Blitz und Donner folgten so schnell aufeinander, dass sie kaum die Sekunden dazwischen zählen konnte, wie sie es früher mit ihren Eltern immer gemacht hatte. Sie war nicht sonderlich ängstlich, was Gewitter anging, ein solches Spektakel hatte sie allerdings noch nie erlebt. Da konnte es einem wirklich flau im Magen werden. Sie stand auf und ging zur Balkontür. In dem Moment zuckte ein violetter Blitz über den Himmel. Er war so hell, dass es in ihren Augen schmerzte. Schon krachte es. Das Haus schien zu vibrieren, so laut war es. Sie überlegte, ob sie sich anziehen sollte. Sicher ist sicher. Papiere und Geld hatte sie griffbereit. Unschlüssig lief sie zurück ins Schlafzimmer und gleich darauf wieder die Treppe hinab. Glücklicherweise dauerte der Spuk nicht lange. Die Abstände zwischen Blitz und Donner wurden länger, das Scheppern ebbte zu einem Grollen ab. Endlich setzte ein gleichmäßiges Rauschen ein. Regen! Franziska konnte sich nicht erinnern, sich jemals derartig über einen Wolkenbruch gefreut zu haben.

Die Freude schwand am nächsten Morgen, als es immer noch wie aus Eimern schüttete. Der Sanddorn war womöglich ganz dankbar für die großzügige Ladung Wasser. Was Gesa gesagt hatte, erfüllte Franziska allerdings mit Sorge. Es würde kein Spaß werden, bei strömendem Regen zu ernten. Sie hatte kaum geschlafen und fühlte sich, als hätte ihr heimlich jemand eine Flasche Wodka eingeflößt. Jedenfalls stellte sie sich vor, dass man sich dann so fühlte. Der Briefkasten war wieder leer, und als sie bei der Firma ankam, war selbst ihre Unterwäsche nass. Die Regenjacke, die sie sich extra für Rügen gekauft hatte, ließ

Wasser herein, nur dummerweise nicht wieder hinaus. In der Pause versuchte sie ihren Vater zu erreichen. Ohne Erfolg. Zu Hause lief sein Anrufbeantworter. Eine ziemlich unpassende Bezeichnung für ein Gerät, das einen Anruf lediglich aufzeichnen konnte. Vor allem, wenn dieses Gerät einem Menschen gehörte, der der Ansicht war, wer einmal anrief, der tat das auch ein zweites Mal, wenn er etwas Wichtiges auf dem Herzen hatte. Sein Mobiltelefon hatte ihr werter Herr Vater erst gar nicht eingeschaltet. Sie fragte sich, wofür er überhaupt eines besaß. Im Notfall, für den er sich das Ding angeblich angeschafft hatte, war garantiert der Akku leer, oder Papa wusste ohnehin nicht, wie sein Handy funktionierte. Vermutlich zog er es aus der Tasche, wenn er von jungen attraktiven Damen umgeben war. Ihr Vater hatte sich nämlich nicht etwa ein einfaches Exemplar zugelegt, sondern eins von der ganz teuren Sorte. Franziska konnte sich lebhaft vorstellen, wie er es umständlich hervorholte, so dass auch jeder – oder besser jede – aufmerksam wurde. Dann warf er wahrscheinlich konzentrierte Blicke darauf, tippte auf dem ausgeschalteten Telefon herum und steckte es seufzend wieder weg. So viele Nachrichten! Die konnte er unmöglich alle auf einmal beantworten.

Nach Dienstschluss versuchte Franziska es erneut, erreichte ihren Vater jedoch wieder nicht. Ihre Klamotten waren noch nicht ganz trocken, als sie das Gebäude von Rügorange verließ, wie Niklas' Firma hieß. Egal, mit dem ersten Schritt, den sie machte, war sie ohnehin sofort wieder nass. Ihre Regenjacke hatte sie erst gar nicht angezogen. Sie kaufte sich auf dem Weg zu ihrer Wohnung eine neue. Außerdem nahm sie eine Fertigpizza mit. Zu Hause angekommen, öffnete sie mit schon nicht mehr so stark klopfendem Herzen den Briefkasten. Er war sowieso leer. Sie schob die Pizza in den Ofen, schlüpfte unter die Dusche, zog sich eine Jogginghose und ein Shirt an und ließ sich auf ihr Sofa fallen. Zum ersten Mal, seit sie hier war, schaltete sie den Fernseher ein. Ihr kam kurz der Gedanke, sich um ihren Plan zu kümmern, ihren Lebensmittelpunkt nach Rügen zu verlegen. Sofort schob sie ihn wieder weit von sich. Ihr Coaching-im-Urlaub-Konzept lief nicht weg. Außerdem kannte sie sich gut genug, um zu wissen, dass sie nichts zustande bringen würde, ehe sie nicht ein bisschen mehr Klarheit in Sachen Niklas hatte. Das konnte sich ja nur noch um Monate handeln, wenn sie sich auf ihren Vater verließ. Sie schnappte sich ihr Telefon und wählte seine Nummer. Als der Anrufbeantworter ansprang, legte sie auf. Ihr fiel nach vier Versuchen kein origineller Spruch mehr ein, den sie ihm noch hinterlassen konnte.

Die Eieruhr piepte. Franziska bedauerte, dass sie sich nicht außer der Pizza eine große Schale Eis, eine Familienpackung Pudding, eine XXL-Tafel Schokolade oder wenigstens eine Flasche Bier mitgenommen hatte. Am besten die gesamte Palette. Ihr war wirklich nach einem FFF-Abend zumute – Frust, Futtern, Faulsein. Wenigstens wurde die Luft in der Wohnung wieder erträglich, denn mit dem Regen war auch der Ostseewind zurückgekehrt. Die Temperaturen waren auf ein menschenfreundliches Maß gesunken.

Auch am Freitag prasselte es ununterbrochen aus einem grauen Himmel. Zu Franziskas Erleichterung machte die neue Regenjacke einen unvergleichlich besseren Job als ihre erste. Wann immer sie Niklas sah, fürchtete sie, er würde ihre Verabredung für den Samstag absagen. Sie hatte noch immer keine genaue Vorstellung davon, was das Vilmschwimmen sein könnte, ging jedoch davon aus, dass es unter freiem Himmel stattfand. Aber bei diesem Wetter? In der Mittagspause versammelten sich sämtliche Mitarbeiter um den Konferenztisch in Niklas Büro. Gesa servierte Backfisch und Kartoffelsalat für alle.

»Das ist Tradition am letzten Arbeitstag vor der Ernte«, erklärte sie. Da klingelte Franziskas Handy.

»Entschuldigung.« Sie sprang auf. »Bin gleich wieder da. Ist bestimmt mein Vater. Ich erwarte eine Nachricht von ihm. Wichtige Familiensache«, sprudelte sie los, während sie das Büro verließ. Es war eine SMS. »Hallo, Ziska, Brief zurück. Zahlender bei Postleit. Versuche neu. Tut mir leid, Papa«, stand da. Zahlender bei Postleit? Was sollte das sein? Sie runzelte die Stirn. Was sie verstand, war, dass sein Brief offenbar wieder bei ihm gelandet war und er ihn erneut auf den Weg bringen würde. Sie seufzte. Typisch Papa, anrufen wäre wohl zu teuer gewesen. Zahlender bei Postleit. Damit meinte er wohl Zahlender bei Postleitzahl. Auch nicht logisch. Sie starrte auf das Display. Langsam wurde es dunkel und nahm die mysteriöse Nachricht mit sich. Sie steckte das Telefon weg und ging zurück ins Büro. Kaum hatte sie die Tür hinter sich geschlossen, begriff sie: Zahlendreher. Natürlich. Auch das war typisch für ihn. Sein Brief war zurückgekommen, weil er die Postleitzahl verdreht hatte. Sie fragte sich, wie ihr Vater seinen Alltag meisterte, seit ihre Mutter nicht mehr den Papierkram für ihn erledigte.

»Alles in Ordnung?« Gesa und Niklas hatten gleichzeitig gefragt. Franziska stellte fest, dass alle sie ansahen.

»Ja, alles gut. Den Umständen entsprechend«, fügte sie leise hinzu.

Nach dem Essen besprachen sie noch kurz ein paar Details für die kommende erste Erntewoche. Eine ganz besondere Spannung lag auf der Crew. Das merkte man auch als Neuling. Festes Schuhwerk, robuste Kleidung nach dem Zwiebelprinzip, Kopfbedeckung, das war es, woran die Mitarbeiter zu denken hatten. Getränke würden auf den Transportfahrzeugen sein, die im Feld stehen und die geernteten Zweige abfahren würden. Mittagspause wie immer. Jeder hatte für sich selbst zu sorgen.

Alle nickten und verabschiedeten sich. Es war auch Tradition, dass am letzten Werktag vor der Ernte früher Feierabend gemacht wurde, so weit möglich.

»Mit morgen alles klar?«, fragte Niklas, als sich der Raum leerte.

Gesa drehte sich um und wollte schon antworten, da stellte sie fest, dass Niklas nicht sie, sondern Franziska erwartungsvoll ansah. Sie hob die Augenbrauen, zwinkerte Franziska zu und ging.

»Ja, von mir aus ist alles klar«, erwiderte diese und spürte, wie ihr Herz einen Takt schneller klopfte. »Dann bleibt's bei unserer Verabredung? Trotz des Wetters, meine ich.«

»Logisch. Du willst doch wohl nicht kneifen, nur weil es ein bisschen regnet.«

»Ein bisschen ist eine ziemliche Untertreibung.«

»Untertreibung ist gleich Übertreibung, und Übertreibung macht anschaulich«, schmetterte er ihren Einwand ab. »Bei Regen brauchen die Schwimmer doch viel mehr Unterstützung als bei perfektem Badewetter.«

»Da ist etwas dran. Also dann, bis morgen.«

Der liebe Gott oder der drehende Wind hatte ein Einsehen. Am Samstag verzogen sich die schweren grauen Wolken allmählich, und die Sonne erschien wieder am Himmel. Als Niklas sie abholte, war er mit den Gedanken noch in der Firma, das war nicht zu übersehen. Seit der Begrüßung hatte er kein Wort gesprochen. Auf seiner hohen Stirn lag eine Sorgenfalte. Eigentlich hatte Franziska ihn gleich nach dem Schwimmen fragen wollen. Sie hatte gehofft, dass er ihr ein wenig darüber verraten würde. Verunsichert schwieg sie. Als sie beinahe die Schmale Heide erreicht hatten, hielt sie die Stille nicht mehr aus.

»Und, wie ist die Einteilung der Erntegruppen gelaufen?«

»Gut so weit.«

Hoffentlich musste sie ihm nicht den Rest des Tages die Würmer aus der Nase ziehen. »Du bist also zufrieden?«

»Das kann ich in vier Wochen beantworten, wenn die Ernte gelaufen ist«, entgegnete er düster. Dann besann er sich. »Es war eine gute Entscheidung, ein paar Leute mehr anzuheuern. Das kostet natürlich eine ziemliche Stange Geld, aber es werden welche abspringen, und dann stehen wir nicht gleich auf dem Schlauch, sondern schaffen das Pensum trotzdem noch.«

»Wie kannst du so sicher sein, dass jemand abspringt?«

»Ist immer so. Die unterschätzen die körperliche Anstrengung. Wenn der Rücken zwickt, werfen viele gleich die Flinte ins Korn. Wer ist denn heute noch harte Arbeit gewöhnt?«

»Meine Freundin Maren«, gab sie zurück. »Die steht den ganzen Tag in einer stinkenden Fabrikhalle und schubst eisige Fischstäbchen auf dem Fließband herum.«

»Und wie viele kennst du, die täglich in einem beheizten Büro sitzen, Kaffee trinken können, so viel sie wollen, und zwischendurch ein Schwätzchen mit Kollegen halten? Oder zwei oder drei Schwätzchen?«

»Geistige Arbeit ist auch anstrengend. Und für den Körper ist das ewige Sitzen sowieso eine Belastung.« Sie hätte ihm einfach recht geben können, nur hatte sie Angst, dass sie selbst die vier Wochen womöglich nicht durchhalten würde. Da konnte es nicht schaden, seine einseitige Sicht der Dinge rechtzeitig geradezurücken.

»Schon klar«, sagte er nur und schmunzelte spöttisch. Dann wechselte er glücklicherweise das Thema. »So, wir lassen das Auto hier stehen und gehen zu Fuß zum Hafen.« Er hatte den Wagen auf einen Parkplatz gelenkt, der bereits gut gefüllt war. »Mist, schon nach halb zwölf«, murmelte er. »Die ersten Schwimmer sind bestimmt schon im Ziel.«

»Hoffentlich ist dein Freund nicht sauer, wenn wir nicht zum Jubeln da sind.« Sie hatte Mühe, mit Niklas Schritt zu halten.

»Keine Sorge, Florian ist noch nicht da. Die vollen zwei Stunden, die maximal erlaubt sind, wird er hoffentlich nicht ganz brauchen, aber du kannst sicher sein, dass er zu den Letzten gehören wird, die sich an Land hieven.«

»Wie lang ist die Strecke?«

»Zweieinhalb Kilometer.«

»Und er darf zwei Stunden unterwegs sein?« Sie konnte es nicht fassen.

»Frag mich nicht, was die sich dabei denken. Diesen merkwürdigen Wettkampf gibt es seit ungefähr fünfzehn Jahren. Die Veranstalter nehmen das total ernst. Wirst du gleich sehen.«

Sie waren einen schmalen Pfad zwischen Wohnhäusern hindurchgegangen und erreichten nun den Hafen von Lauterbach. Auf der Promenade waren Zelte aufgebaut. Das Rote Kreuz war vertreten, die DLRG und diverse Krankenkassen. Es gab Stationen, an denen Kinder ein Glücksrad drehen und sich Luftballonfiguren knoten lassen konnten. Niklas bugsierte Franziska durch die vielen Schaulustigen an die Hafenkante, wo das Ziel markiert war. Einige klatschten, einige riefen: »Zieh, zieh, zieh!« Untermalt wurde das Ganze von Popmusik, die aus riesigen Lautsprechern tönte. Der gesamte Rügische Bodden bis hinüber zu der Insel Vilm, die dem Schwimmen seinen Namen gab, war übersät mit orange leuchtenden Badekappen.

»Wie Sanddorn, nur größer«, rief Franziska Niklas lachend zu. So viele Teilnehmer hatte sie nicht erwartet. Dicht an dicht bewegte sich das Feld der Sportler auf das Ziel zu. Die Ersten waren bereits aus dem Wasser gestiegen. Franziska sah einen, dessen nasser Brustkorb sich schnell hob und senkte. Sie konzentrierte sich wieder auf diejenigen, die noch im Wasser waren. Einige schienen sich noch nicht von Vilm wegbewegt zu haben.

Auf den Badekappen waren die Startnummern zu lesen. Ein Mann mit einem Mikrofon, den Franziska auf einer kleinen Bühne entdeckte, kommentierte ohne Pause, wer soeben aus den Fluten stieg oder wer gerade ganz kurz vor dem Ziel war. Seine Aufgabe wurde immer schwieriger, denn im breiten Mittelfeld drängten sich die Wassersportler eng aneinander.

»Die Schnellsten sind nach ungefähr einer halben Stunde da, die Nachzügler brauchen eine ganze Stunde und mehr. Im Wasser kommt man nicht schnell voran, wenn man nicht extrem gut trainiert ist. Ist schon richtig, dass die Veranstalter derartig auf Sicherheit bedacht sind.« Tatsächlich war das Teilnehmerfeld von Kajaks eingeschlossen, außerhalb dieses inneren Kreises waren Schlauchboote unterwegs, die wiederum von größeren Motorbooten der DLRG und sogar der Wasserschutzpolizei flankiert wurden. »Ein bisschen übertreiben sie's aber, finde ich.«

»Warum? Die Strömung ist bestimmt nicht zu unterschätzen. Außerdem kann ich mir vorstellen, dass einige sich anmelden, obwohl sie völlig untrainiert sind. Zweieinhalb Kilometer laufen ist keine große Sache, zweieinhalb Kilometer im Meer schwimmen ist schon eine andere Hausnummer.«

»Trotzdem.« Niklas schob die Hände in die Taschen seiner Jeans. »Beim ersten Mal hatte Flori ein Superman-Kostüm an. Er wurde disqualifiziert. Im Jahr drauf hat er so einen altertümlichen blau-weiß geringelten Badeanzug getragen.« Niklas legte die Hand an sein Knie. »Der ging ihm bis hier. Das war auch nicht erlaubt. Er ist dann auf eine normale Badehose umgestiegen, hat sich aber ein Quietscheentchen auf die Badekappe geklebt.« Er zuckte mit den Schultern. »Disqualifiziert.«

»Seitdem hält er sich an die Regeln?«

»Ziemlich. Er schwimmt mit den Schnellsten los, feuert sie an, dann lässt er sich zurückfallen, um langsamere Teilnehmer anzuspornen. Auf diese Weise schwimmt er die Strecke mindestens doppelt. Natürlich passt er auf, dass er niemanden behindert. Bisher haben sie ihn noch nicht rausgenommen. Ich habe Kohldampf«, erklärte er unvermittelt. »Auf dem Kahn dahinten räuchern sie Fisch. Magst du?«

»Nein danke, ich habe noch gar keinen Hunger.«

»Wie wäre es mit einer Bratwurst? Ich hole mir eine.«

»Danke, wirklich nicht.«

»Na gut, wie du meinst. Nicht weglaufen, ich bin gleich zurück.«

»Hast du Angst, dass du den Abend wieder mit alkoholfreiem Bier verbringen musst, wenn ich abhaue?«

Er hatte sich schon abgewendet, jetzt drehte er sich wieder zu ihr um und sah sie lange an. »Nein, ich habe Angst, dass ich dich verliere.«

Treffer, versenkt. Franziska war sprachlos.

Er berührte kurz ihren Arm und lächelte unsicher. »Das passiert schnell in diesem Gewusel. Bin gleich wieder da«, wiederholte er und verschwand in der Menschenmenge.

Sie hockte sich auf einen Steinpoller, weil sie fürchtete, ihre Beine würden im nächsten Augenblick nachgeben und einfach einknicken. Wie peinlich, wenn sie kopfüber in das Hafenbecken plumpsen würde, womöglich auf einen Teilnehmer, der gerade seine persönliche Bestzeit geschwommen war und ihretwegen nicht gewertet werden konnte. Sie hörte schon den Kommentar des Mikrofon-Mannes. »Ich kann nicht genau erkennen, was es war, aber etwas Großes und Schweres ist eben vom Kai ins Wasser gefallen. Es hat Badekappe Nummer 25 erwischt, wenn ich es richtig gesehen habe.« Franziska atmete tief durch. »Ich habe Angst, dass ich dich verliere«, wiederholte die Stimme in ihrem Kopf unaufhörlich. Es hatte nichts zu bedeuten. Sie durfte diesem einen Satz nicht so viel Gewicht beimessen. Schließlich hatte er es doch erklärt: Viele Menschen, da konnte man sich leicht aus den Augen verlieren. Aber es war nicht, was er gesagt, sondern die Art und Weise, wie er es getan hatte. Wie sollte sie dem keine Bedeutung beimessen?

»Abbeißen?« Er war zurück.

»Nein danke, später vielleicht.«

»Später ist nichts übrig.« Niklas spähte hinaus auf den Bodden. »Ah, da ist er, glaube ich.« Er deutete mit der Bratwurst, die in einem Brötchen steckte, in Richtung Horizont.

Zwanzig Minuten später stieg ein kleinwüchsiger Mann als letzter Schwimmer aus dem Wasser.

»Same procedure as every year«, kommentierte der Mann am Mikro und lachte übertrieben. »Der Letzte macht das Licht aus. Das ist auch in diesem Jahr unser Florian. Einen riesigen Applaus für das Schlusslicht des Internationalen Vilmschwimmens!« Seine Stimme überschlug sich beinahe, dabei wäre das gar nicht nötig gewesen. Schon als er den Namen Florian aussprach, setzte ein frenetischer Applaus ein. Es wurde gejohlt und begeistert gepfiffen.

»Ein bisschen mehr hättest du dich ins Zeug legen können, als ich angeschlagen habe. Ehrlich, ich reiße mir hier den Arsch auf, und du schläfst fast ein.« Florian stemmte die Fäuste in die Taille und sah zu Niklas auf.

»Ich habe gejubelt«, verteidigte sich Niklas. »Ich habe sogar extra Verstärkung mitgebracht.« Er deutete auf Franziska.

»Moin.« Sie lächelte. »Herzlichen Glückwunsch!« Was sagte man dem Letzten eines Wettkampfs?

»Schöne Frau ...« Er verneigte sich galant, nahm ihre Hand und deutete einen Kuss an. »Ich hatte ja keine Ahnung, dass der plumpe Riese in Begleitung kommt.«

»Giftzwerg«, konterte Niklas.

»Im Gegensatz zu dir weiß sie wenigstens, was sich gehört.« Niklas zog fragend die Augenbrauen hoch. »Na, sie hat mir gratuliert.«

»Fragt sich nur, wozu.«

»Beispielsweise zur Erwähnung in sämtlichen Medien. Die ist mir mal wieder sicher.«

Eine Dame mit streichholzkurzen grauen Haaren ging an ihnen vorbei. Sie hatte sich in ein Handtuch gewickelt und keuchte noch immer. »Sehen wir uns bei der Schwimmer-Party, Flori?«, rief sie.

»Bien sûr, Madame!« Er warf ihr eine Kusshand zu. Im selben Augenblick knuffte ihn ein Jugendlicher. Franziska erkannte, dass es Jost aus dem Bernsteinschnitzkurs war.

»Alter, das war echt fett! Danke, dass du mich so angetrieben hast. Ich glaub, ich hätte sonst in den Sack gehauen.« Florian streckte ihm die Faust hin. Jost legte seine dagegen. »Das war echt mega, Alter, mega.« Damit zog er davon in Richtung der Dusch- und Umkleidehäuschen.

»Alter hat mich noch keiner genannt«, meinte Florian grinsend. »Immerhin hat er nicht Kleiner gesagt. Von so einem Milchgesicht hätte ich das als Beleidigung auffassen müssen. Wenn ich jetzt mal um mein Handtuch bitten dürfte?«

Niklas stülpte ihm ein Badetuch über den Kopf. Franziska hatte keine Ahnung, woher er das so plötzlich hatte. Florian sah für einen Moment aus wie ein Kind, das sich als Gespenst verkleidet hatte.

»Los, geh heiß duschen«, ordnete Niklas an, »sonst schrumpelst du noch mehr zusammen.«

»Wir sehen uns bei der Siegerehrung.« Er zwinkerte Franziska zu, drehte sich um und lief seltsam wackelig davon.

»Anfangs wollte er der Clown der Veranstaltung sein und Spaß machen«, erzählte Niklas, als sie später in der Brauerei saßen.

Sie waren lange in Lauterbach geblieben. Als sich die Menschen allmählich verzogen hatten, hatte Franziska erst gesehen, wie hübsch der kleine Hafen war. Obwohl Florian schon zum Inventar des Schwimmens gehörte und die Teilnehmer ihn liebten, Neulinge wie Wiederholungstäter, war er im Rahmen der Siegerehrung mit keinem Wort erwähnt worden. Doch er schien keineswegs enttäuscht darüber gewesen zu sein. Natürlich nicht, er kannte das ja schon. Lautstark bejubelte er die Sportler auf dem Treppchen und ließ es sich auch nicht nehmen, später im Festzelt bei der großen Party dabei zu sein. Daran hatte auch das Angebot, das äußerst verlockende Angebot, wie er mit einem tiefen Blick in Franziskas Augen gesagt hatte, die beiden auf ein Bierchen zu begleiten, nichts ändern können.

»Als das nicht so geklappt hat, wurde er eben zum Maskottchen. Er sieht sofort, wenn einer zu schnell gestartet ist und ihm die Puste ausgeht. Florian hat ein Händchen für Menschen. Der weiß immer genau, ob einer einen Tritt in den Hintern oder Streicheleinheiten braucht.«

»Kennt ihr euch schon lange?«

»Er war mein erster Freund auf Rügen. Wenn es ganz dicke kam, hat er mir beigestanden.« Niklas schien sich an etwas zu erinnern, das ihm zu schaffen machte. Was mochte ihm gerade durch den Kopf gehen? Der schwere Start in der damaligen DDR? Oder war da noch etwas, das ihn belastete? »Ich bin froh, dass er uns nicht begleitet hat, sondern zur Party gegangen ist.«

»Wieso das denn? Erst sagst du, ihr seid die besten Freunde, dann bist du froh, dass er nicht hier ist?«

»Der hat es faustdick hinter den Ohren.« Niklas' Augen blitzten. »Womöglich wärst du noch seinem Charme erlegen.«

»Na und? Ich bin schließlich Single. Da darf ich doch wohl flirten, wenn ich nett dazu aufgefordert werde.« Sie sah ihn herausfordernd an.

»Was empfindest du denn als nette Flirtaufforderung?« Er stützte die Ellbogen auf den Tisch, legte sein Kinn auf die gefalteten Hände und sah sie an. »Hoffentlich nicht Florians altmodische Handkussmasche.«

»Gegen altmodisch habe ich nicht unbedingt etwas.« Sie zog die Nase kraus. »Ein Handkuss muss es allerdings nicht sein. Aber ich muss schon sagen, er hat es drauf. Er hat ja nicht wirklich meine Hand geknutscht, sondern es nur galant angedeutet. Irgendwie gibt er jedem das Gefühl, der wichtigste Mensch weit und breit zu sein. Habe ich recht?«

»Ja, das trifft es ganz gut.« Er blickte ihr weiter unverwandt in die Augen. »Das gefällt dir also.«

»Wem würde das wohl nicht gefallen?« Lieber Himmel, wohin führte das hier? Niklas flirtete doch nicht etwa mit ihr? Unter normalen Umständen hätte sie nichts dagegen. Er war sympathisch, klug, witzig und keinesfalls unattraktiv. Dummerweise standen die Chancen gut, dass er ihr Bruder war. Ihr Halbbruder, um genau zu sein. Mit dem flirtete man allerdings auch nicht, so viel stand fest.

»Kein Wunder, wenn der kleine Mann solchen Schlag bei euch Frauen hat. Und ich mache dich auch noch mit ihm bekannt.« Er schlug sich mit der flachen Hand an die Stirn.

Das Essen wurde serviert. Franziska fiel auf, dass sie kaum etwas über Niklas' Privatleben wusste. Er hatte bei ihrer ersten Verabredung viel aus seiner Kindheit und Jugend erzählt. Was er jetzt machte, wenn er frei hatte, ob er allein lebte oder womöglich eine Kinderschar zu Hause hatte, wusste sie nicht.

»Ich finde es sehr nett, dass du mich mit Florian bekannt gemacht hast. Es hat großen Spaß gemacht, ihn zu beobachten.«

»Ja, er bewegt sich ziemlich drollig.«

»Das meine ich nicht«, entgegnete sie vorwurfsvoll. »Ich würde mich doch nicht über ihn lustig machen. Ich meinte seine Art, mit Menschen umzugehen. Wie du vorhin sagtest: Er scheint ein angeborenes Gespür dafür zu haben, wie jemand gerade angesprochen werden möchte. Er würde einen guten Coach abgeben.«

»Er ist Lehrer, das passt auch ganz gut.«

Sie nickte. »Ja, das kann ich mir gut vorstellen.«

»Er unterrichtet an einer Förderschule und macht mit den Kindern Theaterprojekte. Wenn die eine Aufführung hätten, während du hier bist, müsstest du unbedingt hingehen. Die Kleinen sind echt groß. Nicht nur im Vergleich zu Florian, dem Gartenzwerg.«

»Bäh, bist du fies!«

»Seine Schüler nennen ihn so. Glaub mir, die sind nicht von selbst draufgekommen.«

»Du hast denen das beigebracht?«

Er sah sie wirklich entrüstet an. »Ich? Das glaube ich doch wohl nicht. Nein, Florian selbst hat den Gören das eingetrichtert.« Er lächelte, dann setzte er eine gekränkte Miene auf. »Mir würdest du jede Gemeinheit zutrauen, was? Ich warne dich, Florian ist auch kein Engel.«

»Du warnst mich? Wovor? Erzähl mir nicht, er ist ein Frauenheld, der dir reihenweise die Mädels ausspannt und ihnen dann das Herz bricht.« Niklas' Gesichtsausdruck verfinsterte sich. »Habe ich etwas Falsches gesagt? Tut mir leid, wenn …«

»Nein, schon gut«, sagte er und griff nach seinem Bier. »Ist alles in Ordnung.«

So sah es nicht aus. Franziska ließ das Thema auf sich beruhen. Ob Niklas Single war oder eine Partnerin hatte, wusste sie noch immer nicht.

Sie kamen auf die bevorstehende Ernte zu sprechen und auf die Konferenz in China, an der er mal teilgenommen hatte. Wie schon bei ihrer ersten Verabredung verging die Zeit wie im Flug. Sie unterhielten sich wie alte Freunde, diskutierten hitzig, wenn sie unterschiedlicher Ansicht waren, und stellten einige Gemeinsamkeiten fest. Weit nach Mitternacht brachen sie auf. Franziska hatte gar nicht gemerkt, dass es wieder zu regnen begonnen hatte. Nein, es regnete nicht, es schüttete.

»Was habt ihr hier auf der Insel eigentlich für ein Wetter?«, beschwerte sie sich lachend, während sie unter seiner Jacke, die er wie ein Dach über ihre Köpfe hielt, zum Auto liefen. »Erst die große Hitze, dann der große Regen. Was kommt als Nächstes?«

»Der große Schnee.« Franziska löste sich von ihm und lief zur Beifahrertür. »Du fährst«, rief er ihr zu.

»Ach ja.« Sie drehte um, rannte um den Wagen herum und prallte gegen Niklas, der ihr entgegengelaufen kam. Instinktiv legte er ihr einen Arm um die Taille und hielt sie fest. Mit der anderen Hand hielt er ihr den Autoschlüssel direkt vor die Nase. Sie wollte ihn schnappen, doch Niklas gab ihn nicht her. »Soll ich nun fahren oder nicht?«

»Eigentlich könnte ich gut selbst fahren.«

»Du hast drei Bier getrunken. Mindestens.« Sie bemühte sich um einen strengen Blick. »Dazu noch ein ziemlich starkes Zeug, wenn ich nicht irre.«

»Bist du immer so aufmerksam, oder beobachtest du nur mich besonders intensiv?« Seine Augen schienen sie zu durchbohren. Vielleicht bildete sie sich das aber auch nur ein.

»Nun bleib mal schön auf dem Teppich! Kriege ich jetzt den Schlüssel, bevor wir völlig durchnässt sind?«

»Ich opfere immerhin meine Jacke. *Die* ist völlig durchnässt.« Er blinzelte nach oben.

»Stimmt. Und sie tropft.«

»Du bist echt undankbar.«

»Es wäre wirklich prima, wenn du jetzt den Schlüssel rausrücken würdest.« Sie griff erneut danach, aber er reagierte sofort.

Sein Gesicht kam ihrem näher. »Ein Kuss, und ich lasse dich mit meinem Auto fahren.«

Sie schluckte. »Erstens bin ich gar nicht scharf drauf, mit deinem Auto zu fahren. Ich kann mir auch ein Taxi rufen.«

»Und zweitens?«

»Zweitens kann ich dir keinen Kuss geben, weil du mein …« Sie starrte ihn an. Wenn er Bescheid wusste, war jetzt klar, dass sie es auch wusste.

Er legte den Kopf schief. »Na und, das kommt in den besten Familien vor.«

Franziska war wie vom Donner gerührt. »Wie bitte? Du weißt …? Ist das alles, was dir dazu einfällt?« Er wusste es. Er wusste alles. Wie konnte er so gelassen bleiben? Wie konnte er mit ihr flirten und es auf genau diese Situation hier anlegen?

»Nein, mir fällt da noch was ein.« Er legte die Hand unter ihr Kinn und küsste sie auf den Mund. Es ging so schnell, dass sie nichts dagegen tun konnte.

»Bitte, das darf nicht …«, flüsterte sie an seinen Lippen.

»Hey, jetzt bleib du aber mal auf dem Teppich! Wenn wir beide Lust dazu haben, spielt es doch keine Rolle, in welcher Beziehung wir zueinander stehen.« Er küsste sie wieder. »Oder hast du keine Lust?«, murmelte er und legte seine Lippen auf ihre, bevor sie antworten konnte. Doch, hatte sie. Die Lust steckte in jeder Faser ihres Körpers. Ihr war klar, dass er das spürte. Er hat getrunken, sagte sie sich. Wenn er Bescheid wusste, dass sie seine Halbschwester war, würde er es am nächsten Tag bereuen, wenn sie jetzt nicht die Notbremse zogen. Sie hatte keinen Zweifel mehr daran, dass er es wusste. Nur wie lange schon?

Sie schob ihn ein Stückchen von sich. »Es geht nicht, und das weißt du«, sagte sie traurig.

»Du bist ja richtig niedlich.« Seine Augen blitzten liebevoll. »Meinst du ernsthaft, wir müssen zweieinhalb Monate warten, bis ich nicht mehr dein Chef bin?«

»Mein Chef?« Sie lachte erleichtert auf. Sie hatte sich komplett geirrt, er hatte keine Ahnung. »Das meinst du.«

»Was denn sonst?« Er zog die Stirn kraus.

Ein Schwall Wasser, der sich offenbar in seiner über ihren Köpfen ausgebreiteten Jacke gesammelt hatte, fand seinen Weg in die Freiheit. Diese befand sich dummerweise in Franziskas Nacken. Sie schrie auf.

»Los, Schlüssel her!«, kommandierte sie. »Bloß rein ins Auto, ich bin klitschnass.« Er gehorchte. Eilig liefen sie um das Fahrzeug herum und stiegen ein. Die Scheiben beschlugen augenblicklich. Sie ließ den Motor an. Wortlos lenkte sie seinen alten Golf durch Bergen, weiter über die Schmale Heide auf die Halbinsel Jasmund.

»Was war das denn eben?«, wollte er wissen.

Sie stellte sich dumm. »Was denn, was meinst du?«

»Na ja, erst sagst du, wir dürfen uns nicht küssen, weil ich dein Chef bin, dann …« Er ließ den Satz in der Luft stehen und hob hilflos die Hände.

»Das habe ich so gar nicht gesagt.« Sie redete drauflos, dass es ihr nur darum gegangen sei, nicht länger im Regen zu stehen. Dass sie sich auf keinen Fall erkälten dürften. Niklas ließ ihren Redeschwall unkommentiert, doch sein Blick sagte ihr, dass er mehr als irritiert war.

Endlich rollten sie auf den Hof von Rügorange. Nachdem sie den Motor abgestellt hatte, war nur noch das Prasseln auf dem Dach des Wagens zu hören. Der Wolkenbruch war in einen gleichmäßigen Landregen übergegangen.

»Also dann«, sagte sie und machte Anstalten, auszusteigen. Er hielt ihre Hand fest.

»Du wirst ganz nass, wenn du von hier nach Hause läufst. Ich kann dich fahren.« Er setzte eine Unschuldsmiene auf.

»Super Idee. Und hinter der nächsten Ecke steht die Polizei und kassiert dich. Da hättest du genauso gut die gesamte Strecke selber fahren können.«

»Hätte ich auch. Ich bin schließlich nicht betrunken. Hab höchstens einen ganz Kleinen im Tee. Im kleinen Tee«, betonte er.

»Ist klar. Wenn sie dich erwischen, nehmen sie dir trotzdem deinen Führerschein weg. Deinen niedlichen kleinen Führerschein.«

Er schüttelte den Kopf. »Das wäre gar nicht witzig.«

»Eben. Deshalb lässt du dein Auto jetzt schön hier stehen. Und ich gehe nach Hause.« Sie stieg aus. Er war sofort bei ihr.

»Willst du noch mit reinkommen? Nur bis der Regen aufgehört hat.«

»Lieber nicht.« Sie hätte einiges dafür gegeben zu sehen, wie er wohnte, aber sie musste vernünftig sein. »Ist spät geworden«, murmelte sie. Ein Zittern lief über ihren Körper. Es hatte sich merklich abgekühlt. Wurde höchste Zeit, dass sie unter eine heiße Dusche kam. Sie blickte zum Himmel. »Wie es aussieht, hört es außerdem vor morgen früh nicht auf.«

Er sah auch hinauf und zog die Nase kraus, als ihm die Tropfen ins Gesicht klatschten. »Wie willst du das denn bitte schön erkennen? Es ist stockdunkel.«

»Genau. Alles dicke graue Regenwolken«, erklärte sie bestimmt.

»Ich könnte dich zu Fuß nach Hause bringen«, schlug er vor, ohne auf ihre äußerst eigenwillige Logik einzugehen.

»Damit du auch nass bis auf die Knochen bist? Nichts da! Niklas, du kannst es nicht brauchen, dich jetzt zu erkälten. Was hast du uns gepredigt? Wir sollen uns schonen und vernünftig sein.«

»Mann, bist du streng. Hast ja recht. Kriege ich wenigstens noch einen Abschiedskuss?«

Was soll's?, dachte sie. Solange nicht mehr zwischen ihnen passierte, konnte man das noch als geschwisterlich durchgehen lassen, redete sie sich ein. Sie machte einen Schritt auf ihn zu und küsste seine Lippen. Er legte die Arme um sie und wollte sie fester an sich ziehen, doch sie stemmte sich sanft dagegen.

»Ich muss streng sein«, sagte sie leise. »Aus mehreren Gründen. Zum Beispiel wegen der Ernte, für die du fit sein musst.«

»Und aus welchen Gründen noch?«

»Gute Nacht, Niklas.« Sie küsste ihn noch einmal flüchtig, löste sich aus seinen Armen und lief davon.

Sie brachte die gesamte Strecke im Dauerlauf hinter sich. An ihrem Apartment angekommen, schlug ihr Herz kräftig. Sie konnte es getrost auf die körperliche Anstrengung schieben. Ihre Gedanken fuhren Achterbahn. Immer wieder dachte sie an seine Berührungen und an das, was er gesagt hatte: »Ich habe Angst, dich zu verlieren.« Wann immer sie sich sagte, es habe nichts zu bedeuten, widersprach eine innere Stimme und erinnerte sie daran, dass er zu dem Zeitpunkt noch vollkommen nüchtern gewesen war. Flirtete er nur mit ihr, weil er wusste, dass sie bald wieder weg war und es herrlich unverbindlich war? Oder mochte er sie wirklich? Sie konnte nicht in Worte fassen, was zwischen ihnen war. Aber etwas war da. Definitiv! Der Gewohnheit folgend, die sie sich in den letzten Tagen zugelegt hatte, öffnete sie den Briefkasten. Post, das war ja mal eine Überraschung, ging durch ihren Kopf, während sie die Klappe schon wieder schloss. Post? Sie riss den Kasten erneut auf. Tatsächlich, da lag ein Umschlag. Ihr Puls, der sich schon wieder ein wenig beruhigt hatte, begann augenblicklich zu rasen. Mit spitzen Fingern nahm sie das Kuvert an sich. Die Handschrift ihres Vaters. Natürlich, wer sonst sollte ihr schreiben? Nicht einmal Maren hatte ihre Adresse, da die sowieso anrufen oder eine SMS schicken würde. Sie schlich die Treppe hinauf, als könnte sie jemanden wecken, dabei gab es nur diese eine Ferienwohnung in der kleinen Haushälfte. Erst hatte sie Tag für Tag mit diesem Brief gerechnet, jetzt war er da. Jetzt, da sie nicht ansatzweise geglaubt hätte, dass es passierte. Gerade gestern hatte ihr Vater die kryptische Nachricht geschickt. Er musste sofort zur Post gegangen sein. Franziskas Herz schlug wild. Sie wollte den Umschlag auf der Stelle aufreißen, doch etwas hielt sie ab. Sie warf ihn auf den niedrigen Couchtisch. Tausend Fragen hämmerten in ihrem Hirn, deren Antworten sie herbeisehnte und gleichzeitig fürchtete. Erst duschen und etwas Trockenes anziehen, sagte sie sich. Das war vernünftig. Das Schreiben mit dem Foto, das sie ganz deutlich hatte ertasten können, lief ihr schließlich nicht weg.

Das heiße Wasser auf ihrem Körper tat gut. Entspannen konnte sie trotzdem nicht. Es war, als würde eine übergroße Schraubzwinge ihren Brustkorb zusammendrücken. Sie wickelte sich ein Handtuch um die nassen Haare, schlüpfte in ihr Nachthemd und lief nach unten ins Wohnzimmer. Sollte sie mit dem Brief auf den Balkon gehen? Nein, sie müsste dort erst für Licht sorgen. Sie würde ihn gleich hier öffnen, jetzt sofort. Was machst du nur für ein Theater, tadelte sie sich. Du weißt, dass du einen Bruder hast. Du könntest es schlechter treffen als mit Niklas. Nach diesem Abend würde es ihr noch schwerer fallen, ihn anzusprechen. Es würde sie Überwindung kosten, aber sie würde es tun. Und wenn er den Schock erst einmal verarbeitet hatte, würde er sich auch freuen, dessen war sie ganz sicher. Sie nahm den Brief mit nach oben, krabbelte unter die dünne Decke und lehnte sich gegen ihr Kissen, das sie am Kopfende als

Polster an die Wand geschoben hatte. Noch einmal tief durchatmen. Mit dem Finger riss sie das Papier in Fetzen. Sie sah den vergilbten Rand einer alten Fotografie und ein gefaltetes weißes Blatt. Zuerst nahm sie das Blatt heraus.

Liebe Ziska,
dieses Foto zeigt Deinen Bruder mit etwa vierzehn Jahren. Bist Du ihm auf Rügen begegnet? Ich hatte Angst davor, aber eigentlich wäre es schön. Es wäre sogar ganz wunderbar. Vielleicht würde er mich ja auch wiedersehen wollen.
Pass auf Dich auf und melde Dich, wenn Du mich brauchst!
Dein Vater

Toll! Er war noch nie ein Mann der großen Worte gewesen. Wenigstens in dieser Situation hätte er sich aber Mühe geben können, fand sie. Sie wusste nicht genau, worauf sie gehofft hatte. Vielleicht einfach auf mehr. Sie war enttäuscht. Also schön, das Bild würde ihr mehr sagen. Sie schloss die Augen, während sie es langsam hervorzog. Ihr Atem ging zitternd. Sie hielt es in ihren Fingern, konnte es spüren. War er es? Sie konzentrierte sich, erwartete, dass sie fühlen konnte, ob es Niklas auf dem Foto war. »Blödsinn, du kannst es nicht fühlen, du musst schon hingucken!« Franziska öffnete die Augen und starrte auf die weiße Rückseite der Fotografie. War ja klar. Als sie sie umdrehte, blickte sie in das fröhliche Gesicht eines Teenagers. Er war blond und hatte graue Augen. Genau wie Niklas. Ob er groß war, ließ sich schwer sagen. Seine Lippen waren eher schmal, auch das passte. Die Lachfältchen um den Mund, die sie an ihm so mochte, fehlten. Kein Wunder, die hatten sich wahrscheinlich erst im Lauf der Jahre gebildet. Wer hatte mit vierzehn oder fünfzehn schon Falten? Sie rutschte in ihrem Bett hinunter und hielt das Foto über ihr Gesicht. Unentwegt sah sie in die Augen und hoffte, sie würden ihr eine Antwort geben. Als ihre Hände einschliefen und zu kribbeln begannen, ließ sie sie sinken und presste das Bild an ihre Brust. Plötzlich fiel ihr etwas ein. Sie sprang aus dem Bett, hastete die Treppe hinab und kramte aus ihrem Rucksack ihre kleine Kamera hervor. Sie hatte Niklas fotografiert und brauchte nur zu vergleichen, dann bekäme sie die Antwort. Franziska sah vom Foto zum Display der Kamera und wieder zurück. Sie hatte ihre Antwort längst. Die Ähnlichkeit war nicht zu übersehen. Der Junge auf dem Foto war Niklas.

Packen Sie's an!

Franziska blinzelte zur Uhr. Halb acht. Halb acht? So ein Mist! Sie riss die Decke zur Seite, sprang aus dem Bett und taumelte. Als die Schwärze vor ihren Augen sich wieder verzog, stürzte sie ins Bad. Mist, Mist, Mist! Sie hatte extra früh in der Firma sein wollen. Sie wollte Niklas gleich sagen, dass sie ihn sprechen musste. Nicht lange überlegen, sondern Tatsachen schaffen, das war ihr Plan gewesen. Sie liebte Pläne. Sie liebte Pläne, die aufgingen. Was sie gar nicht leiden konnte, war ein Plan, der innerhalb einer Sekunde zerplatzte. Zwei Nächte hatte sie kaum und wenn, dann nur sehr schlecht geschlafen. Da war es nicht erstaunlich, dass sie an diesem Montagmorgen wie erschlagen war. Das letzte Mal hatte sie um halb sechs auf die Uhr gesehen. Dann musste sie so tief eingeschlafen sein, dass sie den Wecker um halb sieben im Dämmerzustand ausgeschaltet hatte, ohne wirklich wach zu sein.

Ohne ihren geliebten Kaffee zu trinken rannte sie wenige Minuten, nachdem sie aus dem Bett gehüpft war, los. Das konnte nicht gutgehen. Wenigstens war es trocken. Besser gesagt, es regnete nicht, aber die Feuchtigkeit, die in den letzten Tagen vom Himmel gekommen war, stieg nun als dicker Nebel auf. Es war schwül. Sie bekam kaum Luft und war nach wenigen Schritten verschwitzt. Unglücklicherweise hatte sie fast keinen der Tipps in Sachen sinnvoller Bekleidung beherzigt. Sie trug eine Dreiviertelhose und ein T-Shirt. Die Regenjacke hatte sie im letzten

Moment geschnappt. Die festen Schuhe hatte sie sich am Abend zuvor an die Wohnungstür gestellt, so dass sie wenigstens diesbezüglich gut ausgerüstet war. Fünf Minuten vor acht stürmte sie auf den Hof. Viele waren schon da. Franziska registrierte die Blicke, die an ihr hinunterwanderten. Ja, lange Hosen waren angesagt gewesen. Ja, sie hatte gepatzt. Es waren schließlich ihre Beine, die darunter würden zu leiden haben, dachte sie trotzig.

»Moin, Kollegin! Wie siehst du denn aus?« Gesa kam zu ihr herüber.

»Ja, ich weiß, ihr habt lange Hosen empfohlen. Ich hab's vermasselt. Musste schnell gehen heute Morgen«, murmelte sie.

»Das meinte ich gar nicht.« Gesa legte den Kopf schief. Sie trug an diesem Tag ein dunkelgrünes Tuch mit knallig orangefarbenen Sanddornzweigen darauf. Ihr Glückstuch, das eine üppige Ernte garantierte, wie sie Franziska bei der letzten Besprechung erklärt hatte. »Okay, wenn ich dich so ansehe, hätte ich einiges zu sagen, aber am schlimmsten ist ja wohl dein Gesicht. Entschuldige, aber du siehst richtig scheiße aus!«

Niklas kam aus dem Gebäude und ließ seinen Blick über die versammelte Truppe schweifen. »Guten Morgen«, sagte er und lächelte Franziska kurz zu. »Ich glaube, wir sind inzwischen komplett. Das ist schön. Dann können wir gleich loslegen. Die Gruppen finden sich jetzt bitte bei ihren Vorschneidern ein.«

»Du bist so weiß wie die Kreidefelsen am Königsstuhl«, zischte Gesa. »Und das, obwohl du eigentlich braun bist. Was ist passiert? Bist du von einer Schlammlawine erschlagen worden?«

»Erschlagen trifft es«, flüsterte Franziska und ließ sie einfach stehen. Sie ging zu John, für dessen Gruppe sie eingeteilt war. Gesa ließ sich nicht abschütteln. Als Vorarbeiterin gehörte sie in keine Einheit, sondern war da, wo sie gebraucht wurde. Oder da, wo sie auf interessante Neuigkeiten hoffte.

»Ihr hattet doch nicht etwa Stress, oder?«, wollte sie wissen.

»Wer?«

»Ich bin nicht doof, Ziska. Von wegen, der Chef ist tabu. Haha, dass ich nicht lache«, wisperte sie.

»Gesa, fährst du mit Heiner?« Niklas wollte anfangen. Es gefiel ihm nicht, dass seine Vorarbeiterin einen Klönschnack hielt.

»Bin schon unterwegs«, rief sie. Und zu Franziska sagte sie: »Ich will jedes Detail!« Im Weggehen meinte sie kopfschüttelnd: »Kurze Hose. Ausgerechnet Ziska. Da wird echt die Scholle in der Ostsee bekloppt.«

Es war eine elende Plackerei. Schon nach einer Stunde tat Franziska die Hand weh. Die immer gleiche Bewegung, das Zusammenpressen der Schere, das zudem mit Kraft ausgeführt werden musste, war eine ungewohnte Belastung. Jetzt wusste sie, warum Niklas gesagt hatte, man müsse aufpassen, sich keine Sehnenscheidenentzündung einzufangen. Aber wie sollte man denn aufpassen? Die Vorschneider trennten dicke Zweige von den Sträuchern ab und ließen sie auf dem Weg zwischen den Sanddornbüschen liegen. Die jeweils vier pro Truppe, die für die Feinarbeit zuständig waren, zerteilten die Büschel in kleine Zweige, die später der Rüttelmaschine keine Schwierigkeiten machen würden. Manchmal musste man auch einen langen Ast in der Mitte durchschneiden. Franziska hatte schon mal Rosen beschnitten, als sie ihren Vater in seinem Haus bei München besucht hatte. Da hatte sie es nicht mit solchen Kalibern zu tun bekommen, wie sie sie jetzt hin und wieder in den Fingern hatte. Nur mit Mühe gelang es ihr, das Holz zu durchtrennen. Die Dornen steckten nicht nur im Namen der Frucht, sondern auch schon in ihren Beinen. Zum Teil lagen die Haufen, die zerteilt werden mussten, mehr als kniehoch. Es kam auch vor, dass einer der Kollegen seinem Nachbarn mit dem Exemplar, das er als Nächstes bearbeiten wollte, gegen die Schenkel schlug.

Zu ihrer Gruppe gehörte Ramazan, ein Türke, der schon in Deutschland geboren worden war, wie er von sich sagte. Außerdem war zu Franziskas Freude ein Italiener dabei. Paolo war Neapolitaner. Er schwärmte für Deutschland wie sie für Italien. Er hatte den Job auf Rügen angenommen, um sich den Aufenthalt zu finanzieren, den er nutzen wollte, um seine Sprachkenntnisse zu verbessern.

»Das mit der Sprache erledigst du aber nach Feierabend«, hatte John gleich klargestellt. »Auf dem Feld wird gearbeitet, nicht gequatscht.« John hatte einen leichten Akzent. Es klang weich und irgendwie nett, wenn er »gequatscht« sagte, als würde das Wort nur aus dem Buchstaben q bestehen. Der Letzte im Bund war Ziko aus Mazedonien.

»Ich bin aber kein Mazedoni, I am a Rom«, hatte er bei der kurzen Vorstellungsrunde in dem ihm eigenen Sprachmix erklärt.

Mit vier Männern aus vier Ländern würde sie sich also die nächsten vier Wochen über die Felder quälen. Wie passend. Jedenfalls hoffte sie sehr, dass sie als Fünfer-Team bestehen bleiben würden. Vor allem wünschte sie sich, dass sie als einzige Frau und Schwester vom Chef nicht würde kapitulieren müssen. Der Nebel hatte sich aufgelöst, es war heiß und schwül. Wenigstens war sie von ihren Gedankenstrudeln abgelenkt. Sie war viel zu sehr mit sich und ihrem Körper beschäftigt, um sich mit etwas anderem zu befassen. Die Hände in den dicken Handschuhen schwitzten. Jeder kleine Zweig musste von seinem großen Ast geschnitten und in eine Transportkiste gelegt werden. Zuerst waren alle noch vorsichtig gewesen. Die empfindlichen Beeren sollten schließlich nicht zerquetscht werden. Da John jedoch wie alle Vorschneider schon um sechs Uhr angefangen hatte, hatte er einen ordentlichen Vorsprung. Seine Truppe musste sich sputen, um hinterherzukommen. Deshalb dauerte es nicht lange, bis sie die abgeschnittenen Ästchen ohne Rücksicht auf Verluste in die Kisten warfen. War eine Plastikkiste voll, wurde ihr Inhalt in große Holzkisten geschüttet, die auf dem Anhänger eines Traktors bereitstanden. Jede Gruppe hatte ihren eigenen Traktor. Die Fahrer Hein und Ulli bewegten die Fahrzeuge auf den Wegen zwischen den Bäumen umschichtig ein Stück weiter vorwärts. Waren die hölzernen Sammelbehälter alle gefüllt, wurde der Traktor abgefahren. Es dauerte dann eine Weile, bis er zurückkam. Die Erntehelfer nutzten die Gelegenheit, um wenigstens ein bisschen zu verschnaufen. Paolo ließ die rechte Hand kreisen.

»Tut ganz schön weh, was?« Franziska lächelte ihn an. »Ich dachte schon, ich bin die Einzige, die ihre Gelenke schon merkt.«

»Gelenke? Was ist Gelenke?« Er legte neugierig den Kopf schief.

»Ah, ähm, die beweglichen Teile sozusagen.« Sie zeigte auf die verschiedenen Stellen. »Knie, Handgelenke.«

»Verstehe. Ja, tute weh, die Gelenke, ein bisch.«

»Ein bisschen«, korrigierte sie.

»Ein bieschen, ja.«

Der Traktor war zurück.

»Weiter geht's«, meinte Ramazan schnaufend.

»Nee, is Mittagspause«, verkündete Ulli. »Alles aufsteigen, wenn ich bitten darf.«

Tatsächlich, schon zwölf Uhr. Franziska machte es den Männern nach. Sie kletterte auf eine Fußraste des Anhängers und hielt sich an einer der großen Holzkisten fest. Wie sollte sie bloß diesen Tag überstehen, ging ihr durch den Kopf, als sie über den Feldweg hoppelten. Das Obst und ihr Brot, das sie sich am Sonntagabend extra geschmiert hatte, lagen wohlbehalten in ihrem Kühlschrank. Wenigstens konnte sie sich hinsetzen, ihre schmerzende rechte Hand schonen und die zerkratzten Beine bedauern. Auf dem Holztisch neben dem Firmengebäude waren Kaltgetränke, Gläser, Kaffee und Becher aufgebaut. Immerhin etwas. Franziska ließ sich auf eine der Bänke fallen. Um Platz für die vielen Arbeiter zu haben, hatte jemand die drei Teile eines Tapeziertisches und Campingstühle aufgestellt.

Gesa gesellte sich zu ihnen und klopfte Franziska auf die Schulter. »Liebe Güte, du siehst noch nicht besser aus.«

»Danke, das höre ich gern.« Sie rang sich ein schiefes Lächeln ab. »Ich glaube, ich wurde von ungefähr dreiundachtzig Mücken sowie zwei Bremsen gestochen. Macht aber nichts, meine Beine sind sowieso so zerschrammt, dass ich das Jucken gar nicht spüre.« Sie seufzte. »Ich brauche einen Kaffee.« Sie machte Anstalten, aufzustehen, doch Gesa drückte sie zurück auf die Bank.

»Bleib sitzen, armes Ding«, sagte sie fröhlich. Sie schenkte Kaffee in einen Becher und schob ihn Franziska hinüber. Außerdem hielt sie ihr ein in Plastikfolie eingeschweißtes Sandwich hin. »Ich hab Mandy, unsere gute Seele, losgeschickt. Du hast heute Morgen ja anscheinend gar nichts auf die Reihe gekriegt.« Sie lachte herzlich. »Der Chef hat zwar 'n paar Leute auf Vorrat eingestellt, aber es wäre trotzdem blöd, wenn uns unsere Frischlinge schon am ersten Tag verhungern.«

»Danke, Gesa, du bist ein Schatz.«

»Schön, dass du das auch mal einsiehst. Wie sage ich immer? Ohne Kampf kein Mampf. Wie du aussiehst, hast du allerdings genug gekämpft. Und irgendwie gilt das auch umgekehrt. Ohne Mampf ist schlecht mit Kampf.« Sie brüllte vor Lachen.

Franziska konnte sich nicht erinnern, dass ihr ein labberiges weißes Toastbrot je so gut geschmeckt hatte. Da merkte man als eingefleischter Bürowurm doch, was körperliche Arbeit ausmachte. Niklas hatte ganz recht gehabt. Er ließ sich nicht blicken. Als die halbe Stunde um war und sie gerade ihren letzten Schluck Kaffee hinunterspülte, tauchte er auf. Er winkte den Erntehelfern zu und lief eilig in Richtung Haupteingang.

Franziska rannte, ohne nachzudenken, hinter ihm her. »Niklas!«

Er blieb stehen und drehte sich um. Sein Gesicht sagte deutlich, dass er keine Zeit hatte.

»Ich muss dringend mit dir reden.« In dem Augenblick spürte Franziska ein fieses Piken an der Wade. Sie beugte sich hinunter und verscheuchte eine Bremse. »Mistviecher«, schimpfte sie.

»Ich habe euch gesagt, dass ihr lange Hosen anziehen sollt.«

»Ja, schon klar. Darum geht es nicht.«

»Sondern? Spuck's aus, oder verschiebe es lieber auf später.«

Sie konnte ihm unmöglich zwischen Tür und Angel sagen, was sie auf dem Herzen hatte. Verschieben war nur auch keine Lösung.

»Hey, Ziska, es geht los!«, rief John.

»Franziska, es passt jetzt so gar nicht«, sagte Niklas ungeduldig. »Später, okay?« Weg war er.

Gegen fünf Uhr war der letzte Trecker mit gut gefülltem Anhänger vom Feld gerollt. Die meisten, darunter Franziska, gingen zu Fuß zum Firmengebäude. Sie hatten wenig Lust, darauf zu warten, dass das Fahrzeug abgeladen war und zurückkam, um die Arbeiter zu holen. Franziska hielt nach Niklas Ausschau. Sie mochte Gesa nicht fragen, also sprach sie Piet-Olaf an.

Der zuckte mit den Schultern. »Keine Ahnung. Habe ihn seit heute Morgen nicht mehr gesehen.«

»Der Chef ist draußen bei seinen Sträuchern«, sagte Anne-Marieke im Vorübergehen. »Der kontrolliert wohl unsere Arbeit.« Sie rollte mit den Augen.

Das konnte dauern. Franziska hätte gern auf ihn gewartet, war andererseits aber auch müde und schrecklich klebrig. Da sie keine Idee hatte, wie lange er noch arbeiten würde, ließ sie es für diesen Tag gut sein. Völlig erschöpft trottete sie in Richtung Heimat. Am Rügenhof holte sie sich ein Eis. Da fiel ihr der Bernsteinschnitzkurs ein, zu dem sie eigentlich gehen wollte, um Thekla zu treffen. Den hätte sie fast vergessen. Allein der Gedanke daran, auch am Abend noch mit den Händen etwas tun zu müssen, bereitete ihr Schmerzen. Im Schneckentempo ging sie nach Hause. Sie betrachtete lange und nachdenklich das Foto, das ihr Vater ihr geschickt und das nun seinen Platz auf ihrem Nachttisch hatte. Nach der Dusche fühlte sie sich etwas besser. Es reichte, um sich noch einmal auf den Weg zu machen.

»Liebes, wie siehst du denn aus?« Thekla sah an Franziskas Beinen hinunter und blickte ihr besorgt ins Gesicht.

»Danke, das höre ich heute nicht zum ersten Mal. Das Frustrierende ist, dass ich es schon heute Morgen hörte, bevor ich mir die Beine ruiniert habe.« Sie hätte besser einen langen Rock angezogen. »Die Ernte hat angefangen. Ich hatte es mir nicht so anstrengend vorgestellt«, gestand sie.

»Ist es so schlimm? Du hast Ringe unter den Augen, als wolltest du für Olympia trainieren.« Franziska lachte. Thekla trug eine türkisfarbene Leinenhose und eine weiße, sehr weite Bluse darüber. In den Ohren glänzten riesige goldene Ringe. »Hoffentlich werdet ihr wenigstens gut bezahlt. Nicht, dass das am Ende so ein Ausbeuter ist, der bei den Erntehelfern spart und sich selbst die Taschen voll macht.«

»Keine Sorge, so einer ist er nicht.« Franziska erzählte ein wenig, dann fragte sie: »Wie lange bist du noch auf Rügen? Ich würde dir gern jemanden vorstellen. Das heißt, eigentlich würde ich deine Tochter gerne jemandem vorstellen. Keine Ahnung, ob das kurzfristig klappt.«

»Du machst es aber spannend. Am Samstag fahre ich wieder nach Hause.« Sie steckte einen Arm in die Tiefe ihrer riesigen bunten Tasche und zog nach einer Weile eine Visitenkarte hervor. »Ich würde mich sehr freuen, wenn wir uns vor meiner Abreise noch sehen könnten. Ruf mich einfach auf meinem Handy an.« Sie reichte ihr die Karte. »Ich höre das zwar nie, aber ich sehe jeden Abend nach, ob mich jemand erreichen wollte.« Sie zwinkerte fröhlich.

»Ich melde mich auf jeden Fall«, versprach Franziska. »Und jetzt werde ich meine Gebeine auf mein Sofa schleppen und vermutlich für den Rest des Abends dort liegen lassen.«

»Du gehst nicht mit rein zum Schnitzen?«

»Nein, mir reicht es für heute. Meine behinderte Raubmöwe bleibt, wie sie ist. Ich mag sie genau so.« Sie lächelte schief. »Diese Möwe und ich, wir haben viele Gemeinsamkeiten, weißt du?«

Franziska wünschte Thekla viel Spaß und ging nach Hause. Dort verspeiste sie das Brot, das sie sich für den Tag gemacht hatte, und schmierte ein paar Scheiben für den nächsten. Ihre Hand zitterte, als sie das Messer führte. Das konnte ja noch heiter werden. Sie hatte erst einen Tag hinter sich. Wie sollte sie vier Wochen aushalten?

»Maren, lieb, dass du anrufst.«

»Wie hörst du dich denn an? Hast du etwa schon geschlafen?«

»Ich bin wohl auf dem Sofa eingedöst.« Franziska tastete nach der Fernbedienung und schaltete den Fernseher aus.

»Ich wollte fragen, wie dein erster Erntetag war. Ist doch heute, oder? Das hattest du doch geschrieben. Die Frage hat sich wohl erübrigt. Du klingst schlimm.«

»Danke, du baust mich auf. Ich höre heute ständig, wie übel ich aussehe, da ist es doch mal eine Abwechslung, wenn jemand meine Stimme besorgniserregend findet.«

»Ist etwas passiert?«

»Gefühlt ist ein Traktor mit mehreren Zentnern Sanddorn über mich hinweggedonnert. In Wirklichkeit habe ich nur acht Stunden mit einer Rosenschere kleine Zweige von großen Ästen abgetrennt. Ich war durchgehend auf den Beinen, habe Kisten durch die Gegend geschleppt, und das Ganze auch noch bei großer Hitze und drückender Luft.« Sie schnaufte.

»Hört sich super an. So 'n richtiger Selbsterfahrungstrip. Genau das, was du wolltest.«

»Wirklich lieb von dir, dass du anrufst, um mich fertigzumachen.«

»Immer gern!« Franziska konnte sie förmlich strahlen sehen. »Ist mal was ganz Neues, dass meine beste Freundin richtig arbeiten muss. Nein, Quatsch, du tust mir leid. Ehrlich. Meinst du, du packst das?«

»Ich muss. Aufgeben ist keine Option.«

»Und sonst? Wie sieht es mit einem Urlaubsflirt aus?«

»Ach, Maren, das ist alles sehr kompliziert.«

»Kompliziert ist gar nicht gut. Erzählst du deinen Kunden nicht immer was von der Magie der Einfachheit?«

»Maren, mein Chef hat mich geküsst.«

»Er dich? Heißt das, du wolltest nicht?«

»Nein. Doch. Na ja, wir haben uns geküsst.«

»Super! Los, ich will Einzelheiten!«

»Kannst du haben«, sagte Franziska bedrückt. »Mein Chef ist mein Bruder.«

»Wie bitte?«

Franziska erzählte ihr von dem Foto, der Ähnlichkeit. Sie redete sich alles von der Seele.

»Puh, das ist mal ein echter Hammer«, meinte Maren, nachdem sie ruhig zugehört hatte. »Die Sache mit dem Namen verstehe ich nicht ganz.«

»Ich auch nicht. Ich kann mich daran erinnern, dass mein Bruder Jürgen hieß. Und das hat Papa auch bestätigt. War ihm vielleicht zu altmodisch. Ich hatte noch keine Gelegenheit, seinen Pass zu sehen. Wer weiß, vielleicht steht da Jürgen drin.«

»Du musst das klären«, stellte Maren ernst fest. »Und du musst dir jetzt erst recht einen Flirt zulegen.«

»Danke, einer reicht mir.«

»Der zählt nicht. Jedenfalls nicht mehr, wenn es ist, wie du denkst. Was ist mit dem Typen, der dich schon in Hamburg auf dem Bahnhof mit den Augen ausgezogen hat? Hattest du nicht bei unserem ersten Gespräch gesagt, du hast seine Nummer?«

»Ja. Gott sei Dank hat er meine nicht.«

»Ruf ihn an!«

»Ganz bestimmt nicht. Der fehlt mir noch.«

»Wieso? Du kannst jemanden brauchen, der dir in den nächsten Tagen den Nacken massiert. Und nicht nur den«, setzte sie hinzu.

»Du bist unmöglich! Maren, sei mir bitte nicht böse, ich bin hundemüde. Ist lieb, dass du angerufen hast. Ich melde mich wieder. Tschüss! Und grüße mir deine Rasselbande.«

Am nächsten Tag fühlte Franziska sich besser, als sie befürchtet hatte. Sie kam gut aus dem Bett, wenn sie auch einen ordentlichen Muskelkater hatte. Der Himmel war bedeckt, es wehte ein frischer Wind, wie sie bei einem Schritt auf den Balkon feststellte. Welch eine Verbesserung! Sie würden deutlich weniger zu leiden haben als am Vortag. Während die Kaffeemaschine gluckernd ihren Job erledigte, zog Franziska sich die lange Arbeitshose an, die sie extra in einem Baumarkt in Hamburg erstanden hatte, dazu ein dünnes Shirt mit langen Ärmeln. Ihre Fleeceweste würde sie überziehen, wenn sie das Haus verließ, und ausziehen, wenn sie sich warm gearbeitet hatte. Sie gönnte sich ein Frühstück inklusive Ei und Orangensaft zur Stärkung und machte sich auf den Weg.

Bevor es gruppenweise per Traktor auf das Feld ging, begrüßte Niklas die Mannschaft. »Unser Ziel von vier Tonnen haben wir gestern nicht geschafft«, verkündete er und blickte in die Runde. Franziska sah er länger an als die anderen. Oder bildete sie sich das nur ein? Sie konnte den Ausdruck in seinen Augen nicht deuten. War er genervt, weil er dachte, sie würde nach ein paar Zärtlichkeiten schon kompliziert? Hatte er sie nur geküsst, weil er getrunken hatte? Nein, so viel war das nun auch wieder nicht, sagte sie sich. »Das macht aber nichts«, sprach er weiter. »Wir haben die Vorgabe nur knapp verfehlt. Das ist für den ersten Tag sehr ordentlich. Vielen Dank dafür und weiter so!« Er lächelte, nickte allen noch einmal zu und ging mit Gesa davon.

»Okay, wir machen den Anfang. Los, los!« John klatschte in die Hände. Seine Augen strahlten mit seinen weißen Zähnen um die Wette. Zusammen mit Paolo, Ziko, Ramazan und Franziska stieg er auf den Wagen. Während sie zwischen den Sträuchern entlangtuckerten, stellte Franziska fest, dass sie geglaubt hatte, man wäre mit einer Reihe schneller fertig. Doch die Arbeit kostete Zeit, obendrein gab es viele Reihen! Das war ihr erneut klargeworden, als sie auf der schmalen Straße an der Plantage vorbei bis zu ihrer Zufahrt gerollt waren. In dem ihnen zugeteilten Bereich angekommen, sprangen sie vom Anhänger und machten sich ans Werk. Bücken, Zweig greifen, kleine Äste abschneiden und in die Plastikkiste werfen, wieder bücken – so ging es Stunde um Stunde. Entweder baute man Muskeln auf und hielt die Schufterei von Tag zu Tag besser aus, oder man musste das verdiente Geld am Ende in Massagen und Krankengymnastik investieren. Franziska hoffte auf Variante eins.

»Wieso heißte eigentlich Zitrone des Ostens?«, wollte Paolo wissen. Er stand neben ihr und hatte sie schon eine ganze Zeit immer wieder von der Seite angesehen. Sie hatte absichtlich nicht reagiert, da sie weder vorhatte, Marens guten Tipp umzusetzen und sich einen Flirt anzulachen, noch durch Schwatzen unangenehm auffallen wollte. Nicht, dass sie nicht zwischendurch mal ein Wort mit ihren Kollegen wechselte, aber sie vermutete, dass Paolo eine kleine Pause einlegen wollte und nur darauf wartete, dass sie seinen Blick erwiderte und sich auf ein Gespräch einließ.

»Des Nordens«, korrigierte Ramazan.

»Habe gelese, dass Leute sage Zitrone des Ostens.«

»Vermutlich, weil sie in Ostdeutschland angebaut wird.« Franziska musste mit beiden Händen die Schere zusammenpressen, um einen besonders dicken Ast in der Mitte zu teilen.

»Aber auch in Norddeutschland«, warf Ramazan ein.

Paolo stemmte die Hände in die Hüften. »Isse mir egale. Wille isch wisse, warum Zitrone. Schmeckte so ähnlich?«

»Kannst ja probieren«, meinte Ramazan, der wie Franziska weiterarbeitete. Ziko reagierte gar nicht auf ihre Diskussion. Er schnitt in einer unglaublichen Geschwindigkeit Ast um Ast.

»Macke isch.« Schon zog Paolo einen Handschuh aus und zupfte an einer der Beeren herum. Sie zerplatzte zwischen seinen Fingern. »Isse ganz olig«, stellte er erstaunt fest.

»Abt ihr euer Kaffeekränzschen bald beendet?«, schrie John von vorne, wo er mit dem Vorschnitt zügig vorankam.

»Man sagt das, weil Sanddorn so viel Vitamin C enthält«, erklärte Franziska und leerte eine Plastikkiste in einen der großen Holzbehälter. »Und weil die Früchte auch so sauer sind.« Sie stellte die Kiste wieder an ihren Platz. Im selben Moment leckte Paolo sich die öligen Finger. Eine Sekunde später verzog er derartig das Gesicht, dass sogar Ziko in das Gelächter einstimmte.

»Porca miseria!«, fluchte Paolo.

»Jetzt ist aber Schluss dainten. Soll isch eusch erst Beine machen?« John war in wenigen Schritten bei ihnen.

»Isse furchbar sauer«, jammerte Paolo, während die anderen bereits wieder fleißig am Werk waren. John rollte mit den Augen, so dass das Weiß noch mehr zum Vorschein kam. Er schüttelte den Kopf und ging zurück an seinen Platz. Die anderen kicherten. Auch Franziska musste schmunzeln. Sie sah, wie Paolo sich die Hand an der Hose abwischte und umständlich wieder in den Handschuh schlüpfte. Eilig hatte er es dabei nicht.

In der Mittagspause nahm John Franziska beiseite. »Der Italiener ist das schwäschste Glied in unserer Mannschaft. Isch will nischt, dass er disch und die anderen infiziert mit seiner Fauleit. Isch will, dass wir die Besten sind.«

»In Anne-Mariekes Gruppe ist auch eine Frau. Bei Piet-Olaf und Sergej sind es ausschließlich Männer. Dagegen haben wir keine Chance.« Bevor er widersprechen konnte, ergänzte sie: »Außerdem ist das doch kein Wettkampf, oder?«

»Doch, natürlisch. Das Leben ist immer Wettkampf.« Sie mochte seinen französischen Einschlag, der noch gerade so zu hören war.

»Wie lange bist du schon in Deutschland?«

Er warf den Kopf zurück und lachte laut auf. »Das abe isch schon in meiner Eimat gelernt.«

»Wie bitte? Ach so, nein, ich frage wegen der Sprache, nicht wegen deiner Ansicht über das Leben. Du sprichst wahnsinnig gut Deutsch.«

»Auch das abe isch schon in meiner Eimat gelernt. Isch abe gleich angefangen, als isch beschlossen abe, nach Deutschland zu gehen. Das war vor siebzehn Jahren. Ein Jahr später bin isch weggegangen.«

»Warum? Entschuldige, wenn ich frage, aber der Senegal ist eins der wirtschaftlich erfolgreichsten Länder in Westafrika. Dachte ich jedenfalls.«

»Der Senegal ist die Beule von Afrika«, erwiderte er mit einem seltsamen Blick. Dann lachte er wieder. »Du ast schon rescht. Wenn du uns mit anderen Ländern im Westen Afrikas vergleischst, stehen wir gut da. Zum Beispiel unser Gesundeitssystem.« Er machte große Augen.

Franziska musste lächeln, weil er noch immer von seinem Land sprach, obwohl er ihm schon vor langer Zeit den Rücken gekehrt hatte. Sie biss in ihr Brot.

»Komm nur nischt auf die Idee, uns mit Deutschland zu vergleischen. Da kriegst du die Motten.« Sie musste lachen und im nächsten Moment husten, weil sie einen Krümel eingeatmet hatte. »So witzig ist das gar nicht. Mit Mitte fünfzig bist du im Senegal ein alter Mann, ein sehr alter Mann. Viel älter wird kaum jemand.«

Sie kam wieder zu Atem. »Entschuldige, ich habe nicht wegen eures schlechten Gesundheitssystems gelacht. Es waren die Motten«, krächzte sie. »Eine davon habe ich auch gleich verschluckt, scheint mir.« Er stutzte, dann brach er wieder in sein mitreißendes Gelächter aus. »Ich wusste nicht, dass es noch immer so schwierig ist. Wenn ich etwas in der Zeitung gelesen habe, dann klang das immer nach Aufschwung und Vorzeigeland.«

»Ein bisschen vielleicht.« Er sah auf seine Armbanduhr. »Kaffee?«

»Gern.«

»Schwarz wie meine Aut oder mit Milsch?«

»Gerne schwarz.«

Seine Augenbrauen hüpften.

Sergej kam zu ihnen herüber. »John, kannst du kurz kommen?«

»Entschuldigung.« Er lächelte sie an und ging, seinen Becher in der Hand. Vorschneider-Besprechung, wie es aussah.

Die Zeit verstrich in einer seltsam wohltuenden Eintönigkeit. Am dritten Tag war Franziskas Muskelkater so stark, dass sie nicht wusste, wie sie sich bewegen sollte. Vor allem ihr Rücken riss und zwickte vom vielen Stehen bei jeder Bewegung und auch bei völliger Bewegungslosigkeit. Sie gab sich Mühe, in die Knie zu gehen, wenn sie sich bücken musste, vor allem dann, wenn sie eine der schweren Kisten anheben wollte. Meist ging der schweigsame Ziko, manchmal auch Ramazan dazwischen. Sie war ihnen dankbar, wenn sie ihr die Last abnahmen, wollte aber nicht, dass die Männer unter einer Frau im Team zu leiden hatten. Also beeilte sie sich immer wieder, um auch das Leeren der schweren Kisten zu übernehmen. Paolo schien das sehr zu begrüßen. Damit, dass sie Niklas kaum zu sehen bekam, geschweige denn mit ihm sprechen konnte, hatte sie sich abgefunden. Ihr Plan sah nun vor, das am Freitag zu erledigen. Dann würde sie warten, ganz gleich, wie lange es auch dauerte. Nur einmal hatte sie ihn daran erinnert, dass sie sich gern mit ihm unterhalten würde. Zwar hatte er eine bedauernde Miene aufgesetzt, doch die konnte nicht darüber hinwegtäuschen, dass ihm jeder zusätzliche Druck auf die Nerven ging. Die Gespräche mit John genoss sie umso mehr. Er achtete sorgfältig darauf, sich nicht während der Arbeitszeit zu einem Klönschnack hinreißen zu lassen. In der Mittagspause suchte er dagegen ihre Nähe. John erzählte ihr, dass im Senegal ungefähr ein Drittel der Männer weder lesen noch schreiben konnte.

»Bei den Frauen sind es noch viel mehr.« Er berichtete von immer größer werdender Armut und von ständigen Unruhen.

»Wenn du mit Gewalt aufwächst, gehst du irgendwann kaputt, wirst eins von diesen Schweinen, die töten, ohne etwas dabei zu fühlen, oder du aust ab.« Ständige Wechsel in der Regierung hatten zu Kämpfen geführt. Dann wieder gab es einen Putsch in einem Nachbarland, und die Truppen des Senegals wurden geschickt, um zu helfen. »Isch abe in der Nähe zur Grenze nach Gambia gelebt«, erklärte er ihr. »Das ist eine Region mit einer sehr eigenen Vergangeneit. Rebellen wollen die Unabängigkeit für diese Region. Du kannst disch als junger Mann aus so einem Konflikt nischt rausalten. Du musst kämpfen und darfst nur entscheiden, auf welscher Seite.«

»Warst du Soldat?«

»Kannst du dir das vorstellen?« Er sah sie an. Nein, ein Mensch mit einer so positiven Ausstrahlung konnte unmöglich in den Kampf ziehen. Wenn, wäre er zerbrochen und würde jetzt nicht so fröhlich vor ihr sitzen. »Isch bin weggegangen. Mitten inein in das Erz des Senegals. Die meisten sagen Erdnussbecken dazu, weil wir dort so viele Erdnüsse produzieren. Es sind die meisten Erdnüsse auf der ganzen Welt.«

»Tatsächlich? Ist ja toll!« Sie sah seinen wenig begeisterten Gesichtsausdruck. »Oder nicht?«

»Weißt du, bei uns fällt kaum Regen. Nischt so schön wie ier. Der Senegal ist so trocken wie ein Sack Mehl. Wir müssen wässern, wenn wir ernten wollen. Fändest du es klug, in der Arktis Fußbodeneizung zu verlegen, um Melonen anzubauen?« Sie schüttelte den Kopf. »Siehst du. Für den Erdnussanbau verwenden wir in unserem Land so viel von der einigermaßen nutzbaren Fläsche, dass nischt genug bleibt, um Reis oder Getreide anzubauen. Wir verkaufen Erdnuss viel zu billig und kaufen Grundnahrungsmittel viel zu teuer ein. Sehr schlau, was?« John konnte auch in schillernden Farben von Löwen, Affen und Wasserbüffeln berichten, die man zwar kaum noch in freier Wildbahn, dafür aber im Nationalpark zu sehen bekam. Er war zweifellos ein Naturmensch, doch sein Lieblingsthema war die Wirtschaft. Irgendwann, so erfuhr sie, wollte er zurückgehen und Präsident des Senegals werden. Er hatte Wirtschaftsingenieurwesen in der Schweiz studiert. Sie musste ein ziemlich verblüfftes Gesicht gemacht haben, als er ihr das verriet, denn er hatte sich köstlich über sie amüsiert und ihr dann freimütig erklärt, sein Vater gehöre zu einem der bedeutenden Clans im Lande. Er habe mit Korruption viel Geld gemacht. John fand es nur gerecht, dass er von diesem Geld eine Ausbildung absolviert hatte, die ihn in die Lage versetzte, die Korruption eines Tages zu bekämpfen.

Als John am Freitag verkündete, es sei Feierabend, klatschten alle spontan in die Hände. Sie kletterten erschöpft auf den Anhänger und ließen sich zum Firmengebäude von Rügorange fahren.

»Was mackste du an die freie Tage?« Paolo sah sie erwartungsvoll an.

»Ausruhen«, antwortete Franziska. »Ich werde meine Knochen schonen und ganz viel schlafen.«

Ziko zog sich nicht einmal um. Er rief einen kurzen Abschiedsgruß und verschwand. Die anderen tranken noch etwas und tauschten sich über ihre Blessuren und über ihre Pläne für die nächsten zwei Tage aus.

»Ich werde die ganze Zeit in der Badewanne liegen«, verkündete Ramazan. »Ich habe schon mal Spargel gestochen. Da habe ich es auch so gemacht. Hilft super.«

Von den anderen Gruppen hörte Franziska ähnliche Gesprächsfetzen. Sie musste schmunzeln. Die erste Woche war geschafft, und alle waren ein bisschen stolz darauf.

»Wenn du auf Niklas wartest, der ist im Kühlhaus.« Gesa war neben sie getreten. Ihr strubbeliges Haar sah noch wilder aus als sonst.

»Ah, danke. Ja, ich wollte ihn tatsächlich noch sprechen.« Sie suchte nach Worten. Sie wollte Gesa nicht anlügen und ihr etwas von dienstlichen Dingen erzählen, aber sie mochte auch nicht weitere Gerüchte schüren.

»Lass es. Es gibt Probleme mit der Kühlung. Der Chef ist mit einem Techniker schon eine ganze Weile dabei. Die versuchen mit Hochdruck das wieder zum Laufen zu kriegen.« Sie setzte eine zerknirschte Miene auf.

»Verstehe.« Die Enttäuschung war Franziska vermutlich ins Gesicht geschrieben.

»Tja, ich fürchte, du musst dir für das Wochenende eine andere Begleitung suchen. Echt, den Niklas lässt du jetzt lieber in Frieden, auch wenn du ihn süß findest. Finger weg, solange er so im Stress ist, okay?«

»Ich wollte mich gar nicht mit ihm verabreden«, protestierte sie.

»Schon klar!« Sie zog sich ihr Tuch vom Kopf und fuhr sich durch die Haare, so dass diese nun endgültig abstanden wie die Stacheln eines Igels. »Nur für den Fall, dass du mich als Nächstes gefragt hättest, was ich vorhabe, ich muss dir leider auch einen Korb geben.« Sie fiel von einer Sekunde auf die andere in sich zusammen. »Ich bin komplett erledigt. Erntezeit ist eben Ausnahmezustand. Aber hey, ein Viertel ist geschafft.« Sie hielt Franziska die Handfläche hin. Die klatschte dagegen. »In drei Wochen ist Erntefest. Ich sage dir, dann geht's hier ab. Danach können wir uns auch gerne verabreden.«

»Ja, das wäre schön. Ich wünsche dir ein erholsames Wochenende.«

Als sie nach Hause ging, dachte sie über Gesas Worte nach. Erntezeit ist Ausnahmezustand. Das war ganz bestimmt keine Übertreibung. War das aber der einzige Grund, warum sie Niklas die ganze Woche kaum zu sehen bekommen hatte? Oder war er ihr bewusst aus dem Weg gegangen? Wann immer es in Johns Gruppe etwas zu besprechen gegeben hatte oder wenn zwischendurch Unterstützung gebraucht wurde, war jedes Mal Gesa erschienen. Franziska ließ den Kopf hängen. Sie fühlte sich nicht nur körperlich erschöpft, sondern auch unendlich ausgelaugt. Ihre Gefühle waren in den letzten Tagen Achterbahn gefahren. Wenn sie es recht bedachte, war ihr ganzes Leben völlig durcheinandergeraten. Sie wünschte sich nichts mehr, als endlich wieder Ordnung hineinzubringen. Alleine konnte sie das nicht, und Niklas, den sie dafür brauchte, stand dummerweise nicht zur Verfügung.

Zu Hause angekommen, ließ sie sich auf das Sofa fallen und griff nach der Fernbedienung des Fernsehers. Nein. Sie nahm alle Kraft zusammen, stand auf und holte ihr Mobiltelefon. Auf keinen Fall wollte sie sich zwei Tage lang stumpf berieseln lassen, nur um sich abzulenken. Sie würde etwas unternehmen. Sie wählte Holgers Nummer.

»Ja, hallöchen Popöchen! Das ist aber schön, dass du dich meldest. Na, alles fit im Schritt?«

Sie bereute augenblicklich, ihn angerufen zu haben. »Ich hatte ja versprochen, mich zu melden. Na ja, es ist Wochenende, da dachte ich ...«

»Verstehe«, unterbrach er sie, »du willst die Insel zum Wackeln bringen.« Er zögerte. »Warte kurz. Ich kriege das hin. Ich bin dein Mann. Also, um die Sau rauszulassen, meine ich. Muss nur kurz sehen ... Heute wird das nichts mehr. Ist morgen für dich okay?«

»Jaja, heute wollte ich gar nicht ... Du, um ehrlich zu sein, würde ich es lieber ruhig angehen. Mir steht der Sinn nicht so nach Party und Piste.«

»Ach so.« Er schaltete vom Ballermann-Sound auf Kuschelrock. »Dir schwebt eher ein Dinner bei Kerzenlicht vor. Ja, auch gut. Bei mir bist du in den richtigen Händen, egal, wonach dir der Sinn steht.« Das konnte sie sich lebhaft vorstellen. Sie erklärte, wie sie die letzten fünf Tage verbracht hatte und wie ihre Knochen sich anfühlten. »Ha, dann weiß ich, was wir machen. Warte, du wohnst am Arsch der Welt. Entschuldige, aber Kap Arkona ... Ehrlich, da ist das Universum zu Ende.« Er lachte. »Macht ja nichts. Ich hole dich ab. Sagen wir um elf Uhr?«

»So früh?« Sie war verunsichert. »Eigentlich hab ich gemeint, wir gehen ein kurzes Stück spazieren, damit meine Beine nicht überfordert werden. Dann dachte ich an Kaffeetrinken, etwas in der Richtung.«

»Ich habe eine viel bessere Idee. Deine Beine werden sich komplett erholen, und nicht nur die. Vertraue mir!«

»Okay«, erwiderte sie wenig überzeugt.

»Du packst einen Badeanzug ein und etwas, um abends hübsch essen zu gehen. Dann brauchen wir nicht zwischendurch noch mal zum Arsch ... nach Putgarten düsen.«

Als Franziska die rote Taste ihres Telefons drückte, war sie hin- und hergerissen. Sie hatte den ganzen Samstag etwas vor. Das war gut. Sie würde den gesamten Tag mit Holger verbringen. Das war ganz und gar nicht gut. Zu allem Überfluss fiel ihr ein, dass sie Thekla hatte treffen wollen. Nun war schon Freitag, und am Samstag reiste die ab. Sie holte ihre Visitenkarte, wählte ihre Nummer und hinterließ ihr eine Nachricht auf der Mailbox. Wahrscheinlich hatte die lustige alte Dame das Klingeln nicht gehört. Vermutlich packte sie ohnehin schon ihre Sachen und stand für ein spontanes Treffen nicht zur Verfügung. Selbst wenn, wäre Franziska dazu nicht in der Lage gewesen. Schade, sie mochte Thekla und hätte gern noch mit ihr über Heinrich III. gesprochen.

Pünktlich um elf Uhr war Holger am nächsten Morgen da. Er begrüßte sie mit einem freundschaftlichen Kuss auf die Wange. Sein Aftershave duftete angenehm. Immerhin.

»Alles klar auf der Andrea Doria, dann machen wir uns mal aufs Wegelchen«, sagte er, als er den Motor startete. Das konnte ja heiter werden.

»Badezeug habe ich dabei, wie du gesagt hast«, begann sie, um das peinliche Schweigen zu brechen. »Wenn ich mir den Himmel so ansehe, glaube ich allerdings nicht, dass wir schwimmen gehen können.« Es war ein kühler Tag. Dicke graue Wolken versperrten der Sonne den Weg. »Gibt es einen Plan B?«

»Brauchen wir nicht. Mein Plan A funktioniert heute besonders gut.« Er strahlte selbstzufrieden. »Ich habe dir doch gesagt, ich bin dein Mann für Aktivitäten aller Art auf dieser Insel. Zu jeder Tages- und Nachtzeit«, ergänzte er mit seiner Kuschelrock-Stimme.

Sie überquerten Jasmund und die Schmale Heide. Auch Binz ließen sie hinter sich. In Sellin steuerte er einen Parkplatz an. Franziska sah einen blau-rot geringelten Turm, von dem ein großes weißes Plastikrohr in teilweise engen Kurven abwärts lief. Eine Wasserrutsche. Na super! Obwohl ... Wo es eine Wasserrutsche gab, da waren auch Schwimmbecken mit Massagedüsen, Liegen und mit etwas Glück sogar Dampfbäder. Genau das Richtige für ihren geschundenen Körper.

»Gute Idee?«, wollte er wissen, als er ihren Blick bemerkte.

Sie nickte. »Sehr gute Idee.«

Wenig später trieb Franziska wie eine Mensch gewordene Luftmatratze im Wasser. Zu ihrem Erstaunen kam Holger zwar hin und wieder zu ihr, fragte, wie sie sich fühlte, oder erzählte ihr etwas, die meiste Zeit jedoch schwamm er seine Runden oder sprach arglose Schwimmbadbesucher an. Weder ging er ihr mit pausenlosem Gerede und seinen vermeintlich lustigen

Sprüchen auf die Nerven noch mit irgendwelchen Annäherungsversuchen. Vollkommen entspannt genoss sie den Whirlpool und die Sprudelliegen. Sie tummelte sich in Becken mit verschiedenen Temperaturen und sah einer Mutter zu, die versuchte ihrem Sohn Schwimmen beizubringen. Der war jedoch ständig abgelenkt und hatte wenig Lust zu ihren Übungen.

»Du bist ein Frosch«, erklärte sie ihm wiederholt. »Na komm, sei mein kleiner Frosch!« Doch der kleine Frosch bewegte nur zweimal seine Beine, wie er sollte. Als die Mutter daraufhin in frenetischen Jubel ausbrach, sah er seine Aufgabe offenbar als zur Zufriedenheit erfüllt an und übte sich darin, die Handfläche so über das Wasser sausen zu lassen, dass es möglichst stark spritzte.

Im gut besetzten Whirlpool hockte unter anderem ein junges Pärchen, das sich sehr intensiv miteinander beschäftigte.

»Was machen die denn da?«, fragte eine Dame mit durchsichtiger Badehaube. »Die sitzt doch auf ihm drauf. Das können die doch nicht machen. Jemand muss dem Bademeister Bescheid sagen.« Aber niemand sagte irgendjemandem Bescheid. Die meisten sahen hin und wieder verstohlen zu dem Paar hinüber, das sich wirklich deutlich zu intensiv küsste. Einige kicherten, andere unterhielten sich möglichst angeregt, als würden sie von dem anzüglichen Schauspiel nichts mitbekommen. Franziska wechselte kurzerhand in ein Warmwasserbecken, wo sie bewegungslos an der Wasseroberfläche liegen blieb.

Irgendwann war ihre Haut so schrumpelig, dass sie sich eine Liege suchte. Sie entdeckte Holger, neben dem noch ein Platz frei war. Also ging sie zu ihm.

»Das tut gut. Danke, dass du mich hierhergeschleppt hast.«
»Gern geschehen.« Er konnte richtig nett sein.

Am liebsten hätte sie ein wenig die Augen zugemacht, aber sie mochte nicht unhöflich sein. »Was ist eigentlich mit dem

Haus in Vitt?«, fragte sie ihn. »Hast du schon einen Interessenten dafür?«

»Einen? An jedem Finger einen«, ließ er sie wissen. »Der Dickschädel von Besitzer hat sich nur leider noch nicht endgültig entschieden zu verkaufen.«

Sie musste schmunzeln, aber er tat ihr auch leid. »Wäre das sehr schlimm für dich, wenn aus dem Handel nichts würde?«

»Schlimm sind andere Dinge in meinem Leben.« Er setzte eine Miene auf, als würde er im nächsten Moment zur Schlachtbank geführt. Dann grinste er sie an. »Ich mache nur Spaß! Nein, schlimm wäre zu viel gesagt. So ist das eben als Selbständiger: Mal hast du Pech, und mal kriegen die anderen den Auftrag.« Er lachte ein wenig zu laut. »Das weißt du ja selbst.«

Nein, das wusste sie nicht. Höchstens aus ihrer Anfangszeit, doch selbst damals hatte Franziska mit ihrer Akquise immer ziemlich viel Erfolg gehabt.

»Apropos, kann man dich eigentlich auch für eine einmalige Beratung buchen?« Sie hatte mit geschlossenen Augen vor sich hin geträumt. Jetzt drehte sie den Kopf und sah ihn fragend an. »Ich meine nur. Kann doch niemandem schaden, seine Werbestrategie und seine Arbeitsweise zwischendurch auf den Prüfstand zu stellen.«

»Und das alles während einer einmaligen Sitzung?«

»Na ja, ich dachte, du bietest vielleicht so einen Rundum-Check an. Für Leute wie mich, die ziemlich gut im Geschäft sind. Eigentlich.«

»Was läuft denn nicht so gut?«

»Was? Wieso? Ach so, du denkst … Nein, alles paletti! Wirklich, ich kann leider nicht klagen.« Wieder lachte er. Nach einer Weile wollte er wissen, was sie für eine Sitzung verlange.

»Weißt du, Holger, ich denke darüber nach, mich auf Rügen niederzulassen.« Er starrte sie an. Sie hatte erwartet, dass er erfreut wäre, dass er nun endgültig seine Fangarme nach ihr ausstrecken würde, doch das war nicht der Fall. »Vielleicht können wir einen Handel auf gegenseitigen Vorteil abschließen. Du vermittelst mir eine hübsche Wohnung, dafür coache ich dich.« Er wollte protestieren. »Ich meine, dafür kriegst du von mir deinen Rundum-Check. Könntest du dir das vorstellen?«

»Ja, das wäre toll.« Er wirkte erleichtert. »Du hast gesagt, du denkst darüber nach, dich hier auf der Insel niederzulassen«, begann er nach einigen Sekunden zaghaft. »Das heißt, deine Entscheidung ist noch nicht gefallen?«

»Noch nicht endgültig.«

»Dann kann es noch dauern, bis du eine Wohnung brauchst. Und bis zu meinem Check.« Er musste größere Probleme haben, als sie gedacht hätte.

»Keine Sorge, ich werde mich kurzfristig entscheiden. Dann können wir auch bald loslegen. Nur nicht in den nächsten drei Wochen. Erntezeit ist Ausnahmezustand.« Sie stöhnte. »Wenn ich das hinter mir habe, können wir Nägel mit Köpfen machen.«

Sie verbrachten fast sechs Stunden in dem Badeparadies. Zwischendurch gönnten sie sich einen großen Eisbecher. Sogar ein paar Gänge in das Dampfbad hatte Franziska unternommen, nachdem sie sichergestellt hatte, dass das nichts für Holger war. Als sie wieder in sein Auto stiegen, fühlte sie eine matte Erschöpfung, die nichts mit der bleiernen Müdigkeit der letzten Tage gemein hatte. Es fühlte sich einfach wunderbar an. Außerdem hatte sie Bärenhunger.

»Jetzt gehen wir richtig schnuckelig essen«, kündigte Holger an, als hätte er ihr den Wunsch von den Augen abgelesen. Vermutlich eher von ihrem knurrenden Magen. Sie hatte ihre Pailletten-Bluse angezogen, die im letzten Moment doch noch den

Weg in ihren Koffer gefunden hatte, dazu eine enge schwarze Hose. »Du siehst umwerfend aus.« Er warf ihr einen vielsagenden Blick zu. Oha, sie wusste schon, warum sie das Ding hatte zu Hause lassen wollen. Hoffentlich benahm er sich den Rest des Abends so brav, wie er es den ganzen Tag über geschafft hatte.

Das Restaurant war nicht weit von dem Badetempel entfernt. Es lag oberhalb der Steilküste von Sellin. Von der Terrasse hatten sie einen spektakulären Blick auf den breiten feinen Strand und die berühmte Seebrücke. Wie ein Schlösschen thronte das weiße hölzerne Bauwerk mit seinen Türmchen und geschwungenen Sprossenfenstern über der Ostsee. Man konnte sich leicht vorstellen, wie hier früher die feinen Damen mit ihren langen Kleidern und spitzenverzierten Schirmen lustwandelten.

»Es ist nur ein Nachbau«, platzte Holger in ihre Gedanken. »Aber ein gelungener. Ganz typisch Bäderarchitektur«, erläuterte er. »So verspielt und eigenwillig. Dieser Stil, für den Rügen so berühmt ist, lässt sich keiner Epoche zuordnen. Wenn du willst, kann ich dir eine Wohnung in einer Bäderarchitektur-Villa besorgen. Ist meistens einen Tick teurer als ein Neubau, wenn die gut in Schuss sein soll, aber das macht natürlich auch etwas her.« Er nickte eifrig. »Du brauchst sicher ein großes Büro. Das muss doch bestimmt repräsentativ sein, oder?«

»Es muss in erster Linie praktisch und geräumig sein«, gab sie kühl zurück.

Ein Kellner mit lustigen schwarzen Kulleraugen und einem auffallend kantigen Mund, der Franziska an die Puppe eines Bauchredners erinnerte, nahm die Bestellung auf. Nachdem sich in den letzten Stunden zwischen Holger und ihr eine locker-entspannte Atmosphäre breitgemacht hatte, kehrte jetzt eine verkrampfte Stille zurück. Franziska überlegte fieberhaft, was sie ihm von der Ernte erzählen konnte, um auf neutralem Terrain das Schweigen zu beenden, da entdeckte sie einen Abdruck an seinem rechten Ringfinger.

»Warum trägst du deinen Ehering nicht?«

»Bitte?«

Volltreffer. Sie hatte ihn komplett überrumpelt.

»Dein Finger. Man sieht, dass du normalerweise einen Ring trägst. Du bist verheiratet, nehme ich an. Ich wüsste gern, warum du das verheimlichst.«

Sein Gesicht verfinsterte sich. Mit einem Schlag sah er aus, als würde er in der nächsten Sekunde in Tränen ausbrechen. Hoffentlich nicht. Hätte sie das Thema bloß nicht angeschnitten.

»Du bist eine gute Beobachterin«, sagte er leise. »Das musst du in deinem Job wohl sein. Unsere Ehe ist … Wie soll ich sagen? Es ist ein bisschen kompliziert.« Er sah kurz auf, blickte dann aber wieder auf seine Serviette, die vor ihm auf dem Tisch lag. »Meine Frau hat psychische Probleme. Wir kannten uns noch nicht lange, als wir geheiratet haben. Ich ahnte nicht, dass sich hinter ihren Launen eine ausgewachsene Störung verbarg.« Er atmete tief ein und aus. »Freunde und Bekannte drängten mich, sie zu einem Fachmann zu schicken. Sie hat sich geweigert. Daraufhin meinten meine Freunde und meine Familie, ich solle sie verlassen. Ich müsste mir das nicht antun. Und dann kam ein Kind.«

Franziska schloss kurz die Augen. »Lass mich raten. Das hat es nicht einfacher gemacht, was?«

Er schüttelte den Kopf. »Nein, ganz und gar nicht.« Seine Stimme wurde jetzt zittrig. »Du darfst das nicht falsch verstehen, ich liebe meine Tochter über alles.« Ein leises Lachen. »Sie ist mein Sonnenschein. Für sie halte ich es aus, beschimpft und, wenn es ganz dicke kommt, auch geschlagen zu werden.«

»Deine Frau schlägt dich?« Sie war fassungslos.

»Sie kann nichts dafür. Das ist die Krankheit. Zehn Minuten später hat sie es bereut. Weißt du, wir haben auch wirklich gute Zeiten. Dann verwöhnt sie mich, unternimmt mit mir, worauf ich Lust habe. Leider weiß man nie, wann die Stimmung umschlägt. Das kann von jetzt auf gleich sein.«

Franziska betrachtete ihn, wie er da saß, ein Häufchen Elend, das vom Schicksal eine dicke fette Zitrone bekommen hatte und sich redlich mühte, Limonade daraus zu machen.

»Ist dir nie in den Sinn gekommen, dass deine Freunde recht haben könnten? Wenn sie sich strikt weigert, sich behandeln zu lassen, kann niemand von dir erwarten, bei ihr zu bleiben.«

Er sah sie ernst an, seine Augen glänzten. »Doch, Franziska, ich erwarte das von mir. Ich habe sie geheiratet. In guten wie in schlechten Tagen. So heißt es. Und nicht: Solange es alles schön und einfach ist. Ich werde sie nicht verlassen. Sie braucht mich. Meine Tochter braucht mich auch.«

Sie nickte langsam. Nie hätte sie erwartet, dass er derartig verantwortungsvoll war. Wie man sich in Menschen doch täuschen konnte. Ihr fiel ihr Vater ein, der die Depressionen ihrer Mutter auch tapfer ertragen hatte. Auch er hatte schwierige Phasen mit ihr durchgestanden. Holger war noch jung. Sie konnte sich einfach nicht vorstellen, dass er bereit war, dieses schwere Bündel den Rest seines Lebens zu schleppen. Immerhin verstand sie jetzt, warum er so darauf aus gewesen war, sich mit ihr zu verabreden. Das waren die kleinen Freuden, die seinen Alltag erträglich machten.

War das gerade ein Schluchzen gewesen? Sie blickte auf und legte ihm eine Hand auf den Arm.

»Danke, dass du mir zugehört hast«, flüsterte er. »Meistens versuche ich den Clown zu spielen, aber immer kriege ich das dann doch nicht hin.« Er lächelte schwach. »Meinen Ring lasse ich manchmal zu Hause, wenn ich eine unbeschwerte Zeit haben will. Dann spreche ich eigentlich nicht gern von meiner Ehe. Mir scheint, ich sollte die Taktik wechseln und ihn tragen. Dann hättest du mich vermutlich gar nicht darauf angesprochen, oder?«

»Vermutlich nicht.«

Sie stießen die Gläser aneinander und lächelten. Glücklicherweise kam das Essen. Franziska verlegte sich darauf, harmlose Themen anzusprechen, um ihn von seinem Kummer abzulenken. Sie plauderten über die Bäderarchitektur, darüber, welche Ansprüche Franziska an eine Wohnung hatte. Sie sprachen über Coaching-Methoden und darüber, ob auf der Insel seiner Meinung nach wohl Beratungsbedarf bestehen würde. Das Essen war ausgezeichnet. Franziska hatte sich für gedünsteten Fisch mit Fenchelgemüse entschieden, die erste warme Mahlzeit seit langem, wenn man geröstetes Toastbrot und Bratwurst einmal nicht mitrechnete. Irgendwann zwischendurch hatte sie das Gefühl, Niklas kurz gesehen zu haben. Ihr war, als wäre er aus der Küche gekommen und sofort gegangen. Aber das war natürlich Unsinn. Was sollte er hier und noch dazu in der Küche? Er lag mit Sicherheit zu Hause, ruhte sich aus oder ließ sich den Nacken massieren. Und nicht nur den, wie Maren sagen würde. Das waren genau die Gedanken, die sie überhaupt nicht gebrauchen konnte.

»Ich bin hundemüde. Sei nicht böse, aber ich würde gern nach Hause fahren«, sagte sie, kaum dass der Kellner ihre Teller abgeräumt hatte.

»Um ehrlich zu sein, mir geht es genauso. Das war bestimmt das warme Wasser. Davon werde ich immer total schläfrig.«

Franziska atmete auf. Sie bot ihm der Höflichkeit halber an, sich ein Taxi zu nehmen, damit er sie nicht über die halbe Insel fahren musste. Er lehnte – ebenso höflich – und sehr vehement ab. Es sei doch wohl selbstverständlich, dass er sie wohlbehalten wieder an ihrer Haustür absetze. Genau das tat er auch und verabschiedete sich, ohne noch auf einen Kaffee oder mehr mitkommen zu wollen.

»Der Italiener at sisch abgemeldet. Rückenschmerzen.« John spuckte das Wort geradezu aus. Und er sagte »der Italiener«, obwohl er natürlich ganz genau Paolos Namen kannte. Er war stinksauer. Ramazan stöhnte, Ziko zeigte keinerlei Reaktion.

»Es ist, wie es ist«, stellte Gesa sachlich fest. Sie trug an diesem Montagmorgen kein Tuch um den Kopf. Dafür hatte sie ihr Haar mit einer Extraportion Gel frisiert. Es stand senkrecht in alle Richtungen. Sie erinnerte Franziska an die Werbefigur Mecki, deren Abenteuer sie als Kind zu gerne gelesen hatte. »Jedes Jahr fallen Leute aus, das hat der Chef ja schon angekündigt. Ihr könnt froh sein, dass ihr in der ersten Woche mit fünf Leuten in einem Team wart. Das ist voll großzügig. Ab jetzt wird es eben ein bisschen anstrengender. Dafür seid ihr jetzt auch schon im Training.« Sie lachte fröhlich. »Nee, keine Sorge, ich komme immer mal vorbei und unterstütze euch.« Sie schnaufte. »Allerdings dürft ihr nicht zu viel von mir erwarten. In Sergejs Gruppe ist nämlich auch einer ausgefallen. Der hat einfach keinen Bock mehr. Bei Anne-Marieke sind es sogar zwei. Ich habe ihr einen von Piet-Olafs Leuten zugeteilt. Das bedeutet, dass wir jetzt ausschließlich Vierer-Teams haben.«

»Das eißt, es bleibt ein fairer Wettkampf«, ergänzte John grinsend. »Ihr abt gut gearbeitet. Der Italiener war sowieso das schwäschste Glied unserer Truppe. Kein Grund, sisch aufzuregen.«

Es ging raus auf die Plantage. Das hohe Gras auf den Wegen und die Sanddornsträucher waren noch nass vom Morgentau. Überall schmückten sich Spinnennetze mit Tautropfen und wurden zu zauberhaften kleinen Kunstwerken. Leider blieb keine Zeit, sie eingehend zu betrachten. Auch wären sie noch besser zur Geltung gekommen, wenn Sonnenlicht sie zum Funkeln gebracht hätte. Doch von wärmenden Strahlen war weit und breit nichts zu sehen. Der Himmel war so wolkenverhangen, dass Franziska sicher war, heute irgendwann ihre Regenjacke anziehen zu müssen. Sie trug ein dünnes Sweatshirt und ihre Fleeceweste darüber. Gute Entscheidung. Es war nämlich empfindlich kühl an diesem Morgen. Die Feuchtigkeit in der Luft verstärkte das Frösteln. Lange würde es allerdings nicht dauern, bis sie sich warm gearbeitet hatte.

Als der Traktor die Mannschaft zur Mittagspause brachte, hatte Franziska nicht das Gefühl, weniger geschafft zu haben als an den ersten fünf Tagen. So leid es ihr tat, aber sie musste sich eingestehen, dass Paolo kein großer Verlust für die Truppe war. Sie wollte sich gerade an einem der Tische niederlassen, als Niklas auftauchte.

»Kann ich dich kurz sprechen?«, fragte er sie mit versteinerter Miene.

»Klar, was gibt's?« Sie hatte auf der Stelle ein ungutes Gefühl. Dabei ging es sicher nur um die Arbeit. Oder er hatte endlich eine freie Minute, und ihm war eingefallen, dass sie letzte Woche mit ihm hatte reden wollen.

»Kannst du bitte mit in mein Büro kommen?« Er wartete ihre Antwort nicht ab, sondern machte sich direkt auf den Weg.

Sollte sie ihr Brot mitnehmen? Die Pause war nicht sehr lang. Sie war unentschlossen. Bestimmt war sie gleich wieder zurück und konnte dann essen. Was würde es für einen Eindruck machen, wenn ihr Chef auf Zeit etwas mit ihr zu besprechen hatte, und sie biss herzhaft in ihre Stulle? Sie ließ alles liegen und lief eilig hinter ihm her. Als sie sein Büro betrat, stand er am Fenster und sah hinaus. Sie schloss die Tür, doch er drehte sich nicht zu ihr um.

»Was sollte das, Franziska? Ich hatte dir wirklich mehr zugetraut.« Er klang enttäuscht, niedergeschlagen und auch ein bisschen wütend.

»Wie bitte?«

»Ich habe gedacht, du hast Verständnis für meine Situation.« Jetzt wandte er sich ihr zu. »Ich dachte, es ist klar, dass ich während der Ernte nicht ausgehen kann. Deshalb war es mir so wichtig, meinen letzten freien Samstag noch mit dir zu verbringen.«

Sie hatte keinen Schimmer, worauf er hinauswollte. »Ja, Niklas, das ist mir doch auch klar. Ich verstehe nicht ...«

»Ich auch nicht«, unterbrach er sie schroff. »Ich verstehe nicht, dass du mich letzte Woche am ersten Tag der Ernte unbedingt sprechen wolltest, nachdem wir einen wunderschönen Abend verbracht haben. Jedenfalls habe ich das so empfunden. Noch weniger verstehe ich, dass du dir gleich einen anderen suchst, mit dem du ausgehen kannst. Habe ich mich so in dir getäuscht? Brauchst du jeden Tag Party und Unterhaltung? Dann bist du auf Rügen falsch.«

Das hatte gesessen. Franziska musste schlucken. Ganz langsam sickerte die Erkenntnis in ihr Bewusstsein. Also hatte sie Niklas in dem Restaurant tatsächlich aus der Küche kommen sehen. So ein Mist! Andererseits konnte sie doch wohl mit jemandem ausgehen. Das bedeutete doch nicht gleich, dass sie ihn auch geküsst hatte wie eine Woche zuvor Niklas. Sie versuchte ihre Gedanken zu sortieren.

»Ich brauche durchaus nicht jeden Tag Party, Niklas. Ich bin ganz entspannt essen gegangen, das war alles.«

»Du sitzt da rum in so einem albernen Glitzerblüschen und turtelst peinlich in der Öffentlichkeit.« Er schüttelte ärgerlich den Kopf.

»Ich habe kein bisschen geturtelt.« Allmählich wurde sie auch wütend. »Im Ernst, Niklas, du hast weder einen Anlass noch das Recht, mich derart zu verhören und anzugreifen.«

Er zögerte. »Stimmt«, sagte er dann leise. »Für eine aus der Großstadt ist es wahrscheinlich ganz normal, erst mit dem einen, dann mit dem anderen rumzumachen. Wie gesagt, ich hatte dir einfach nur mehr zugetraut. Ich hatte gehofft, dass du anders bist.«

»Jetzt mach aber mal einen Punkt! Ich habe mit niemandem rumgemacht. Ich habe Holger auf der Fahrt nach Rügen kennengelernt. Er hat mir angeboten, mir etwas von der Insel zu zeigen.«

»Danke, das reicht mir.« Er sah auf seine Uhr. »Ich muss mich wieder um die Ernte kümmern.« Niklas machte Anstalten, an ihr vorbei aus dem Büro zu gehen.

»Ich habe mich mit ihm getroffen, um nicht das ganze Wochenende über das nachzugrübeln, was ich eigentlich gleich am letzten Montag mit dir besprechen wollte. Ich wollte mit dir über ein Foto reden, das mein Vater mir geschickt hat.«

Er blieb stehen und sah sie verblüfft an. »Was denn für ein Foto?«

»Ich wollte das eigentlich nicht so zwischen Tür und Angel … Ist jetzt auch egal. Niklas, ich bin deine … Du bist mein … Bruder.«

Er sah sie an, als hätte sie komplett den Verstand verloren. »Was soll ich sein?« Er lachte.

»Dein Taufname ist Jürgen, oder?« Jetzt wurde er blass. Langsam ging er zurück zum Tisch und ließ sich auf einen Stuhl fallen.

»Dein Vater hat euch nicht verlassen. Du hast bei uns gelebt, bis ich zwei Jahre alt war. Dann hat deine Mutter, die vorher nichts von dir wissen wollte, dich einfach weggeholt. So war es. Stimmt's?«

»Setz dich, Franziska. Bitte!«

Sie fühlte sich elend. In einem Winkel ihrer Seele hatte sie gehofft, dass alles ein großes Missverständnis war. Sie wusste, dass es ihren Bruder Jürgen gab, und sie hätte alles dafür gegeben, ihn wiederzusehen. Aber sie wäre erleichtert gewesen, wenn er nicht ausgerechnet in Gestalt ihres äußerst sympathischen und attraktiven Chefs aufgetaucht wäre. Bedrückt ließ sie sich auf einen der Konferenzstühle fallen.

»Mein Name ist nicht Jürgen. War er auch nie«, begann er.

»Nicht? Aber …« Was hatte das jetzt wieder zu bedeuten? Seine Reaktion hatte Bände gesprochen, und nun sollte das alles doch nicht wahr sein?

Ein Klopfen, dann flog die Tür auf, und Gesa steckte den Kopf herein.

»Ähm, ich störe nur ungern, aber die Mittagspause ist zu Ende. John will nicht noch ein Mitglied seines Teams verlieren.«

»Franziska kommt nach«, entschied Niklas. »Es dauert hier noch eine Weile. John muss eben vorübergehend mit zwei Mann auskommen. Oder nein, du gehst mit in seine Mannschaft, bis wir hier fertig sind.«

Ihr war anzusehen, dass sie liebend gern protestiert und noch lieber erfahren hätte, was Niklas und Franziska so unfassbar Wichtiges zu bereden hatten, dass sogar die Arbeit darunter leiden durfte. Doch sie nickte nur. »Aye, aye, du bist der Käpt'n.«

»Danke, Gesa.« Sie schloss leise die Tür hinter sich. »Und jetzt mal in aller Ruhe und von Anfang an: Was ist das für eine Geschichte mit dem Foto?«

Franziska holte tief Luft. »Von Anfang an? Das ist eine ziemlich lange Geschichte, und du hast keine Zeit. Besser gesagt, wir haben keine Zeit.«

»Dafür muss jetzt Zeit sein«, entgegnete er ruhig.

»Schön. Von Anfang. Als ich gerade auf Rügen angekommen war, hatte ich einen Traum. Ich träumte von einem Jungen, der Jürgen heißt. Als ich erwachte, war ich ganz aufgewühlt, weil mir wieder eingefallen ist, dass ich als kleines Mädchen immer behauptet habe, ich hätte einen Bruder. Meine Eltern haben gesagt, ich fantasiere. Aber ich war mir immer so sicher.« Sie sah in seine Augen. Wenn sie nur wüsste, was in ihm vorging. »Irgendwann ist das weniger geworden und hat ganz aufgehört. Meine Mutter hat unter Depressionen gelitten. Es hieß, sie werde noch trauriger, wenn ich immer wieder von einem Bruder anfange, der nicht existiert. Denn sie hätte angeblich gern ein zweites Kind gehabt. Also habe ich nichts mehr gesagt, und irgendwann habe ich die Geschichte vergessen oder wohl eher verdrängt.«

»Bis du hier von ihm geträumt hast.«

»Ja. Im Traum hatte mein Bruder mal das Gesicht, das ich noch aus meiner frühen Kindheit in Erinnerung hatte, mal sah er aus wie du. Und dann hast du mir erzählt, dass du vor vielen Jahren vor den Toren Hamburgs gelebt hast und dass du erst 1988 nach Rügen gekommen bist. Das hat alles gepasst. Ich dachte, es könnte doch sein, dass du in unserer Nachbarschaft gewohnt hast und dass wir zusammen gespielt haben.«

»Ich soll mit einem zweijährigen Baby gespielt haben?« Er grinste spöttisch.

»Du warst schließlich auch noch klein.« Sie ließ sich nicht beirren. »Ich musste einfach wissen, ob wir uns früher schon einmal begegnet sind. Tja, also habe ich mit meinem Vater telefoniert.«

»Und?«

»Ich habe fragen wollen, ob es einen Nachbarjungen gegeben haben könnte, an den ich mich immer erinnere. Aber ich habe mich wohl so ausgedrückt, dass mein Vater plötzlich die Karten auf den Tisch gelegt hat. Er hat mir erzählt, dass er schon mal verheiratet gewesen ist. Seine erste Frau, Marianne, hat ihn verlassen.« Als sie den Namen erwähnte, kam es ihr so vor, als würde Niklas leicht zusammenzucken. Sie wartete, doch da er nichts sagte, sprach sie weiter: »Er hat zugegeben, dass er aus dieser ersten Ehe einen Sohn hat. Marianne ging fort, als der zwei Jahre alt war. Mein Vater hat sich relativ schnell wieder gebunden. Er hat meine Mutter Susanne geheiratet. Jürgen ist bei ihnen aufgewachsen, dann wurde ich geboren. Es hätte alles perfekt sein können, nur hatte Marianne das Sorgerecht für Jürgen nie hergegeben. Als ich zwei Jahre alt war, kam sie und hat ihn geholt. Sie hat anscheinend einen tollen Sinn für das optimale Timing.« Franziska schnaubte verächtlich und holte tief Luft.

»Weiter«, forderte Niklas sie sanft auf.

»Meine Mutter hatte wirklich immer mit Depressionen zu kämpfen. Die wurden nicht besser, wenn ich nach Jürgen fragte. Aber nicht, weil es ihn nie gegeben hatte, sondern weil sie ihn so schrecklich vermisst hat. Mein Vater sagt, Marianne sei damals mit einem Rechtsanwalt zusammen gewesen. Der hätte dafür gesorgt, dass sie das Sorgerecht nicht würde abgeben oder teilen müssen. Irgendwann hat er darum aufgegeben, um Jürgen zu kämpfen. Besser gesagt, er hat resigniert und den Kampf gar nicht erst aufgenommen. Er wollte einfach Frieden und Ruhe in seiner kleinen neuen Familie haben.« Sie schüttelte den Kopf. »Marianne ist mit ihrem Sohn, mit meinem Bruder, nach Rügen gegangen, kurz bevor die DDR in Trümmer fiel und es plötzlich wieder ein einziges Deutschland gab.« Sie sah ihn eindringlich an. »Das ist genau die Geschichte, die du mir erzählt hast. Du bist der Junge, den Marianne von uns weggeholt hat, den sie mir weggenommen hat.« Sie musste hart schlucken, so unvermittelt waren die Tränen in ihr aufgestiegen und schnürten ihr die Luft ab.

»Marianne ist meine Mutter, das stimmt.« Ganz langsam schüttelte er den Kopf. »Was ist das bloß für ein unglaublicher Zufall, dass du ausgerechnet hierherkommst, mich erkennst ...« Er sah sie ungläubig an. »Das ist eigentlich gar nicht möglich.«

»Zufall!« Sie versuchte ein Lächeln. »Zufall ist, wenn Gott anonym bleiben will.«

»Du hast noch nicht erklärt, was das für ein Foto ist, von dem du gesprochen hast.«

»Mein Vater hatte mit Marianne noch eine Zeitlang sporadisch Kontakt. Sie hat ihm ein Bild von Jürgen geschickt, als der etwa vierzehn oder fünfzehn Jahre alt gewesen ist. Das war sozusagen das letzte Lebenszeichen, das mein Vater von seinem Sohn bekommen hat.« Sie machte eine kurze Pause und bemühte sich, ihre Fassung einigermaßen zu behalten. »Dieses Foto hat er mir geschickt. Es war letzten Samstag in der Post. Ich habe den Brief gefunden, als ich nachts nach Hause kam.« Niklas sah sie lange an. Sein Blick war jetzt weich und voller Mitgefühl. »Deshalb wollte ich gleich am Montag mit dir reden«, beendete sie ihre Geschichte.

»Der Junge auf dem Foto sah mir also ähnlich?« Sie nickte. »Das ist kein Wunder, wir haben dieselbe Mutter.«

»Nein, denselben Vater. Mein Vater ist ...«

»Du hast«, unterbrach er sie, »nicht in Erwägung gezogen, dass meine Mutter, genau wie dein Vater, später ein weiteres Kind bekommen haben könnte. Meine Mutter Marianne hat mich 1982 geboren. Da hatte sie deinen Vater und Jürgen, ihren ersten Sohn, bereits verlassen und war mit meinem Vater, einem Anwalt, zusammen. Der hat uns 1987 sitzen lassen. Marianne war alleinerziehend. Sie beschloss, wie ich dir erzählt habe, nach Rügen zu ihrer Familie zu gehen. Vorher holte sie aber noch ihren ersten Sohn Jürgen zu sich.«

»Das hast du nicht erzählt«, flüsterte sie.

»Nein. Jürgen und ich verstehen uns nicht unbedingt gut. Inzwischen geht es, aber wir sehen uns auch nicht häufig.«

»Warum ist das so?«

»Es war von Anfang an schwierig. Sieh mal, ich bin sechs Jahre als Einzelkind aufgewachsen. Dann muss ich nach dem Verlust meines Vaters auch noch schlucken, dass es da einen Bruder gibt. Einen älteren auch noch. Jürgen war immerhin schon elf, als wir uns kennenlernten.« Er erzählte weiter.

Franziska konnte kaum verdauen, was sie hörte. Wie schwer musste es für Niklas gewesen sein. Von einem Tag auf den anderen war er mit einem Bruder konfrontiert gewesen, von dessen Existenz er nichts gewusst hatte. Mit ihm sollte er nun plötzlich zusammenleben. Dazu kam der Umzug in die DDR, die nicht gerade freundliche Aufnahme dort. Und was hatte Jürgen durchgemacht! Die Mutter verlässt ihn, als er noch so klein ist. Er bekommt eine neue Mutter und sogar eine kleine Schwester, lebt glücklich und zufrieden und wird aus dieser neuen heilen Familie von einem Tag auf den anderen herausgerissen. Zwar bekommt er als Ersatz für die Schwester einen Bruder, mit dem er vielleicht sogar schon mehr anfangen kann, weil der wenigstens ein bisschen älter ist. Aber diesen Bruder kannte er doch gar nicht. Von dem Umzug in die DDR ganz zu schweigen. Den musste auch er verkraften. Da er schon älter war und sicher mehr mitbekommen hatte, dürfte er es noch schwerer gehabt haben als Niklas. Franziska nahm mit einem Mal die Stille wahr. Niklas hatte längst aufgehört zu reden. Er saß nur da und sah sie an.

»Der Junge auf deinem Foto dürfte mein Bruder Jürgen sein.« Niklas lächelte schwach. Seine Augen glänzten.

»Dann sind wir gar nicht … Wir sind keine Geschwister, nicht einmal Halbgeschwister?« Sie konnte es noch nicht glauben.

Er schüttelte den Kopf. »Nicht mal das.« Jetzt lächelte er glücklich. »Du hast deine Eltern, ich habe meine. Schnittmenge null.«

»Wir haben nur denselben Halbbruder«, stellte sie fest. Mit der Erleichterung kamen tausend Fragen. »Lebt er auch hier auf Rügen? Hat er nie von mir erzählt? Hat er nicht versucht Kontakt zu mir aufzunehmen? Ich meine, wenn er schon so groß war, dann kannte er doch seine alte Adresse in Schleswig-Holstein. Warum hat er nicht versucht mich zu finden?«

»So groß war er ja nun auch wieder nicht.« Er legte den Kopf schief. »Franziska, ich kann dir deine Fragen nicht beantworten. Das heißt, nur die wenigsten davon. Nein, Jürgen lebt nicht auf Rügen. Aber er wohnt nicht weit von Stralsund entfernt. Wenn er zu Besuch kommt, schläft er bei meiner Mutter in Sassnitz.« Er schüttelte wieder den Kopf. »Da hat Jürgen tatsächlich eine kleine Schwester. Das ist doch alles verrückt. Ich muss das erst mal verdauen. Und du auch. Du gehst jetzt nach Hause.«

»Quatsch, wieso das denn? John und die Jungs brauchen jede Unterstützung.«

»Weil ich nicht möchte, dass du dir die Finger abschneidest, weil du mit deinen Gedanken ganz woanders bist.« Er stand auf, kam zu ihr und zog sie vom Stuhl hoch. »Es wäre ausgesprochen schade um deine schöne Hand, wenn daran drei bis vier Finger fehlen würden. Außerdem weiß ich nur zu gut, wie dringend jede Unterstützung auf dem Feld gebraucht wird. Genau darum möchte ich nicht, dass du die ganzen nächsten drei Wochen ausfällst. Einen halben Tag können John und seine Jungs verkraften.«

»Kommt nicht in Frage! Bitte, Niklas, ich verspreche, dass ich aufpassen und mich voll auf die Arbeit konzentrieren werde. Aber ich muss mich jetzt bewegen, etwas tun. Wenn ich jetzt in die Wohnung gehe, laufe ich Amok.«

Sie standen dicht beieinander. Franziska zitterte ein wenig. Sie war unendlich glücklich, dass Niklas nicht ihr Bruder war.

Sie konnten eine Beziehung haben. Sie würde nach Rügen ziehen, sich eine Wohnung nehmen. Ihr Bruder wäre ganz in der Nähe. Um nicht zu schreien, fiel sie ihm um den Hals und hielt ihn einige Sekunden ganz fest.

»Ich bin so froh«, flüsterte sie.

»Das bin ich auch.« Er schob sie ein Stückchen von sich. »Wenn du willst …«, setzte er an.

»Ja, ich will unbedingt raus aufs Feld.« Sie atmete tief durch. Sie brauchte dringend Normalität.

»Eigentlich wollte ich sagen: Wenn du willst, rufe ich Jürgen an. Dann könnt ihr euch treffen, und du kannst ihm all deine Fragen stellen.«

Sie nickte langsam. »Ja, das wäre toll.«

»Okay.« Er küsste sie sehr zart auf den Mund. »Und jetzt zurück an die Arbeit. Gesa verflucht mich wahrscheinlich schon in ihrer unnachahmlichen Art.«

Gut möglich, dass Gesa geflucht hatte. Eins hatte sie auf jeden Fall – den Laden geschmissen und Niklas den Rücken frei gehalten. Sie hatte natürlich begriffen, dass ihr Chef und die neue Kollegin etwas wirklich Ernstes zu klären hatten. Als Franziska endlich wieder aufgetaucht war, mit vor Aufregung geröteten Wangen und einem Strahlen in den Augen, das man nicht oft zu sehen bekam, hatte Gesa alles darangesetzt, den Inhalt der Unterredung herauszufinden. Doch sowohl bei Franziska als auch bei Niklas biss sie auf Granit.

Am Dienstag begann es zu regnen. Dazu frischte der Wind auf, so dass es ziemlich ungemütlich wurde. Franziska war es gleich. Auch dass sie Niklas wieder kaum zu Gesicht bekam, machte ihr nichts aus. Der Kuss nach ihrem Gespräch gab ihr die Sicherheit, dass mehr zwischen ihnen war als nur ein seichter Flirt. Und das war keine verwandtschaftliche Bindung. Wann immer sie sich mal sahen, warfen sie einander innige Blicke zu. Dass diese nicht unbemerkt blieben, störte sie nicht. Am Mittwoch nahm Niklas sie kurz beiseite.

»Ich habe Jürgen erreicht«, ließ er sie wissen. »Er freut sich. Sehr sogar.« Ihr Herz machte einen Hüpfer. »Er war allerdings auch ziemlich durcheinander. Und er möchte mit unserer Mutter sprechen, bevor er dich trifft.«

»Klar, in Ordnung. Ich habe ja Zeit.«

»Ja, denke ich auch. Ich gebe dir Bescheid, sobald er sich bei mir meldet.«

»Danke.«

»Ach, Ziska?« Sie wollte sich schon auf den Weg zu ihrer Truppe machen, denn es würde gleich in einen neuen Bereich der Plantage gehen. »Vielleicht können wir uns am Wochenende sehen?«

»Ich dachte, während der Erntezeit geht bei dir gar nichts.«

»Stimmt auch.« Er schmunzelte und sah beinahe schüchtern aus. »Ich habe überlegt, dass wir vielleicht gemeinsam gar nichts tun könnten, außer vielleicht auf dem Sofa liegen, die Beine ausstrecken und Tiefkühlpizza essen. Was meinst du?«

»Klingt toll! Ich würde mich sogar freiwillig opfern und die Pizza aus dem Ofen holen und zum Sofa tragen.«

»Du bist super!« Er gab ihr einen schnellen Kuss und verschwand in sein Büro.

»Du strahlst wie ein Honigkuchenpferd. Hast du im Lotto gewonnen und hängst deinen Job hier an den Nagel?« Ramazan sah sie mit unverhohlener Neugier an.

»Nö, mich werdet ihr nicht los. Mach dir bloß keine falschen Hoffnungen«, entgegnete sie fröhlich.

»Also, los geht's!« John klatschte in die Hände. »Eute abe isch mal Verstärkung.«

Tatsächlich kletterte ein Mann mit auf den Anhänger des Traktors, der sich als Ludwig vorgestellt hatte.

Auf dem Feld angekommen, erklärte John: »Das sind alte Bäume. Ier aben wir Vorschneider mehr zu tun. Darum machen wir das zu zweit. Euer Job bleibt der gleiche. Kleine Zweige ab und in die Kisten damit. Alles klar?«

»Alles klar!«, kam es dreistimmig zurück.

Schon legten John und Ludwig los. Sie schlugen mit Äxten äußerst ruppig selbst dickste Äste von Kalibern ab, die sonst immer am Strauch hatten bleiben müssen, damit der innerhalb der nächsten zwei oder drei Jahre wieder viele Triebe bilden und dann erneut abgeerntet werden konnte. Entsetzt beobachtete Franziska das brutale Treiben.

»Die sind fünfundzwanzig Jahre alt«, erklärte Ramazan. »Die werden nach der Ernte sowieso abgeholzt.«

Jetzt verstand sie. Niklas hatte ihr bei ihrem ersten Rundgang über die Plantage erklärt, dass der Sanddorn nur bis zu einem gewissen Alter in lohnender Menge Früchte ansetzte. Die alten Exemplare wurden gerodet, wenn sie nicht mehr genügend Ertrag brachten. Dafür wurden in anderen Bereichen der Felder rechtzeitig neue Exemplare gepflanzt.

Immer wieder pustete ihr der Wind die Kapuze vom Kopf. Unbeirrbar zog sie sie über ihr Haar, doch es dauerte nicht lange, bis sie dem Regen erneut ausgesetzt war. Zu allem Überfluss hingen an einigen der sehr dicken Äste so viele Beeren, dass sie die Knüppel am liebsten mit in die Kiste geworfen hätte, nur waren sie einfach zu groß. Mit ihrer Schere konnte sie sie nicht teilen. Sie begann die orange leuchtenden Früchte einzeln zu pflücken. Das war nahezu unmöglich, denn sie saßen sehr gut von äußerst wehrhaften Dornen geschützt nah am Holz. Wenn sie die Handschuhe auszog, konnte sie die Früchtchen mit den Fingerspitzen erreichen, doch sie stach sich dabei immer wieder und zerdrückte einige der Beeren. Welch ein mühsames Unterfangen! Obendrein wusste sie nicht, wo sie mit ihrer jämmerlichen Ernte bleiben sollte. In der Kiste waren einzelne Früchte verloren.

»Ey, Ziska, was machst du?«, rief John, dem anscheinend nichts entging.

»Die dicken Äste sitzen voller Beeren, aber ich kann sie nicht klein genug machen, damit sie in die Kiste passen.«

»Lass sie liegen!«, forderte er sie auf. »So dicke Dinger würden die Rüttelmaschine nur stoppen. Lass sie liegen! Die paar Beeren sind kein Verlust.«

Als Franziska und Niklas am Samstag wie geplant nebeneinander auf dem Sofa lagen, erzählte sie ihm davon.

»John hatte völlig recht. Wenn du Beeren einzeln von Ästen pulst, ist das teurer, als wenn wir auf die paar Früchte verzichten.«

»Die paar? Das waren richtig viele.«

»Trotzdem. Eine Person käme während der gesamten Erntezeit zu nichts anderem, wenn sie die dicken Zweige mit Hilfe eines Kamms vom Sanddorn befreien würde. Am Ende hätte sie trotzdem nur einen Eimer voll. Für den Hausgebrauch kannst du so was machen, für uns rechnet sich das nicht.«

»Am liebsten hätte ich die ganzen kräftigen Knüppel mit nach Hause genommen und per Handarbeit abgeerntet. Ein Schüsselchen hätte ich bestimmt zusammengekriegt.«

»Du kannst auch so ein Schüsselchen voller Beeren haben«, sagte er und stupste mit seinen Zehen liebevoll ihren Fuß.

»Darum geht es nicht. Es ist einfach Verschwendung.«

»Ist es nicht. Was glaubst du, was auf dem Feld los ist, wenn wir Feierabend gemacht haben?«

»Da kommen Leute und holen sich die einzelnen Beeren?«

Er lachte. »Das wäre mal ganz was Neues. Nein. Oder sagen wir lieber: Die Leute haben Flügel und Schnäbel und sind sehr hungrig.«

»Meinst du wirklich, dass Vögel alles vertilgen, was wir liegen lassen?« Sie runzelte nachdenklich die Stirn.

»Ja, das meine ich wirklich. Wenn du nicht überzeugt bist, kannst du am Montag ja mal nachsehen, wie viel noch an den dicken Stöcken sitzt. Und jetzt will ich kein Wort mehr über die Arbeit hören.« Er legte einen Arm um sie und zog sie an sich, so dass sie ihren Kopf an seine Brust kuscheln konnte.

»Einverstanden.« Sie seufzte zufrieden. »Fast.« Er stöhnte theatralisch. »Ich würde gerne über meinen Job sprechen. Ich habe mir überlegt, dass ich den gut auch hier erledigen kann.«

»Auf Rügen?«

»Ja. Natürlich coache ich gern auch Einheimische, aber das allein wird wohl nicht zum Leben reichen. Deshalb dachte ich, ich könnte ganz gezielt Urlaubspakete schnüren. Zwei oder drei Wochen Rügen inklusive Apartment, Intensiv-Coaching und vielleicht sogar etwas Rahmenprogramm wie zum Beispiel Eintrittskarten für Störtebeker.«

Seine Finger strichen über ihren Oberarm. »Ist das dein Ernst?«

»Gefällt dir die Idee nicht? Hast du Angst, dass ich keine Zeit verliere und mich direkt an dich heranwanze?«

»Nein, davor habe ich überhaupt keine Angst. Im Gegenteil, es wäre schön, wenn du ganz in der Nähe wohnen würdest.«

»Wirklich?«

»Klar.«

Sie lagen beieinander, als würden sie sich schon Jahre kennen. Es fühlte sich richtig und geradezu perfekt an. Niklas war am späten Nachmittag zu ihr gekommen. Eigentlich hatten sie sich bei ihm treffen wollen, doch er hatte angerufen und gesagt, dass er noch in der Firma sei und es nicht schaffe, wenigstens einigermaßen Ordnung in seiner Wohnung zu machen. Er hatte Pizza und Pudding mitgebracht. Sie hatten gegessen und es sich dann auf der Couch gemütlich gemacht. Franziska spendierte den Wein. Noch nie zuvor hatte sie bei einem Mann eine solche Vertrautheit empfunden. Sie hatte sogar die weite Stoffhose anbehalten, die sie normalerweise nur trug, wenn sie allein war. Vermutlich war sie darin so verführerisch wie eine Wurzelbehandlung, aber die Hose war einfach umwerfend bequem, und sie wollten schließlich gemeinsam faul sein.

»Vielleicht solltest du aber nicht gleich herziehen«, nahm Niklas den Faden wieder auf. »Ich will meine Anlaufschwierigkeiten auf der Insel nicht verallgemeinern. Das war eine besondere Situation damals. Trotzdem. Die Einheimischen sind schon ein sehr eigenes Völkchen. Es ist nicht einfach, Anschluss zu bekommen und akzeptiert zu werden.«

»Ach was, so schwer wird das schon nicht sein. Die Leute sind doch sehr nett und offen. Gesa zum Beispiel. Sie hat mir für die Zeit meines Aufenthalts ein Fahrrad geliehen, und wir wollen etwas zusammen unternehmen, wenn die Ernte geschafft ist.«

»Gesa ist klasse, keine Frage. Aber sie ist nicht gerade repräsentativ für die Inselbewohner. Außerdem ist Rügen eben nicht Hamburg. Schon gar nicht im Winter. An deiner Stelle würde ich erst mal eine Weile pendeln, bevor du auf dem Festland endgültig die Zelte abbrichst. Falls es dir dann doch nicht so gut gefällt, kannst du jederzeit zurück.«

»Du hast doch Angst, dass ich dir gleich ständig auf der Pelle hänge«, neckte sie ihn. Leider fürchtete sie, es könnte ein Fünkchen Wahrheit darin stecken.

»Blödsinn. Ich möchte nur nicht, dass du vielleicht auch ein bisschen meinetwegen diesen Schritt machst und ihn irgendwann bereust. Das würdest du mir dann vorwerfen. Vielleicht nicht direkt, aber doch in deinem Hinterköpfchen«, sprach er schnell weiter, als sie Einspruch erheben wollte. Sie hingen beide ihren Gedanken nach. »Es wäre schon toll, wenn du dich hier tatsächlich so wohl fühlen könntest, dass du für immer bleibst. Für Jürgen wäre das besser als ein Lottogewinn, glaube ich. Er ist übrigens auf der Insel.«

Franziska stützte sich auf die Ellbogen. »Was? Und das erzählst du mir so nebenbei?«

»Hätte ich vorneweg einen Trommelwirbel erklingen lassen sollen oder wie Störtebeker mit einer ganzen Horde Piraten deine Wohnung stürmen, um es zu verkünden?«

»Du bist doof.« Sie schmollte demonstrativ.

»So, na, vielen Dank. Das hat man nun davon, mit all seinem Einfühlungsvermögen ein Treffen arrangiert zu haben. Ich kann es ja auch wieder abblasen.«

»Auf keinen Fall!« Sie sah das warme Leuchten in seinen Augen. »Wie hat er reagiert? Als er erfahren hat, dass ich hier bin, meine ich.«

»Er war …« Niklas dachte nach. »Er hat sich gefreut«, sagte er dann. »Sehr sogar. Er wollte es mir nicht so zeigen. Ich habe dir ja erzählt, dass wir uns nicht gerade erstklassig verstehen. Da mochte er mir gegenüber wohl nicht zu viele Emotionen eingestehen. Aber ich habe es gemerkt. Er war ganz aufgeregt, völlig aus dem Häuschen.« Er sah sie an. »Ich bin mir ziemlich sicher, dass er geweint hat.« Sofort kamen auch Franziska die Tränen. »Nein, bitte nicht. Jetzt fang du nicht auch an. Ich wusste schon nicht, wie ich mit meinem am Telefon flennenden Bruder umgehen sollte. Mit meinem eigenen Bruder! Na ja, halben Bruder. Wie soll ich da erst wissen, wie man mit einer Stadt-Schluchze umgeht?«

Sie musste lachen. »Stadt-Schluchze«, wiederholte sie kopfschüttelnd. »Bin ich ja gar nicht. Erstens heule ich nicht ständig, zweitens bin ich eigentlich ein Landei. Ich bin immerhin in Schleswig-Holstein groß geworden.«

Er blickte demonstrativ an ihr hinunter. »Was man so groß nennt.«

Sie knuffte ihn. »Hey, du bist ganz schön frech. Nur weil du nicht mein Bruder bist, nicht mal mein halber, heißt das nicht, dass du dir alles erlauben kannst.«

»Es heißt aber, dass ich mit dir knutschen und fummeln kann, ohne dass es moralisch anstößig wäre.« Blitzschnell zog er ihr die Arme weg, so dass sie nach hinten fiel. Dann schob er ein Bein über sie. »Ich hätte nicht gedacht, dass ich dazu noch die Kraft hätte, aber irgendwie ist mir gerade nach wilder Fummelei zumute.« Er kitzelte sie und machte Geräusche, als wäre er ein Raubtier auf Drogen.

»Hilfe!«, rief Franziska und schnappte nach Luft. Sie musste lachen und versuchte seine Hände festzuhalten, damit er sie nicht mehr kitzeln konnte und sie wenigstens kurz zu Atem käme. »Hilfe, aufhören! Gnade!«

»Wie, aufhören? Ich habe doch noch gar nicht angefangen.«

So ausgelassen hatte sie ihn noch nie erlebt. Sie genoss es. Andererseits wollte sie alles über das Treffen mit ihrem Bruder wissen.

»Niklas, bitte, können wir die wilde Knutscherei verschieben?«

Er ließ sich schlapp neben sie fallen, als hätte jemand einen Stöpsel gezogen und sämtliche Luft aus seinem Körper gelassen.

»Na gut«, sagte er gedehnt und schob die Unterlippe vor wie ein kleines Kind.

»Okay, kleine Anzahlung.« Sie küsste ihn auf die Nase, dann auf den Mund. Als er sie wieder an sich ziehen wollte, rückte sie wenige Zentimeter von ihm ab. »Du musst mir erst verraten, wann ich Jürgen sehe«, sagte sie leise. »Ich kann mich sonst unmöglich auf irgendetwas anderes konzentrieren. Nicht mal auf dich.«

»Na schön. Ihr seid morgen Nachmittag zum Kaffee verabredet. Ihr trefft euch bei Marianne im Haus.«

»Morgen schon?« Natürlich, am Sonntag. Am Montag musste Jürgen vermutlich schon wieder auf dem Festland sein und zur Arbeit erscheinen. Womit er wohl sein Geld verdiente? Sofort prasselten wieder unzählige Fragen auf sie ein, die sie ihm stellen wollte. Hoffentlich würde sie nicht das Falsche sagen, nichts vergessen. Liebe Güte, war sie nervös! »Wird Marianne dabei sein?«

»Sie wird es sich nicht nehmen lassen, dich zu begrüßen. Aber keine Sorge, Jürgen wird ihr schon klarmachen, dass ihr nach so vielen Jahren einiges unter vier Augen zu besprechen habt.«

»Was ist mit dir, kommst du mit?«

»Hatte ich nicht gerade von vier Augen gesprochen?« Er zwinkerte und kniff abwechselnd das rechte und das linke Auge zu. »Wenn du möchtest, komme ich mit«, sagte er dann ernst. »Ich kann mich ja diskret mit meiner Mutter zurückziehen. Wir machen ein Zeichen aus. Wenn du mich brauchst, schmeißt du die Kaffeetasse auf den Boden. Schon bin ich da.«

»Ein sehr guter Plan!«

Ziehen Sie klare Grenzen!

Es war Franziskas zweiter Besuch in Sassnitz, doch sie hatte keine Augen für die Stadt. Ihr Herz schlug ihr bis zum Hals. Immer wieder atmete sie tief durch. Die Haut um ihre Fingernägel war gerötet, weil sie ununterbrochen daran herumpulte und -zupfte.

»Hey, ganz ruhig. Ihr werdet euch blendend verstehen, wirst schon sehen.« Niklas legte eine Hand auf ihr Bein.

»So toll, wie ihr euch versteht? Entschuldige, das war nicht fair. Ich habe nur so schreckliches Lampenfieber.«

»Kann ich verstehen. Das muss für euch beide eine komische Situation sein.«

Sie waren über die Halbinsel Jasmund gefahren, mitten durch den Nationalpark mit seinen dichten alten Buchenwäldern. Nun erreichten sie die Altstadt.

»O Gott, ich will nicht«, flüsterte Franziska.

»Okay, dann drehe ich um.« Niklas nahm den Fuß vom Gas. Dann drückte er ihren Oberschenkel. »War nur ein Spaß. Ich wette, du wirst nachher gar nicht mehr nach Hause wollen.«

»Kann sein. Wenn wir uns nur schon begrüßt hätten, wenn das Eis schon gebrochen wäre.« Sie starrte aus dem Fenster. Sie waren links in die Hauptstraße abgebogen.

Als Niklas erneut den Blinker setzte, erklärte er: »Wir sind gleich da.«

Es gab ein schickes großes Haus, ein Mehrfamilienhaus wahrscheinlich, das im Stil der Bäderarchitektur erbaut und aufwendig saniert worden war. Seine Türmchen und Erker strahlten weiß, zwei große verschnörkelte Holzbalkone waren blau gestrichen. Leider war diese Villa das einzige sehenswerte Gebäude weit und breit. Davon abgesehen gab es einen Sportplatz und schmucklose Einfamilienhäuser. In den Gärten herrschte trostlose Eintönigkeit. Ein wenig Rasen, durchsetzt mit Klee und Löwenzahn, Kirschlorbeer, der unbeschnitten vor sich hin wucherte, ein paar Stiefmütterchen, die längst verblüht waren. In einem der Vorgärten stand eine kleine Gruppe Gartenzwerge. Einer von ihnen streckte die Zunge heraus, ein anderer saß auf der Toilette. Der zur Schau gestellte Humor oder was die Bewohner dafür hielten stand in Kontrast zu dem traurig schief hängenden Briefkasten und einer zerbrochenen Dekokugel, die auf einem Holzstock in dem von Unkraut überwucherten Beet hockte. Sie hielten vor einem dreiteiligen Reihenhauskomplex.

»Bist du so weit?« Niklas sah sie an.

Sie schloss kurz die Augen und atmete zum ungezählten Mal tief ein und langsam wieder aus. »Ja, kann losgehen.«

»Hallo, Mutti!« Niklas küsste die Frau, die die Tür geöffnet hatte, flüchtig auf die Wange.

»Der Biobauer gibt sich während der Ernte die Ehre. Dass ich das noch erleben darf.« Sie lachte heiser. Es klang so wenig freundlich wie ihre Worte.

»Guten Tag.« Franziska streckte ihr die Hand hin und reichte ihr einen kleinen Blumenstrauß.

»Du hast Glück, du siehst deinem Vater kein bisschen ähnlich«, erklärte Marianne, nachdem sie Franziska eingehend gemustert hatte.

»Ich hätte kein Problem damit, ihm ähnlich zu sehen«, gab sie ruhig zurück. »Ich finde, er sieht ziemlich gut aus für sein Alter.« Franziska hatte sich ganz fest vorgenommen, ihre Vorurteile weit von sich zu schieben. Es war lange her, dass Marianne ihren Mann und ihren ersten Sohn verlassen hatte. Ganz bestimmt gab es gute Gründe, warum sie Jürgen nach so vielen Jahren aus einer Familie gerissen hatte, ohne zu klären, was er eigentlich wollte. Nicht zuletzt hatte sie allein als junges Mädchen schwimmend die Flucht über die Ostsee gewagt. Diesen Mut musste man ihr hoch anrechnen. Das hatte sich Franziska zumindest vorgebetet, seit sie wusste, dass sie Marianne begegnen würde. Ein Satz von dieser Frau, und Franziskas Vorsätze hatten sich in Luft aufgelöst. Sie konnte diese Person, die den Blumenstrauß ohne ein Dankeswort an sich nahm, nicht ausstehen. Punkt.

»Ich sagte dir ja, dass sie ein bisschen herb in ihrer Art ist«, flüsterte Niklas, als sie hinter seiner Mutter durch den Flur ins Wohnzimmer gingen. Obwohl es draußen herbstlich dunkel war, brannte kein Licht. Dicke dunkelgrüne Vorhänge, die links und rechts von dem eigentlich recht großen Fenster hingen, sorgten zusätzlich dafür, dass es hier drinnen finster war. Von der Anrichte, die den Anschein erwecken sollte, sie sei aus Mahagoni, platzten die Zierleisten ab. Eine fehlte ganz, dafür erinnerte eine dicke gelbe Spur aus vertrocknetem Klebstoff an ihre einstige Existenz. Auf dem Möbelstück lagen zwei ovale Samtdeckchen, ebenfalls in Dunkelgrün. Sie hatten einen goldenen Spitzenrand. Auf einem Deckchen thronte eine Bonbonniere, die in den Achtzigern modern gewesen sein mochte. Franziska fragte sich, ob der Inhalt auch noch aus dieser Zeit stammte. Auf dem anderen stand ein Porzellanhund mit toten gelblichen Glasaugen.

»Jürgen holt Kuchen«, erklärte Marianne. »Er ist mal wieder zu spät losgefahren.« Sie zuckte mit den Schultern.

Es gab einen niedrigen Wohnzimmertisch mit einer Kurbel, mit deren Hilfe man seine Höhe wohl regulieren konnte. Drum herum waren ein verblichenes Sofa, das einmal orange gewesen sein mochte, und zwei passende Sessel plaziert. Gegenüber stand die Essecke. Es war so eng, dass man zwischen Sessel und einer Stuhlreihe kaum hindurchgehen konnte.

»Setzt euch doch, oder seid ihr auf dem Sprung?« Mariannes Art als herb zu bezeichnen war ausgesprochen charmant. Ihre kühlen blauen Augen waren der hübscheste Teil des aufgedunsenen Gesichts. Sie hatte ihr dünnes Haar, das offenbar unter häufigem Färben und zahllosen Dauerwellen gelitten hatte, toupiert. Zu einer dunkelblauen Jeans, die mindestens eine Nummer zu klein war, trug sie einen durchsichtigen Strickpullover, der ebenfalls locker fünfzehn Zentimeter mehr in alle Richtungen hätte gebrauchen können, darunter ein Top, das die Skyline von Manhattan auf Mariannes ausladenden Busen zauberte. Bei Marianne gab es die Zwillingstürme des World Trade Centers noch. Der Hudson River musste über ihre weiblichen Rundungen bergauf fließen. Aus irgendeinem Grund hatte Franziska eine sportliche, auf eine Weise attraktive Frau erwartet, die ein hübsches Zuhause für ihre Söhne bereithielt, wenn diese zu Besuch kamen. Nichts davon traf zu. Das wäre nicht schlimm gewesen, wenn Marianne eine warmherzige Person wäre, die sich verhielt, als wäre ihr klar, dass sie einen nicht unerheblichen Anteil an etwas hatte, das man getrost als Familiendrama bezeichnen konnte. Entweder verschanzte sie sich hinter ihrer unhöflich-stacheligen Art, weil sie nicht wusste, wie sie mit ihrer Schuld umgehen sollte, die nun, nach so vielen Jahren, wieder greifbar wurde, oder sie empfand schlicht und einfach keine Schuld.

Franziska fiel auf, dass sie noch immer alle drei herumstanden, als hätte sie jemand nicht abgeholt. Sie zögerte und warf Niklas einen Hilfe suchenden Blick zu, da hörte sie, wie jemand die Haustür aufschloss. Ihr Herz setzte einmal aus. Schritte im Flur, in der nächsten Sekunde stand ein großer Mann im Zimmer, der ein Kuchenpaket auf einer Hand balancierte. Jürgen! Ihr Bruder. Mit einem Schlag fühlte sie sich in ihre früheste Kindheit versetzt. Ein warmes Gefühl stieg in ihr auf. Sie sahen sich an. Niemand sagte ein Ton. Franziska spürte, wie sich ihre Augen mit Tränen füllten. Ihm erging es nicht anders.

»Zissi«, sagte er heiser. Das war zu viel. Sie stürzte auf ihn zu. Niklas nahm ihm gerade noch das Kuchenpäckchen ab, dann lagen sich die beiden in den Armen. Franziska hatte sich ganz fest vorgenommen, nicht zu weinen, jedenfalls nicht so, dass sich sämtliche Dämme öffneten, dass sie laute Schluchzer von sich geben musste. Doch sie hatte keine Chance. Die Dämme waren bereits offen, weit offen. Wie oft war sie beim Zappen bei einer dieser Familienzusammenführungssendungen hängen geblieben. Jedes Mal war sie hundertprozentig sicher gewesen, die Heulerei sei extra für die Kamera inszeniert worden und habe vielleicht überhaupt nur mit der Aufregung zu tun, im Fernsehen zu sein. Warum sollte man heulen, wenn man einen Menschen sah, mit dem einen nichts als Erbmaterial verband, keine gemeinsamen Erinnerungen, kein Einander-in-und-auswendig-Kennen? In dieser Sekunde wusste sie, dass jede der Tränen, die sie über den Bildschirm hatte kullern sehen, echt gewesen war. Blut ist dicker als Wasser. Es stimmte doch. Franziska konnte es nicht erklären, sie fühlte eine Geborgenheit bei diesem Mann, wie sie sie nicht einmal bei Niklas empfunden hatte. Es war etwas völlig anderes. Jürgen hatte immer auf sie aufgepasst, war immer ihr Held und Beschützer gleich nach Papa gewesen. Jedenfalls in ihren ersten zwei Lebensjahren. Seine großen Hände auf ihrem Rücken fühlten sich gut an. Sie hörte seinen Herzschlag, spürte, wie sein Körper von Weinkrämpfen geschüttelt wurde.

Nachdem sie sich selbst wieder ein wenig im Griff hatte, versuchte sie ihn zu beruhigen. »Ich bin ja da. Und ich bleibe jetzt auch hier. Niemand bringt uns mehr auseinander.«

»Ist gut«, flüsterte er kaum hörbar an ihrem Hals. »Das ist gut.«

»Also doch Stadt-Schluchze«, sagte Niklas, als die beiden schon eine ganze Zeit miteinander geweint, sich immer wieder angesehen und gleich wieder fest in die Arme genommen hatten. Er wollte sie aufheitern, das lag auf der Hand. Dabei hatte er selber Mühe, seine Stimme unter Kontrolle zu halten.

»Wollen mal sehen, was er Schönes angeschleppt hat.« Marianne wickelte das Papptablett einer Sassnitzer Konditorei aus, knüllte das Papier zusammen und stellte den Kuchen in die Mitte der gedeckten Tafel. Die Papierkugel ließ sie am Ende des Tisches liegen. »Tja, dann hole ich mal den Kaffee, und es kann losgehen.« Ihre Stimme klang hart und gefasst wie eh und je. Es hatte ihr vermutlich einiges abverlangt, sich das in ihren Augen sicher unsinnig rührselige Schauspiel so lange anzusehen.

»Gott, ich kann mich gar nicht beruhigen«, sagte Franziska und lachte unsicher. Sie hätte schon wieder in Tränen ausbrechen können, schluckte die aber tapfer hinunter. »Siebenundzwanzig Jahre!« Sie schüttelte den Kopf.

Marianne kam mit einer Thermoskanne zurück.

»Ich schlage vor, Mutti und ich suchen uns etwas von dem süßen Zeug da aus und verziehen uns in die Küche.« Niklas schnappte sich auch schon zwei Teller. »Was willst du?«, fragte er Marianne.

Franziska hörte, wie sie wissen wollte, was das sollte. Man müsse es doch nicht übertreiben. Wenigstens gemeinsam am Tisch sitzen könne man ja wohl. Doch Niklas ließ keinen Einwand gelten, sondern traf die Wahl an ihrer Stelle und schob sie hinaus. Das alles gelangte wie durch Watte in Franziskas Bewusstsein. Ihre ganze Aufmerksamkeit gehörte dem Gesicht vor sich, das einerseits so fremd und gleichzeitig so vertraut war. Seine Wangen waren ein wenig eingefallen und glänzten feucht vom Weinen. Die grauen Augen waren gerötet und lagen in dunklen Ringen, die er nicht erst seit heute haben dürfte. Vielleicht arbeitete er zu viel. Vielleicht hatte er aber auch Kummer. Er streichelte ihr sanft mit den Fingerspitzen von der Schläfe hinab zu ihrem Kinn.

»Wie hübsch du geworden bist. Ich habe so oft an dich gedacht und mir vorgestellt, wie du aussiehst. Ich wusste, dass du hübsch bist, aber so?« Langsam und nachdenklich schüttelte er den Kopf. »Das ist eigentlich unwirklich.«

»Ja, das ist es.«

»Komm, setzen wir uns! Möchtest du eigentlich ein Stück Kuchen?«

»Nein danke, ich glaube, ich kann im Moment nichts essen.«

»Ich eigentlich auch nicht.«

»Vielleicht eine Tasse Kaffee«, sagte sie, als er neben ihr Platz genommen hatte und bewegungslos verharrte.

»Natürlich, klar, entschuldige. Nimmst du eigentlich Milch oder Zucker?« Er lachte schüchtern. »Als wir uns zum letzten Mal gesehen haben, hast du noch keinen Kaffee getrunken, deshalb …« Er brach ab und lachte wieder.

»Ich habe noch keinen bekommen, sagen wir es mal so.«

Er hatte eingeschenkt und vor Aufregung ein wenig über den Rand gegossen.

»Oje, entschuldige bitte!« Er nahm eine Serviette, um das Malheur zu beseitigen. Sie nahm sie ihm aus der Hand.

»Schon okay. Ich trinke ihn gerne halb und halb. Halb Tasse, halb Untertasse.«

»Ich nehme eigentlich immer Zucker«, kommentierte er und griff auch schon nach einem Tellerchen, auf dem sich Zuckertüten stapelten, die seine Mutter anscheinend in verschiedenen Restaurants und Cafés gesammelt hatte. Einige der Papiertüten hatten dunkle Flecken, als hätten sie schon mehr als einmal auf einer Kaffeetafel gelegen.

Jürgen räusperte sich. Sie sah ihn erwartungsvoll an, doch er sagte nichts, lächelte ihr nur zu. Da war sie also, die Unsicherheit, die Distanz. Franziska nahm einen Schluck und hätte beinahe ausgespuckt. Dieses Gebräu war schauderhaft und hatte mit Kaffee nichts gemeinsam. Sie schob die Tasse ein Stückchen von sich und begann sich mit ihren Fingernägeln zu beschäftigen. Da stand ein winziges Hautstückchen über, das sie abpulen musste. Nein, reiß dich zusammen, sagte sie sich. Keine Aufschieberitis, die Karten auf den Tisch.

»Du hast nie nach mir gesucht, oder? Warum nicht?« Franziska beobachtete ihn aufmerksam. Da war echtes Erstaunen.

»Das konnte ich doch eigentlich gar nicht.«

»Doch«, konterte sie sofort, »eigentlich schon.«

»Ach je, ja, das ist eine blöde Angewohnheit. Ich sage eigentlich immer eigentlich.« Er begann eine der einfachen weißen Servietten zwischen seinen Pranken zu kneten.

»Warum konntest du nicht nach mir suchen?« Sie ließ nicht locker. Sie wollte viel von ihm erfahren, davon, wie er heute lebte, aber vor allem musste sie wissen, ob er sie denn nie vermisst hatte.

»Dein Vater wollte das doch nicht. Er wollte ja nichts mehr mit mir zu tun haben«, brachte er bitter hervor.

»Was sagst du da? Er hat dich großgezogen, bis du …« Sie musste nachdenken.

»Bis ich elf war«, ergänzte er sofort. »Ja, weil ihm nichts anderes übriggeblieben ist. Eigentlich wollte er mich schon viel früher loswerden, aber das ging ja nicht.«

»Wie kommst du nur darauf?«

Er begann zu erzählen. Wie Niklas bei ihrem ersten Rendezvous sprudelte jetzt Jürgen los. Dass seine Mutter gegangen war, weil sie es in der Enge der Ehe nicht mehr ausgehalten hatte. Sie war immer ein freiheitsliebender Mensch gewesen und nicht aus der DDR geflohen, um dann an der Seite eines Mannes Einschränkungen hinnehmen zu müssen.

»Macht man in einer Partnerschaft nicht immer Kompromisse?«, warf Franziska ein. »Ich meine, jeder schränkt sich doch in bestimmten Bereichen bis zu einem gewissen Grad ein, um dafür etwas sehr Wertvolles zu bekommen, nämlich einen Menschen an seiner Seite, den man liebt.«

»Ich kann das nicht beurteilen. Ich weiß nur, was meine Mutter mir erzählt hat. Wenn du wissen willst, was konkret sie eigentlich so schlimm fand, musst du sie selbst fragen.«

Gott bewahre, ging Franziska durch den Kopf.

»Jedenfalls wollte sie mich sofort mitnehmen, aber sie hatte ja kaum Geld genug für sich selbst. Sie musste erst auf die Füße kommen.« Jürgen erzählte, wie sehr er auf sie gewartet habe. Dann sei Susanne in das Leben des Vaters getreten. »Sie war eigentlich sehr nett.« Er lachte. »Nicht nur eigentlich, sie war toll. Sie hat versucht mir eine gute Mutter zu sein. Und dann kamst du.« Seine Augen leuchteten. »Eine kleine Schwester hatte ich mir immer gewünscht. Ich war total glücklich!«

»Bis Marianne dich geholt hat.«

»Ja. Na ja, es war natürlich auch schön, dass sie mich nicht ganz vergessen hat.«

»Sie wird dir doch wohl zwischenzeitlich geschrieben und dich angerufen haben.«

»Manchmal.« Er sah beklommen auf die Serviette in seinen Fingern, die er zu einer winzigen festen Kugel geknetet hatte. »Nicht sehr oft eigentlich.« Es war schwer für ihn gewesen, sein Leben aufzugeben. »Ich habe nicht verstanden, warum ich euch nicht einmal besuchen konnte. Aber Marianne hat mir gesagt, dass unser Vater froh war, mich endlich los zu sein. Er hatte ja jetzt eine neue Familie.« Wieder das bittere Lachen.

»Er wollte, dass du bleibst. Susanne wollte das auch. Sie hatte Depressionen, die sich doll verschlimmert haben, weil sie dich so vermisst hat.« Jürgen sah sie lange an, als würde er überlegen, ob er ihr glauben könnte.

»Ich war ein Kind«, sagte er schließlich und hob in einer hilflosen Geste die Hände. »Wenn du einem Kind sagst, dass es nicht willkommen ist, dann steht es nicht einfach vor der Tür. Selbst als ich ein Teenager war und die Grenzen längst offen waren, wäre ich nicht auf die Idee gekommen, bei euch aufzutauchen. Ich war wohl zu stolz. Eigentlich hatte ich eher Angst.« Er schluckte. »Angst, dich wiederzusehen und dann weggeschickt zu werden.«

Wie sollte sie ihn nur trösten? »Na ja, außerdem hattest du deine Mutter wieder und sogar einen kleinen Bruder bekommen. Ist doch auch nicht schlecht.« Sie lächelte bemüht und war sehr gespannt, wie er die Sache sah.

»Nicht schlecht«, wiederholte er. »Aber auch nicht ganz einfach. Wir kannten uns ja eigentlich nicht. Und plötzlich sollten wir Brüder sein. Ich hätte lieber meine Schwester wiedergehabt.« Er sah sie so traurig an, dass sie seine Hände fasste und lange nicht mehr losließ. »Niklas und ich sind …« Er zögerte. »Wir sind sehr verschieden.«

»Inwiefern?«

»Kennst du solche Typen, die immer kriegen, was sie wollen, die immer alle toll finden? Niklas ist ein Draufgänger, leichtsinnig und vielleicht ein bisschen oberflächlich.«

»Den Eindruck habe ich nicht. Ich kenne ihn ja nur von der Firma«, setzte sie rasch hinzu. »Da ist er sehr umsichtig und vernünftig. Ich habe den Eindruck, er weiß, was er tut.«

»Kann sein. In der Firma ist es vielleicht so.«

»Was machst du beruflich?«, wollte sie wissen.

»Sani. Also eigentlich Rettungsassistent.«

»Das passt zu dir.« Sie dachte daran, dass er sie oft auf den Armen getragen hatte. Er war ein Beschützertyp, jemand, der gern für andere da war. Sie sah auf seine Hände. »Du bist nicht verheiratet?«

»Nein. Hat sich nicht ergeben.«

Sie hätte gern gewusst, ob es denn trotzdem eine Partnerin oder einen Partner in seinem Leben gab, hatte aber das Gefühl, das Thema sei nicht gerade das, worüber er am liebsten sprach.

Als Niklas vorsichtig anfragte, ob die beiden sich langsam voneinander verabschieden könnten, war es draußen bereits dunkel. Franziska konnte nicht fassen, wo die Stunden geblieben waren. Sie fühlte sich, als wäre sie in einer Zeitkapsel vorwärtsgesprungen. Darüber hinaus war sie so erschöpft wie sonst nur nach Sitzungen mit höchst komplizierten Klienten. Ihr Kopf dröhnte, und trotzdem ging es ihr besser denn je.

Die Müdigkeit, die sie nach ihrer ersten Begegnung mit Jürgen erlebt hatte, kehrte sich in den folgenden Tagen in das Gegenteil um. Franziska war von einer Energie erfüllt, als könnte sie die restlichen Sanddornbüsche allein abernten. Innerhalb maximal einer Woche, versteht sich. Tagsüber war sie auf dem Feld, nach Feierabend fuhr sie trotz Dauerregen mit dem Rad in irgendeinen Ort, um sich gründlich umzusehen. Sie war wild entschlossen, nach Rügen zu ziehen, und wollte einen Eindruck der verschiedenen Dörfer und Gegenden bekommen. Immerhin handelte es sich um die größte deutsche Insel, da fiel die Entscheidung, wo sie sich niederlassen wollte, nicht so leicht. Am Abend kippte sie regelmäßig wie erschossen ins Bett. Einmal schaffte sie es, Maren anzurufen, die es überhaupt nicht toll fand, dass ihre beste Freundin Hamburg zu verlassen gedachte.

»Ich komme dich besuchen, so schnell ich kann. Und dann finde ich deinen Niklas entweder so umwerfend, dass ich dir zu dem Schritt rate, oder ich mache dir die blöde Insel so lange madig, bis du zur Vernunft kommst«, hatte sie gesagt. Am Ende des Gesprächs meinte sie kleinlaut: »Meine spinnerte Freundin hat also nicht fantasiert, sie hatte die ganze Zeit recht mit ihrer verrückten Brudergeschichte. Entschuldige bitte, dass ich dir nicht geglaubt habe.«

Auch ihren Vater rief Franziska an. Sie konnte sich lebhaft vorstellen, wie sehr er auf ein Lebenszeichen von ihr und auf Neuigkeiten in Sachen Jürgen wartete. So war es. Sie konnte gar nicht schnell genug berichten. Immer wieder unterbrach er sie mit Fragen, immerzu wiederholte er, dass er es nicht glauben könne.

»Am liebsten würde ich mich sofort in einen Zug setzen. Meinst du, er will mich sehen?«

»Mal langsam, Papa. Jürgen hat erst mal genug damit zu tun, unser Wiedersehen zu verdauen. Er will sich ein paar Tage freinehmen, wenn das möglich ist. Dann können wir uns treffen und uns noch intensiver über unsere Vergangenheit austauschen. Vielleicht kannst du für den Oktober eine Woche einplanen. Ich spreche mal mit Jürgen, was er davon hält.«

Ihr Vater fragte auch nach seiner Exfrau Marianne. Franziska wusste nicht, was sie sagen sollte. Sie hielt sich bedeckt, wich ihm aus.

»Sie ist nicht unbedingt mein Fall«, erklärte sie schließlich. »Aber ich habe ja auch nichts mit ihr zu tun.« In einem Winkel ihres Hirns mahnte zwar eine Stimme, dass diese Frau mal ihre Schwiegermutter werden könnte, doch sie beschloss, derartige völlig verfrühte Kassandrarufe zu ignorieren. »Wenn du kommst, könnt ihr euch ja verabreden«, meinte sie und hoffte, einigermaßen neutral zu klingen.

Es war tatsächlich möglich, dass Jürgen sich kurzfristig Urlaub nahm. Dass Franziska ihre Truppe nicht im Stich ließ, sondern weiter bei der Sanddornernte half, stieß bei ihm nicht gerade auf Begeisterung oder Verständnis.

»Ist eigentlich gut, dass du zu deinem Wort stehst, aber nun nehme ich extra Urlaub, und wir haben trotzdem nur halbe Tage. Nicht mal«, hatte er sich beschwert. Dass sie zuverlässig war, gefiel ihm jedoch. So nahm er es, wie es war. An einem Tag zeigte er ihr Bergen und stieg mit ihr auf den Ernst-Moritz-Arndt-Turm, von dessen Kuppel man einen wundervollen Blick hatte. An einem anderen Tag entführte er sie auf die Rugard-Bühne, die Freilichtbühne Bergens. Es war ein völlig anderes Erlebnis als mit Niklas bei der Störtebeker-Show in Ralswiek, doch es konnte locker mithalten.

»Ich habe einfach Karten gekauft«, hatte Jürgen ihr schüchtern gestanden, »dabei weiß ich gar nicht, welche Musikrichtung dir eigentlich gefällt.«

»Ach, ich bin nicht festgelegt«, hatte sie ihn beruhigt und gehofft, dass es nicht ausgerechnet Volksmusik sein würde.

»Sagt dir Christian Jesten etwas?« Franziska musste passen. Als er ihr erklärte, es handle sich um einen jungen Tenor, der nach Meinung der Fachwelt eine große Karriere vor sich habe, war sie begeistert. In Hamburg nahm sie sich viel zu selten die Zeit, in die Oper oder ein klassisches Konzert zu gehen. Ihr fehlte auch die Begleitung. Maren liebte Rockmusik, ansonsten waren die Fans von Pop oder Schlager am häufigsten in ihrem Bekanntenkreis vertreten.

Da saßen sie nun also. Dieser Jesten hatte wirklich eine fantastische Stimme. Er konnte das gesamte Atrium, dessen Sitzreihen von weit über viertausend Menschen bevölkert wurden, zum Beben bringen. Genauso glänzend traf er die zarten Töne, die für Gänsehaut vom Kopf bis zu den Füßen sorgten. Zwei

Zugaben hatte er bereits gegeben. Noch immer ließ die elektrisierte Menge ihn nicht von der Bühne.

»Jetzt müssen Sie aber wirklich nach Hause gehen. Ich singe noch einmal Nessun dorma. Für die, die es nicht wissen, das heißt: Niemand schläft. Oder auch: Niemand soll schlafen. Bitte nehmen Sie das nicht wörtlich. Gute Nacht.« Er verneigte sich. Ein schlanker, eher unscheinbarer Mann im schwarzen Anzug. Die Bäume hinter der Bühne waren zu einem schwarzen Hintergrund geworden. Nur wenige Äste bewegten sich im Licht der in den Boden eingelassenen Scheinwerfer. Auch das Dach, das den Tenor mit seinem Orchester vor Regen hätte schützen können, wurde angestrahlt. Rot und gelb leuchteten die Strahler. Als Jesten zu singen begann, wurde ein funkelnder Sternenhimmel an das Dach projiziert. Franziska zitterte leicht. Das lag nicht daran, dass es empfindlich kühl geworden war. Die Melodie und die Kraft, die in dieser Stimme lagen, berührten sie tief. Sie spürte, dass ihre Augen feucht waren. Es war zum Niederknien schön.

»All'alba vincerò! Vincerò! Vinceeerò!«, schmetterte er. Tosender Applaus, Bravorufe. Die Menschen standen auf und beklatschten den Künstler minutenlang. Erst als er gegangen war und ein unfreundliches weißes Licht auf der Bühne und an den Sitzreihen unmissverständlich das Ende der Veranstaltung anzeigte, machten sich die Zuhörer auf den Heimweg.

»Wie schafft Musik das nur?«, fragte Franziska, als sie zu Jürgens Auto schlenderten.

»Na ja, die Ohren sitzen zwar hier.« Er berührte seinen Kopf. »Aber die Musik kommt direkt hier an.« Er legte die Hand auf sein Herz. Das hatte er perfekt auf den Punkt gebracht. Und ganz ohne eigentlich zu sagen.

Am Mittwoch hatte Jürgen einen Termin in Stralsund, den er beim besten Willen nicht verschieben oder gar ausfallen lassen konnte, wie er mehrfach betonte. Franziska beschloss, Fischer Heinrich mal wieder einen Besuch abzustatten. Sie hatte ihn viel zu lange vernachlässigt.

»Moin, Deern! Dat is man 'ne Überraschung.«

»Eine schöne, hoffe ich.« Der Einwand war überflüssig, seine Miene hatte sich zu einem so breiten Strahlen verzogen, dass seine Augen zu kleinen Schlitzen wurden und sich Grübchen in den Wangen bildeten. Franziska schlüpfte unter das kleine Vordach seiner Hütte. »Ich bin nämlich ziemlich nass geworden.«

»Jo, is 'n Smuddelwedder. De Daag ward körter, im Huus muss denn Oben anböten.« Er sah durch sie hindurch. Im nächsten Moment lachte er sie wieder freundlich an. »Wie geht's dir, Deern?«

»Sehr gut«, sagte sie voller Überzeugung. Sie hatte ihren großen Bruder wiedergefunden. Wie sollte es ihr da wohl gehen? Jeder, der jemals das letzte Teil eines Puzzles an seinen Platz gesetzt oder ein Kunstwerk fertiggestellt hatte, konnte ahnen, wie vollständig zufrieden sie mit sich und der Welt war.

»Mir scheint, deine Hände ham 'n paar Schwielen bekommen.«

Sie lachte. »Das kann gut sein.« Ihre Hände betrachtend fand sie, dass die kleinen Beulen sich nicht übel machten. »Und wie geht es dir? Hast du über die Idee nachgedacht, eine Pflegekraft für deinen Vater ins Haus zu holen?«

Er nickte ernst. »Allerdings. Dat heff ick.« Er klappte den Holztresen hoch, um aus seinem Schuppen treten zu können. Mit dem Fuß kratzte er eine Linie in den Sand. Dass er nass wurde, schien ihn nicht im Geringsten zu stören, so eifrig war er bei der Sache. »So ungefähr könnte das aussehen, wenn ich hier die Bohlen verlege und Tische und Stühle hinstelle.« Der Platz war nicht gerade groß, aber fünfzehn bis zwanzig Personen würde er wohl unterbringen können. »Dat is mit der Gemeinde schon besprochen.« In seiner Stimme klang ein wenig Stolz mit. Eine Baugenehmigung brauchte er nicht, da es sich nur um eine Terrasse handelte, die er anlegen wollte. Wenn er aber Sitzplätze anbot, musste er auch eine Toilette vorhalten, wie er gedehnt wiedergab, was man ihm auf dem Amt gesagt hatte. Das stellte ihn derzeit noch vor das größte Problem. Doch dafür würde sich schon eine Lösung finden, meinte er. »Erst will ich man sehen, wie dat so anläuft. Wenn dat dann wirklich in der Kasse klingelt, is die Idee mit einem Mitarbeiter nich schlecht. Denn hätt ich mehr Zeit für mien Vadder. Aber das muss man erst sehen«, gab er ernst zu bedenken.

»Hört sich sehr vernünftig an, finde ich.« Sie freute sich über sein fröhliches Gesicht. »Und die Sache mit der Pflegekraft im Haus?«

»Ich hab im Amt gleich mal gefragt, aber die kennen niemanden, der so was macht. Dat gifft so Pflegedienste.« Wieder sprach er jeden Buchstaben betont aus. »Aber das is ja anners.«

»Vielleicht würde ein Pflegedienst für den Anfang auch reichen«, gab Franziska zu bedenken. »Du müsstest dann nur immer nachts zu Hause sein. Oder deine Schwester oder einer deiner Brüder müsste dich vertreten, damit Heinrich III. nicht allein ist.« Plötzlich fiel ihr etwas ein. »Was ich schon die ganze Zeit fragen wollte: Wieso heißt du eigentlich Heinrich? Wird der Name des Vaters nicht üblicherweise an den Erstgeborenen weitergegeben?«

»Jo, siehst du, Deern, dat is 'n Beispiel für Intuition.« Sie sah ihn überrascht an. »Vadder hat gewusst, dat sein Erster mal so 'n Klookschieter wird. Da hat er zur Sicherheit noch 'n zweiten Sohn gemacht.« Sie musste lachen. »Komm, ich mach den Laden dicht für heute. Wir gehen nach Hause.«

Heinrich III. saß in seinem Sessel, der ein Stückchen weiter am Ofen stand. Darin knisterte ein Feuer, das für eine angenehme Wärme in der guten Stube sorgte. Seine hellblauen Augen fixierten sie aufmerksam wie bei ihrer ersten Begegnung. Dieses Mal machte Franziska es ihm ein wenig leichter und legte ihm zur Begrüßung nur die Hand auf den Arm. Heinrich machte Tee und stellte ihn mit Kandiszucker und Milch auf den Tisch.

»Siehst aus, als würde dir die Arbeit gut bekommen. Du strahlst wie 'n Lampion«, stellte er fest. Vom Tee zog ein leicht rauchiger Duft durch den Raum. Dadurch, dass der Ofen in Betrieb war und der Regen an die kleinen Fensterscheiben prasselte, war es noch behaglicher als bei ihrem ersten Besuch.

»Die Ernte ist wirklich anstrengend, macht aber auch Spaß. Allerdings nicht so viel, dass ich zum Lampion werde.« Sie schenkte ihm ein verschmitztes Lächeln.

»Na, nu mach's man nich so spannend.«

»Ich habe meinen Bruder getroffen. Nach siebenundzwanzig Jahren!«

»Donnerschlach!«

Franziska erzählte die ganze Geschichte von Anfang bis Ende. Vor einigen Wochen hatte sie diesen Mann noch gar nicht gekannt. Jetzt saß sie in seinem Haus an einem alten schweren Tisch, trank schwarzen Tee mit Zucker mit ihm und half seinem Vater mit der Tasse, wenn Heinrich mal eben um die Ecke musste, wie er sich ausdrückte. Wie kam Niklas nur darauf, dass die Einheimischen es ihr schwermachen würden, auf der Insel Fuß zu fassen?

»Ach, ich freu mich für dich, Deern«, meinte Heinrich, als er alles angehört hatte. Es kam aus tiefstem Herzen. Zeit, ihm auch eine Freude zu machen.

»Ich habe eine ältere Dame kennengelernt. Deren Tochter ist geprüfte Altenpflegerin. Die Tochter kenne ich nicht persönlich, aber was ich von ihrer Qualifikation gehört habe, ist ziemlich gut.«

»Wär die denn an einer Stelle mit Familienanschluss interessiert?«

»Ich kann dir nur sagen, dass sie zurzeit eine befristete Stelle hat, also über kurz oder lang einen neuen Job braucht. Ein Treffen ließe sich sicher organisieren. Es gibt allerdings einen Haken.« Sie warf Heinrich III. einen Blick zu. »Die Frau hat eine kleine Tochter. Sie ist alleinerziehend.« Der Mund des alten Mannes zuckte. Sollte das ein Lächeln sein, oder stand ihm der Sinn nach Widerspruch?

»Och, so 'ne prummelige Deern, die 'n büschen Leben ins Haus bringt, wär ja nich das Schlechteste. Was meinst, Vadder?« Dieses Mal hatte Franziska keinen Zweifel. Die Lippen von Heinrich III. verzogen sich erfreut, seine Augen blitzten.

Sie versprach, ein Kennenlernen zu arrangieren. Als sie wenig später auf Gesas Leihfahrrad gegen den Wind ankämpfte, pfiff sie gut gelaunt vor sich hin. Schon komisch, manchmal schien einem im Leben einfach alles zu gelingen.

Der Regen legte am nächsten Morgen eine Pause ein. Trotzdem konnte man nicht länger leugnen, dass der Herbst das Regiment übernahm. In den anderen Erntegruppen waren die Mannschaften geschmolzen. Zwei hatten sich eine Erkältung eingefangen. Kein Wunder, die Temperaturen waren in wenigen Tagen um über zehn Grad gefallen. Trotzdem kamen sowohl Vorschneider als auch die, die wie Franziska die Feinarbeit erledigten, schnell ins Schwitzen. Zu den krankheitsbedingten Ausfällen kamen diejenigen, die einfach keine Lust mehr hatten. Es gab zwar Vereinbarungen, die jeder unterschrieben hatte, eine Kündigungsfrist war darin nicht enthalten. Wem die Plackerei zu anstrengend wurde, der blieb einfach zu Hause. So manchem reichte das Geld für die halbe Zeit anscheinend. Genau wie Niklas angekündigt hatte, war die Zahl der Erntehelfer gesunken, nur interessierte das die Beeren leider nicht. Sie würden Buttersäure entwickeln, wenn sie nicht rechtzeitig abgenommen wurden. Sie würden am Strauch verderben und Rügorange einen bösen Verlust bescheren. Das ließ sich nur verhindern, indem der Rest der Truppe umso schneller vorankam. Nicht einmal die Pausen, die sie sonst immer hatten, wenn der Traktor die Fracht wegfuhr, blieben ihnen mehr.

»Ihr könnt die Äste schon mal schneiden und auf einen Aufen legen«, wies John sie an. »Ausruhen könnt ihr später zu Ause.«

Franziskas Rücken brannte, aus einer Schwiele war trotz der Schutzhandschuhe eine Blase geworden, und ihre Beine fühlten sich bleischwer an. Doch davon ließ sie sich nicht unterkriegen. Ziko hustete und erschien trotzdem. Er hatte sich einen dicken Schal um den Hals gewickelt, damit war die Sache für ihn erledigt. Und auch John wirkte ein wenig angeschlagen, drosselte sein Tempo deshalb aber nicht. Also würde sie das auch nicht tun. Alle in ihrem Team versuchten einander zu unterstützen und sich gegenseitig zu motivieren. Sie waren eine tolle Truppe. Franziska freute sich schon auf das Erntefest, wenn sie alle faul sein und sich bedienen lassen durften. Ein Lächeln zuckte um ihren Mund, als sie daran dachte. Da riss sie ein Schrei aus ihren Tagträumen. Sie schreckte hoch, wirbelte herum und sah, dass Ramazan seine Schere fallen ließ und zu Ziko rannte. Auch John war innerhalb eines Atemzugs bei ihm. Ziko krümmte sich zusammen und hielt sein linkes Bein. Sein Gesicht spiegelte seine Schmerzen wider, doch nach dem einen Schrei gab er keinen Laut mehr von sich. Er biss die Zähne aufeinander, dass seine Wangenknochen hervortraten. Sein linkes Hosenbein färbte sich dunkel. Ziko blutete heftig.

»Was ast du gemacht?« John sah ihn mit aufgerissenen Augen an.

»Wir müssen ihn ins Gebäude oder am besten gleich zu einem Arzt bringen lassen.« Franziska war zu ihnen getreten. Nach dem Tempo zu urteilen, mit dem der Fleck auf der Hose größer wurde, war unter dem Stoff eine ziemlich große Wunde verborgen.

»Geht schon«, stammelte Ziko leise. »Schere ausgerutscht.« Vor ihm lag ein besonders dicker Ast. Wie es aussah, hatte er den in der ihm eigenen Geschwindigkeit zu zerteilen versucht. Irgendwann hatte so etwas passieren müssen.

»Von wegen«, schnaubte John. Dann rief er nach Hein und Ulli. Als nicht augenblicklich einer der beiden Traktorfahrer erschien, kämpfte sich John auch schon zwischen den Sträuchern hindurch zur nächsten Mannschaft. Bei einem der vier Teams musste doch wenigstens ein Fahrer stecken.

»Kannst du laufen?«, wollte Ramazan von Ziko wissen.

»Ja.«

»Okay, dann stütze ich dich, und wir machen uns schon auf den Weg. Ziska, du sagst John Bescheid, wenn er zurück ist.« Er legte Zikos Arm um seine Schulter und packte ihn in der Taille.

»Ich halte das nicht für eine gute Idee.«

»Geht schon«, wiederholte Ziko. Er war auffällig blass.

»Nein, das geht nicht. Du verlierst viel Blut. John holt Hilfe, wir sollten uns um eine vernünftige Erstversorgung kümmern.« Sie zog ihre Regenjacke aus, die sie vor dem Wind schützte, und legte sie auf den Boden. Darüber breitete sie ihre Fleeceweste.

»Nein«, protestierte Ziko. »Zu kalt.« Er deutete mit dem Finger auf sie.

»Papperlapapp.« Sie lächelte ihn an. »Ich kann mich bewegen, damit mir warm wird. Du solltest liegen. Na los!« Sie zeigte auf den Boden. »Hinlegen und den Fuß hochlagern. Und dann versuchen wir die Blutung zu stoppen.«

»Wäre es nicht besser, ihn schnell zum Arzt zu bringen?« Ramazan war nicht überzeugt von Franziskas Vorschlag, doch Zikos Kreislauf traf die Entscheidung. Er ging in die Knie. Sie konnten gerade noch rechtzeitig zupacken, um zu verhindern, dass er wie ein Stein zu Boden stürzte. Als er lag, schob Ramazan ihm eilig die Plastikkiste unter die linke Wade, die er schnell ausgeleert hatte. Ein lautes Rascheln, dann brach John durch die Sanddornsträucher. Die Abkürzung hatte ihm einige Kratzer im Gesicht eingebracht. Blätter hingen in seinem Kragen und den aufgekrempelten Ärmeln. Ulli war dicht hinter ihm.

»Der Notarzt ist alarmiert«, sagte John. »Wie geht es dir, Kumpel?«

»Okay«, antwortete Ziko schlapp und hustete. Er würde ausfallen, davon war Franziska in dieser Sekunde überzeugt. Die Hauptsache, er trug keine bleibenden Schäden davon. Ulli hatte einen Erste-Hilfe-Kasten aus dem Traktor geholt. Er hockte sich neben Ziko hin.

»Bevor du verladen wirst, gibt's erst mal 'n schicken Verband.« Schon schnitt er das Hosenbein in der Mitte auf.

»Hey, Hose neu«, protestierte Ziko schwach. »War expensive.«

»War schon kaputt«, entgegnete Ulli ungerührt. »Das hast du selbst schon hingekriegt, weil du so stürmisch warst.« So burschikos der Traktorfahrer sich gab, so behutsam säuberte und desinfizierte er die Wunde und legte den Verband an. Ziko gab während der sicher schmerzhaften Prozedur keinen Laut von sich. Nur hin und wieder zuckten seine Mundwinkel, und die Adern an den Schläfen traten ein wenig hervor. Die drei Männer halfen ihm auf die Beine, als er fürs Erste versorgt war. Franziska hob Jacke und Weste auf und machte sich daran, ihm ein Lager auf dem Anhänger zu bereiten.

»Das wird nischt nötig sein«, sagte John. »Zieh dir lieber wieder etwas an, sonst erkältest du disch auch noch.« Er duldete keinen Widerspruch.

Ihre Fleeceweste hatte einen ordentlichen Blutfleck abbekommen. Also schlüpfte sie in die Regenjacke, während die drei Männer Ziko in den Anhänger setzten und sein Bein hochlegten.

»Du fährst mit ihm«, bestimmte John. »Das ist Frauensache.« Der wahre Grund, dass er sie schickte, war wohl eher, dass Ramazan mehr schaffte als sie. Doch er war zu höflich, um das zu sagen. Sie nickte, stieg auf und hockte sich neben den Verletzten. Ulli kletterte in den Traktor. Schon waren sie unterwegs. Das Holpern und Ruckeln auf den Feldwegen musste die Hölle für Ziko sein.

»Geht's?«, fragte sie und fühlte sich schrecklich hilflos. Er nickte.

»Ziko, ausgerechnet!«, rief Gesa zur Begrüßung, als sie auf den Hof tuckerten. Der Verlust wäre geringer, wenn es sie erwischt hätte, dachte Franziska. Niklas kam im selben Moment um die Ecke gerannt.

»So etwas darf gar nicht passieren. Niemandem«, sagte er ernst. »Wie konnte das ...?«

Ulli war aus dem Fahrerhäuschen gesprungen und in wenigen Schritten bei dem Anhänger. Bevor er und die anderen Ziko auf die Beine helfen konnten, fuhr auch schon der Krankenwagen auf den Hof.

»Gott sei Dank!« Niklas atmete auf. »Ziska, du erzählst dem Arzt, was passiert ist.«

»Ich habe selbst nichts gesehen ...«

Er unterbrach sie. »Du bleibst auf jeden Fall bei Ziko. Zum Übersetzen oder um den Papierkram zu regeln. Was weiß ich?! Für den Rest des Tages gehe ich in Johns Team.«

»Ich kann doch …« Weiter kam Gesa nicht.

»Du bist bitte überall gleichzeitig und lässt die Leute an der Rüttelmaschine möglichst wenig aus den Augen.« Damit klopfte er Ulli auf die Schulter, das Zeichen zum Aufbruch.

»Überall gleichzeitig und ständig an der Rüttelmaschine, ist klar, Chef«, murmelte Gesa. »Falls ich mich langweile, richte ich noch eben alle Beeren mit der Spitze nach Süden aus.« Kopfschüttelnd ging sie davon.

Franziska wandte sich dem Notarzt zu. »Ist die Wunde tief?«

»Ja, er hat gut getroffen, würde ich sagen. Ich möchte, dass die Kollegen im Krankenhaus sein Bein ansehen. Zwar glaube ich nicht, dass er sich eine Sehne oder Nerven durchtrennt hat, auszuschließen ist es aber nicht.« Sein Kollege, ein Rettungsassistent wahrscheinlich, rollte die Trage heran.

»Das notig?«, wollte Ziko mit dünner Stimme wissen.

»Ja, guter Mann, das ist es«, ließ der Arzt ihn entschieden wissen.

»Kann ich mitfahren?« Niklas hatte sie gebeten, bei ihm zu bleiben, dann würde sie das auch tun.

»Kein Problem, immer herein in die gute Stube.« Der Assistent nickte ihr gut gelaunt zu. Sie musste sofort an Jürgen denken. Das waren also die Situationen, mit denen er es tagtäglich zu tun hatte. Wirklich kein leichter Job. Oft genug waren die Fälle sicher sehr viel dramatischer als dieser hier. Franziska war schon die Atmosphäre in dem Rettungswagen nicht geheuer.

Sie fuhren nach Bergen. Das Krankenhaus war ein stattliches Gebäude aus rotem Backstein. Während Ziko in der Notaufnahme verschwand, hieß es für sie warten. Sie stellte sich Jürgen vor, wie er in einer ähnlichen Umgebung den Ärzten mitteilte, welche Verletzung oder Erkrankung vorlag, was bereits getan worden war. Und sicher hatte er für jeden Patienten noch ein aufmunterndes Wort, bevor er an die Kollegen übergab und selbst schon wieder zum nächsten Einsatz aufbrach. Sie schmunzelte in sich hinein und spazierte langsam durch den Flur. Die Sohlen ihrer derben Schuhe quietschten auf dem Kunststofffußboden. In einem Erker standen eine Sitzgruppe und ein Kaffeeautomat.

»Kaffeegenuss wie in Italien« stand in geschwungenen goldenen Lettern über einem Tastenfeld, auf dem man zwischen Espresso, einfachem Kaffee, Cappuccino und Latte macchiato wählen konnte. Besser gesagt, das war es, was dort stehen sollte. Die Buchstaben waren allerdings nicht mehr vollständig. Ein Scherzkeks hatte ein f abgekratzt und an dem zweiten den oberen Strich verlängert, so dass nun Ka Feegenuss zu lesen war. Franziska machte kehrt und spazierte zurück. Erstens war sie der festen Überzeugung, dass aus keinem Automaten dieser Welt, in dem ein Plastikbecher in eine Halterung rutschte und befüllt wurde, Kaffee kommen würde, der auch nur ansatzweise etwas mit Genuss zu tun hatte. Zweitens hatte sie nicht die Ruhe, sich hier mit einem Heißgetränk niederzulassen, während auf dem Feld jede helfende Hand gebraucht wurde. Sie wollte liebend gern möglichst schnell wieder an die Arbeit zurück. Nur ging es leider nicht nach ihren Wünschen. Es dauerte beinahe eine Stunde, bis Ziko angehumpelt kam. Das zerstörte Hosenbein hatte man ihm kurz abgeschnitten, das andere war lang, wie es sich für die Hose gehörte. Ein eigentümlicher Anblick. Um den linken Oberschenkel trug er einen weißen Verband. Außerdem stützte er sich auf knallblaue Plastikkrücken.

»Muss warten auf Bild«, erklärte er ihr knapp.

»Sie haben dich geröntgt? Das ist gut. Hoffentlich hast du nichts Schlimmes angerichtet.« Sie schüttelte den Kopf, lächelte aber milde. »Du machst vielleicht Sachen. Dabei solltest du doch nur die Zweige durchtrennen, nicht gleich dein ganzes Bein.«

»Ist noch dran«, verteidigte er sich und zog eine Grimasse. Er machte ihr verständlich, dass er alle Muskeln und Gelenke noch bewegen könne. Auch hatte er offenbar Gefühl in jedem Bereich des verletzten Beins. Man hatte ihn zur Sicherheit geröntgt, es bestand aber wohl die berechtigte Hoffnung, dass er noch einmal Glück gehabt habe. Ziko ließ sich umständlich auf einen Stuhl fallen und lehnte die Krücken links neben sich an die Wand. Franziska nahm zu seiner Rechten Platz.

»Tja, das war es wohl mit der Ernte«, begann sie, um überhaupt etwas zu sagen.

»Nein, weiterarbeiten. Kann ich.« Er klang entschlossen, doch sie glaubte nicht, dass Niklas das zulassen würde.

»Du bist auch erkältet, Ziko. Es ist sicher besser, wenn du erst einmal richtig gesund wirst.«

»Vier Wochen geplant«, protestierte er energisch. »Four weeks.« Er hielt die rechte Hand hoch und drückte den Daumen gegen die Handfläche.

»Ich verstehe dich schon. Weißt du, ich mag Pläne auch sehr gern. Nur manchmal funktionieren sie einfach nicht.«

»Funktionieren! Nichts important kaputt.« Er schien wirklich verzweifelt zu sein. Ob er das Geld so nötig brauchte? Sie konnte sich die Antwort denken.

Nach einer Weile, in der er still vor sich hin gegrübelt hatte, sprach sie ihn erneut an. »Du hast gesagt, du kommst aus Mazedonien, aber du bist kein Mazedoni, sondern ein Rom. So habe ich es in Erinnerung, aber da habe ich bestimmt etwas falsch verstanden.«

»Nein, richtig verstanden.«

»Ein Rom?« Sie zuckte hilflos mit den Schultern. »Was bedeutet das? Das habe ich noch nie gehört.«

»Aber du hast Roma gehört. Zigeuner.« Er schnaubte abfällig.

»Ach so, ja, natürlich.«

»Und was du denkst? An Hauswagen und an Klauen?«

Sie war irritiert. »Hauswagen? Du meinst Wohnwagen. Nein, das heißt, ich habe an gar nichts Bestimmtes gedacht. Ziko, ich kenne die Kultur oder Lebensgewohnheiten der Roma nicht. Auf keinen Fall habe ich an Klauen gedacht.«

»Wir sind immer verjagt. Keine Arbeit, schlecht Haus. No good home.«

Franziska musste sich eingestehen, dass sie Sinti und Roma nur aus den Nachrichten kannte. Dort ging es meist darum, dass diese versuchten ihre Rechte durchzusetzen.

»Gibt es nicht einen Zentralrat deutscher Sinti und Roma?«

Er lachte bitter. »Gibt auch Roma-Minister und Roma-Burgermeister in Mazedonien.« Auf den Alltag der Menschen schien das nach seinen Worten keinen großen Effekt zu haben. Gut zwei Drittel der Roma im Land hätten keine Arbeit, erklärte er ihr in seinem Sprachmix aus deutschen und einigen englischen Brocken, zur Not auch mit Händen und Füßen. Oder mit zumindest einem Fuß. Mit der Zeit konnte Franziska sich ein Bild von dem schweigsamen, hart arbeitenden Mann machen. Er lebte in Mazedoniens Hauptstadt Skopje in einem Haus ohne Strom, Heizung und fließend Wasser. Sein Vater war als Messerschleifer und mit Jahrmärkten durch Deutschland gezogen, wenn sie ihn richtig verstand. Dann habe es ihn nach Mazedonien verschlagen, wo er sesshaft wurde und eine Familie gegründet habe. Ziko war eins von drei Kindern. Er hatte Medizin studiert, wie sie zu ihrer Überraschung erfuhr, und hatte in Skopje eine Stelle als Arzt. Seinen Urlaub nutzte er jedes Jahr, um in Deutschland bei der Spargelernte, der Weinlese oder jetzt eben bei der Sanddornernte zu helfen.

»In vier Woch more money than drei Monat zu Hause«, erklärte er ihr.

»Du verdienst als Arzt in Mazedonien weniger, als du hier als Erntehelfer bekommst?« Sie musste ihn falsch verstanden haben.

»Viel weniger!« Es sei schon ein Wunder, dass er überhaupt seine Ausbildung habe machen können, verriet er ihr. Mit einem schiefen Grinsen setzte er hinzu, das Wunder habe wohl mit nicht ganz ordnungsgemäßen Papieren zu tun gehabt, in denen der Nachname von einem typischen Roma-Namen leicht abgeändert zu einem albanisch klingenden Namen wurde. »Fur Albaner Mazedonien okay. Gibt Arbeit. Money auch okay.« Nur wenn man Roma war, bekam man keine Arbeit. Oder man wurde dafür schlecht bezahlt. So schlecht, dass es Ziko als Arzt nicht möglich war, eine vernünftige Wohnung zu finanzieren. Er lebte mit seiner Frau und seiner Tochter in einem Viertel, in dem sich alle einen öffentlichen Wasseranschluss teilten. Der Winter stand vor der Tür. Dann laufe das Wasser wieder durchgehend, damit die Leitung nicht einfröre, erzählte er. Franziska konnte sich nicht vorstellen, was sie hörte. »Zweites Kind jetzt. Muss ich arbeiten in Deutschland für good home.«

Ein Arzt kam durch eine der vielen grauen Türen, die vom Flur abgingen, auf sie zu. Er reichte Ziko einen großen braunen Umschlag.

»Ihre Unterlagen«, sagte er knapp. Er schien in Eile zu sein. »Alles in Ordnung. Sie haben keine Nerven oder Sehnen durchtrennt. Ein bisschen Schonung, dann wird das wieder.« Er streckte Ziko die Hand hin.

»Arbeiten«, widersprach der. »Nix Schonung.« Er musste husten.

»Ein paar Tage sollten Sie Ihrem Bein unbedingt Ruhe gönnen. Wenn Sie viel herumlaufen, verzögert sich der Heilungsprozess nur.«

»Vielen Dank!« Franziska schüttelte ebenfalls die Hand des Arztes. »Er wird sich schonen, verlassen Sie sich darauf.« Sie nahm Ziko den Umschlag ab, damit der die Hände für die Krücken frei hatte.

»Ich selber Arzt. Kann arbeiten«, beharrte er, als sie die Notaufnahme verließen.

Am Samstag bekam Franziska endlich das Jagdschloss in der Granitz zu sehen, von dem sie schon so viel gehört hatte. Jürgen holte sie ab. In Putbus ließen sie das Auto stehen und stiegen in einen spielzeughaft niedlichen Zug, der von einer Dampflok gezogen wurde.

»Jetzt bin ich schon so lange auf Rügen und sehe den Rasenden Roland zum ersten Mal«, sagte sie lachend. »Gehört habe ich sein Tuten natürlich schon, als ich in Sellin war. Und ich habe eine Menge darüber gelesen. Scheint ja eine echte Touristenattraktion zu sein.« Der Bahnsteig war voll, auch in den Abteilen waren die meisten Plätze besetzt.

»Rügen ist groß, da ist ein Schienennetz sehr sinnvoll.« Jürgen schilderte ihr, dass diese Schmalspurbahn, die immer ein wenig aussah, als würde sie in der nächsten Kurve aus den Schienen kippen, gebaut worden war, um Kohl und anderes Gemüse aus dem Norden der Insel zu holen und zum Festland zu bringen. »Als die landwirtschaftliche Nutzung weggefallen ist, hat man einen Teil des Streckennetzes weggerissen. Ist eigentlich schön, dass wenigstens noch einiges erhalten geblieben ist.«

»Nicht nur eigentlich«, sagte sie und lächelte verschmitzt.

»Nee, stimmt. Blöde Angewohnheit.« Er rollte mit den Augen.

An einer Station mit einem hübschen Haltestellenhäuschen mitten im Wald stiegen sie aus.

»Binz und Sellin sind die beiden bekanntesten Seebäder. Die Granitz liegt eigent...« Er warf ihr einen kurzen Seitenblick zu. »Sie liegt dazwischen und verbindet die Orte.«

Franziska wäre gern länger in dem kleinen altertümlichen Zug sitzen geblieben und hätte sich durch die Landschaft kutschieren lassen. Ihre Füße und Knie schmerzten, auch ihr Rücken meldete sich deutlich. Wenigstens ihre Hände hatten heute Pause. Außerdem war es herrlich, ohne Zeitdruck einfach durch die duftende Natur zu schlendern. Der Weg, der in langen Kurven stetig bergauf führte, war streckenweise mit Natursteinen gepflastert, die das Klima und die Jahre glatt gewaschen hatten. Wind und Regen hatten den Boden dazwischen aufgeweicht und Blätter über die Steine gelegt. Man musste höllisch aufpassen, nicht wegzurutschen. Trotzdem waren viele Menschen unterwegs. Nicht wenige hatten kleine Körbe oder Tüten bei sich, wie Franziska plötzlich feststellte.

»Die Zeit für Steinpilze und Maronen hat begonnen. Die gesamte Granitz ist ein beliebtes Gebiet für Sammler.« Er hatte offenbar ihren Blick richtig gedeutet.

»Verstehst du etwas von Pilzen?«

»O ja!« Er nickte wissend. »Ich weiß, dass Steinpilze hervorragend schmecken. Wenn sie jemand für mich zubereitet.« Seine Augen blitzten amüsiert.

Sie lachte. »Ich glaube, was das angeht, kann ich mit deinem Fachwissen mithalten.« Sie gingen ein Stück schweigend nebeneinander her. »Lässt du dir nur Pilze zubereiten, oder kochst du gar nicht selber?«

»Ich bin eigentlich nicht gerade ein begnadeter Koch. Meistens esse ich im Krankenhaus. Wenn ich mir selbst etwas machen muss, gibt es Brot oder mal Ei. Rührei, Spiegelei, das kriege ich hin.«

»Verstehe.« Sie nickte. »Hast du keine Partnerin?«, fragte sie freiheraus.

»Im Moment nicht.« Sein Gesicht verfinsterte sich, als hätte sich eine Wolke vor die Sonne geschoben.

Wieder schwiegen sie. Dann hatten sie eine freie Fläche mitten in dem dichten Wald erreicht. Wie aus dem Nichts tauchte vor ihnen ein zartrosafarbenes Schloss auf.

»Willkommen auf dem Tempelberg«, sagte Jürgen. An den Ecken des Bauwerks gab es runde Türmchen mit Zinnen, das perfekte Bild einer Prinzessinnen-Burg, fand Franziska. »Schon im 18. Jahrhundert gab es hier ein Jagdhaus. Das muss allerdings wesentlich schlichter gewesen sein. In der ersten Hälfte des 19. Jahrhunderts ließ Wilhelm Malte zu Putbus dann dieses Schlösschen erbauen.«

»Schlösschen ist gut.« Sie zog die Augenbrauen hoch. »Der gute Mann muss Geld gehabt haben.«

»Adel eben«, meinte Jürgen leichthin.

»Interessierst du dich für Geschichte?«

»Ja, sehr!« Er nickte eifrig. »Ich war elf, als wir nach Rügen kamen. Da gehörte die Insel noch zur DDR. Aber man hat den Umbruch eigentlich schon an allen Ecken und Enden gemerkt. Er lag einfach in der Luft. Ein Jahr später war es so weit. Plötzlich gehörten wir zur BRD. Alles war von einem Tag auf den anderen umgekrempelt. Zumindest theoretisch. Ich wollte verstehen, wie so etwas passieren kann. Also habe ich angefangen Bücher zu lesen. Geschichtsbücher vor allem.«

»Du musst mir unbedingt mehr von deiner Ankunft auf Rügen erzählen.« Sie sah ihn erwartungsvoll an.

»Später. Jetzt gucken wir uns erst das Schloss an und klettern auf den Turm. Wenn du willst.«

»Einen Fahrstuhl gibt es ja wohl nicht«, sagte sie in gespielter Verzweiflung. Holger hatte davon gesprochen, dass man schwindelfrei sein müsse. Das war nicht ihr Problem. Der Gedanke an zahllose Stufen gefiel ihr dagegen gar nicht.

Die Menge der Stufen stellte sich als die kleinere Katastrophe heraus. Die größere war die Art, in der die Treppe gebaut war. Es handelte sich um eine gusseiserne Wendeltreppe, die direkt an der gemauerten Turmwand befestigt war. Die zugegebenermaßen umwerfend filigran gearbeiteten Stufen waren durchbrochen, so dass man unter seinen Füßen in die Tiefe schauen konnte. Zudem fehlte dem Turm ein steinerner Kern, wie Franziska ihn von vielen Kirchtürmen kannte. Nicht nur durch die Stufen, sondern noch viel einfacher durch einen Blick nach rechts über den geschwungenen Handlauf konnte man in den Abgrund blicken. Dass eine recht große Personengruppe abgezählt wurde und sich auf den Aufstieg machen durfte, beruhigte sie nicht gerade. Mit einem solchen Andrang hatte Fürst Malte zu Putbus in der ersten Hälfte des 19. Jahrhunderts ganz sicher nicht gerechnet. Sein Architekt vermutlich ebenso wenig.

Nachdem sie schon ein gutes Stück geschafft hatten, kamen sie an der Skulptur eines Raubvogels mit Beute vorbei, die in der Mitte des Turms aufgehängt war. Auf den mächtigen Schwingen hatte sich Staub angesammelt. Kein Wunder, wie sollte man das arme Tier auch in schwindelnder Höhe reinigen? Franziska musste an Niklas denken, an die Falkner-Show, die sie gemeinsam gesehen hatten, und an seinen Traum von einem Adler, der für ihn böse Jungs vertrieb. Die Erinnerung zauberte ihr ein Lächeln auf die Lippen und half ihr, auch das letzte Stück zu bewältigen. Sie war heilfroh, als sie die Aussichtsplattform erreicht hatten. Der Ausblick entschädigte für das Unbehagen, das die Treppe ihr beschert hatte. Die Buchen, die dicht an dicht ihre Wipfel in den bleigrauen Himmel reckten, waren sattgrün, und dahinter lag die dunkelblaue Ostsee.

»Heute ist es leider ein bisschen bedeckt. Eigentlich kann man bis nach Polen gucken«, sagte Jürgen. Der Wind pfiff hier oben um einiges heftiger als unten im Schutz der Bäume. Fran-

ziska fröstelte. Sofort zog er seine Jacke aus und legte sie ihr um die Schultern.
»Nein, dann frierst du doch. Ich habe selbst eine Jacke.«
»Du frierst trotzdem. Ich nicht. Niedrige Temperaturen machen mir nichts aus. Dafür leide ich, wenn es heiß ist.«
»Danke, großer Bruder.« Sie strahlte ihn an.
»Bitte sehr, kleine Schwester.«
Langsam gingen sie einmal über die Plattform, um nach allen Seiten sehen zu können. Selbst die Leuchttürme am Kap Arkona sollte man bei idealen Bedingungen erkennen können. Franziska kniff die Augen zusammen und gab sich alle Mühe, doch die Sichtverhältnisse waren nicht gerade perfekt. Es machte ihr nichts aus. Sie hatte trotzdem das Gefühl, von hier die gesamte wunderschöne Insel überblicken zu können. Eine ungeheure Euphorie erfüllte sie. Bald würde sie an einem Ort wohnen, an dem andere nur wenige Wochen oder gar Tage im Jahr Urlaub machten. Am liebsten hätte sie Jürgen sofort von ihren Plänen erzählt. Doch sie beherrschte sich. Hier oben waren zu viele andere Menschen, der Wind rauschte zu laut in ihren Ohren. Es war nicht gerade der ideale Ort für ein Gespräch. Mit der nächsten Gruppe, die den Turm verlassen durfte – zwei Mitarbeiter, die per Funk in Kontakt standen, regelten abwechselnd die Ströme nach oben und nach unten –, verließen sie die Plattform. Sie bummelten durch die Ausstellung, lauschten Jagdhörnern und den Erzählungen von Zeitzeugen, betrachteten Ölgemälde ehemaliger Besucher und natürlich des Erbauers Malte zu Putbus und stöberten in historischen Reisebeschreibungen und Speisefolgen wahrhaft fürstlicher Bankette.
»Jetzt habe ich eigentlich auch Hunger«, verkündete Jürgen.
»Ich auch! Die Gastronomie hier am Schloss soll sehr gut sein. Darf ich dich einladen?«
»Kommt nicht in Frage. Du bist hier doch der Gast.«

»Noch«, sagte sie und zwinkerte. Bevor er Fragen stellen konnte, meinte sie: »Du hast mich neulich schon zu dem großartigen Konzert eingeladen. Die Eisenbahn und den Eintritt hier hast du auch bezahlt. Ich möchte mich endlich revanchieren. Bitte!« Sie schenkte ihm einen gekonnten Augenaufschlag.

»Wie soll man da wohl widerstehen?«

»Soll man ja gar nicht.«

In einer Nische des Gewölbekellers war ein kleiner Tisch frei. Auch wenn Franziska von ausgestopften Tieren und Geweihen an den Wänden so viel hielt wie von Migräneattacken, passten sie durchaus zu einem Jagdschloss. Außerdem waren die Räumlichkeiten nicht überladen mit toten Tieren oder Teilen davon, sondern hatten auch Platz für alte Leuchter und schmucke Wandmalereien. Das Mobiliar war rustikal. Einige der großen Tische sahen aus, als hätten sich bereits ganze Holzwurmgenerationen hindurchgebohrt. Sie bestellten Eintopf mit Würstchen, der ihnen nach kurzer Zeit in riesigen tönernen Schalen serviert wurde. Holger hatte recht gehabt, ihr einen Besuch hier zu empfehlen. Bestimmt hätten sie gemeinsam einen netten Abend hier verbringen können. Mit Jürgen an ihrer Seite fühlte sie sich jedoch noch wohler.

»Du hast mir noch nichts über deinen Beruf erzählt«, sagte Jürgen zwischen zwei Löffeln des wirklich köstlichen Eintopfs.

»Ach, da gibt es nicht viel zu erzählen. Ich versuche unzufriedene Leute ein klein bisschen weniger unzufrieden zu machen.« Sie dachte an Niklas' Worte, der ihr vorgehalten hatte, ihr Beruf sei ein großer Schwindel, wenn Menschen ihrer Meinung nach immer haben wollten, was sie gerade nicht hatten. Und umgekehrt.

»Musst du dafür nicht ziemlich gut über deren Situation und auch über deren Charakter Bescheid wissen?«

»Das stimmt.« Er war wirklich außerordentlich einfühlsam. Tatsächlich war es für ihre Arbeit essenziell, sich in sein Gegenüber hineinversetzen zu können. Wer dazu nicht in der Lage war, wem die Empathie fehlte, der konnte es auch mit noch so guten Coaching-Techniken nicht weit bringen. Allerdings hatte das noch nie ein Außenstehender auch so eingeschätzt oder sie danach gefragt. »Weißt du, in der letzten Zeit sind mir meine Klienten ganz schön auf die Nerven gegangen.« Sie lachte leise. »Die haben alle echte Luxusprobleme, wenn du mich fragst. Meine beste Freundin Maren sagt zwar immer, ein Problem ist ein Problem. Egal, wie lächerlich es dem einen erscheinen mag, für den anderen ist es die blanke Katastrophe. Das hat man zu respektieren.«

»Eine kluge Freundin.«

»O ja, das ist sie. Du wirst sie mögen, wenn du sie erst mal kennenlernst.« Sie sahen sich mit glänzenden Augen an, als hätten sie sich eben erst wiedergefunden. Manchmal konnten sie es wohl beide noch nicht fassen. »Jedenfalls bin ich hauptsächlich nach Rügen gekommen, um meine Aktivitäten neu auszurichten, um mir darüber klarzuwerden, was ich mit meinem Leben noch anfangen will. Mal abgesehen davon, dass ich dich hier gefunden habe, was das Größte überhaupt ist, habe ich auch schon eine Menge Anregungen bekommen. Ich habe kapiert, was mir wirklich wichtig ist.« Sie erzählte von John aus dem Senegal und von Ziko aus Mazedonien. »Ich lese regelmäßig die Zeitung und sehe und höre mir auch politische Sendungen an. Mich interessiert, was in der Welt so los ist. Trotzdem hatte ich von diesen beiden Ländern ein ziemlich falsches Bild.«

»Wenn du mit einem Land oder einem Thema nicht direkt etwas zu tun hast, kannst du eigentlich gar kein korrektes Bild davon entwickeln. Dazu sind die Nachrichten und Berichte zu einseitig, und die Fülle der Informationen, die auf dich einstürmen, ist eigentlich zu groß.«

»Eigentlich«, wiederholte sie und schmunzelte.

»Ach, Mann«, schimpfte er über sich selbst, »ist das denn so schwer, sich das abzugewöhnen?«

»Ist es.« Sie seufzte. »Glaube mir, darunter leiden die meisten meiner Klienten. Sie fallen in alte Verhaltensmuster zurück. Daran droht nicht selten das gesamte Coaching zu scheitern.« Sie leerte ihre Schale. »Puh, davon hätte man einen Vier-Personen-Haushalt satt kriegen können.«

»Du hast trotzdem aufgegessen. Muss ich mir Sorgen machen?«

»Allerdings! Wenn es etwas gibt, das du über mich wissen solltest, dann, dass ich ein bekennender Vielfraß bin. Ich freue mich abends schon auf das Frühstück.«

»Meine Güte!« Er machte große Augen.

»Jedenfalls ist mir hier klargeworden, dass ich in Hamburg ein ziemlich luxuriöses Leben geführt habe. Nein, das wusste ich natürlich schon früher, aber es ist doch irgendwie selbstverständlich geworden. Man verliert leicht aus dem Blick, wie übel viele andere dran sind und wie man ihnen vielleicht helfen könnte.«

»Ich verstehe genau, was du meinst. Mir ging es auch mal so. Zwar habe ich es in meinem Beruf nicht gerade mit Luxusproblemen zu tun, aber ich wollte auch mal meine Komfortzone verlassen.« Er erzählte ihr, dass er an einem Austauschprogramm mit Mazedonien teilgenommen hatte.

»Ach, das ist ja interessant.«

Er nickte. »Ich kann nur bestätigen, was dieser Ziko gesagt hat. Die Ärzte waren hervorragend ausgebildet, wurden aber schlecht bezahlt. Roma wurden diskriminiert. Na ja, und überhaupt ... Die Zustände in dem Land waren schon schockierend. Pferdekarren und bettelnde Kinder gehören in Skopje zum Straßenbild, Korruption ist an der Tagesordnung, dazu die vielen internen Konflikte.« Er seufzte.

Sie bestellten zwischendurch Kaffee und redeten und redeten. Franziska war immer wieder erstaunt, wie oft sie einer Meinung waren, wie sehr sich ihre Einstellungen in vielerlei Hinsicht glichen.

»Siehst du«, sagte sie schließlich, »an allen Ecken und Enden gibt es Beratungs- und Unterstützungsbedarf, besonders an den Ecken, an denen leider kein Geld dafür vorhanden ist. Deshalb habe ich mir etwas überlegt.« Sie erzählte von ihrem Plan, weiterhin zahlungskräftige Kunden zu coachen, sich aber auch Zeit für Fälle zu lassen, die ihr inhaltlich wichtig waren. »Für die werde ich unentgeltlich tätig.«

»Das ist toll!« Er tätschelte ihre Hand. »Das ist meine Schwester«, sagte er stolz. Sie bekam ein ganz warmes Gefühl im Bauch und musste schlucken vor Glück. Nach gut siebenundzwanzig Jahren fühlte sie sich endlich wieder ganz.

»Ich habe mir noch etwas überlegt«, erzählte sie weiter und warf ihm einen tiefen Blick zu. »Ich ziehe nach Rügen!«

»Was? Ist das dein Ernst?« Er schnappte nach Luft. Sein ganzes Gesicht leuchtete, als hätte sie soeben das Licht darin angeknipst.

Franziska nickte. »Es ist so schön hier. Hamburg ist auch toll, aber am Meer zu leben ist doch ein Traum. Und meiner Arbeit ist es schließlich egal, wo ich sie mache.« Sie legte ihm eine Hand auf seine. »Gestern haben wir uns nicht gesehen. Das war gerade mal ein Tag, und schon habe ich dich wie verrückt vermisst. Wenn ich auf der Insel lebe, können wir uns öfter sehen, ohne immer ein langes Wochenende planen zu müssen.«

»Zissi, das ist ... Ich weiß gar nicht, was ich sagen soll. Das ist toll! Eigentlich«, fügte er hinzu und lachte fröhlich.

»Ja, das ist es. Ich habe mich schon ein bisschen umgeguckt. Außerdem habe ich einen Makler an der Hand, den ich auf der Bahnfahrt hierher kennengelernt habe. Er wird mir helfen, eine schnuckelige Wohnung zu finden.« Wenn sich Jürgen jetzt schon so über ihre Neuigkeiten freute, dann würde sie jetzt dem Ganzen noch das Sahnehäubchen aufsetzen. Sie war ganz aufgekratzt. »Übrigens gibt es noch ein Argument für mich, um nach Rügen zu ziehen. Es gibt sozusagen einen Mann neben dir.«

»Wie bitte?«, rief er mit gespielter Empörung. »Meine kleine Schwester und ein Kerl? Da muss ich einschreiten.«

»Eigentlich«, sagte sie und lachte. »In diesem Fall wirst du ein Auge zudrücken, denke ich. Du kennst ihn nämlich.«

Er sah sie überrascht an. »Wirklich? Kann ich mir gar nicht vorstellen.«

»Tja, weißt du, die Sache ist die: Als Papa mir das Foto geschickt hat, da war ich zuerst ziemlich auf dem Holzweg. Ich dachte schon, Niklas ist mein Bruder.« Sie seufzte erleichtert. »Das wäre furchtbar gewesen, denn, um ehrlich zu sein, ich habe mich gleich am ersten Tag in ihn verguckt.« Sie sah ihm ins Gesicht und erschrak. Jürgens Miene war versteinert.

»Bitte, tu mir das nicht an!«, flüsterte er.

»Aber wieso? Ich dachte, du ...« Sie war sicher, er würde sich freuen, dass sich seine beiden Halbgeschwister mehr als gut verstanden. Natürlich wusste sie von den Problemen zwischen den Brüdern, aber irgendwie glaubte sie, die würden durch ihre Beziehung zu beiden kleiner werden.

»Niklas ist zu keiner langfristigen ernsthaften Beziehung fähig«, sagte er böse. »Er kann wahrscheinlich nichts dafür, aber er hat nun einmal kein Händchen für Frauen.« Ein bitteres Lachen, dann fuhr er fort: »Am Anfang schon, gepaart mit einem extrem ausgeprägten Jagdinstinkt. Wehe, wenn eine Frau sich für einen anderen interessiert, das verträgt er überhaupt nicht. Tja, und wenn es ernst wird, verschwindet er. Tut mir leid, so über ihn sprechen zu müssen.« Er nahm ihre beiden Hände in seine und drückte sie ganz fest. Dabei sah er ihr in die Augen.

»Du hast deinen großen Bruder zurück. Ich bin jetzt da, um dich zu beschützen. Und das werde ich immer tun. Deshalb bitte ich dich, lass die Finger von Niklas! Er wird dir nur das Herz brechen. Du wärst nicht die Erste, der das passiert.«

»Wie bitte? Ich habe ihn in den letzten Wochen kennengelernt. Er ist nicht so.«

»Bitte, Zissi, vertrau mir!«

»Das tue ich ja, aber ...«

»Kein Aber. Er ist ein netter Kerl, solange man nur oberflächlich mit ihm zu tun hat. Ich weiß, er wirkt erst mal sehr sympathisch. Ist er auch«, beteuerte er. »Nur wenn man ihn näher kennenlernt, ist man enttäuscht. Jemand wie du, der sensibel ist, wird auf jeden Fall enttäuscht.« Er sah sie flehend an. »Versprich mir, dass du nichts mit ihm anfängst. Es ist zu deinem Besten, das musst du mir glauben.« Er drückte ihre Hände so stark, dass sie weh taten.

»Er hat mir gesagt, dass ihr nicht viel Kontakt habt. Kann doch sein, dass du gar nicht mitbekommen hast, wie er sich geändert hat«, startete sie einen verzweifelten Versuch.

»Sicher nicht«, entgegnete er traurig. »Und selbst wenn ... Ich kann mir nicht vorstellen, dass meine beiden Halbgeschwister ein Paar werden. Ehrlich, Zissi, das wäre doch irgendwie ... absurd. Findest du nicht?«

In ihrem Kopf hatte es zu rauschen begonnen. Ihr war, als wäre sie soeben von der Aussichtsplattform, auf der sie vorhin gestanden hatten, in die Tiefe gestürzt. Gerade noch schien ihr Glück vollkommen zu sein, doch eine Sekunde später lag es in Trümmern. Sie brauchte Abstand. Ja, in so einer Situation sollte man einen Schritt zurücktreten, alles aus der Ferne betrachten und sortieren.

»Bestellst du mir bitte noch einen Kaffee? Ich muss kurz an die Luft, allein sein.«

»Aber ...« In seinem Blick lag eine mindestens ebenso große Traurigkeit und Verwirrung, wie sie sie in sich spürte. Sie legte ihm eine Hand auf die Schulter.

»Bitte!«, sagte sie leise. »Ich bin gleich wieder da.« Sie bekam sogar ein Lächeln zustande.

Franziska lief kopflos in den Wald, gerade weit genug, um den großen Touristenmassen zu entkommen. Was hatte Jürgen gesagt? Niklas hatte nur am Anfang ein Händchen für Frauen, er verfügte über einen ausgeprägten Jagdinstinkt? Sie rief sich die ersten Begegnungen mit ihm ins Gedächtnis. Nein, er hatte sich nun wirklich nicht wie ein Draufgänger oder Frauenheld benommen. Sie führte sich vor Augen, dass er doch eher zurückhaltend gewesen war, als sie das erste Mal zusammen über die Plantage gegangen waren. Dummerweise drängten sich auch andere Gedanken in ihr Hirn und ihr Herz. Gleich am ersten Wochenende hatte er sie ausgeführt.

Na und, dachte sie trotzig, das war doch sehr nett von ihm. Nett, ja, vielleicht, oder auch berechnend. Ob es ihr passte oder nicht, ihr fiel ein, dass er schon bei ihrer zweiten Verabredung sehr zielstrebig mit ihr geflirtet hatte. Er hatte sie auch ziemlich schnell geküsst, wenn sie es recht bedachte. Ach was, sie hatten sich geküsst. Zwei erwachsene Menschen, beide Single, die sich auf Anhieb mögen, gehen miteinander aus, flirten und küssen sich. Das war völlig normal. War er wirklich Single? Woher wollte sie das so sicher wissen? Er hatte sie noch nie in seine Wohnung mitgenommen. Weil es sich nicht ergeben oder einfach nie so recht gepasst hatte, oder gab es einen anderen Grund?

»Wenn es ernst wird, verschwindet er«, erklang Jürgens Stimme in ihrem Kopf. Im nächsten Augenblick erinnerte sie sich daran, dass Niklas ihr von einem Umzug nach Rügen abgeraten hatte. Er war nicht so uneingeschränkt begeistert, wie Jürgen es war. Was sollte sie davon halten? Er hatte gesagt, er wolle nicht, dass sie seinetwegen von Hamburg weggehe, es irgendwann bereue, weil sie mit der spröden Art der Insulaner nicht klarkomme und ihm dann Vorwürfe mache. Das war durchaus vernünftig. Zu einem ihrer Grundsätze, die sie ihren Klienten stets mit auf den Weg gab, gehörte, dass sie auf keinen Fall etwas nur für einen anderen Menschen tun sollten, wenn sie nicht wirklich dahinterstanden. Nichts anderes hatte Niklas zum Ausdruck gebracht. Franziska sah sich um, als würde sie erst jetzt die hohen Buchen um sich herum wahrnehmen. Sie musste umkehren, sonst würde sie sich am Ende noch verlaufen. Außerdem wurde Jürgen sicher schon unruhig. Mit hängendem Kopf trottete sie zurück. Was sollte sie Jürgen nur sagen? Natürlich vertraute sie ihm, aber er musste sich irren.

»Wehe, wenn eine Frau sich für einen anderen interessiert«, hatte er gesagt. Sie musste an die Szene denken, die Niklas ihr in seinem Büro gemacht hatte, nachdem er sie mit Holger gesehen hatte. War es möglich, dass Jürgen sich nicht in ihm irrte, sondern sie? Ihr wurde immer schwerer ums Herz. Als sie die Stufen zu dem Gewölbekeller wieder hinabstieg, kam ihr eine Familie entgegen. Der Vater trug eines der Kinder auf den Schultern und ging tief in die Knie, damit sein Sprössling sich nicht den Kopf stieß. Franziska wünschte sich Kinder oder wenigstens ein Kind. Konnte sie sich Niklas als Vater vorstellen? Bis vor wenigen Minuten hätte sie diese Frage höchstwahrscheinlich noch mit Ja beantwortet, jetzt war sie völlig verunsichert.

»Da bist du ja!« Jürgen fiel sichtlich ein Stein vom Herzen. Er war wirklich um ihr Wohl besorgt und wollte ihr Bestes. »Es tut mir so leid, dass ich dir die Illusionen über meinen Bruder nehmen musste. Glaube mir, ich hätte dir das gerne erspart«, sagte er, als sie sich wieder auf ihren Stuhl fallen ließ. »Vor allem möchte ich dir ersparen, dass er dir das Herz bricht. Du findest einen Besseren, einen, der zu dir passt.« Er redete auf sie ein, doch sie hörte ihn kaum. »Bitte, versprich es mir!«, hörte sie ihn plötzlich sagen. »Ich will dich nicht noch einmal verlieren. Aber genau das wird passieren, wenn du von Niklas enttäuscht wirst. Du wirst wieder zurück nach Hamburg gehen oder womöglich noch weiter weg. Bitte, versprich mir, dass das nicht passiert.«

Franziska war wie betäubt. Sie nickte langsam. »Also schön, ich verspreche es.«

Finden Sie Ihre Familie!

Wenn Franziska etwas nicht leiden konnte, dann waren das Gedanken, die sich im Kreis drehten. Genau das taten ihre seit ihrem letzten Treffen mit Jürgen. Noch hatte sie mit Niklas keine Beziehung mit langer Geschichte und dazugehörigen Erinnerungen. Noch konnte sie es schaffen, ihrem Bruder zuliebe die Finger von ihm zu lassen. Blut war schließlich dicker als Wasser, redete sie sich unablässig ein. Gleichzeitig spürte sie, dass sich eine neue Leere in ihr ausbreiten würde, wenn sie Niklas die kalte Schulter zeigte. Sie lief in ihrer Wohnung auf und ab wie in einem Käfig. Als sie sich von Fritjof getrennt hatte, war das schmerzhaft gewesen, entsann sie sich, doch der Schmerz war abgeklungen. Es war nicht die Sehnsucht eingetreten, die sie seit dem Verlust ihres Bruders in sich getragen hatte. Sie musste Niklas nur lange genug aus dem Weg gehen, dann würde er schon das Interesse an ihr verlieren, und ihr würde es nicht mehr so weh tun. Das schien die logische Konsequenz aus ihren Überlegungen zu sein. In der nächsten Sekunde aber kam ihr genau das völlig unmöglich vor.

Um nicht komplett den Verstand zu verlieren, rief Franziska am Sonntag Thekla an. Sie musste dringend auf andere Gedanken kommen.

»Das ist aber eine Freude!«, begrüßte die alte Dame sie. Sofort hatte Franziska ihr Gesicht vor Augen, ihre fröhlich-bunten Hosen und Blusen, die leuchtend rot gefärbten Haare.

»Es tut mir so leid, dass wir uns vor deiner Abfahrt nicht mehr gesehen haben«, begann Franziska.

»Ach was, Schwamm drüber. Du hattest genug anderes zu tun. Ist doch klar.«

Sie plauderten ein wenig über den Alltag, der Thekla nun wieder im Griff hatte. Dann kam Franziska schnell auf den Punkt. Sie erzählte von Fischer Heinrich, von seinem Vater und dessen Schlamassel, wie Heinrich es nannte.

»Ich würde euch gerne bekannt machen. Doch das ist nun wohl etwas schwierig«, schloss sie.

»Aber wieso denn? Nein, ich kann jederzeit für ein langes Wochenende kommen. Schließlich bin ich ein freier Mensch.« Sie lachte ihr herzliches Lachen. »Na ja, jederzeit ist vielleicht der falsche Ausdruck.« Anscheinend hatte sie sich ihren Kalender vorgenommen. »Nächsten Donnerstag fahre ich zu einer Freundin, am Wochenende drauf kommen meine beiden Cousinen zu mir. Die kann ich schlecht mitbringen. Weißt du, sie sind schon alt und ein bisschen gebrechlich.« Sie kicherte. Franziska fragte sich, wie alt sie sein mochten, wenn eine fast achtzig Jahre alte Frau sie so bezeichnete. »Dann habe ich Atem-Therapie«, zählte Thekla weiter auf. »Das zweite oder dritte Oktoberwochenende würde gehen«, verkündete sie endlich.

»Könntest du möglicherweise auch etwas länger bleiben?« Franziska wurde am Freitag des dritten Oktoberwochenendes dreißig. Sollte sie die Insel nicht noch fluchtartig verlassen, weil ihr von der Achterbahnfahrt ihrer Gefühle allzu schwindlig wurde, musste sie sich für ihren Festtag etwas einfallen lassen. Was immer es sei, Thekla hätte sie gerne dabei.

Als die beiden Frauen ihr Gespräch wenig später beendet hatten, atmete Franziska auf. Das war ein echter Lichtblick. Thekla hatte spontan zugesagt, eine weitere Urlaubswoche auf Rügen zu verbringen. Den dreißigsten Geburtstag würde sie sich keinesfalls entgehen lassen, hatte sie vergnügt erklärt. Außerdem war sie ziemlich zuversichtlich, dass es ihr gelingen würde, ihre Tochter Rosa ebenfalls zu einer Reise nach Rügen zu bewegen. Heinrich und Heinrich III. würden sich freuen.

Die nächste Woche brachte den ersten Nachtfrost. Zu allem Überfluss hatte es die ganze Nacht geregnet. Auch bei Arbeitsbeginn nieselte es noch. Niklas hatte Ziko unter Androhung schlimmster Strafe verboten, sich auf der Plantage vor Mittwoch sehen zu lassen.

»Wenigstens die paar Tage soll er seinem Bein gönnen, damit es heilen kann«, hatte er vor versammelter Mannschaft verkündet.

Franziska war extra spät zum Dienst erschienen, um jede Zweisamkeit mit ihm von vornherein auszuschließen. Als er ihr jetzt einen Kuss geben wollte, drehte sie sich rasch weg.

»Nicht vor deinen Leuten«, erklärte sie leise. Seine Augenbrauen zuckten. Er war irritiert. Aber er war auch mit den Gedanken bei dem Sanddorn.

»Also gut, los geht's! Endspurt!«, rief er. »Ich bin sehr stolz auf euch, die ihr bis zum heutigen Tag durchgehalten habt. Jetzt ist es nur noch eine überschaubare Zeit, dann haben wir es geschafft. Ich war am Wochenende im Kühlhaus und habe mal überschlagen, wie viel wir haben.« Er machte eine Pause und sah in die Runde. Sein Ausdruck gefiel Franziska gar nicht. Er hatte eine Leichenbittermiene aufgesetzt, die Schlimmstes befürchten ließ. Plötzlich machte sich ein Grinsen auf seinem Gesicht breit. »Ihr wart gut, ihr wart sogar richtig gut. Nach dem, was noch an den Sträuchern hängt, könnte das ein Rekordjahr werden. Achtzig Tonnen sind realistisch«, berichtete er strahlend. Er war kaum mehr zu verstehen, denn seine Ausführungen gingen beinahe im Jubel unter. Franziska sah sich um. Es hatte die

Truppe im Verlauf der Ernte mächtig gebeutelt. Einige hatten das Handtuch geworfen, andere waren krankheitsbedingt aus dem Verkehr gezogen wie zum Beispiel Ziko. Wer noch da war, hatte kleine Blessuren oder wenigstens eine rote Schnupfnase und dunkle Ringe unter den Augen. Allen gemeinsam war der Stolz, noch dabei zu sein, die Freude, so viel geschafft zu haben. Ihr ging es nicht anders. Sie hatte sich lange nicht mehr durch eine Arbeit so befriedigt gefühlt.

Niklas spornte noch einmal alle an und machte eine Andeutung, dass es beim Erntefest eine kleine Überraschung geben werde, wenn die achtzig Tonnen tatsächlich geknackt würden. Er verstand es, seine Leute zu motivieren. Vielleicht verstand er es auch nur, Menschen für sich zu gewinnen, wenn er sie brauchte oder wollte, ging ihr durch den Kopf. Unsinn! Sie schüttelte ihre finsteren Gedanken ab und sprang auf den Anhänger des Traktors.

»Alles klar bei dir?« John stand ihr gegenüber. Er trug ein schwarzes Regencape, unter dem nur das Weiße seiner Augen hervorblitzte.

»Ja, alles klar.«

»Siehst müde aus.«

»Ich habe schlecht geschlafen, das ist alles.« Sie rang sich ein Lächeln ab.

Den Rest der kurzen Fahrt verbrachten sie schweigend. Kaum dass sie eine halbe Stunde auf dem Feld gearbeitet hatten, stieß Gesa zu ihnen.

»Hier kommt Verstärkung«, rief sie. Man konnte hören, dass auch ihre Kräfte allmählich schwanden. Trotzdem kam sie nicht auf die Idee, Franziska im Schnack aufzuhalten. Bestimmt hätte sie zu gerne gewusst, was da zwischen Niklas und ihr lief, aber sie konzentrierte sich auf die Zweige, schnitt routiniert einen nach dem anderen in kleine Teile. Franziska beäugte sie aus dem

Augenwinkel. Sie hatte geglaubt, selbst inzwischen ein recht ordentliches Tempo erreicht zu haben. Verglichen mit Gesa war sie eine Schnecke kurz vor dem Einschlafen.

Sie genossen die Verstärkung nicht lange. Ulli, der Traktorfahrer, der bei Ziko Erste Hilfe geleistet hatte, erschien auf der Bildfläche.

»Gesa, kannst du kommen? Die Leute an der Rüttelmaschine drehen durch. Der Regen ...« Mehr brauchte er nicht zu sagen.

Gesa seufzte matt. »War ja klar«, murmelte sie, während sie sich auch schon auf den Weg machte. »War nur eine Frage der Zeit.«

John erklärte Franziska in der Mittagspause, warum die Feuchtigkeit ein Problem war.

»Wenn es so nass ist, gefriert im Stickstoff alles zu einem dicken Klumpen. Das at die Maschine gar nischt gerne.« Er sah sie zerknirscht an.

»Gott sei Dank hat es aufgehört«, meinte sie und blickte hinauf zum Himmel. Da waren noch immer graue Wolken, aber es sah so aus, als würde es in den nächsten Stunden trocken bleiben. Das hoffte sie wenigstens.

»Wenn's doch schon vorbei wäre!« Gesa kam zu ihnen an den Tisch. In dieser Woche war in der Halle eine Sitzgruppe aufgebaut worden, weil es draußen einfach schon zu kalt und das Wetter zu unbeständig war. »Ich fühle mich wie 'ne Scholle ohne Gräten«, stöhnte sie.

»Kannst du nach der Ernte ein bisschen Urlaub nehmen?«, wollte Franziska wissen.

»Ich kann nicht, ich muss.« Gesa rollte mit den Augen. Da kam Mandy gelaufen, die gute Seele des Büros, wie sie genannt wurde. Franziska fragte sich, ob sie außer eine gute Seele zu sein noch etwas leistete. Sie hatte sie noch nie wirklich arbeiten sehen. Schon gar nicht im Büro. Meistens trank sie mit irgendjemandem Kaffee, drückte sich in der Hexenküche herum, um ihren Kommentar zu neuen Rezepten zum Besten zu geben, oder lenkte auf andere Art Kollegen von der Arbeit ab.

»Gesa, du musst kommen«, platzte Mandy los. »Da hat irgendein Volltrottel einen halben Baum in eine Kiste geworfen. Jetzt steht die Rüttelmaschine still.«

Gesa schloss für den Bruchteil einer Sekunde die Augen. »Gibt's doch nicht«, brachte sie erschöpft hervor. Schon war sie auf den Beinen und auf dem Weg hinter das Gebäude, wo die Maschine ihren Platz hatte.

Erst das Malheur mit den zu Eisklumpen gefrorenen Pflanzenteilen, dann ein dicker, mehrfach verzweigter Knüppel, der die Maschine außer Gefecht setzte. Franziskas Laune wurde dadurch nicht besser. Sie fühlte mit Niklas, der derartige Pannen und Hindernisse ganz bestimmt nicht gebrauchen konnte. In einem Winkel ihres Herzens war sie aber auch erleichtert. Auf diese Weise hatte er so viel um die Ohren, dass sie ihm gar nicht aus dem Weg gehen brauchte. Sie sahen sich sowieso nicht.

Die Tage schienen immer länger zu werden, denn es gab immer mehr, was die Mannschaft aufzuholen hatte. So wurde kaum mehr ein Wort gewechselt. Jeder versuchte sein Arbeitstempo noch zu erhöhen. Irgendjemand, vermutlich Gesa und Niklas im Wechsel, hatte begonnen sämtliches Gesträuch, das nach dem Abernten übriggeblieben war, durch eine große Schreddermaschine zu jagen. Wenn Hein und Ulli eine Ladung Früchte von den Feldern holten, brachten sie Berge des klein gehäckselten Materials mit und verteilten es zwischen den von Beeren befreiten Sanddornbüschen. Trotzdem schien der Haufen abgeschnittener und abgeernteter Äste nicht kleiner werden zu wollen. Der Anblick gelber und orangefarbener Früchte, die überall herumlagen, auf denen man ständig herumtrampelte, gehörte zum vertrauten Bild. Ebenso die Felder mit kurz geschnittenen Strauchreihen, an denen gerade noch so viel Grün war, dass die Pflanzen im nächsten Jahr daraus treiben konnten. Auch der Anblick von immer einer Reihe, die von den Scheren verschont geblieben war, überraschte nicht mehr. Der männliche Sanddorn war auf den bereits beackerten Bereichen das Einzige, was unbehelligt wachsen durfte.

Hatte Franziska noch gehofft, der Sommer hätte nur eine Pause eingelegt, käme aber noch einmal mit wärmenden Sonnenstrahlen zurück, so hatte sie sich gründlich geirrt. Nun gut, der September neigte sich bereits dem Ende zu, was wollte sie da erwarten? Es war Herbst. Daran war nicht zu rütteln.

Sobald Feierabend war, verabschiedete sie sich von John und Ramazan. Wenn sie Gesa oder Niklas sah, rief sie natürlich auch ihnen einen Gruß zu, machte sich dann aber schleunigst auf den Heimweg, ohne sich auf ein Gespräch oder gar eine Verabredung einzulassen. An diesem Abend war es trocken, doch der Wind pfiff mit einer ungeheuren Kraft. Franziska fiel ein, dass ihr Probiergläschen Sanddorn-Birnen-Marmelade à la Gesa leer war, und ging noch einmal zurück. Der Sitzbereich für die Erntehelfer war längst verwaist. Irgendwo hörte sie zwar noch Stimmen, jemand war noch fleißig, aber die meisten waren nach Hause gegangen. Gut so, sie war froh, wenn sie niemanden antreffen würde. Sie ging um die Stellwände herum, die man aufgebaut hatte, um den Erntearbeitern während der Pause wenigstens ein bisschen Ruhe zu gönnen, und blieb wie angewurzelt stehen. Sie sah Niklas, der neben der Tür zur Hexenküche an der Wand lehnte. Mandy stand halb vor ihm. Ihre Hände lagen auf seinem Bauch, soweit Franziska es erkennen konnte. Die Geste drückte tiefste Vertrautheit aus, um nicht zu sagen Intimität. Sie traute sich kaum zu atmen und presste sich nah an eine Stellwand. Doch die beiden hätten sie wahrscheinlich auch nicht wahrgenommen, wenn sie sich mitten in den Gang gestellt hätte, so beschäftigt waren sie miteinander. Sie atmete flach und beobachtete, wie Mandy den Kopf schüttelte und ihm einen zärtlichen Stups auf die Nase gab. Alles klar. Franziska konnte nicht hören, worüber die beiden sprachen, aber das musste sie auch gar nicht. Mandys helles Lachen erklang, und die Gesten sprachen sowieso eine überdeutliche Sprache. Vorsichtig trat sie den Rückzug an. Sie würde ohne Gesas Sanddorn-Birnen-Kreation auskommen müssen. Schade, aber das war ihr geringstes Problem.

Fassungslos und zutiefst enttäuscht machte sich Franziska auf den Heimweg. Sie hatte in einem dünnen Pullover gearbeitet und sich danach Fleeceweste und Windjacke übergezogen. Trotzdem fror sie erbärmlich. In ihrer Wohnung angekommen, stellte sie Teewasser auf und beschloss, endlich die Infrarotkabine auszuprobieren, die in ihrem Badezimmer installiert war. Wozu hatte sie schließlich eine solche Luxusausstattung, wenn sie sie nicht benutzte? Ob das Ding in der Lage sein würde, ihre innere Kälte zu vertreiben, bezweifelte sie sehr. Auch gegen die Gedanken, die in ihrem Kopf tobten, war es vermutlich machtlos. Immer wieder musste sie denken, dass Jürgen recht gehabt, dass Niklas sich kein bisschen geändert hatte. Irgendwo hatte sie doch gleich nach ihrer Ankunft eine Bedienungsanleitung für den Kasten gesehen. Es fiel ihr wieder ein. Als sie das dicke Heft sah, hatte sie schon keine Lust mehr. Um sich in eine kuschelige Decke zu wickeln und auf das Sofa zu legen, brauchte sie keine Gebrauchshinweise. Sie konnte es einfach tun. Eine leise Stimme in ihrem Hinterkopf erinnerte sie an das warme Wasser, das sie bei dem Ausflug mit Holger genossen hatte, und redete ihr gut zu, wenigstens einen Blick in das Heft in ihrer Hand zu werfen. Die Wirkung von Wärme sowie der Unterschied zwischen Infrarotkabine, Sauna und Dampfbad waren ausführlich beschrieben. Sie blätterte weiter. Zum Abnehmen sollte das Schwitzen gut sein, für die Haut, die Atemwege und die Muskeln und Gelenke. Aha, jetzt wurde es interessant. Zwanzig Minuten täglich bei fünfundvierzig Grad wurden empfohlen, um den beanspruchten Bewegungsapparat zu pflegen. O ja, ihr Bewegungsapparat war durchaus beansprucht. Was war mit der Seele? Wie lange musste man bei wie viel Grad schwitzen, damit die Traurigkeit verging? Erleichtert stellte sie fest, dass die Bedienung der Kabine ein Kinderspiel war. Das Heft war so dick, weil es mit Gesundheits- und Ernährungstipps aufgefüllt war. Außerdem gab es den gesamten Text in vier Sprachen. Sie programmierte Temperatur und Dauer und schaltete den Schwitzkasten ein. Sofort ging im Inneren Licht an. Durch die Glastür konnte sie sehen, dass die Farbe des Lichts ganz langsam von Gelb auf Rot, dann auf Grün, Violett und wieder auf Gelb wechselte. Zudem hörte sie leise Musik, wenn sie sich nicht täuschte.

Franziska schlüpfte aus ihren Kleidern und stieg unter die Dusche. Sie wusch die Anstrengung und die Sanddornreste des Tages ab. Mit dem Bild von Mandy und Niklas vor ihren Augen funktionierte das leider nicht. Jürgen hatte sie gewarnt, und er hatte mit jedem Wort recht gehabt, dachte sie zum wiederholten Mal. Blut war dicker als Wasser. Kein Mann dieser Welt konnte wertvoller sein als ein großer Bruder. Ein schwacher Trost. Als sie sich gerade abtrocknete, ertönte ein leises Piepen, Zeichen dafür, dass die eingestellte Temperatur in der Kabine erreicht war.

Franziska trat ein, legte ein kleines Handtuch auf die Holzbank und ließ sich nieder. Mit aller Macht versuchte sie die Erinnerung an Mandys Hand auf Niklas' Bauch zu vertreiben. Was hatte sie da überhaupt herumgefummelt? Ach, es konnte ihr egal sein. Sie wollte sich ganz auf die Wärme und die Entspannung konzentrieren. Herrlich, sie hatte sich nicht verhört, in dem Minischwitzhaus lief Musik, allerdings irgendwelche Sphärenklänge, die ihr bald auf die Nerven gehen würden. Sie entdeckte einen Schalter, der vier verschiedene Einstellungen erlaubte. Außer den etwas mystisch anmutenden Melodien gab es noch ein Radioprogramm, Jazz oder leichte Klassik. Sie blieb bei der Klassik und atmete auf. Warum hatte sie das Ding nicht schon öfter genutzt? Das würde sich jetzt ändern. Am Ende der zwanzig Minuten erklang wiederum ein Piepen. Die Strahlung hörte auf, aber Licht und Musik blieben für weitere fünf Minuten. Franziska war doch tatsächlich im Sitzen eingenickt. Das Piepen hatte sie sanft geweckt. Sie genoss noch die Wärme und Entspannung. Als es dunkel wurde, ging sie erneut unter die Dusche. Eigentlich hatte sie noch etwas essen wollen, aber sie schlüpfte sofort in Schlafanzug und Bademantel und beschloss, nur noch die Verpflegung für den nächsten Tag vorzubereiten. Dann würde sie direkt ins Bett gehen und sich die Decke über den Kopf ziehen.

Es klingelte an ihrer Tür. Franziska erstarrte. Die Entspannung war wie weggeblasen, sie verkrampfte sich völlig.

»Wer ist da?«, sagte sie mit leiser Stimme in die Gegensprechanlage und kannte die Antwort bereits.

»Niklas. Komme ich ungelegen?«

»Ich wollte gleich ins Bett«, stammelte sie.

»Fünf Minuten?« Er klang unsicher.

Franziska drückte auf den Summer und hörte, wie sich unten die Haustür öffnete. Schritte im Treppenhaus, dann war er da. Ihr Herz schlug hart in ihrer Brust. Am liebsten hätte sie ihn in den Arm genommen. Sie sehnte sich nach ihm. Doch sofort sah sie wieder Mandy vor sich. Er küsste sie zur Begrüßung, doch sie drehte den Kopf weg.

»Habe ich etwas verpasst?«

»Das glaube ich kaum.« Ihr Verhalten gefiel ihm gar nicht. Natürlich nicht, er war es gewöhnt, dass die Frauen sich von ihm einwickeln ließen. Das hatte bei ihr ja auch ganz gut geklappt. Nur war es jetzt eben vorbei.

»Ich hatte in der Firma das Gefühl, dass mit dir etwas nicht stimmt«, begann er. »Na ja, und wir haben da logischerweise keine Zeit füreinander.« Er machte einen Schritt auf sie zu. »Ich habe dich zwar jeden Tag gesehen, du hast mir aber trotzdem gefehlt.« Seine Stimme war sanft. Nur nicht noch mal von ihm einlullen lassen.

»Niklas, ich bin wirklich ziemlich erledigt und froh, wenn ich die restlichen Erntetage überhaupt noch irgendwie überstehe. Ich brauche jetzt eine ziemlich große Mütze Schlaf.« Sie war von ihm weg zum Küchentresen gegangen. »Ich mache mir noch mein Brot für morgen. Wenn du so lange ...«

»Was soll das Theater, Franziska? Warum sagst du mir nicht klipp und klar, was los ist?«

Sie sah ihn an. Es war wirklich besser so. »Also schön. Niklas, ich habe Jürgen ein paarmal getroffen.« Seine Stirn legte sich kurz in Falten. Er war irritiert und hatte anscheinend etwas anderes erwartet. »Das weißt du ja. Na ja, wie soll ich das erklären? Am besten frei von der Leber weg.« Sie lachte ein wenig künstlich. »Er ist mein Bruder. Zwar nur mein Halbbruder, aber immerhin. Du bist sein Halbbruder. Zwar sind wir beide nicht direkt miteinander verwandt ...« Weiter kam sie nicht.

»Wir sind gar nicht miteinander verwandt«, unterbrach er sie. »Kein bisschen. Es gibt keinen Grund, sich deshalb Gedanken zu machen.«

»Ich weiß. Trotzdem. Irgendwie ist es doch komisch, wenn wir ein Paar wären und uns einen Bruder teilten.«

»Hat Jürgen dir das eingeredet?«, fragte er böse.

»Niemand hat mir etwas eingeredet. Es kommt mir einfach komisch vor. Das ist nun einmal mein Gefühl.«

»Das kann doch nicht dein Ernst sein. Ich dachte schon ...« Er ließ die Schultern hängen. Wie ein Häufchen Elend stand er da. Sollte er sich doch von seiner guten Büroseele trösten lassen.

»Ach komm, Niklas«, sagte sie und gab sich alle Mühe, ihrer Stimme einen lockeren Ton zu geben, »es ist doch besser, wir beenden es jetzt, solange es noch nicht so weh tut, als wäre erst etwas Ernstes daraus geworden.« Er starrte sie an, als hätte sie ihm eine Eisenstange über den Kopf gezogen. Seine Miene fror ein, genau wie es bei Jürgen der Fall gewesen war, als sie ihm eröffnet hatte, in Niklas verknallt zu sein.

»Ich dachte schon, du hättest Mandy und mich zusammen gesehen und falsche Schlüsse gezogen«, beendete er seinen Satz eisig.

Jetzt fühlte sich Franziska, als hätte ihr jemand eins übergezogen. »Wieso? Was denn für falsche Schlüsse?«, stotterte sie.

»Mandy meinte dich gesehen zu haben. Du warst schon die ganze Zeit so komisch, deshalb dachte ich, ich komme kurz vorbei und erkläre dir, was du vielleicht gesehen hast, damit du ... Ist jetzt ja egal.« Er drehte sich um, blieb aber stehen. »Mandy ist Florians Schwester. Du erinnerst dich noch an den kleinwüchsigen Schwimmer?«

»Natürlich«, entgegnete sie tonlos.

»Er war mein erster Freund, den ich auf Rügen gefunden habe. Das hatte ich dir erzählt. Seine Schwester kenne ich deshalb auch fast mein ganzes Leben. Sie ist mir vertraut, als wäre sie meine kleine Schwester. So gehen wir auch miteinander um.«

»Ist doch schön«, flüsterte sie hilflos.

»Ja, das ist es. Ihr ist aufgefallen, wie ich dich ansehe, also habe ich ihr erzählt, dass wir zusammen sind, dass du sogar herziehen willst.« Er wandte sich ihr wieder zu. »Vermutlich hast du es dir anders überlegt und ziehst lieber nach Stralsund, was?« Bevor sie antworten konnte, sprach er weiter. »Ich habe mir heute an der Rüttelmaschine meinen Pullover versaut. Sie hat sich den Kladderadatsch vorhin angesehen und meinte, du hättest uns beobachtet und wärst dann schnell gegangen. Ich wollte nicht, dass du annimmst, ich hätte etwas mit Mandy, während ich etwas mit dir angefangen habe.« Er lachte bitter auf. »Ich Volltrottel dachte doch glatt, es wäre schon etwas Ernstes zwischen uns.« Drei Schritte, dann war er aus der Tür und warf sie hinter sich zu. Franziska hörte, wie er zwei Stufen auf einmal nehmend durch das Treppenhaus und dann aus dem Haus stürmte.

Die letzten Tage bis zum Erntefest waren eine Tortur. Ziko war zwar wieder im Einsatz, konnte sich allerdings nicht mehr so schnell bewegen wie vor seinem Unfall. Obendrein waren ihm Pausen verordnet worden, auf deren Einhaltung John peinlichst achtete. Franziska hatte keine Kraft mehr. Die körperlichen Schmerzen und die Erschöpfung waren bei weitem nicht das Schlimmste. Viel mehr machte ihr zu schaffen, sich von Niklas fernzuhalten. Es fiel ihr so unfassbar schwer, denn er fehlte ihr mit jeder Faser ihres Körpers und ihrer Seele. Mal sagte sie sich, dass sie schon darüber hinwegkommen würde und das Opfer für Jürgen gern brachte, dann wieder kamen die Tränen so schnell, dass sie behaupten musste, ihr sei etwas ins Auge geflogen.

»Was ist bloß los mit dir?«, fragte Gesa während einer Mittagspause. »Steckt dir 'ne Gräte quer?«

Franziska hatte etwas von Zerrung oder doch nur Muskelkater gefaselt, sich entschuldigt und war auf die Toilette geflohen. Ihr war klar, dass Gesa ihr nicht glaubte, nur hatte sie einfach keine Zeit, weiterzubohren. Wenn die Ernte vorüber war, hätte sie diese Zeit. Es würde nicht lange dauern, bis sie sich Franziska vornehmen und sie nach Strich und Faden verhören würde. Die Vorstellung davon, beim Erntefest mit der gesamten Mannschaft beisammensitzen zu müssen, machte es nicht besser. Bis vor kurzem hatte sie sich noch darauf gefreut, jetzt war allein der Gedanke daran der pure Horror. Sie konnte kneifen, ging ihr mehr als einmal durch den Kopf. Sie konnte die Insel innerhalb weniger Stunden verlassen. Es sollte ihr doch gleich sein, wie enttäuscht ihre Truppe von ihr wäre. Sie würde diese Männer sowieso nie wiedersehen. Es war ihr aber nicht gleich. Weglaufen war einfach keine Option. So setzte sie ihre ganze Hoffnung darauf, Jürgen würde sich besinnen. Sie wünschte sich sehnlichst, dass er einsah, wie falsch seine Bitte, sich von Niklas fernzuhalten, war. Sie wünschte sich, dass er sie aus der Pflicht entließ. Nur geschah das leider nicht. Im Gegenteil. Er war geradezu aufgeblüht, weil seine kleine Schwester demnächst in seiner Nähe leben würde. Er kam nachmittags vorbei, selbst wenn es nur für zwei Stunden war, und fuhr mit ihr in einen von Putgarten weit entfernten Ort der Insel.

»Im Süden gibt es eigentlich besonders hübsche Dörfer«, erklärte er ihr. »Du hast den Vorteil, schnell an schönen Stränden und in den Seebädern zu sein, aber eben auch in Stralsund und auf dem Festland.« Er strahlte sie an. »Das ist für deinen Job bestimmt auch gut. Ich meine, so vergrößerst du doch eigentlich dein Einzugsgebiet.«

Zuerst schleppte er sie ausgerechnet nach Rambin. Sie erkannte sofort das Brauhaus wieder, in dem sie zwei Abende mit Niklas verbracht hatte. Zwei wunderschöne Abende. Er zeigte ihr Altefähr, Zudar und Groß Schoritz, alles hübsche Gemeinden, wo es sich bestimmt gut leben ließe. Nur war ihre Motivation, sich auf Rügen niederzulassen, deutlich gesunken. Sie war nicht in der Lage, eine Zukunft zu planen, wenn sie nicht vorher klären konnte, was ihr so schwer auf der Seele lastete. Am liebsten hätte sie Niklas längst alles erklärt, sich bei ihm entschuldigt, doch sie hatte ihrem großen Bruder ein Versprechen gegeben. Das war ihr heilig. Darum gab es nur einen Weg aus der Misere. Sie musste mit Jürgen sprechen und ihn dazu bringen, sie aus der Pflicht zu entlassen.

»Ich muss etwas mit dir besprechen«, begann sie, als sie nach einer Besichtigungstour im Hafen von Stralsund in einem Restaurant saßen.

»Was hast du denn auf dem Herzen?« Er sah sie freundlich an und nahm ihre Hände. »Ich habe schon die ganze Zeit gemerkt, dass du nicht mehr so gut drauf bist. Es ist also nicht nur die anstrengende Ernte dran schuld?«

Sie schüttelte traurig den Kopf. »Nein, Jürgen, es geht um Niklas.«

Er zog seine Hände zurück, als hätte sie ihm einen elektrischen Schlag verpasst. »Zissi, bitte, ich habe dir doch erklärt …«

»Ja, das hast du. Aber weißt du, ich mag ihn. Und er mag mich. Und ich glaube wirklich, dass er es ehrlich meint.«

»Ja, das haben die anderen Mädchen auch geglaubt.«

»Ich bin kein Mädchen mehr, Jürgen. Ich bin eine erwachsene Frau mit einer ganz ordentlichen Portion Menschenkenntnis.« Sie sah ihn flehend an, doch er senkte den Blick. »Du hast erzählt, dass er einige Herzen gebrochen hat. Aber das ist in einem bestimmten Alter doch normal, oder? Du hast bestimmt auch mal geflirtet, ohne ernsthaft verliebt gewesen zu sein.«

»Nein, Franziska, das habe ich nicht. Und ich weiß auch nicht, wie du darauf kommst, dass das eigentlich normal ist.«

Was sollte sie nur sagen? Sie fühlte sich hilflos. Ihm war anzusehen, dass ihn das Thema sehr belastete. Trotzdem konnte sie nicht so einfach aufgeben.

»Was ist passiert, dass du so extrem schlecht über deinen Bruder sprichst? Ich meine, ich kann mir vorstellen, dass es für euch beide am Anfang nicht leicht war. Du wurdest aus unserer Familie gerissen und mit einem Bruder konfrontiert, mit dem du deine Mutter teilen musstest. Niklas musste auch plötzlich die Aufmerksamkeit seiner Mutter teilen«, gab sie zu bedenken. Sie konnte sich zwar nicht vorstellen, dass Marianne ihren Söhnen überhaupt viel Liebe und Zuwendung gewidmet hatte, dennoch musste es für beide Jungs schwierig gewesen sein, nun auch noch einen Konkurrenten neben sich zu haben. »Ihr musstet euch beide in einer neuen Umgebung einleben. Wirklich, Jürgen, ich kann mir vorstellen, dass das eine schwere Zeit war. Aber es ist kein Grund, mehr als zwanzig Jahre später noch immer verfeindet zu sein.«

»Wir sind nicht verfeindet«, widersprach er halbherzig.

»Na, ziemlich beste Freunde seid ihr aber auch nicht gerade.« Sie lächelte, um die Situation ein wenig zu entspannen. »Was ist passiert?«

Er knetete unbehaglich die Hände. Franziska dachte schon, er würde ihr eine Antwort schuldig bleiben. Plötzlich raffte er sich auf. Er holte tief Luft, straffte die Schultern und begann zu erzählen.

»Ich wollte dir das eigentlich ersparen. Allerdings habe ich Angst, dass du Niklas' Charme doch noch erliegst. Wenn du weißt, wie skrupellos er sein kann, dann verlierst du hoffentlich deine Begeisterung für ihn.« Wieder atmete er tief durch. »Ich hatte dir mal erzählt, dass ich nach dem Umzug in die DDR angefangen habe mich für Geschichte zu interessieren. Ich war elf. Es ist mir sowieso nie leichtgefallen, Freunde zu finden. Also habe ich meine Nase lieber in Bücher gesteckt. Ich hatte eigentlich genug damit zu tun, in der Schule zurechtzukommen und mich mit Niklas zu arrangieren. Du hast schon recht, ihm fiel das alles auch nicht leicht. Aber er war kleiner, hat sich schneller umstellen können. An mir sind die entscheidenden Jahre vor der

Pubertät vorbeigerannt. Ich habe es verpasst, mich einer Clique anzuschließen. Deswegen war natürlich auch nichts mit Mädels«, setzte er scheu hinzu. Es war ihm unangenehm, darüber zu reden.

»Das war sicher eine unglückliche Situation, aber dafür kannst du Niklas doch nicht die Schuld geben. Ich finde, deine Mutter hätte versuchen können einzugreifen. Sie hätte dich von deinen Büchern weglocken und mit jungen Leuten zusammenbringen können.«

»Dafür gebe ich Niklas nicht die Schuld«, sagte er eisig und betonte das erste Wort. »Ich möchte lediglich, dass du dich in die Zeit damals und in meine Lage hineinversetzen kannst.« Sie schwieg. Was sollte sie auch sagen? »Jedenfalls ... Niklas war ganz anders als ich. Zuerst hatte er auch Schwierigkeiten, Kontakt zu den Leuten zu kriegen. Die wollten uns ja auch irgendwie nicht haben. Aber dann fiel die Mauer. Es kamen einige aus dem Westen her, Unternehmer in Goldgräberstimmung. Die brachten natürlich ihre Familien mit. Von da an hat Niklas eigentlich schnell Anschluss gefunden. Als er in das richtige Alter kam, rannten ihm die Mädchen hinterher. Das hat ihm gefallen«, sagte er in einem Ton, der mehr als deutlich machte, was er davon hielt. »Diejenigen, die sich nicht für ihn interessierten, haben ihn gereizt. Egal, ob sie sein Typ waren oder nicht, er musste ausprobieren, ob er sie rumkriegen konnte.«

»Rumkriegen, wie sich das anhört«, protestierte sie. »Er war ein halbwüchsiger Filou, habe ich recht? Er hat seine Wirkung ausprobiert, getestet, was bei der Frauenwelt ankommt. Das ist doch ganz natürlich.«

»Okay, er wird in dem Alter nicht mit jeder ins Bett gestiegen sein. Das will ich nicht behaupten. Aber im Ernst, Zissi, was soll das denn? Testen, was bei der Frauenwelt ankommt!«

»Das macht man in einem bestimmten Alter nun mal so. Man muss auch das Flirten üben, man muss die Spielregeln kennenlernen.«

»An Spielregeln hat er sich mit Sicherheit nicht gehalten«, erwiderte er erbost. »Glaubst du, seine Testobjekte, die ihm auf den Leim gegangen sind, von denen er dann aber plötzlich nichts mehr wollte, fanden das alles ganz normal und gar nicht schlimm?« Er trank einen großen Schluck Rhabarberschorle.

Franziska ließ ihm Zeit. Wenn sie ihm verdeutlichen konnte, dass Niklas' Verhalten gar nicht so schrecklich verwerflich war, wie er sich offenbar einredete, konnte sie ihn vielleicht zur Vernunft bringen. Sie musste es irgendwie schaffen, zwischen den beiden Halbbrüdern zu vermitteln.

»Ich habe ihm ein einziges Mal von einer Frau erzählt, die mir etwas bedeutet hat«, begann er plötzlich leise. »Sonst wollte ich nie etwas von seinen Geschichten hören und schon gar keinen guten Rat, wie es bei mir auch mit den Mädels klappen könnte. Es hat mir doch immer nur weh getan, vom jüngeren Bruder gute Tipps zu bekommen, zu hören, wie gut es bei ihm läuft. Als ich Britta kennenlernte, war das anders.« Er schluckte. »Ich war echt verliebt.« Jürgen machte eine lange Pause. Er würde ihr jetzt doch nicht etwa erzählen, dass Niklas etwas mit dieser Britta angefangen hatte. »Britta war nicht wie die anderen. Sie war ernsthafter und sehr sensibel. Wir hätten gut zusammengepasst.« Er lächelte traurig. »Da bin ich mir sicher.«

»Aber?«, fragte Franziska, nachdem sie lange geschwiegen hatten.

»Britta hätte nie den ersten Schritt gemacht. Ich wusste eigentlich auch nicht recht, wie das geht. Da habe ich mich Niklas anvertraut, ihn ein einziges Mal um Rat gebeten. Böser Fehler«, sagte er finster.

»Warum, was ist passiert?«

»Was wohl?«, presste er zornig hervor. »Er hat gemacht, was er immer macht. Niklas hat probiert, ob Britta nicht auch auf ihn abfährt. Als das geklappt hat, war sie für ihn uninteressant. Er hat sie fallen lassen, hat mit anderen Mädchen rumgemacht. Das war bei einer Silvesterfeier am Strand vor Prora. Britta musste mit ansehen, wie er den anderen schöne Augen gemacht hat. Das hat sie nicht ausgehalten.« Seine Stimme war so eisig und gleichzeitig so verzweifelt, dass Franziska eine Gänsehaut bekam. »Sie hat sich umgebracht.«

»Was? Nein!«

»Doch, Zissi, leider. Mir ist natürlich klar, dass er das nicht gewollt hat. Nur hätte er doch damit rechnen müssen, dass mal eine überreagiert, wenn sie so verletzt wird. Findest du nicht? Vor allem eine wie Britta, die so sensibel war.«

»Wie hat sie …? Ich meine, ist es sicher, dass es Selbstmord war?«

»Britta hat nichts getrunken, keinen Alkohol, meine ich. Trotzdem wurde sie am Neujahrsmorgen ein Stück weiter südlich bei Binz gefunden. Ihr Körper war von der Ostsee an den Strand gespült worden.« Er holte tief Luft. »Was glaubst du, wie sie ins Wasser gekommen ist, nüchtern, bei eisiger Kälte?« Er war laut geworden. Vom Nachbartisch sah ein Familienvater irritiert herüber.

»Vielleicht ist sie unglücklich gestürzt, vielleicht hatte sie auch Kummer zu Hause und hat es deshalb getan«, wandte Franziska ein. »Manchmal sind die Dinge nicht, wie sie scheinen.« Er setzte zum Widerspruch an, doch sie fuhr unbeirrt fort: »Papa wollte dich auch nicht loswerden. Trotzdem hast du das jahrelang geglaubt und warst so enttäuscht, dass du keinen Kontakt zu uns gesucht hast. Aber das war falsch. Du bist einem Irrtum aufgesessen. Papa hat dich nie hergeben wollen.«

»In dem Fall bin ich keinem Irrtum aufgesessen, sondern schlicht und ergreifend belogen worden. Das werde ich meiner Mutter auch nie verzeihen. Was Britta angeht, wurde ich nicht belogen. Sie selbst hat es mir gesagt.«

Franziska starrte ihn völlig verwirrt an. »Was? Was hat sie dir gesagt? Dass sie sich das Leben nehmen will, weil Niklas sich nicht mehr für sie interessiert?« Das konnte doch nicht sein. Jürgen hätte dieses Mädchen keine Sekunde mehr aus den Augen gelassen.

»Das natürlich nicht. Nein, sie kam irgendwann zu mir. Das war, kurz nachdem ich Niklas ins Vertrauen gezogen hatte. Sie hat mir gesagt, sie hätte das Gefühl, Niklas würde plötzlich ihre Nähe suchen. Er hätte sie zu uns nach Hause eingeladen. War ja klar«, schimpfte er wütend, »ich sollte ja mitkriegen, dass die beiden was miteinander anfangen. Sonst hätte sich die Sache für meinen Herrn Bruder doch gar nicht gelohnt. In mir hat Britta einen Freund gesehen, dem sie vertrauen kann, nur leider eben nicht den Mann, in den sie sich hätte verlieben können. Sie wollte von mir wissen, ob mein Bruder es wohl ernst mit ihr meinte.«

»Ich nehme an, du hast sie vor ihm gewarnt, wie du es bei mir getan hast, oder?«

»Nicht ganz«, gestand er leise. »Ich sagte, dass sie seinen Ruf bestimmt kennt, der ihm vorauseilt. Dass sie bei ihm vorsichtig sein soll, habe ich gesagt, weil er keine ehrliche Haut ist. Und dass ich mir schon vorstellen könnte, warum er plötzlich Interesse an ihr hätte. Aber das sollte sie mal lieber allein herausfinden.«

»Ich kann das alles nicht glauben. Es ist natürlich furchtbar, dass es so schlimm geendet hat, aber sie war sicher noch jung. Da spielen die Hormone verrückt. Jungs riskieren zu viel, und Mädchen tun dumme Sachen, weil die Emotionen mit ihnen durchgehen.« Weiter kam sie nicht.

»Eine ziemlich dumme Sache, ja.« Er funkelte sie an. »Ich weiß ja, was du eigentlich meinst. Niklas hat sich schäbig verhalten, aber er hat nicht mit dem Schlimmsten rechnen müssen. Er hat sie nicht umgebracht, das hat sie selbst getan.«

Sie legte ihm eine Hand auf den Arm. »Ja, so schrecklich es auch ist, aber genau so sehe ich das.«

»So hätte ich es vielleicht auch sehen können, wenn Niklas das Ganze nicht so ausgekostet hätte, wenn er nicht extra alles inszeniert hätte, um mich zu treffen. Einmal habe ich ihm etwas über meine Gefühle für ein Mädchen erzählt, und er muss mir unbedingt vorführen, wie sehr sie auf ihn abfährt und wie er sie fallen lässt.«

»Was meinst du damit?«

»Erst die Einladung zu uns nach Hause, dann die Silvesterparty. Er wusste, dass sie an den Strand kommt. Er hat sie ja geradezu angefleht. Du kannst dir nicht vorstellen, wie oft er versucht hat, auch mich zu überreden. Er hat einfach nicht lockergelassen. Ich sollte dabei sein, wenn sie ihn anhimmelt und er mit anderen knutscht.«

»Aber du warst nicht dabei?«

»Ich bin doch nicht verrückt. Das habe ich mir nicht angetan. Ich habe auch so von anderen genug gehört. Und am 1. Januar hat man sie dann gefunden.« Sie sah den Zorn und den Schmerz in seinen Augen und drückte seinen Arm.

»Hast du ihm wenigstens eine runtergehauen?«, fragte sie vorsichtig und hoffte, ihn ein wenig zum Lächeln bringen zu können. Doch es gelang ihr nicht.

Er schüttelte den Kopf. »Als Niklas gehört hat, was passiert ist, hat er eigentlich ziemlich übertrieben reagiert, als würde es ihm tatsächlich etwas ausmachen. Ich glaube, besser gesagt, ich glaubte damals, dass es ihn wirklich umgehauen hat. Er war total geschockt über das, was er angerichtet hat.« Seine Stimme wurde so leise, dass Franziska Mühe hatte, ihn zu verstehen. »Er hat mir leidgetan. Er war doch mein kleiner Bruder! Außerdem fühlte ich mich mitschuldig an Brittas Tod. Ich hätte ihr gegenüber viel deutlicher werden müssen. Ich hätte ihr sagen müssen, dass Niklas nicht zu trauen ist, dass er oberflächlich ist und es mit Mädchen einfach nicht ernst meint. So, wie ich es dir gesagt habe.«

Es verging eine lange Zeit, in der sie schweigend dasaßen und ihren Gedanken nachhingen. Franziska malte sich aus, wie das Ereignis von damals das Verhältnis der Brüder bis zum heutigen Tag belastete. Je länger sie sich darüber nicht ausgesprochen hatten, desto dicker war die Mauer zwischen ihnen geworden. Es tat ihr für die beiden unendlich leid. Und es tat ihr für sich selbst leid, denn jetzt sah sie keine Möglichkeit mehr, ihr Versprechen, das sie Jürgen gegeben hatte, aufzuheben. Britta hatte sich ihm anvertraut. Er hatte sie nicht eindringlich genug vor Niklas gewarnt, und es war ein Unglück passiert. Nun hatte sie, Franziska, sich ihm anvertraut. Dieses Mal hatte Jürgen seine Warnung klar und deutlich formuliert. Sie konnte sich nicht darüber hinwegsetzen. Wenn Niklas sie verletzen würde, konnte Jürgen das unmöglich verkraften. Schon die Vorstellung, dass es passieren könnte, würde ihn um den Verstand bringen. Um das Schweigen zu brechen und ihren gemeinsamen Abend nicht so schrecklich traurig enden zu lassen, kam sie auf ihren Vater zu sprechen.

»Ich sagte dir ja schon, dass Papa dich wahnsinnig gerne sehen würde.« Er lehnte sich zurück und verschränkte die Arme vor der Brust. Klarer konnte seine Körpersprache nicht ausdrücken, dass er keine Lust auf ein zweites unerfreuliches Thema hatte. »Ja, ich weiß, du bist noch immer skeptisch ihm gegenüber. Jürgen, Papa hat Fehler gemacht. Das ist mir klar. Er hätte dich nie aufgeben dürfen. Nur siehst du, er wusste sich einfach keinen anderen Rat. Susanne hat so furchtbar gelitten. Ihr Unterbewusstsein hat dich gelöscht, damit sie deinen Verlust überhaupt ertragen kann. Papa wollte, dass wieder Frieden und Ruhe in die Familie einkehren.

Es war nicht richtig, aber es war seine Entscheidung. So wie du entschieden hast, dich lieber von uns fernzuhalten, obwohl du damit in Kauf nehmen musstest, mich nicht mehr zu sehen.«

»Ich sage ja nicht, dass ich ihn nicht sehen will«, lenkte er ein. »Lass mir nur noch ein bisschen Zeit, ja?«

»Kein Problem.« Sie strahlte ihn an. »Ende Oktober ist mein dreißigster Geburtstag. Ich möchte ihn hier feiern, also auf der Insel.« Sie freute sich auf das Ereignis, doch gleichzeitig war sie betrübt. Sie hatte sich ausgemalt, ihren Vater und Maren einzuladen und ihnen Niklas vorzustellen. Wie die Sache jetzt aussah, würde er gar nicht zu ihrem Fest kommen. »Papa wird dafür herkommen. Ich wünsche mir, dass ihr euch vorher schon trefft und ausspricht, damit ihr bei meiner Feier entspannt miteinander umgehen könnt.« Bevor er Einwände erheben konnte, sagte sie: »Das ist mein Geburtstagswunsch. Basta.«

Das Erntefest fand am 2. Oktober statt. Da der nächste Tag ein Feiertag war, konnten alle ausschlafen. Diejenigen, die wie Ziko oder John extra wegen der Ernte auf der Insel waren, wollten natürlich schnellstens zurück zu ihren Familien. Deshalb legte Niklas die Feier jedes Jahr auf diesen Termin, der sich meist direkt an den letzten Einsatztag anschloss, wie Gesa erklärt hatte. Franziska hatte darüber nachgedacht, sich krankzumelden. Wann immer sie Niklas sah, war ihr das Herz so schwer, dass sie es kaum ertragen konnte. Noch schwerer wog nur das Versprechen, das sie Jürgen gegeben hatte. Da sie nicht glaubte, dass sie die Männer ihrer Erntemannschaft je wiedersehen würde, raffte sie sich auf und machte sich auf den Weg. Sie wollte sich anständig von ihnen verabschieden.

Über dem Haupteingang von Rügorange prangten Sanddornzweige voller Früchte, die es irgendwie geschafft hatten, der Rüttelmaschine zu entkommen. Auch die Pavillons, unter denen lange Tische und Bänke aufgebaut waren, schmückten bunte Zweige. Es war ein kühler grauer Tag. Immerhin regnete es nicht. Zu ihrer Erleichterung stellte Franziska fest, dass es mehrere tönerne Öfen gab, die um die Pavillons herum aufgebaut waren. Ein großer Schwenkgrill würde ebenfalls seinen Beitrag leisten, damit sie nicht erfroren.

»Hey, Ziska, cool, dass du da bist. Ich dachte schon, du drückst dich.« Gesa kam auf sie zu und schüttelte ihr überraschend förmlich die Hand.

»Wieso sollte ich mich drücken? Wovor überhaupt?« Ehe Gesa antworten konnte, fuhr Franziska fort: »Du siehst klasse aus! Steht dir super, diese Frisur.« Gesa hatte die Haare ausnahmsweise gebändigt und glatt nach hinten geföhnt. Das ließ sie um einiges weicher und weiblicher aussehen als die frechen Fransen, die sie sonst trug.

»Danke. Ist meine Festtagsfrisur und immer etwas ungewohnt.« Sie rollte mit den Augen.

»Ich werde am 24. Oktober dreißig und lade dich hiermit schon mal offiziell ein«, sagte Franziska feierlich. »Ich weiß noch nicht, wo und wann genau die Sause steigt, aber ich weiß, dass du auch mit Tuch um die Fransenmähne willkommen bist, wenn du dich damit wohler fühlst.«

Gesa lachte. »Das ist sehr nett. Also überhaupt, dass ich eingeladen bin. Niklas hat noch gar nichts erzählt.« Sie beobachtete Franziska genau. »Na ja, ist ja klar, der wusste vermutlich nicht, ob du mich einlädst.«

»Der weiß gar nicht, dass ich etwas geplant habe. Also noch nicht. Er weiß es noch nicht«, murmelte sie.

In dem Augenblick kam Florian über den Hof gewackelt und gesellte sich zu ihnen.

»Moin, Franzi. Darf ich Franzi sagen?« Er deutete wieder seinen berühmten Handkuss an.

»Gern. Moin, Florian. Oder muss ich Flori sagen?«

»Ha, sehr schlagfertig.« Er schmunzelte. »Nö, Florian ist schon okay.«

»Ich lasse euch mal kurz allein. Will noch ein paar Leute ansprechen, ob sie für Ziko was spenden wollen. Niklas packt zwar auch was in die Sammelbüchse, aber für den Ausfall kann er ihn natürlich nicht voll bezahlen. Apropos …« Sie holte eine Dose hervor und schüttelte sie, dass es laut klapperte.

»Das ist eine tolle Idee, Gesa. Soweit ich weiß, kriegen wir nachher alle unsere Lohntüten, richtig?«

»Ganz genau.«

»Kannst du es irgendwie hinkriegen, die Hälfte meines Lohns in die Spendenbüchse zu packen?«

»Die Hälfte?« Gesa und Florian sahen Franziska mit großen Augen an.

»Ich hatte damit gerechnet, ganz ohne Bezahlung zu arbeiten«, erklärte sie. »Und ich verdiene mit meinem Coaching so unverhältnismäßig viel mehr als Ziko mit seiner Arbeit als Arzt oder mit seinen Ausflügen als Erntehelfer, dass ich mich schämen muss.« Wieder holten Gesa und Florian synchron Luft, als hätten sie das lange einstudiert. »Ziko braucht das Geld sehr viel dringender als ich. Darüber sind wir uns doch wohl einig.« Die beiden sahen sich an. »Also! Ich hatte schon überlegt, wie ich das unauffällig hinkriege. Wenn du das Geld in den Spartopf packst, ist es perfekt.«

»Wie du meinst.« Gesa zuckte mit den Schultern. »Da wird aber echt die Scholle in der Pfanne verrückt«, murmelte sie und ging davon. Während Franziska ihr hinterhersah, entdeckte sie Sergej und John und winkte ihnen zu.

»Du hast die Ernte also tatsächlich bis zum letzten Tag überstanden«, begann Florian, hakte sich bei ihr unter und schlenderte mit ihr weg von den Pavillons und den vielen Menschen.

Er führte sie in Richtung des Kühlhauses, hinter dem die Felder begannen. »War es sehr schlimm?«

»Ach, eigentlich ging es.« Jetzt fing sie auch schon mit Jürgens Eigentlich-Macke an. »Nein, es ging wirklich, wenn es manchmal auch ziemlich hart war.«

»Kann ich mir denken. Und was ist mit deiner … Wie soll ich es nennen? Mit deiner Sinnsuche. Du bist doch auf Rügen, um neue Wege auszuloten, um deine Marschrichtung neu zu bestimmen, oder?«

»Hat Niklas dir das erzählt?«

»Ja.« Er sah zu ihr auf. »Überrascht?«

»Nein, wieso?«

»Du dachtest nicht, dass er über dich spricht, oder?«

»Weiß nicht. Ich habe mir darüber keine Gedanken gemacht.« Sie versuchte ihm auszuweichen. »Was machst du überhaupt hier? Nicht einen einzigen Zweig schneiden und trotzdem zum Feiern kommen, das habe ich gern«, scherzte sie.

»Ich bin mit meinen Theaterkindern hier.« Seine Augen leuchteten. »Das heißt, ich bin schon hier, aber die Kids kommen noch. Die werden mit dem Bus gebracht.«

»Kriegen wir eine Vorstellung geboten?«

»Allerdings.« Er blieb stehen und machte eine tiefe Verbeugung, wobei er die rechte Hand auf den Rücken legte und die linke mehrfach vor der Brust kreisen ließ, bevor er sie in weitem Bogen zur Seite führte und den Arm weit von sich streckte. »Es ist mir eine Ehre, dir und den anderen als Lohn für die wochenlange Plackerei die großartigen Stage-Kids zu präsentieren.« Als er sich wieder aufgerichtet hatte, wechselte er von dem Ton eines Zirkusdirektors in einen sehr nüchternen. »Gib ihnen einen englischen Namen, und sie sind gleich viel angesagter, als würden sie sich Bühnen-Kinder nennen.« Er zuckte in einer für ihn typischen schnellen Bewegung die Schultern. »Sie finden's auch cooler«, ergänzte er.

»Mir ist ziemlich egal, wie sich deine Truppe nennt. Ich freue mich sehr auf die Aufführung. Niklas sagte, ich dürfe das auf keinen Fall verpassen, wenn ich die Gelegenheit dazu bekäme.«

»Die hat er dir ja nun gegeben.« Er machte keine Anstalten, zu den anderen zurückzugehen, sondern spazierte in seinen Trippelschritten einen Feldweg entlang. »Was hat Niklas dir über meine Theaterkinder erzählt?«, wollte er unvermittelt wissen. Franziska wäre gern zurückgegangen und hätte sich einen Platz bei ihrer Mannschaft gesucht. Wenn sie auch Angst davor hatte, Niklas zu sehen, wollte sie doch seine Rede nicht verpassen, die, wie sie gehört hatte, die Veranstaltung offiziell einleiten würde. »Keine Sorge, wir haben noch Zeit, bis es losgeht.« Konnte er Gedanken lesen? Sie hatte nicht einmal einen Blick auf ihre Uhr geworfen, und dennoch schien er ihre Unruhe zu spüren.

»Im Grunde nicht viel, nur dass du an einer Förderschule unterrichtest und mit den Kindern Theaterprojekte veranstaltest.«

Er nickte. »Klar, damit fördere ich sie nämlich am besten.« Er lachte fröhlich. Dann wurde er ernst. »Die Kinder, mit denen ich arbeite, sind in ihrer Lernfähigkeit oder Entwicklungsmöglichkeit eingeschränkt. Früher hat man behindert gesagt, aber das ist heute politisch nicht mehr korrekt. Dabei trifft es das doch. Sie sind behindert.« Franziska hatte keine Ahnung, worauf er hinauswollte. Sie fand seine Arbeit durchaus interessant und vor allem wichtig. Es irritierte sie jedoch, dass er ihr jetzt ohne Vorwarnung diesen Vortrag hielt. »Was heißt denn überhaupt behindert?«, fuhr er fort, blieb abrupt stehen und baute sich vor ihr auf. Sie sah zu ihm hinunter und schüttelte hilflos den Kopf. »Das heißt doch nichts anderes, als dass dir etwas oder jemand im Weg ist. Ich behindere dich gerade bei deinem Spaziergang.« Er lachte. »Okay, du würdest sowieso am liebsten umdrehen. Insofern bist du eher froh als betrübt. Meine Kinder würden lieber weitergehen, sich entwickeln. Dummerweise steht ihnen kein Gartenzwerg im Weg, den sie einfach zur Seite schieben könnten, sondern es sind die Nachwirkungen eines Unfalls. Oder sie waren bei der Geburt nicht durchgehend mit Sauerstoff versorgt. Es gibt alle möglichen Dinge, die uns behindern können.«

»Das ist wohl wahr. Florian, ich verstehe nicht ganz …«

»Warum ich dir das erzähle? Weil auch Kränkungen Behinderungen verursachen können. In meiner Klasse ist ein Mädchen, das ohne Vater aufwächst. Das ist auch besser so. Du willst nicht wissen, was der Typ seiner Familie und vor allem seiner Tochter alles angetan hat. Das Mädchen ist vollkommen auf seine Mutter fixiert. Diese Frau bietet dem Kind keinerlei Anregungen, setzt es nur vor den Fernseher. Trotzdem vergöttert die Kleine ihre Mutter. Na ja, wenn du sonst niemanden hast.« Er zuckte mit den Schultern. »Das Mädchen wollte unbedingt bei meiner Theatergruppe mitmachen. Ihre Mutter war dagegen.«

»Warum?«

»Alles, was aus ihrem Alltag herausfällt, ist der Frau zu viel. Sie muss ihre Tochter zu den Proben bringen und abholen. Sie hatte wohl auch Bedenken, dass sie zu Hause mit ihrem Kind üben muss. Es hat mich sämtliche Überredungskünste gekostet, die ich aufbringen konnte, damit das Mädchen doch mitmachen durfte.«

»Du hast es geschafft«, stellte Franziska fest.

»Klar, was denkst du denn?«

»Ich habe nichts anderes erwartet.«

Er sah zufrieden zu ihr auf und machte sich auf den Rückweg. »Du wirst staunen, wenn du die Kleine nachher siehst. Sie hat ungeheuer von der Theaterarbeit profitiert. Hätte ich es nicht verhindert, hätte die Mutter ihr Kind behindert. Die

Deern, wie man hier sagt, hätte auf die größte Bereicherung ihres Lebens verzichtet. Nur weil ihr jemand einreden wollte, dass die nicht gut für sie ist. Die größte Bereicherung«, wiederholte er, sah sie von der Seite an und fragte: »Kapiert?«

Sie waren gerade rechtzeitig zurück, um Niklas' Rede nicht zu verpassen. Er sah Franziska kurz an, die sich gerade zu John setzte, und ließ den Blick dann demonstrativ zu den anderen Gruppen schweifen. Jedenfalls kam es ihr so vor. Niklas bedankte sich für die großartige Arbeit.

»Erntezeit ist immer und in jeder Hinsicht Ausnahmezustand«, erklärte er. »Ihr könnt stolz auf euch sein, dass ihr bis zum Ende durchgehalten habt. Das gilt für die alten Hasen genauso wie für die Neulinge. Die achtzig Tonnen haben wir nicht ganz geschafft, aber wir sind wirklich extrem dicht daran vorbeigeschrammt. Deshalb bekommt ihr trotzdem die Überraschung, die ich angekündigt hatte.« Es wurde geklatscht. »Ihr wisst ja noch gar nicht, wovon ich rede. Dann wäre es ja auch keine Überraschung.«

Niklas wirkte müde, aber sehr zufrieden und locker. Wahrscheinlich hatte er sich schon damit abgefunden, dass sie sich zurückgezogen hatte, vermutete Franziska. Natürlich hatte sie kapiert, was Florian ihr zu verstehen gegeben hatte. Hätte das Mädchen nach dem Willen der Mutter auf das Theater verzichtet, wäre ihr etwas Wunderbares entgangen. Verzichtete Franziska nach Jürgens Willen auf Niklas, entginge auch ihr etwas Wunderbares. Nur lag der Fall des kleinen Mädchens ja wohl etwas anders. Für Jürgen ging es um viel mehr als für die Mutter. Er scheute keine Mühe oder hatte Angst vor einer Veränderung in seiner Routine. Außerdem redete er ihr schließlich nicht aus Bequemlichkeit oder Missgunst irgendetwas ein, sondern wusste sehr gut, wovon er sprach, wenn er sie von Niklas fernzuhalten versuchte. Er tat es zu ihrem Besten. Nicht zuletzt konnte Niklas anscheinend gut ohne sie leben.

»Wir sind alle extrem froh, Ziko, dass du heute hier sitzt«, sagte er gerade. Wieder Applaus. »Du bist echt ein harter Hund! Mit der Verletzung nach ein paar Tagen schon wieder auf dem Feld zu stehen – alle Achtung!«

Jetzt tobten die Kollegen, klatschten, klopften auf die Tische und begannen Sprechchöre: »Ziko! Ziko!« Der lächelte bescheiden und bedeutete mit einem Handzeichen, dass sie sich wieder beruhigen sollten.

»Ziko, du darfst heute ausnahmsweise sitzen bleiben und dich endlich mal schonen«, verkündete Niklas. »Heute komme ich zu dir. Ich habe hier einen Umschlag. Das ist nicht dein Lohn. Den kriegt ihr nachher alle von Mandy, wenn die Veranstaltung zu Ende ist. Das hier ist eine Anerkennung deiner Kollegen und deines Chefs.« Er lachte ihn an. »Wir wollten dir danken, dass du geschuftet hast wie ein Tier. Du hast es einfach nicht verdient, nicht jede einzelne Stunde bezahlt zu bekommen. Auch die, die du im Krankenbett verbracht hast.« Er reichte ihm den Umschlag.

»Nein, geht nix«, sagte Ziko immer wieder. »Könnt ihr nix machen. Crazy!« Er wusste nicht recht, was er tun sollte. Erst wollte er den Umschlag zurückgeben, dann wollte er ihn einstecken, schließlich schaute er kurz hinein. Franziska stiegen Tränen auf, als sie seine Reaktion sah. Er öffnete den Mund, um etwas zu sagen, schloss ihn wieder, schluckte. Dann schüttelte er langsam den Kopf und hielt sich eine Hand vor die Augen. Seine Lippen zitterten, sein ganzer Körper bebte. Ramazan klopfte ihm auf die Schulter. Auch John sprang auf und knuffte ihn freundschaftlich. »So viel Geld«, flüsterte Ziko heiser, als er seine Stimme wiedergefunden hatte. »So viel Geld hab noch nie gesehen.« In diesem Moment war Franziska sehr froh, dass sie das Erntefest nicht geschwänzt hatte.

Niklas erklärte die Feier für eröffnet. Er ging an der langen Tafel entlang von Gruppe zu Gruppe und bedankte sich noch einmal bei jedem persönlich. Franziska ließ er beinahe aus.

»Danke, dass du unseren Ziko ins Krankenhaus begleitet hast. Und überhaupt, danke für die Mitarbeit«, sagte er, sah sie nur kurz an und war schon bei John. »Ganz großartige Arbeit, John, wie jedes Jahr. Ich hoffe, du kommst auch im nächsten Herbst zur Ernte nach Rügen.«

»Naturlisch, wenn isch nischt schon Präsident vom Senegal bin, bin isch ier«, sagte er und zeigte beim Grinsen die Zähne.

Florians Gruppe trat auf, was beinahe nicht geschehen wäre, weil eines der Kinder die falsche Strumpfhose mitgebracht hatte. Es sollte einen Baum spielen, hatte aber eine blaue statt einer grünen Hose dabei. Der kleine Junge brach in Tränen aus und war der festen Überzeugung, er könne unmöglich einen blauen Baum darstellen.

»Das ist kein Problem, es gibt Bäume mit bläulicher Rinde«, behauptete Florian.

»Welche?« Der Knirps, etwa gleich groß wie sein Lehrer, sah ihm skeptisch in die Augen.

»Birken.«

»Du lügst, Gartenzwerg, Birken sind weiß«, kam es wie aus der Pistole geschossen zurück.

Florian kniff die Augen zusammen. »Wie konntest du dich in meine Klasse schummeln? Du bist nicht lernbehindert.« Er stemmte die Fäuste in die Taille. »Also gut, es gibt Zistrosengewächse, die haben eine graue Rinde. Deine Strumpfhose ist blaugrau. Du bist also ein Zistrosengewächs.«

»Ein was? Das kenne ich nicht«, sagte der Kleine mit gerunzelter Stirn.

»Ich weiß, deshalb sage ich das ja.«

Damit war der Fall erledigt. Der Knirps spielte mit Bravour das Zistrosengewächs. Auch das Mädchen, von dem Florian Franziska erzählt hatte, war wirklich umwerfend. Sie hatte eine Mimik zum Steinerweichen. Obwohl Franziska sich alles andere als unbeschwert fühlte, musste sie mehr als einmal herzhaft lachen.

Nachdem die kleine Aufführung beendet war und die Kinder unter tosendem Beifall und Zugabe-Rufen verschwanden, wurde das Büfett eröffnet. Franziska hatte keinen Appetit, ein schlechtes Zeichen. Sie aß eine Kleinigkeit und machte eine Runde, um sich bei Hein und Ulli und den vielen anderen zu bedanken, mit denen sie Hand in Hand gearbeitet hatte. Niklas lief ihr einmal über den Weg, sah sie kurz an, sagte aber nichts. Franziska hätte tausend Dinge sagen wollen. Sie schluckte sie hinunter und erstickte beinahe daran. Sie wollte weg hier, und zwar schnell. Bevor sie gehen konnte, musste sie allerdings noch mit John Adressen austauschen, wie sie es vereinbart hatten.

»Du willst schon gehen?« Er riss die Augen auf.

»Ja, ich glaube, meine Knochen haben sich genau bis heute zusammengerissen. Jetzt wollen sie einfach nicht mehr.« Sie lächelte matt. »Es war eine tolle Zeit«, sagte sie dann aus vollstem Herzen. »Trotz allem.«

»Ja, es ist immer ein Erlebnis.« Er lachte. »Es ist sehr schön, disch kennengelernt zu aben. Isch offe sehr, dass du nächstes Jahr wieder dabei bist.«

Sie blickte zu Boden. »Keine Ahnung. Mal sehen. Und du?« Sie sah ihn an. »Wann wirst du Präsident im Senegal?«

»Keine Ahnung. Mal sehen.« Er lachte wieder. »Es gibt jedenfalls viel zu tun. Noch immer at beinahe die Älfte meines Volkes keinen Zugang zu sauberem Trinkwasser. Das ist nur eine Sache, um die isch misch kümmern muss.«

»Du bleibst also in der Politik. Mein Vater sagt immer: Politik verdirbt den Charakter.«

»Ah ja? Isch sage: Charakter verdirbt den bösen Jungs ihre Politik.«

»Da ist etwas dran.« Franziska nickte nachdenklich. Womöglich stimmte beides. Ein guter Mensch wie John konnte zwischen den Mühlrädern von Regierung und Opposition, von Korruption und Gesetzen zermahlen werden. Er konnte aber auch zu einem Hindernis werden, das sich zwischen die Räder klemmte und sie stoppte. Fast so wie ein dicker verzweigter Sanddornast in der Rüttelmaschine.

Als Ziko, der von irgendwoher eine Gitarre bekommen hatte, anfing Lieder aus seiner Heimat zu singen, hielt sie es nicht länger aus. Sie verabschiedete sich eilig von John, Ramazan, Sergej und den anderen.

»Kann ich meinen Lohn nächste Woche abholen?«, fragte sie Gesa. »Ich möchte nicht bis zum Ende der Veranstaltung bleiben.«

»Klar, im Gegensatz zu den meisten anderen bist du Montag ja wieder da. Oder?«

»Natürlich, was soll die Frage? Bist du auch da, oder hast du direkt Urlaub?«

»Nee, nee, ich bin da. Ist ja nicht so, dass die Ernte nun gleich komplett abgehakt wäre.« Sie seufzte. »Wir kriegen ab Montag Sanddorn von einer anderen Plantage. Den lagern wir ein. Dann wird schon mal Saft gepresst und vor allem geplant, was hergestellt und ausgeliefert werden muss. Ich haue übernächste Woche ab. Das heißt, wenn ich dich mit dem Chef allein lassen kann.«

»Kannst du«, entgegnete sie knapp. »Außerdem sind Anne-Marieke und Piet-Olaf ja auch noch da, nehme ich an.«

»Das nimmst du richtig an.«

»Siehst du. Also dann, viel Spaß noch.« Sie wollte gehen.

»Ziska, was ist los? Niklas rennt seit ein paar Tagen herum, als hätte er eine Qualle verschluckt. Du bist interessanterweise seit genau derselben Zeit so fröhlich wie jemand, der gerade durch die Abschlussprüfung gerasselt ist.«

»Ist halt nicht jeder so hart im Nehmen wie du. Du bist den Ausnahmezustand einmal pro Jahr gewöhnt, ich nicht.«

»Das beantwortet meine Frage nicht.«

»Doch«, widersprach sie, »das tut es. Tschüss, Gesa.«

Franziska ging eilig davon. Als sie schon fast vom Hof war, traf sie Florian.

»Du gehst schon?« Er legte den Kopf in den Nacken, um sie anzusehen.

»Ja, ich bin echt geschafft. Deine Kinder waren toll. Richte ihnen das bitte aus, ja?«

»Ich denke ja nicht dran. Dann bilden die sich wieder sonst was ein und tanzen mir auf der Nase rum. Ist ja nicht schwer bei der Höhe.« Er tippte sich auf die Nasenspitze. »Übrigens, weißt du, was ich an den Kids besonders toll finde? Die sind noch so jung, haben aber schon kapiert, dass sie nur selbst ihr Leben besser machen können. Die wissen, dass sie etwas unternehmen müssen, wenn sie wenigstens ein Stück vom großen Kuchen haben wollen. Ich kenne Erwachsene, die haben das noch nicht begriffen. Die denken immer, jemand anders nimmt ihnen etwas weg oder ist für ihr Unglück verantwortlich. Die Großen können manchmal ganz schön kleingeistig sein. Und auch kleine Leute können groß sein. Sie müssen nur die Größe dazu haben.« Er zwinkerte ihr zu und wackelte davon.

Den Feiertag hatte Franziska nutzen wollen, um auszuruhen, nur machte das Leben manchmal andere Pläne. In diesem Fall sorgte ihr Vater für eine Planänderung. Ihr hätte ohnehin die innere Ruhe gefehlt, um wirklich entspannen zu können. Ihr Vater hatte angerufen und sich ausnahmsweise nicht kurzgefasst. Ein sicheres Zeichen dafür, dass ihm sein Anliegen wirklich wichtig war.

»Ach, Ziska, ich bin so froh«, hatte er gesagt, nachdem sie ihre Geburtstagseinladung ausgesprochen hatte. »Ich gehe gleich ins Reisebüro und buche eine ganze Woche. Wie hieß der Ort noch?«

»Putgarten.« Sie sprach jeden Buchstaben deutlich aus. »Nicht zu verwechseln mit Puttgarden. Hört sich zwar ähnlich an, ist aber ein großer Unterschied.« Sie erinnerte sich noch gut daran, dass ihr dieser Patzer bei ihrer Buchung beinahe passiert wäre. Dann hätte es sie nach Fehmarn verschlagen anstatt nach Rügen.

»Ich kann es gar nicht mehr abwarten, Jürgen endlich wiederzusehen.«

»Danke, Papa. Schön, dass du seinetwegen kommst«, sagte sie gespielt beleidigt.

»Auf dich freue ich mich natürlich auch. Bei uns ist es aber nicht so schrecklich lange her, dass wir uns gesehen haben.«

»Nicht ganz«, gab sie schmunzelnd zu.

»Du, und die Marianne würde ich auch gerne sehen. Unsere Zeit war nicht gerade lang und auch nicht unbedingt glücklich. Trotzdem. Ich würde schon gern wissen, wie sie jetzt so lebt. Außerdem möchte ich verstehen, warum sie das damals gemacht hat.«

»Das ist so lange her, Papa. Ich glaube, Jürgen macht ihr schon genug die Hölle heiß.«

»Ich will ihr doch gar keine Vorwürfe machen, nur verstehen würde ich es gern«, wiederholte er. »Das mit dem Sorgerecht noch nicht mal. Auch nicht, dass sie Jürgen geholt hat, obwohl sie keinen Mann an ihrer Seite hatte und der Junge bei uns bestimmt besser aufgehoben war. Aber warum hat sie dafür gesorgt, dass Jürgen dachte, ich will ihn nicht? Warum hat sie ihn von mir ferngehalten und hätte das bis ans Ende meines Lebens getan, wenn du nicht auf Rügen aufgetaucht wärst?«

Warum hielt Jürgen Franziska jetzt von Niklas fern? Warum sorgte er dafür, dass Niklas glaubte, Franziska wolle ihn nicht? Sie kannte die Antworten. Die waren auch irgendwie plausibel. Trotzdem erschien es ihr in diesem Moment eigenartig, wie Dinge sich manchmal wiederholten. Ob Marianne damals nicht auch Gründe gehabt hatte, die ihr plausibel erschienen waren?

»Das musst du sie schon selber fragen«, sagte sie in Gedanken.

»Genau das will ich ja. Ich komme am 20. Oktober an. Kannst du bitte mit ihr sprechen und für mich eine Verabredung mit ihr treffen?«

Zuerst hatte Franziska das ablehnen wollen. Sie mochte Marianne nun einmal nicht. Allein die Vorstellung, diese unfreundlich-finstere Wohnung noch einmal zu betreten, verursachte ihr Magenschmerzen. Sie wollte ihren Vater allerdings auch nicht enttäuschen. Was, wenn er erst vor Ort versuchen würde, sich mit Marianne zu verabreden, die in der einen Woche aber keine Zeit für ihn hatte? Oder keine Zeit für ihn haben wollte? Nein, das konnte sie ihm nicht antun. Sie dachte daran, Marianne anzurufen, überlegte es sich dann aber anders.

Der Feiertag schien ein typischer goldener Oktobertag zu werden. Die Sonne strahlte vom blauen Himmel und hatte noch Kraft. Welch eine Wohltat nach unzähligen Tagen des Regens. Der Wind hatte ein Einsehen und nutzte den freien Tag, um sich ein wenig auszuruhen. Das Laub hatte begonnen sich gelb und orange zu färben. Über allem lag diese unverwechselbare Herbststimmung, wenn die Natur noch einmal zeigte, wie viel Saft und Kraft in ihr steckte. An den Wegesrändern waren die

Holunderbeeren dunkel, an anderen Stellen hingen die Zweige voller Schlehen. Kohl wurde noch reichlich geerntet, und auch für so manchen Birnen-, Apfel- oder Pflaumenbaum kam erst jetzt die Zeit der Ernte. Es war, als würde Mutter Natur ihre Bewohner noch einmal großzügig beschenken, bevor sie sich in ihre Winterruhe zurückzog. Gleichzeitig sorgte die Sonne noch für eine Ahnung von Sommer, für eine Erinnerung an vergangene warme Tage und die Vorfreude auf den nächsten Frühling. So hatte Franziska sich also entschieden, eine lange Radtour zu machen. Sie würde Gesa das Fahrrad zurückbringen, das sie bald aufgrund der Wetterverhältnisse ohnehin nicht mehr brauchte. In Sassnitz würde sie bei Marianne klingeln und dann mit dem Bus zurück zum Kap fahren.

Geplant, getan! Sie radelte über Juliusruh und dann entlang des Großen Jasmunder Boddens. Auf der Halbinsel Jasmund nahm sie große Straßen, um sich nicht zu verfahren. Wenn sie jemals hierherziehen würde, was sie sich derzeit nicht vorstellen konnte, würde sie auf der Stelle eine Bürgerinitiative für mehr Radwege gründen. Mehr als einmal geriet sie ins Schlingern, weil sie Autos, die viel zu schnell unterwegs waren und viel zu weit rechts fuhren, ausweichen musste.

Während sie in die Sonne blinzelnd in die Pedale trat, dachte sie darüber nach, ob es eine gute Idee war, nach Rügen zu ziehen. Nachdem sich die Sache mit Niklas erledigt hatte, gab es keinen Grund mehr, oder? Sie sah sich um. Weite Felder auf der einen Seite, dichter Buchenwald auf der anderen. Auf einem Hof schnatterten Gänse, die vermutlich noch bis Weihnachten zu leben hatten. Auch in der Luft quakte und schnarrte es hin und wieder laut. Man konnte das Rauschen der Flügel hören, wenn ein Schwarm großer Vögel auf seinem Weg nach Süden über einen hinwegrauschte. Solche Dinge fanden in Hamburg einfach nicht statt. Aber genau das waren Momente, die sie mit einer tiefen Zufriedenheit und mit Glück erfüllten. Diese Insel war wunderschön und hatte eine solche Vielfalt zu bieten. Auch ohne Niklas.

Sie steuerte in Sassnitz den Stadthafen an, stellte das Fahrrad ab und spazierte zur Mole mit ihrem kleinen grün-weißen Leuchtturm. Ein paar Fischkutter schaukelten fröhlich auf sanften Wellen, Segler nutzten das gute Wetter für einen der letzten Turns des Jahres, ein Ausflugsschiffchen brachte vermutlich Besucher zu den Wissower Klinken und der Stubbenkammer, den berühmten Kreidefelsen. Die Ostsee glitzerte, es roch nach dieser eigentümlichen Mischung aus Algen, Salz und Meeresgetier. Bei allem Kummer, den sie mit sich herumschleppte, spürte sie einen großen inneren Frieden. Allein der Anblick der See, zusammen mit ihren Gerüchen und Geräuschen, schaffte das. Sie wollte am Meer leben. Ihre Idee, Coaching in Kombination mit einem Rügen-Urlaub anzubieten, war gut. Auch die Nähe zu Jürgen war gut. Die Nähe zu Niklas machte ihr noch Kopfzerbrechen. Doch wenn sie die letzten Tage überstanden hatte, würde sie es auch länger aushalten. Was hieß überhaupt aushalten? Der Wechsel aus der Großstadt hierher, die Veränderung, die das für ihr gesamtes Leben bedeuten würde, waren gut. Jeder Tag, den sie in der Nähe ihres Bruders verbringen konnte, war gut. Es war etwas, worauf sie sich von Herzen freuen konnte. Sie brauchte einfach Zeit. Zeit, um sich an den Schmerz zu gewöhnen. Ihr Leben war bisher nicht gerade von schweren Schicksalsschlägen überschattet gewesen. Die Trennung der Eltern, der fehlende Bruder – nicht leicht, aber keine allzu großen Katastrophen. Und doch genug, um ihr zu zeigen, dass auch schwere Zeiten vorbeigingen. Sie wollte hier leben. Nicht irgendwo im Süden, in Altefähr oder Zudar. Nein, sie liebte die nördlichste aller Halbinseln, die Rügen zu bieten hatte, Wittow, das Windland, das seinem Namen alle Ehre machte. Die Erkenntnis war unerwartet gekommen, stand jedoch klar vor ihr, als hätte sie jemand in großen Lettern auf ein Plakat gemalt. Franziska nahm sich vor, Holger anzurufen. Er sollte anfangen, dort gezielt nach Objekten für sie zu suchen.

Zufrieden mit ihrem Entschluss atmete sie noch einmal tief durch, bevor sie sich in die Höhle des Löwen begab. In das Netz der Spinne war wohl treffender. Marianne hatte nichts mit einer geschmeidigen stolzen Löwin gemein. Die Straße, in der sie wohnte, war auch auf den zweiten Blick nicht ansprechender. Schon auf dem Weg zu dem Reihenhaus sank Franziskas Laune. Es war kein Fehler, den sie Marianne ankreiden konnte, sagte sie sich. Im Gegenteil, sie sollte die Frau bedauern, dass sie in dieser trostlosen Gegend leben musste.

Franziska, sagte sie sich, du hast großes Glück, dass deine Eltern dir eine gute Ausbildung ermöglicht haben und dass du ausgerechnet an diesem Job hängen geblieben bist, der überdurchschnittlich bezahlt wird. Andere Menschen haben weniger Glück. Sie brachte die Stimme in ihrem Hinterkopf zum Schweigen, die anmerkte, dass man auch nach einem glückloseren Start ein freundlicher, positiver Mensch werden konnte. War die Klingel bei ihrem ersten Besuch auch so laut und schrill gewesen? Franziskas Herz klopfte. Sie war nervös. Es gab keinen Grund, und trotzdem war sie nervös. Nichts rührte sich. Vermutlich war niemand zu Hause. Sie spürte, wie die Erleichterung sich anschlich. Immerhin hatte sie es versucht. Sie konnte nichts dafür, wenn sie niemanden antraf. Als sie schon kehrtmachen wollte, hörte sie etwas, und gleich danach öffnete Marianne. Sie hatte nicht mit Besuch gerechnet, das war nicht zu übersehen. Ihre verwaschenen Leggings betonten die ausladenden Oberschenkel auf mehr als unschöne Weise. Darüber trug sie einen ausgeleierten Pullover, der am eigentlich rosa

Kragen einen gelben Rand hatte. Marianne hatte auf jegliche Schminke verzichtet, ihre Augen waren verquollen, als hätte sie geweint.

»Na, das ist ja mal eine Überraschung.« Ihr Ton klang, als wäre es keine angenehme Überraschung. Es lag allerdings auch etwas Hilfloses, Zartes darin.

»Hallo, Marianne.« Franziska musste sich zusammenreißen, sie nicht ständig von oben bis unten zu mustern. Sollte sie gleich auf den Punkt kommen?

»Willst du noch länger da in der Tür rumstehen? Komm rein!« Marianne machte Anstalten, ins Wohnzimmer zu gehen.

»Eigentlich wollte ich nicht lange bleiben. Ich wollte nur ...«

Marianne war stehen geblieben. Jetzt drehte sie sich um und ging einen Schritt auf Franziska zu. »Was wolltest du nur? Mir Vorwürfe machen?« Sie nickte und sah mit einem Mal verhärmt aus wie eine uralte Frau. »Darauf habe ich schon die ganze Zeit gewartet.« Was war ihr nur alles zugestoßen, um so unglücklich und zutiefst unzufrieden zu werden?

»Nein, deswegen bin ich nicht hier. Ich will dir keine Vorwürfe machen.« Sie zögerte, dann sagte sie: »Vielleicht gehen wir doch kurz rein.« Marianne nickte und ging voraus. Franziska schloss die Tür hinter sich. Augenblicklich umfing sie ein Unbehagen, das beinahe körperlich zu spüren war. »Ich sage meinen Klienten immer, sie sollen sich hüten, jemanden zu be- oder noch schlimmer verurteilen, ehe sie nicht alle Beweggründe und Umstände für deren Handeln kennen«, erklärte sie ein bisschen zu laut wie das Kind, das im Wald pfeift.

»Bitte!« Marianne deutete auf einen der ausgeblichenen Sessel. »Was ist das für ein Job, den du machst?«, wollte sie wissen.

»Ich bin Coach. Ich berate Leute, die beruflich an einem Scheideweg stehen«, erwiderte sie knapp. Hoffentlich meinte Marianne nicht, ein Coach sei jemand, der für andere deren

Probleme löst. So jemanden könnte sie bestimmt gut gebrauchen, nur wäre Franziska für sie nicht die geeignete Partnerin.

»Aha.« Mariannes Blick bohrte sich in Franziska hinein. Was mochte sie denken? Nicht genug, dass diese Frau, die ihr Herz anscheinend auf der Flucht über das Meer in der Ostsee verloren hatte, sie so ansah, auch die Glasaugen dieses schrecklichen Porzellandackels schienen Franziska anzustarren. »Du berätst nur Leute mit beruflichen Fragen, oder?« Sie nickte. »Warum?«

»Warum was?«

»Na ja, warum bist du nicht auch für kleine Leute da, die an einem persönlichen Scheideweg stehen und Hilfe brauchen?«

»Es gibt Kollegen, die machen das. Auch bei mir fließen manchmal private Aspekte der Klienten in den Beratungsprozess ein. Das lässt sich manchmal gar nicht vermeiden. Aber ich bin eben auf berufliche Themen spezialisiert, auf Karriereplanung, Umstrukturierung.« Um ihre Unsicherheit in den Griff zu kriegen, betete Franziska herunter, was sie oft genug auf Seminaren in der Vorstellungsrunde von sich gab.

»Soso, private Aspekte lassen sich also nicht vermeiden«, wiederholte Marianne ihre Ausführungen unüberhörbar ironisch. »Dabei ist das Private in unserem Leben doch viel bedeutender. Immerzu müssen wir Entscheidungen treffen, die alles verändern können. Wo sind denn da diese Coaches?«

Franziska ahnte, wovon Marianne sprach.

»Niklas und Jürgen haben mir viel von dir erzählt«, begann sie sanft. »Du hast oft sehr schwere und vor allem folgenschwere Entscheidungen getroffen.«

»Hab ich das?« Ihre Schultern hingen, ihre Augen begannen zu glänzen. »Ich weiß nicht«, sagte sie ungewohnt leise. »Als ich jung war, dachte ich, da gibt's nichts zu entscheiden. Alles lag irgendwie auf der Hand.«

»Was meinst du?«

»Na, die Flucht!« Sie wurde wieder lauter. »Ich meine, wenn du eingesperrt aufwächst, dann willst du doch raus, dann willst du frei sein.«

»Ja, das glaube ich. Ich kann mir vorstellen, mir wäre es genauso gegangen.«

»Ich dachte, ich sterbe«, sagte sie rau. »Als ich auf'm Wasser war und immer weiter abgetrieben bin, da dachte ich, nu isses zu Ende. Da hab ich mich gefragt, wofür das Ganze. So schlecht war's in der DDR nu auch nicht. Rügen war doch meine Heimat. Da war alles überschaubar und irgendwie einfach.« Sie sah hinunter auf ihre fleischigen Hände, die in ihrem Schoß lagen. »Ich wusste doch gar nicht, was Freiheit ist und ob die wirklich so toll ist, dass ich dafür alles andere aufgeben will.«

»Du bist nicht gestorben. Du hast es als Einzige geschafft, schwimmend nach Dänemark zu kommen. Das ist unglaublich.«

Zum ersten Mal lächelte sie. »Ja, ich war stolz wie Bolle! Da hattest zuerst gar keine Zeit, um drüber nachzudenken, ob's nu besser ist als in der DDR oder nich. Irgendwann habe ich Max kennengelernt. Und dann kam der Jürgen ja auch ziemlich schnell. Du kannst das nicht wissen, aber als Mutter bist du wieder eingesperrt. Da ist nix mit Persönlichkeit entfalten und dem ganzen Zirkus. Nee, um jeden Tag Windeln zu waschen, um zu putzen und zu kochen und allein mit so einem Gör, mit dem du noch nichts anfangen kannst, auf den Mann zu warten, dafür bin ich doch nicht fast abgesoffen!« Sie funkelte Franziska an. »Kann doch wohl keiner von einem verlangen, dass der seine Freiheit wieder aufgibt, für die er fast über die Klinge gesprungen wäre.«

»Ich bin sicher, wenn du mit meinem Vater darüber gesprochen hättest, hättet ihr auch eine Lösung gefunden.«

»Hab ich doch gemacht«, rief sie aufgebracht. »Ich hab mit ihm gesprochen.«

»Vielleicht hätte die Lösung für alle besser ausfallen können, wenn ihr geredet hättet, bevor Jürgen auf die Welt kam.«

»Da wusste ich doch nicht, dass ein Kind wieder Knast bedeutet. Hat einem ja keiner gesagt.« Offenbar hatte ihr aber jemand gesagt, wie man ein Kind machte. Oder hatte nur jemand versäumt zu erwähnen, wie man es verhinderte, gleich schwanger zu werden? Franziska seufzte. »Da war ich eben weg.« Sie zuckte mit den Schultern. Franziska wollte schon auf die Bitte ihres Vaters zu sprechen kommen und sich dann schleunigst verabschieden, da sagte Marianne: »Hatte meine Freiheit wieder. Nur die Sehnsucht nach so 'nem Kind, die wirst nich wieder los. Die schleppste mit dir rum.« Sie gab einen Würgelaut von sich, sprang auf und verschwand. Franziska meinte sie irgendwo weinen zu hören.

»Brauchst gar nicht so böse zu gucken«, flüsterte sie und sah den Porzellandackel an. »Ich kann nichts dafür.« Sollte sie einfach gehen? Sollte sie nach Marianne schauen? Unentschlossen blieb sie sitzen, wo sie war. Als sie gerade aufstehen wollte, erschien Marianne wieder.

»Du hockst hier rum, hast aber noch immer nicht gesagt, was du eigentlich willst.« Sie hatte ihren Panzer wieder angelegt und achtete jetzt vermutlich sorgsam darauf, dass er fest verschlossen blieb.

Wenig später stand Franziska auf der Straße vor dem kleinen Reihenhaus und holte tief Luft. Der Himmel zog sich langsam zu. Ihr fiel ein Stein vom Herzen. Sie hatte es geschafft, Marianne zu überreden, über ein Treffen mit Max nachzudenken. Franziska hatte das Gefühl, sie würde es tun. Sie hatte Angst, mit ihrer Vergangenheit konfrontiert zu werden, aber sie hatte schon oft genug in ihrem Leben Ängste überwunden. Es würde ihr auch dieses Mal gelingen.

Als Franziska das Fahrrad bei Gesa ablieferte, zogen immer mehr bedrohlich schwarze Wolken heran.

»So viel zum goldenen Oktober«, sagte sie. »Ich mache mich am besten gleich auf den Heimweg, damit ich vor dem großen Wolkenbruch im Warmen bin.«

»Du hast nur Angst, dass ich die Chance nutze, um dich auszufragen.« Gesa reckte herausfordernd das Kinn. »Genau das habe ich übrigens vor.«

»Nicht böse sein, aber ich hatte gerade eine Begegnung mit jemandem, die mich ziemlich beschäftigt. Ich würde jetzt gerne alleine sein. Wenn du magst, verabreden wir uns für nächste Woche.« Gesa wollte Einspruch erheben. »Dann erzähle ich dir alles. Versprochen!«

»Kann es sein, dass du deine Auszeit nicht zufällig auf Rügen nimmst? Was verbindet dich mit der Insel?«

»Zufall, das ist so ein Wort. Einige sagen ja, es gibt gar keinen Zufall, sondern das ist alles Schicksal. In meinem Fall stimmt das wahrscheinlich. Gesa, ich gebe dir mein Ehrenwort, dass ich dir mein ganzes Leben erzähle, wenn du willst. Dafür muss ich aber erst mal einiges sortieren.«

»So schlimm?«

»Ein bisschen schlimm, aber auch ganz doll schön.« Sie lächelte versonnen. »Am besten planst du schon mal ein komplettes Wochenende für mich ein. Ich warne dich, danach bluten dir die Ohren.«

»Ach was, die vertragen einiges«, entgegnete sie fröhlich. »Dreimal Wacken, weißt Bescheid?«

Kaum dass Franziska in Sassnitz den Bus bestieg, fing es an zu schütten, als hätte jemand sämtliche Schleusen des Himmels geöffnet. Die kurze Zeit, die es brauchte, um in Altenkirchen in die Linie elf umzusteigen, reichte aus, dass sie vollkommen durchnässt war. Ihre Haare klebten ihr im Gesicht, die Hose schmiegte sich kalt an ihre Beine. Sie zog sich schon vor ihrer Wohnungstür aus und hängte die tropfenden Sachen über das Treppengeländer. In Unterwäsche schlüpfte sie bibbernd hinein, lief geradewegs nach oben und schaltete ihre Infrarotkabine ein. Nach zwanzig Minuten, eingehüllt von Wärme, Musik und sanftem Licht, fühlte sie sich besser. Sie schlüpfte in einen Wollpullover und eine gemütliche Hose, verdrängte den Gedanken an den Tag, den sie mit Niklas in ebendieser Hose auf dem Sofa verbracht hatte, und machte sich etwas zu essen. Da klingelte ihr Telefon. Wie immer, wenn das geschah, ging ihr Puls einen Takt schneller, denn es bestand die Möglichkeit, dass Niklas versuchte sie zu erreichen. Ein Blick auf das Display vernichtete ihre unsinnige Hoffnung – Holger. Hätte sie ihm nur nicht doch noch ihre Nummer gegeben. Andererseits wollte sie ihn sowieso wegen einer Wohnung sprechen.

»Holger, hallo. Ich wollte dich auch schon anrufen.«

»Ach ja? Dann lege ich wieder auf.« Albernes Gelächter am anderen Ende der Leitung. »Du zuerst!«

»Wie? Ach so, nein, erst du. Ich merke mir, was ich sagen wollte.« Sie schlenderte zum Balkon. Da draußen donnerten Wassermassen auf die Erde nieder, als stünde die nächste Sintflut vor der Tür.

»Also gut. Halte dich fest, das ist jetzt wirklich ein sehr lustiger Zufall.«

»Ich dachte, es gibt keine Zufälle«, entgegnete sie erschöpft.

»Wieso?«

»Nichts, schon gut.«

»Also, ich habe heute einen Anruf von einem Immobilienbesitzer bekommen, der nun doch verkaufen möchte. Ich weiß natürlich nicht, ob du gleich kaufen willst oder nur mieten. Darüber hatten wir gar nicht gesprochen«, sagte er hastig. »Aber wenn du hörst, um welches Objekt es geht, denkst du vielleicht drüber nach.«

»Na, du machst es ja spannend.« Ihr schwante nichts Gutes. »Sag nicht, es geht um ein Haus in Vitt.«

»Die Kandidatin hat hundert Punkte!«, rief er wie ein Quizmaster. Franziska erwartete fast, dass im nächsten Augenblick eine Kanone funkelndes Konfetti in ihre Wohnung schoss.

»Fischer Heinrich verkauft nun doch?«

»Um genau das Haus geht es. Wenn du willst, können wir kurzfristig einen Besichtigungstermin vereinbaren.«

»Nicht nötig, ich nehme es.«

»Was?«

»Ich meine, ich bin sehr daran interessiert. Natürlich muss ich es mir ansehen und auch einen Blick in die Unterlagen werfen. Gibt es überhaupt Zeichnungen, Pläne der Statik, solche Sachen?« Sie lief auf und ab. Was war passiert, dass Heinrich es sich nun doch anders überlegt hatte? Warum hatte er nicht mit ihr geredet? Er wusste doch, dass sie ein Treffen mit Rosa arrangieren wollte, damit die Heinrich III. kennenlernen konnte. Etwas war faul an der Sache. Sie musste Zeit gewinnen, sie musste Holger überzeugen, dass sie so gut wie sicher zuschlagen würde. Dann verzichtete er vielleicht darauf, mit anderen Interessenten zu verhandeln. Dass es davon einige gab, war so sicher wie das berühmte Amen in der Kirche.

»Franziska?« Er hatte die ganze Zeit geredet. Dummerweise hatte sie nicht ein Wort mitbekommen.

»Ja, entschuldige, ich bin so aufgeregt. Vitt ist wunderschön. Kannst du das Haus für mich reservieren?«

»Na ja, ich sagte dir ja, dass die Leute bei mir Schlange stehen für so ein Objekt. Ich muss für den Verkäufer natürlich das Beste rausholen. Außerdem will die Familie so schnell wie möglich verkaufen.«

Tief durchatmen. Eine Immobilie ging nicht mal eben über den Tisch. »Wie viel, sagtest du, wollen die für das Haus haben?« Er nannte ihr die Summe. Ein Schnäppchen war das nicht gerade. Trotzdem war sie überrascht, dass der Preis nicht noch höher war.

»Für ein Reetdachhaus in Vitt ist das geschenkt«, erklärte er auch gleich im Brustton der Überzeugung. »Das Geschäft kann ich im Handumdrehen abschließen. Deshalb müsstest du dich wirklich schnell entscheiden.«

»Ich nehme an, auch andere Interessenten wollen wenigstens ein paar Unterlagen sehen und das Objekt mindestens einmal besichtigen«, meinte sie kühl. »Ein paar Tage wird es also dauern.« Sanfter setzte sie hinzu: »Außerdem hättest du mich doch gar nicht angerufen, wenn du heute schon eine Entscheidung bräuchtest, oder? Ich meine, dir ist doch bestimmt klar, dass ich mir das gründlich überlegen muss. Trotzdem hast du mir das Angebot gemacht«, schnurrte sie. »Hat das etwas damit zu tun, dass ich bei dir einen besonderen Status genieße und du scharf auf ein richtig gutes Coaching bist?«

»Ach so«, kam es enttäuscht zurück. »Ich dachte, ich dürfte mir auf etwas anderes Hoffnung machen, auf das ich scharf bin.« Eine Sekunde Stille, dann albernes Gelächter. »Ja, das würde mich schon reizen, unser Deal, meine ich, den habe ich nicht vergessen.« Im nächsten Moment war er wieder ganz Geschäftsmann. »Überleg es dir. Um ehrlich zu sein, habe ich es dir nur gesagt, weil du natürlich Vorrang hast, wenn du interessiert bist. Aber warum ich eigentlich anrufe … Das ist so ein Zufall!« Er amüsierte sich köstlich. »Das glaubst du nicht. Pass auf: Nicht nur die Fischer haben mich angerufen, weil sie eine Immobilie loswerden wollen, sondern da gab es noch einen Anruf.« Er machte eine Pause, vermutlich, um die Spannung zu steigern.

»Spuck's aus, bevor du dran erstickst, Holger«, forderte sie ihn entnervt auf.

»Der Besitzer einer Ferienwohnung in Putgarten hat sich gründlich mit den Kosten für die Luxusausstattung übernommen. Der kriegt in der Lage nicht das für die Miete rein, was er bräuchte, um die laufenden Kosten zu decken und die Bank zu bedienen. Die ganze Finanzierung war wohl mit der heißen Nadel genäht. Darum will er verkaufen.« Franziska war hellhörig geworden, als er das Wort Putgarten genannt hatte. Nun wartete sie gespannt auf nähere Einzelheiten zur Wohnung. »Eins sage ich dir gleich: Es handelt sich um einen Neubau. Ist also nix mit Reetdach oder Bäderarchitektur. Aber die Ausstattung ist erste Sahne, und der Preis ist der Hammer.«

»Wo genau liegt denn die Wohnung? Holger, das ist wirklich witzig. Ich wollte dich nämlich anrufen, um dir zu sagen, dass du dich in Wittow umsehen sollst. Mir gefällt der Norden so gut. Und jetzt hast du etwas im Angebot.«

»Es kommt noch besser«, rief er begeistert. »Wir brauchen keinen Besichtigungstermin für das Objekt machen, du wohnst nämlich schon drin.«

»Es geht um diese Wohnung hier?« Franziska ließ sich auf das Sofa fallen. Jetzt war sie sich ganz sicher: Es gab keine Zufälle. Das hier musste Schicksal sein.

Seien Sie auf der Hut!

Wenn du nicht tun kannst, was du liebst, dann liebe, was du tun musst. Anders ausgedrückt: Nicht über das jammern, was nicht sein kann, sondern sich mit Herzblut auf das stürzen, was Sache ist. Franziska stellte fest, wie viel Wahrheit in so mancher Coaching-Weisheit steckte. Das war eine ebenso erfreuliche wie beruhigende Erkenntnis, denn sie machte ihr klar, dass ihr Job grundsätzlich nicht ganz verkehrt sein konnte. Er machte ihr nicht nur Spaß, er hatte offenbar auch einen Sinn. Sie fuhr jedenfalls nicht schlecht damit, sich immer mal wieder einige ihrer eigenen Ratschläge ins Gedächtnis zu rufen und sie auf ihre aktuelle Situation anzuwenden. Zwar fehlte Niklas ihr an jedem einzelnen Tag. Wann immer sie ihn sah, versetzte es ihr einen Stich, der weh tat. Und sie konnte leider auch keine abnehmende Tendenz feststellen. Es tat nicht etwa jeden Tag ein bisschen weniger weh, so dass sie hätte annehmen können, es würde irgendwann ganz aufhören. Zu allem Überfluss sah sie Jürgen auch nicht mehr so oft. Natürlich, er hatte seinen Alltag, seine Pflichten. Wenigstens telefonierten sie häufig. Ein kleiner Trost.

Was sie jedoch sehr erfolgreich von ihrem Kummer ablenkte, war die Geschichte mit Fischer Heinrich. Gleich nach dem Anruf von Holger war sie nach Vitt gelaufen. Die Bude am Strand war geschlossen. Sie hatte keine Ahnung, ob das der zu Ende gegangenen Saison geschuldet war, dem hartnäckigen Mistwetter oder ob es einen anderen Grund gab. Sie war durch den weichen Sand gestapft und hatte den schmalen Pfad zum Haus des Fischers eingeschlagen. Eine längst verblühte Stockrose nahe der Tür erinnerte an den Sommer. Vom Sturm umgeknickt, gab sie ein trauriges Bild ab. Franziska sah sich um. Eine Klingel schien es hier nicht zu geben. Bisher hatte sie keine gebraucht, da sie immer mit Heinrich gekommen war. Sie klopfte. Nichts. Wieder klopfte sie, lauter dieses Mal. Vielleicht hörte sie niemand, weil der Wind noch lauter mit den Fensterläden klapperte. Sie ging an das Fenster, wobei sie sich ducken musste, um nicht an dem Stroh des Daches hängen zu bleiben, legte beide Hände an die Scheibe und blickte ins Innere. Das war die kleine Diele und der Treppenaufgang. Also musste sie auf die andere Seite des Hauses gehen, um in die gemütliche kleine Stube blicken zu können. Immer wieder zerrten Böen an ihren Haaren und trieben ihr Tränen in die Augen. Als sie das Wohnzimmerfenster erreicht hatte, spähte sie erneut hinein. Alles war so, wie sie es in Erinnerung hatte – der Kachelofen, die Standuhr, der alte, von den Jahren gezeichnete Esstisch, die Stühle drum herum. Auch der Sessel war trotz des Films aus Salz, Spinnweben und Sand, der auf der Scheibe lag, gut zu erkennen. Nur war er im Gegensatz zu ihren beiden Besuchen verwaist. Heinrich III. war nirgends zu sehen. Franziska beschlich ein ungutes Gefühl. Wenn ihm nur nichts zugestoßen war. Sie ging auf dem kleinen Weg weiter um den Anbau herum, bis sie schließlich wieder an der Tür stand.

»Heinrich?«, rief sie zaghaft und wusste im selben Augenblick, dass sie mit der Lautstärke drinnen auf keinen Fall zu hören war. »Heinrich, ich bin's, Franziska«, rief sie etwas kräftiger. Sie ging ein paar Schritte zurück, um zu dem Fenster aufblicken zu können, das halbrund in dem Strohdach hockte. Hatte Heinrich nicht gesagt, er habe dort oben seine Schlafkammer? Sie blinzelte. Der ständige Luftzug brannte in ihren Augen.

Hatte sich da oben etwas bewegt? Sie trat einen weiteren Schritt zurück und schrie auf. Jemand stand hinter ihr. Sie wirbelte herum.

»'tschuldigung, junge Frau, ich wollte Sie man nich erschrecken.« Sie blickte in das runzlige Gesicht eines alten Mannes. Er hatte etwa ihre Größe, eine leicht gebeugte Haltung und sehr freundliche braune Augen.

»Und ich wollte Sie nicht über den Haufen rennen. Ich muss mich entschuldigen.«

»Ach was, Sie hau'n so 'nen alten Seebären nich um. Is ja nix dran an Ihnen.« Er lachte krächzend. »Den Heinrich suchen Sie?« Jetzt sah er misstrauisch aus. »Den mit der Fischbude?«

»Ja. Wissen Sie, wo er steckt?« Sein Gesichtsausdruck gefiel ihr ganz und gar nicht.

»Klar doch. Ich bin ja man sein Nachbar.«

»Verstehe. Da habe ich wirklich Glück.«

»Kommt drauf an.« Der Wind zerrte an seiner Wollmütze, deren Rand umgeschlagen war und ihm weit in die Stirn reichte. Die Jacke, die er trug, sah zwar aus, als würde Regen an ihr abperlen, aber dass sie auch wärmte, bezweifelte Franziska sehr. »Geht's um das Haus?«

Sie verstand. »Nein. Das heißt, nicht direkt. Ich habe gehört, dass ein Makler es anbietet. Dabei dachte ich, Heinrich hätte sich gegen den Verkauf entschieden. Wir hatten eine andere Lösung gefunden. Ich verstehe nicht, was passiert ist, dass er es sich plötzlich anders überlegt hat. Ich glaube, es wäre ein schrecklicher Fehler, das Haus zu verkaufen.«

»Das glaub ich auch!« Er nickte langsam. »Wenn das so is … Heinrich ist im Krankenhaus. Herzinfarkt.«

»Was? O nein!« Sie schloss die Augen. Manchmal schien das Leben einem nur Zitronen zu geben und leider nicht die restlichen Zutaten, um Limonade daraus zu machen.

»Irgendwer hat ihn wohl zu doll geärgert«, meinte er mit einem vielsagenden Blick.

»Und Heinrich III., wo ist der?«

Der Nachbar verzog unwillig das Gesicht. »In so 'ner Kurzdings.«

Franziska stutzte, dann begriff sie. »Kurzzeitpflege?«

»Jo. Mich kriegen da keine zehn Pferde rein«, murmelte er.

»Kommt drauf an. Es gibt durchaus anständige Einrichtungen. Ist ja auch nur kurz, wie der Name schon sagt.« Sie versuchte den Mann und auch sich selbst aufzuheitern.

»Sie sagen es: Kommt drauf an. Darauf, was nach dem Kurzdings kommt.« Er seufzte. »Na, ich muss denn mal wieder.«

»Können Sie mir vielleicht sagen, wo Heinrich liegt?«

»Ich nehm an, er sitzt meistenteils.« Sie verstand nicht. »Is in Bergen, mehr weiß ich nicht. Sonst gibt's so was bei uns auf der Insel nur noch in Binz. Aber das kann sich ja keen een leisten.«

»Verstehe, Sie sprechen von Heinrich III. Und was ist mit Heinrich? Ist er auch in Bergen im Krankenhaus?«

»So isses.« Er wollte ihr die Adresse nennen.

»Danke, das kenne ich.«

»Grüßen Sie schön, Frollein. Und nu machen Sie mal, dass Sie nach Hause kommen. Dat gifft gleich wat.« Er deutete nach oben und ging mit schleppendem Schritt davon.

Der runzlige Nachbar hatte recht behalten. Es gab wirklich etwas, nämlich einen Wolkenbruch, der sich gewaschen hatte. Wieder einmal. Franziska hatte bald keine trockenen Kleider mehr, wenn es so weiterging. In der Tageszeitung hatte sie gelesen, dass der Oktober laut Hundertjährigem Kalender überdurchschnittlich nass werden sollte. Das konnte man wohl sagen. Sie machte es sich zur Angewohnheit, das Haus nicht mehr ohne Regenhose und -jacke zu verlassen. Ihre Gummistiefel wurden zum ständigen Begleiter. In Hamburg war sie bei Schietwetter möglichst nicht vor die Tür gegangen. Hier stellte sie fest, dass es sogar Spaß machen konnte, sich der Naturgewalt auszusetzen. Man traf keine Menschenseele, außer vielleicht mal einen Hundebesitzer, der mit seinem Vierbeiner eine eilige kleine Runde drehte. Wenn sie zur Arbeit musste, begeisterte sie das Nass von oben allerdings weniger. Es war einfach lästig, sich in der Firma erst einmal aus einer tropfenden Hülle zu schälen. Von einer Frisur konnte nach einem Marsch durch Sturm und Regen auch keine Rede mehr sein.

Niklas hatte sie kaum zu Gesicht bekommen. An diesem Morgen rannte sie ihn fast um, als der Wind ihr die Tür beinahe aus der Hand riss, sie sie mit aller Kraft festhielt und hinter sich zuzog, wobei sie ins Straucheln geriet.

»Na, sind wir mal wieder ein bisschen ungeschickt?« Er schmunzelte. Franziska war sicher, dass er genau wie sie an ihre erste Begegnung dachte, als sie ihm geradezu in die Arme gestolpert war. Ein warmes Gefühl durchströmte sie bei der Erinnerung. So schnell, wie das in Schmerz umschlug, kippte auch bei ihm die Stimmung. »Kannst du bitte in mein Büro kommen?«, sagte er frostig und ging voraus.

Sie folgte ihm mit bangem Herzen ein paar Schritte. Er würde nicht mit ihr über die Messe sprechen wollen, für die sie einen Stand entworfen und Flyer gestaltet hatte. Der Illusion gab sie sich nicht hin. Sie hängte rasch ihre Sachen zum Trocknen und betrat sein Büro. Er saß bereits hinter seinem Schreibtisch und bedeutete ihr, Platz zu nehmen.

»Ich will nicht lange um den heißen Brei herumreden«, begann er. »Ich habe mir in letzter Zeit Mühe gegeben, so zu tun, als ob zwischen uns nichts gewesen wäre. Das fällt mir ziemlich schwer. Erstaunlicherweise schleichst du auch hier rum, als würdest du verzweifelt nach der Formel suchen, mit der du dich unsichtbar machen kannst.« Erstaunlicherweise? Dachte er etwa, es fiel ihr leicht, ihn zu sehen, ihn aber nicht in den Arm nehmen zu dürfen? »Jedenfalls wollte ich dich daran erinnern, dass du hier eine Art Praktikum machst.« Sie runzelte irritiert die Stirn. Es gab nun wirklich keinen Grund, sich über ihre Arbeit zu beklagen. Sie war jeden Morgen pünktlich erschienen und hatte alles sorgfältig erledigt, worum man sie gebeten hatte. »Das ist kein Job mit Kündigungsfrist oder so. Du musst das nicht bis zum bitteren Ende durchziehen.«

»Ach, so meinst du das. Ich dachte schon, du hättest an meiner Leistung etwas auszusetzen. Ich pflege Berufliches und Privates zu trennen, Niklas. Meiner Meinung nach wäre es total unprofessionell, nicht die vereinbarte Zeit zu bleiben. Du hast dich immerhin darauf eingestellt, also eine helfende Hand eingeplant. Wofür auch immer«, stotterte sie.

»Du verstehst mich nicht. Dann drücke ich mich mal klarer aus: Ich kann Berufliches und Privates nicht vollkommen trennen. Oder vielleicht will ich es einfach nicht. Ich habe keine Lust, die Frau, der ich vertraut habe, mit der ich eine Zeit verbracht habe, die sich für mich sehr schön und richtig angefühlt hat, jeden Tag zu sehen und zu wissen, dass ihr das alles nicht ernst war.« Franziska schluckte. Es war ihr ja ernst. Sie durfte ihm nur nicht sagen, wie ernst es ihr gewesen war. »Ich möchte, dass du Rügorange verlässt. Sofort. Bis Ende der Woche bekommst du noch den Zuschuss zur Unterkunft und der Verpflegung. Ich nehme an, du bist in der Lage, dir danach etwas anderes zu suchen. Vielleicht gehst du auch zurück nach Hamburg oder verbringst noch Zeit in Stralsund mit unserem tollen Halbbruder.« Er klang so böse, dass es ihr Angst machte.

»Ich brauche keinen Zuschuss«, sagte sie leise. »Ich bezweifle, dass du weißt, was mir wirklich ernst ist, was mir etwas bedeutet. Du hast keine Ahnung.« Sie stand auf. An der Tür drehte sie sich noch einmal um. »Ich wünsche dir alles Gute, Niklas. Vor allem wünsche ich dir, dass du deinen Frieden mit unserem Halbbruder machst. Er ist bestimmt nicht perfekt, aber er ist ein toller Mensch. Da hast du recht.« Er verzog unwillig das Gesicht. »Wenn ich auf Rügen eins gelernt habe, dann, wie wertvoll eine Familie ist. Egal, welchen Mist du mit ihr erlebst, sie gehört zu dir. Das ist etwas sehr Kostbares. Kostbarer als ein Adlerfreund.«

Sie schnappte sich ihre nassen Sachen, ohne sie anzuziehen oder sich nur noch einmal umzusehen, und verließ das Gebäude. Sie lief durch den Regen, der nicht von oben, sondern von vorn zu kommen schien. Die Tropfen mischten sich mit ihren Tränen. In dieser Sekunde liebte sie das Wetter. Zwar konnte es sie nicht vollständig unsichtbar machen, aber es war die perfekte Tarnung. Das Wasser kaschierte ihre Tränen, das Tosen des Windes übertönte ihr Schluchzen.

Franziska hatte inzwischen die Unterlagen für die Wohnung von Holger bekommen. Der Mietvertrag für die drei Monate lief auf ihren Namen. Es änderte sich also nichts. Außer dass kein Geld von Rügorange mehr auf ihr Konto überwiesen werden würde. Glücklicherweise war das ihr geringstes Problem. Sie nahm sich vor, Niklas die gesamte Summe, die sie von ihm erhalten hatte, zurückzuzahlen. Das verlangte ihr Stolz. Die Baupläne und übrigen Unterlagen machten einen soliden Eindruck. Es sah so aus, als wäre diese Wohnung wirklich für einen Preis zu haben, den sie locker wert war. Franziska hatte sie vom ersten Augenblick an gemocht. Blieb nur zu überlegen, ob Rügen wirklich die richtige Entscheidung für sie war, ob der Norden, sosehr sie ihn auch liebte, nicht unpraktisch war, was ihre zukünftigen Treffen mit Jürgen anging, und nicht zuletzt, ob sie sich mit einer Ferienwohnung als direktem Nachbarn anfreunden konnte. Sie würde keinen runzligen Seebären neben sich wissen, mit dem sie irgendwann einmal, wenn sie selbst runzlig war, eine jahrzehntelange Freundschaft verband. Stattdessen musste sie sich auf feierfreudige, ständig wechselnde Feriengäste einstellen. Sie würde es sich überlegen. Jetzt hatte sie Wichtigeres zu tun. Sie musste zum Beispiel herausfinden, in welcher Senioreneinrichtung Bergens Heinrich III. untergebracht war. Das war nicht schwierig. Drei Häuser machte sie ausfindig. Schon beim zweiten Anruf hatte sie Glück.

Das Gebäude wirkte einladend. Es war gelb und orange gestrichen wie Sanddorn im Sonnenlicht. Der Weg von der Straße zum Portal war von Beeten gesäumt, in denen Astern und Dahlien blühten. Dazwischen stand Fächerahorn, der seine roten Blätter wie unzählige Hände von sich streckte. Im Foyer saß hinter einem halbrunden Tresen eine junge Frau mit an einer Seite dunkelrot gefärbten Haaren. Sie erklärte Franziska, wo die Abteilung war, in der Heinrich III. wohnte. Nachdem sie durch eine Glastür gegangen war, kam sich Franziska vor, als hätte sie eine andere Welt betreten. Hatte der Eingangsbereich gerade noch das Ambiente eines netten kleinen Hotels versprüht, fühlte sie sich jetzt, als hätte es sie geradewegs in ein Vorstadtkrankenhaus verschlagen. Ein beißender Geruch, eine Mischung aus Desinfektionsmitteln, Urin und Staub, nahm ihr den Atem. Alle Türen sahen gleich aus. Irgendwo spielte jemand auf einer Heimorgel. Aus einem Zimmer erklangen die typischen Geräusche eines Fernsehers, in dem gerade Werbung lief, in einem anderen stöhnte jemand herzzerreißend. Eine kräftige Dame mit brauner Lockenmähne, in der bereits die ersten grauen Haare schimmerten, kam um die Ecke. Sie trug einen Kittel über der weißen Hose und ein Namensschild am Revers.

»Entschuldigen Sie bitte«, Franziska schielte auf das Schildchen, »Frau Schuster, ich suche Heinrich. Seinen Nachnamen kenne ich leider nicht. Ich weiß nur, dass er kürzlich zur Kurzzeitpflege gebracht wurde.«

»Dann meinen Sie sicher Heinrich III.« Frau Schuster war gar nicht erst stehen geblieben. Sie hatte es eilig. »Am Ende des Gangs rechts abbiegen, dann die zweite Tür links.«

»Danke«, rief Franziska ihr nach.

Rechts abbiegen, dann die zweite Tür links. Hier musste es sein. Sie klopfte und öffnete langsam die Tür. Worauf hätte sie warten sollen? Heinrich III. sprach ja nicht. Er hätte sie schwerlich hereinbitten können. Franziska steckte den Kopf ins Zimmer.

»Moin, Heinrich«, sagte sie. Er saß mit dem Rücken zu ihr in einem Sessel, der direkt vor der Terrassentür stand. Schwerfällig drehte er ein wenig den Kopf. Schon war sie bei ihm und lächelte ihn an. »Ich wollte Sie mal besuchen. Franziska, erinnern Sie sich?« Sein Anblick versetzte ihr einen Stich. Er wirkte dünner als bei ihrer letzten Begegnung. Jedes Funkeln war aus seinen Augen verschwunden, dunkle Schatten lagen darunter. Sie nahm seine Hand und drückte sie. Er erwiderte den Druck nur schwach, seine Mundwinkel zuckten. Womöglich ein Zeichen, dass er sie erkannt hatte. Franziska stellte sich einen Stuhl neben ihn und ließ sich darauf nieder. »Das ist vielleicht ein Mistwetter da draußen, was? Seien Sie bloß froh, dass Sie nicht raus müssen.« Sie schüttelte sich demonstrativ. »Auf der anderen Seite ist es auch ein bisschen langweilig, nur drinnen zu hocken, denke ich mir. Wie gefällt es Ihnen denn hier?« Sie sah ihn an. Heinrich III. konnte mit den Augen mehr sagen als andere mit Worten. Sein Blick wurde melancholisch und trüb. »Nicht so schön wie zu Hause. Kann ich mir vorstellen. Was macht Heinrich denn auch für Sachen? Ich werde ihn heute auch noch besuchen. Wer weiß, vielleicht geht es ihm schon besser, und Sie können beide bald wieder in Ihr gemütliches Haus in Vitt zurück.« Es war eine eigenartige Situation für Franziska. Normalerweise war es eher umgekehrt, ihre Klienten redeten, während sie zuhörte und sich Notizen machte. Heinrich III. sprach nicht. Also plauderte sie ein bisschen, erzählte, was sie in der Tageszeitung gelesen hatte, und schilderte ausführlich die Wohnung in Putgarten, die sie unter Umständen zu kaufen gedachte. Erst glaubte sie dieses einseitige Gespräch keine zehn Minuten auszuhalten. Schon kurz nach ihrem Erscheinen kündigte sie an, sich nun mal auf den Weg ins Krankenhaus zu Heinrich zu machen. Da streckte er mühsam den gesunden Arm nach ihr aus, als wollte er sie festhalten. »Ich kann auch noch bleiben«, sagte sie beklommen. Sie erzählte von der Ernte und von dem, was sie über Mazedonien und den Senegal erfahren hatte. Ehe sie sich's versah, war schließlich eine Stunde vergangen. Die ganze Zeit hatte sie seine Hand gehalten. Als sie ihn jetzt anschaute, stellte sie fest, dass seine Augen geschlossen waren. Er war eingeschlafen. Behutsam legte sie ihm die Hand in den Schoß, stand auf und ging leise hinaus. Im Flur lief ihr noch einmal Frau Schuster über den Weg.

»Ach, Frau Schuster, haben Sie wohl mal eine Sekunde für mich?«

»Eine Sekunde geht gerade. Mehr Zeit ist nicht.«

»Es geht um Heinrich, er gefällt mir nicht«, begann sie zögernd.

»Was haben Sie gedacht, wen Sie besuchen, Robert Redford oder Sean Connery? Er ist ein alter Rügener Fischer. Nicht mehr und nicht weniger.« Sie zuckte mit den Schultern, hob die Augenbrauen und wollte schon wieder davoneilen.

»Er ist ein feiner Mensch. Das ist eine ganze Menge, finde ich.« Frau Schuster blieb stehen und sah sie überrascht an. »Er hat sein Leben lang hart gearbeitet und eine Familie ernährt. Ich will den Herren aus Hollywood nicht zu nahe treten, aber mir fällt auf Anhieb nichts ein, was sie dagegen aufzubieten haben.«

»Das haben Sie aber gut gesagt.« Sie lächelte zum ersten Mal.
»Heinrich III. isst nicht«, erklärte sie. »Ist kein Wunder, dass er so elend aussieht.«

»Was haben Sie probiert, um das zu ändern?«

»Wie bitte?« Frau Schuster lachte freudlos. »Was stellen Sie sich denn vor? Glauben Sie, wir haben Zeit, hier jeden Löffelchen für Löffelchen zu füttern? Er ist nicht einmal ein dauernder Bewohner, sondern nur in Kurzzeitpflege. Kurz, verstehen Sie? Das sind Leute, die noch allein klarkommen, die bald wieder weg sind.«

»Ich verstehe aber auch Pflege. Das steckt ja wohl auch in dem Wort. Wenn er nicht isst, liegt auf der Hand, dass er nicht klarkommt. Sie können ihm doch nicht einfach ein Tablett hinstellen und es wieder abräumen, obwohl er nichts angerührt hat.«

»Das können wir nicht, das müssen wir. Ist leider so, gute Frau. Mir gefällt das auch nicht.«

Franziska seufzte. Das durfte doch alles nicht wahr sein. Heinrichs Befürchtung war durchaus begründet. Lange würde sein Vater es hier nicht aushalten, dann war er tot. Na schön, so hatte der Rausschmiss bei Rügorange doch noch etwas Gutes. Sie würde Heinrich III. füttern, jeden Tag, den er hier zubringen musste.

Wenigstens im Krankenhaus gab es Grund zur Freude. Heinrich strahlte über das ganze Gesicht, als er sie sah.

»Nee, dat is man 'ne Überraschung. Mönsch, wat scheun!«

»Du machst vielleicht Geschichten. Kann man dich denn keine Minute aus den Augen lassen? Am Ende muss Rosa sich nicht nur um deinen Vater kümmern, sondern auch um dich.« Sie schüttelte lächelnd den Kopf. »Wie geht es dir denn?«

»Ick bün topfit! Die lassen mich doch nur nich raus, damit die noch Geld mit mir verdienen können. Von Reha faseln die dauernd. Weiß nich, was das für 'n Tüünkroom sein soll. Die sollen man erst mal kochen lernen. Einen Fraß gifft dat hier.« Er verzog derartig das Gesicht, dass die Augen zu Schlitzen wurden und die Nase in Falten lag. Sie musste lachen.

»Was war denn überhaupt los? Ich habe deinen Nachbarn getroffen. Der meinte, jemand hätte dich zu doll geärgert, deswegen hättest du einen Herzinfarkt bekommen.«

»War ja nur ein leichter«, murmelte er bedrückt. Dann erzählte er, dass er den Familienrat einberufen hatte, um die Idee mit der Pflegekraft zu besprechen. Er war sicher gewesen, dass wenigstens seine Schwester und die jüngeren Brüder begeistert von dem Vorschlag wären. »Aber Pustekuchen«, schnaubte er. »Eine einzige Person kann das doch gar nicht schaffen. In einem Heim ist er rund um die Uhr betreut und viieel besser aufgehoben«, ahmte er seine Geschwister in einem klagenden Tonfall nach. Wäre das alles nicht so ernst und so traurig gewesen, hätte Franziska schon wieder lachen können. »Ick heff den ordentlich Dampf mokt. Ist doch wohl klar, dass eine Pflegeperson nicht alles alleine machen kann, blots wir sind doch auch noch da. Nur davon wollten die nix wissen. Is ja auch bequemer, wenn sich andere kümmern.«

»Deshalb hast du klein beigegeben und wolltest doch das Haus verkaufen. Das kann ich verstehen.«

Er schnitt ihr das Wort ab. »Wat? Nee, ich will nich verkaufen. Das wüsste ich aber. Wer erzählt denn so 'n …?«

»Tüünkroom«, beendete sie den Satz für ihn. »Holger, dieser Immobilien-Heini, wie du ihn genannt hast. Er hat mich angerufen.« Sie brach ab. Wenn sie ihm sagte, dass der Mann den Auftrag hatte, das Haus zu verkaufen, bekam er auf der Stelle den zweiten Infarkt. »Es hörte sich für mich so an, als hättest du dich doch anders entschieden. Da habe ich dann wohl etwas falsch verstanden.«

»Das musst du rauskriegen, hörst du?«, bat er aufgeregt. »Wenn meine Geschwister hinter meinem Rücken das Haus verkloppen, denn passiert was.« Sein Gesicht war dunkelrot geworden.

»Nun beruhige dich mal wieder. Holger sabbelt viel, wenn der Tag lang ist. Ich hätte das nicht für bare Münze nehmen dürfen. Jetzt besorge ich dir erst mal etwas Leckeres zu essen. Worauf hättest du Appetit?«

So leicht ließ er sich nicht ablenken. »Du kriegst das raus, hörst du?«

»Versprochen! Nachdem du etwas gegessen hast. Dein Vater ist anscheinend auch krüsch. Dem musste ich gut zureden, damit er was anrührt.«

»Du warst bei meinem Vadder?« Sie nickte. Seine Augen wurden feucht. »Bist 'ne mächtig feine Deern, weißt das?«

Franziska hatte mit einem Schlag alle Hände voll zu tun. Und das, obwohl sie ihren Job, der sie auf die Insel geführt hatte, los war. Wenn man es genau nahm, hatte sie nicht das Praktikum nach Rügen gebracht, sondern ihr Wunsch, ihrem Leben eine neue Richtung zu geben. Oder die alte ein wenig klarer zu definieren. Das, worum sie sich nun kümmerte, war perfekt geeignet, um Ziele und Inhalte auszuloten, fand sie. Direkt nach dem Krankenbesuch hatte sie mit Holger gesprochen.

»Du, ich habe zufällig mit dem Heinrich gesprochen, der noch in dem Haus in Vitt wohnt.«

»Zufällig?«

»Ja, das hat sich so ergeben.«

»Du hast aber nicht vor, den Verkauf hinter meinem Rücken klarzumachen und mich um meine Provision zu bringen, oder?«

»Holger, was denkst du denn von mir? Im Gegenteil, ich rufe dich an, damit du dir keinen Ärger einhandelst. Ich kann mir vorstellen, dass es für einen Makler sehr ungemütlich werden kann, wenn innerhalb einer Familie Uneinigkeit über den Verkauf einer Immobilie besteht.«

»Das stimmt allerdings.«

Am Ende des Telefonats hatte er sich für ihren Hinweis bedankt und angekündigt, dass er zunächst keine weiteren Maßnahmen ergreifen werde, um das Objekt anzubieten. Er war absolut überzeugt, dass er schnell zum Abschluss käme, wenn er die Sache erst in Gang bringen würde. Statt seiner Ungeduld zu gehorchen, ging er lieber auf Nummer sicher.

Jeden Tag setzte Franziska sich in den Bus, um nach Bergen zu fahren. Manchmal fuhr sie schon früh, weil sie Einkäufe zu erledigen hatte. Oder sie informierte sich über Räumlichkeiten, die sie für ein Coaching nutzen, und über potenzielle Partner, mit denen sie sich Kooperationen vorstellen konnte. Manchmal wählte sie eine Verbindung, mit der sie pünktlich zur Mittagszeit dort war. Wann immer sie auftauchte, fand sie Heinrich III. mit dem Rücken zur Terrasse sitzend vor. Er hatte seine Zimmertür fest im Blick. Kaum trat sie ein, leuchteten seine Augen. Es war unmöglich zu übersehen, wie wichtig ihre Besuche für ihn waren. Trotzdem, es ging ihm nicht sonderlich gut. Es musste etwas geschehen, und zwar schnell. Deshalb hatte sie auch mit Thekla gesprochen und gefragt, ob es nicht möglich sei, dass Rosa bereits kurzfristig nach Rügen kommen könnte. Wenn sie in den Anbau ziehen würde, konnte Heinrich III. nach Hause kommen, auch wenn sein Sohn in der Reha sein sollte, die ihm keinesfalls erspart blieb. Da Rosa nicht rund um die Uhr im Dienst sein konnte, würde Franziska eben selbst mit einspringen. Die täglichen Fahrten nach Bergen fielen dann weg, was ihr Zeit genug verschaffte. Sie hoffte außerdem auf Heinrichs Schwester. Die musste einfach genug Herz haben, um wenigstens in dieser Notsituation mit anzupacken.

Als Franziska einmal ihren Krankenbesuch bei Heinrich beendete, bekam sie überraschend Gelegenheit, diese Frage direkt zu klären. Heinrichs Schwester war gerade auf dem Weg zu ihrem Bruder.

»Sie müssen Franziska sein«, sprach die Mittvierzigerin sie an. »Ich habe Sie aus dem Zimmer kommen sehen.« Sie deutete auf die Tür. »Heinrich hat so viel von Ihnen erzählt.«

»Dann sind Sie …«

»Fine, seine Schwester.« Sie reichte Franziska die Hand. Zupacken konnte sie, daran würde es nicht scheitern.

»Sieht man. Ich meine, die Verwandtschaft ist nicht zu leugnen. Freut mich wirklich, Sie kennenzulernen. Entschuldigen Sie bitte, wenn ich so mit der Tür ins Haus falle, aber ich würde gern kurz mit Ihnen sprechen.«

»Früher oder später lässt sich das wohl nicht vermeiden.« Sie sah Franziskas verblüfftes Gesicht und lachte. Dabei sah sie ihrem Bruder noch ähnlicher. »Entschuldigung, war nicht so unfreundlich gemeint, wie es sich angehört hat. Gehen wir in die Cafeteria?«

»Gern.«

Ein paar Minuten später saßen sie bei frisch geröstetem Kaffee und Sanddorncremeschnitte. Beides konnte sich Franziska unmöglich entgehen lassen.

»Mein ältester Bruder hat einen Tobsuchtsanfall gekriegt, als der Makler ihm sagte, er habe den Verkauf unseres Hauses auf Eis gelegt, bis wir Geschwister die Sache unter uns geklärt hätten.« Ihre Augen blitzten fröhlich. »Wissen Sie«, fuhr sie fort, »ich bin im Grunde ganz froh. Zwar habe ich dem Verkauf zugestimmt und war der Meinung, wenn die Mehrheit dafür ist, können wir das auch ohne Heinrichs Einwilligung über die Bühne bringen, aber ich hänge auch ziemlich an dem alten Schuppen. Und an meinem Vater natürlich.«

»Der in diesen alten Schuppen gehört. Und nirgends anders hin«, bemerkte Franziska.

»Sie haben ja recht. Nur, wie soll das gehen? Bis vor kurzem konnte ich mich noch kümmern. Doch seit mein Mann die Stelle auf dem Festland bekommen hat, kann ich nicht mehr ständig parat stehen.«

»Deswegen soll doch die Pflegekraft ins Haus kommen. Wenn Ihr Bruder Heinrich aus der Reha zurück ist, wäre immer jemand für Ihren Vater da.«

»Und wenn die mal ausfällt? Diese Pflegekraft, meine ich. Wer soll das überhaupt sein? Wir wissen doch gar nicht, ob unser Vater die leiden kann.«

»Wissen Sie denn, wie Ihr Vater sich seine alten Tage vorgestellt hat?«, erkundigte sich Franziska.

»Ganz bestimmt nicht in einem Heim. Er wollte rausfahren zum Fischen, bis es nicht mehr geht. Auf dem Kutter umkippen, das war's. So hätte er sich das gewünscht. Nur leider werden wir nicht gefragt, wie wir uns unser Ende wünschen.«

»Da haben Sie recht.« Franziska beobachtete Fine. Sie hatte sehr freundliche Augen und leicht gerötete Wangen. Die Haare sahen aus, als wären sie am Morgen sorgsam auf Lockenwickler gedreht, dann in Form gezupft und von Wind und Regen komplett durcheinandergebracht worden. »Genau deswegen, weil wir nicht gefragt werden, sollten wir uns doch einen Plan machen. Also einen Plan B sozusagen.«

»Wir haben nie mit Vater darüber gesprochen, wenn Sie das meinen, wie er mal leben will, falls er nicht tot vom Kutter plumpst.« Sie lachte traurig. »Irgendwann war's zu spät. Er hatte seinen Schlaganfall und konnte es nicht mehr sagen.«

»Schlimm genug«, meinte Franziska. Sie wollte Fine nicht weh tun, aber sie musste sie auf ihre Seite bringen. Wenn es sein musste, mit Hilfe eines schlechten Gewissens, das sie ihr verabreichte. »Sie sind seine einzige Tochter. Sie kennen ihn gut und sagen selbst, dass er auf keinen Fall in einer Einrichtung landen wollte wie der, wo er jetzt ist.«

»Das habe ich nicht gesagt«, widersprach sie. Ihre Wangen röteten sich gleich noch mehr. »Das ist doch kein Heim, das ist vorübergehend.«

»Machen wir uns nichts vor, es wird noch eine Weile dauern, ehe Heinrich aus der Reha kommt. Erst muss er ja überhaupt mal damit beginnen. Außerdem wird er selbst am Anfang Unterstützung gebrauchen können. Fine, es muss eine Lösung her! Rosa, also diese Pflegekraft, könnte eine gute Lösung sein. Warum wollen Sie es nicht wenigstens versuchen?« Fine zögerte. »Sehen Sie, ich bin ja auch noch da. Bis Mitte November bin ich ganz sicher noch auf Rügen. Ich wohne oben in Wittow, das heißt, ich bin in null Komma nix bei Ihrem Vater.«

»Wann könnte diese Rosa denn anfangen?«

Das Gespräch mit Fine ging Franziska nicht mehr aus dem Kopf. Sie war sehr erleichtert, dass die zum Schluss zugestimmt hatte, Rosa so schnell wie möglich kennenzulernen. Trotzdem beschäftigte und bedrückte sie das Thema mehr, als sie erwartet hatte. Was war, wenn irgendwann die Nachricht von Ibiza käme, ihre Mutter könne nicht länger allein leben? Oder wenn Papa einen Schlaganfall oder Infarkt bekäme, was wäre dann? Jede Familie stand irgendwann vor solchen Fragen und Entscheidungen. Vermutlich beschäftigten sich jedoch die wenigsten rechtzeitig damit. Wenn überhaupt, dann eher jeder im stillen Kämmerlein als offen miteinander, vermutete sie. Plötzlich hatte sie Mariannes Worte im Ohr. Private Fragestellungen kämen viel häufiger vor als berufliche und würden das Leben viel entscheidender beeinflussen. Dafür sollte es ein Coaching geben.

Wie immer, wenn Franziska eine richtig gute Idee hatte, wurde sie ganz aufgeregt. Wie wäre es, wenn sie neben ihrer Arbeit, die sie ernährte, eine Art Verein gründete, um genau diese Beratung, dieses Coaching zur Verfügung zu stellen? Sie müsste natürlich Menschen mit ins Boot holen, die sich auskannten, Pflegekräfte wie Rosa, Leute, die alternative Wohnprojekte ins Leben gerufen hatten. Diese Gedanken fühlten sich gut an. Sehr im Gegensatz zu ihrer Sehnsucht nach Niklas. Die fühlte sich ganz und gar nicht gut an. Sie wünschte sich von ganzem Herzen, beide lieben zu dürfen, den Bruder und den Mann. Mit Niklas wollte sie leben, ohne dafür wieder den Kontakt zu Jürgen einzubüßen. Nur war das ganz unmöglich, wenn die Kerle nicht endlich ihren Frieden miteinander schlossen. Sie hatte Niklas genau das gewünscht, als sie ihn das letzte Mal gesehen hatte. Ob er wenigstens über ihre Worte nachdachte? Es war ein Strohhalm, ein winziger Funken Hoffnung, den sie einfach nicht aufgeben konnte, auch wenn ihr bewusst war, wie schlecht ihre Chancen standen.

Es gab so vieles, worüber sie in aller Ruhe nachdenken wollte. Nachdem es nun auch noch kräftig gewittert hatte, war es seit langem zum ersten Mal trocken. Die Sonne schaffte es sogar, sich durch die dicken grauen Wolken zu drängeln. Die Gelegenheit konnte sie sich nicht entgehen lassen. Franziska schlüpfte in ihre Wanderschuhe und die Regenjacke und machte sich auf den Weg. Sie lief an den Sanddornfeldern vorbei, auf denen sie bis vor kurzem noch geschuftet hatte. Nicht hinsehen und vor allem nicht sentimental werden, befahl sie sich. Herrlich, die Luft duftete nach sattem Grün, nach Meer und nach Herbst. Viel zu lange hatte sie keinen Strandspaziergang mehr gemacht. Sie ließ die kleine Kapelle rechts liegen und stapfte die Treppen hinab nach Vitt. Von dort schlug sie die altbekannte Route nach Norden ein.

Ihre Gedanken wanderten zu der Wohnung, die sie so mochte, die ihr neues Zuhause für die nächsten Jahre werden könnte. Natürlich hatte sie Vergleichsangebote studiert, sich einen Überblick über den Immobilienmarkt verschafft. Trotzdem konnte diese Offerte problemlos mithalten. Putgarten oder wenigstens Altenkirchen hatten alles zu bieten, was man für das tägliche Leben brauchte. Nach Sassnitz und Bergen war es nicht furchtbar weit. Man war schnell in Schaprode, von wo eine Fähre nach Hiddensee übersetzte. Vor allem war man schnell hier, am Strand von Vitt und an der Steilküste. Alles passte ideal zusammen, wenn man mal von der Nähe zu Rügorange absah. Sie konnte sich um Heinrich III. kümmern, hatte mit den Künstlern am Kap ideale Partner für Kreativeinheiten ihres Coachings und konnte ihre Teilnehmer zu Ausflügen an die Kreideküste oder zum Bernsteinschnitzkurs schicken. Sie sah alles so genau vor sich, dass ihr plötzlich klarwurde, wie die Entscheidung lautete. Sie hatte sie längst getroffen. Sie würde diese Wohnung kaufen. Sehr groß war sie nicht, doch für eine Person reichte sie locker. Besuch konnte im Wohnzimmer schlafen oder sich in der Ferienwohnung nebenan einmieten. Wie sie es auch drehte und wendete, es war perfekt. Selbst wenn ihr Plan von Coaching-im-Urlaub nicht aufgehen sollte, konnte sie sich eine Ferienwohnung leisten. Dann musste sie eben zurück nach Hamburg gehen, um zu arbeiten, und an den Wochenenden auf die Insel kommen. Anfangs würde sie ohnehin pendeln müssen, ehe sie ihre Zelte in der Hansestadt abbrach. Was das Berufliche anging, hatte sie auf Rügen Antworten gefunden. Blieb nur noch das Private ...

Sie ging geradeaus, das Meer zu ihrer Rechten. Wenn sie es so bedachte, hatte sich auch privat für sie vieles geklärt. Na gut, ihre Liebesgeschichte hatte kein Happy End. Doch das Leben erzählte ja wohl nicht nur Liebesgeschichten. Es gab auch Familiengeschichten. Das hier war so eine. Auf eine Liebesgeschichte ohne Happy End folgte irgendwann eine neue. Für eine Familiengeschichte gab es keine zweite Chance. Deswegen war es genau richtig, so wie es war. Marianne und Papa würden sich aussprechen. Und was noch wichtiger war, Jürgen und Papa würden sich versöhnen. Wenn sie auch viele kostbare Jahre verloren hatten, konnten sie noch immer ein Vater-Sohn-Verhältnis aufbauen. Diese Aussicht und das Wissen, endlich diese Sehnsucht los zu sein, die ihr ständiger Begleiter gewesen war, machten sie zutiefst zufrieden. Für die Liebe blieb ihr noch Zeit. In einigen Tagen wurde sie dreißig. Der Zug war noch nicht abgefahren.

Sie atmete tief ein und richtete ihren Blick gen Himmel. Die Sonne lugte durch ein kleines Loch, das sich zwischen den Wolken gebildet hatte. Man konnte ihre Strahlen sehen, wie sie sich nach unten reckten und ein Fleckchen der großen grauen Ostsee beleuchteten. Wo der Sonnenstrahl auf das Wasser traf, glitzerte und funkelte es, als hätte jemand einen diamantenbesetzten Stoff ausgebreitet. Unglaublich, welche Kunstwerke die Natur schaffen konnte! Während dieser Gedanke durch Franziskas Kopf ging, stieß sie mit dem Fuß gegen einen großen Stein, taumelte, ruderte mit den Armen und wäre fast gefallen. In letzter Sekunde bekam sie ihr Gleichgewicht wieder. Der Schreck trieb ihr die Hitze durch den Körper, Schweiß stand auf ihrer Stirn. Das kam davon, wenn man wie ein Hans-guck-in-die-Luft durch die Welt lief. Ab jetzt passte sie wieder auf, wohin sie ihre Füße setzte. Ihr Blick wanderte zu Boden. Dabei entdeckte sie genau an ihrer Schuhspitze einen Hühnergott. Sie bückte sich und hob ihn auf. Dieses Exemplar war ganz besonders schön. Der Feuerstein war rund gewaschen. Fast genau in seiner Mitte hatte es einmal Kreideablagerungen gegeben, die im Lauf der Zeit jedoch verwittert waren, so dass ein Loch entstehen konnte. Sie umschloss den Stein mit einer Hand und fühlte, wie hart er war und gleichzeitig doch angenehm glatt. Sie hielt ihn sich vor das Auge und blinzelte hindurch. Dann wog sie ihn in der Hand, um abzuschätzen, ob er als Kettenanhänger wohl zu schwer war. Da fiel ihr etwas ein. Irgendwo hatte sie gelesen, man solle einen Hühnergott fest in die Hand nehmen, sich langsam um die eigene Achse drehen und dabei aussprechen, was man sich in Bezug auf die Liebe sehnlichst wünschte. Wenn sie schon bei den Sternschnuppen darauf verzichtet hatte, würde sie wenigstens jetzt Gebrauch von diesem verlockenden Angebot machen. Wann hatte man schon einen Wunsch frei?

Verstohlen sah sie sich um, ob auch niemand sonst hier unterwegs war, der sie beobachten oder womöglich hören konnte, was sie dem Lochstein anvertraute. Bestimmt ging es dann sowieso nicht in Erfüllung. Da war keine Menschenseele weit und breit. Sie schloss die Augen. Den Stein hielt sie fest in der rechten Hand, streckte beide Arme aus und drehte sich langsam auf der Stelle.

»Ich wünsche mir«, sagte sie dabei leise, »mit Niklas zusammen sein zu dürfen.« Sie blieb stehen, hielt die Augen noch einen Moment geschlossen und spürte in sich hinein. Sie war traurig, das war alles. Da war kein leises glockenklares Klingeln, der Himmel riss nicht weiter auf und ließ einen Sonnenstrahl genau auf sie hinableuchten. Es passierte einfach nichts. Natürlich nicht. Das war eben auch nur so ein alberner Aberglauben wie die Sache mit den Sternschnuppen.

Sicherheitshalber behielt sie den Hühnergott dennoch in der Hand, als sie weiterging. Sie passierte ein Schild, das vor dem Betreten des Strandes unterhalb der Steilküste warnte. Nach extremen Wetterereignissen mit heftigem Regen sei es gefährlich, sich dort aufzuhalten, weil Schlammmassen abrutschen könnten, stand da. Sie hatte gelesen, dass das im Winter immer mal wieder passierte. Jetzt war Herbst, und von extremen Wetterereignissen konnte keine Rede sein. Sie ging weiter. Den Stein in ihrer Hand drehte sie ohne Unterlass. Ihr Wunsch war ein Fehler gewesen. Es war dumm, sich etwas zu wünschen, von dem man wusste, dass man es nicht haben konnte. Welchen Sinn hätte es, wenn sich ein Blinder ein Bild wünschte, das er doch nie sehen konnte? Ob man seinen Wunsch auch ändern durfte? Sie konnte es versuchen. Es war doch sowieso alles Blödsinn oder bestenfalls ein Spiel, und sie hatte nichts zu verlieren. Sie würde gewissermaßen die alte Bitte mit einer neuen überschreiben. Das würde so ein Hühnergott doch wohl verstehen. Wieder schaute sie sich um. Niemand war zu sehen, weder vor ihr noch hinter ihr. Sie blickte den Strand entlang bis zum Horizont. Nichts. Sie war allein. Also schön. Erneut schloss sie die Augen, hielt den Lochstein ganz fest und streckte beide Arme aus.

»Ich wünsche mir«, begann sie, während sie sich um die eigene Achse drehte, dieses Mal mit lauter Stimme, »dass mein Gefühl für Niklas vergeht!« So, das war erledigt. Sie verharrte noch mit geschlossenen Augen, da geschah das Unglaubliche. Sie hörte einen Ton, der vorher noch nicht da gewesen war. Wie ein helles Zauberglöckchen klang es nicht gerade, im Gegenteil, eher wie ein dumpfes Grollen. Irgendwie hatte sie sich märchenhafte Klänge anders vorgestellt. Das war ja merkwürdig, der Ton blieb, wurde lauter. Sie öffnete die Augen und sah hinaus auf das Meer. Da war kein Schiff, nichts, das dieses eigenartige Geräusch verursachen konnte. Es kam auch gar nicht vom Meer, sondern von der anderen Seite, stellte sie fest. Kehrte das Gewitter zurück? Viel zu langsam drang in ihr Bewusstsein, dass das Grollen längst zu einem ohrenbetäubenden Donnern angeschwollen war. Sie drehte sich um. In derselben Sekunde war es, als würde die gesamte Insel im Meer versinken. Die Wand vor ihr, auf der irgendwo da oben ein Weg verlaufen musste, gab nach. Sie brach mit ungeheurem Getöse in sich zusammen. Schlamm- und Kreidemassen stürzten in die Tiefe, waren überall, Steine flogen. Es dröhnte nicht nur, es raschelte und knisterte. Blätter wirbelten durch die Luft, nein, nicht nur Blätter, ganze Bäume. Die Wurzeln voran, rasten sie in die Tiefe wie Geschosse.

Panik schnürte Franziska die Kehle zu, verwandelte ihre Knie in eine weiche unnütze Masse. Sie musste sich zusammenreißen, doch sie konnte nichts tun. Sie konnte dieses Chaos ja nicht einmal überblicken. Vollkommen kopflos sprang sie zur Seite, einem besonders großen Brocken ausweichend, den sie inmitten des Durcheinanders hatte auf sich zurasen sehen. Ein Wunder, dass ihre Knie dazu überhaupt in der Lage waren. Die Landung geriet unsanft. Ein stechender Schmerz explodierte in ihrem linken Fuß. Ihr Körper gehorchte ihr nicht mehr, reagierte einfach nur noch. Das linke Bein quittierte seinen Dienst, um den verletzten Fuß zu entlasten. Sie fiel zur Seite und stieß mit der Hüfte gegen etwas Hartes. Hilflos wie ein Käfer, der auf dem Rücken lag, rutschte sie von dem Baumstamm, gegen den sie geknallt war, ab und schrammte mit dem Arm an der rauen Rinde entlang. Blut lief über ihre Hand. In der Zeit eines Wimpernschlages fragte sie sich, warum ihr Arm überhaupt nackt war. Was war mit ihrer Regenjacke geschehen? Sie trudelte noch ein kleines Stück, dann schlug ihr Kopf gegen einen Stein. Die Welt um sie wurde schwarz.

Als Franziska das Bewusstsein wiedererlangte, hatte sie keinen Schimmer, wo sie war, was geschehen war, geschweige denn, wie lange sie dort gelegen hatte. Zitternd versuchte sie aufzustehen, doch als sie den Fuß belasten wollte, war der Schmerz wieder da. Sie fiel rücklings zu Boden. Ihr Kopf dröhnte, alles drehte sich. Ihr Handy, sie musste jemanden anrufen, Hilfe holen.

Nein, zuerst musste sie sich einen Überblick verschaffen. Sie hatte, wie es schien, schließlich keine inneren Verletzungen und war auch nicht bewegungsunfähig. Da würde sie sich doch wohl selbst helfen können. So blieb sie also sitzen und sah sich um. Ein Gemisch aus Kreide, Lehm, Steinen und Schlamm hatte eine kleine Halbinsel vor dem Strand gebildet. Es schien überall gleichzeitig zu sein, alles zu bedecken. Bäume, die von oben in die Tiefe gestürzt waren, lagen kreuz und quer übereinander oder steckten in dem Sand, die Wurzeln in die Luft gestreckt. Nur eine winzige Insel, ein Fleckchen glatter Erdboden, war von all dem nahezu unberührt geblieben. Es war genau die Stelle, auf die sie gerutscht war. Nachdem sie das Bewusstsein verloren hatte, waren die wenigen Quadratzentimeter, auf denen sie lag, offenbar von weiteren Schlammbergen oder trudelnden Steinen verschont geblieben. Gott sei Dank! Nicht weit von ihr entdeckte sie einen kleinen Felsbrocken. Sie schloss die Augen. Wenn er sie getroffen hätte ... Nicht auszudenken. Tränen stiegen in ihr auf. Der Schock, sagte sie sich. Nur nicht weiter über das Geschehene nachdenken. Sie war am Leben und hatte bestimmt keine inneren Verletzungen. Das war das Wichtigste. Nun galt es, sich auf das Jetzt zu konzentrieren.

Ganz gleich, welche Richtung sie einschlagen würde, sie hatte einen ziemlich langen Fußmarsch vor sich. Ohne eine Krücke würde sie das niemals schaffen. Das war es also, worum sie sich zuerst kümmern musste. In all dem Durcheinander würde sich bestimmt ein stabiler Ast finden lassen, auf den sie sich stützen konnte. Sie drehte sich auf die Knie, kroch auf allen vieren zu dem Felsbrocken und zog sich hinauf. Ganz schön anstrengend, wenn einem jeder Knochen im Leib weh tat, von ihrem brummenden Schädel ganz zu schweigen. Von ihrem Sitzplatz aus sah sie sich um. Sie erspähte einen Ast, der zumindest von weitem geeignet schien. Er war bei dem Absturz des Baums halb abgerissen worden. Bis dorthin musste sie es humpelnd schaffen. Sie versuchte die einfachste Strecke ausfindig zu machen, die sie aus diesem Chaos hinaus und zurück nach Vitt führen würde. Wohin auch immer sie blickte, die durch den gewaltigen Erdrutsch neu entstandene Halbinsel hatte keine Verbindung zum Strand, die leicht zu überwinden war. Überall lagen große Brocken aus Kreide, Lehm und Steinen oder Bäume. Sie würde klettern müssen, ehe sie einen Strandabschnitt erreichen konnte, auf dem sie mit Hilfe der Krücke gut vorwärtskäme. In ihrem Knöchel pochte es immer stärker, ihr zerschrammter Arm brannte, in der Schläfe trommelte es. Immerhin blutete sie nicht mehr.

Franziska begann zu frösteln. Sie blickte zum Himmel. Die Wolken hatten sich wieder zu einer geschlossenen Decke formiert und hinderten die Sonne daran, auch nur einen einzigen wärmenden Strahl nach unten zu schicken. Warum hatte das passieren müssen? Wieso hatte sie die Warnung auf dem Schild nicht ernst genommen, weshalb hatte sie nicht kehrtgemacht? Sie seufzte. Diese Fragen würde sie sich noch oft genug anhören müssen. Es brachte sie nicht weiter, darüber nachzudenken. Sie musste einen Plan schmieden. 1. Ast abreißen und als Krücke verwenden. 2. Eine einigermaßen passierbare Route zum Strand ausfindig machen. 3. Nach Hause humpeln. Warum eigentlich? War es nicht klüger, hier sitzen zu bleiben und nach jemandem Ausschau zu halten, der helfen konnte? Das Getöse konnte doch nicht unbemerkt geblieben sein. Bestimmt würde sie gleich die ersten Personen oben an der Abbruchkante entdecken und konnte um Hilfe rufen. Ihr wurde immer kälter. Was von ihrer Regenjacke übrig war, erfüllte seine Funktion ohnehin nicht mehr. Also streifte sie den Rest ab und setzte sich darauf. So drang die Kälte des Steins wenigstens nicht so schnell in ihren Körper.

Sie fixierte die Linie, die oben an der Steilküste neu geformt worden war. Niemand war zu sehen, kein Mensch. Konnte es sein, dass das Grollen niemanden alarmiert hatte? Oder war es den Leuten so ergangen wie ihr, glaubten sie, ein Gewitter habe sich aus weiter Ferne zu Wort gemeldet? Kaum vorstellbar. Trotzdem, selbst wenn einer ahnte, was geschehen war, wäre es höchst unwahrscheinlich, dass er sich dort oben sehen ließe. Das war sicher viel zu gefährlich. Wie würde sie sich verhalten? Würde sie an die Abbruchkante gehen, um in die Tiefe sehen zu können? Nein, professionelle Hilfskräfte würden vermutlich eher mit einem Hubschrauber das Gebiet überfliegen, um nach möglichen Verletzten zu suchen. Es konnte dauern, bis man sie hier entdeckte, und noch länger, bis Hilfe bei ihr war. Wie es aussah, war ihr Plan doch die bessere Wahl, als untätig darauf zu hoffen, dass jemand anders sie aus ihrer scheußlichen Lage befreite. Sie musste das selbst in die Hand nehmen.

Franziska stand auf, band sich den Rest ihrer Regenjacke um die Hüfte und hüpfte auf dem rechten Bein langsam Stück für Stück vorwärts. Den linken Fuß setzte sie nur im äußersten Notfall auf, um etwa das Gleichgewicht wiederzuerlangen, wenn sie ins Straucheln geraten war. Im selben Moment schoss dann ein Schmerz von ihrem Knöchel bis hinauf in das Knie, wie sie ihn noch nie erlebt hatte. Ihre Augen füllten sich mit Tränen. Sie schluckte sie tapfer hinunter und atmete tief durch, bis das Gefühl, als hätte ihr jemand ein Messer durch das Fleisch gezogen, langsam nachließ.

Endlich hatte sie den Baumstamm erreicht, an dem ein langer, armdicker Knüppel hing. Ein perfekter Gehstock! Das Holz war geborsten, jedoch nicht vom Stamm abgetrennt. Jetzt könnte sie gut die Schere gebrauchen, die sie während der Sanddornernte Tag für Tag benutzt hatte. Nur hatte sie dummerweise nichts dergleichen zur Verfügung. Sie bog den Ast hin und her.

So wurde das nichts. Also versuchte sie es mit kräftigem Ziehen. Es pochte in ihrem verletzten Arm, und auch ihre rechte Schulter schien etwas abbekommen zu haben. Es tat weh, aber es war auszuhalten. Sie konnte sich davon nicht einschüchtern lassen. Noch einmal mit Schwung, eins, zwei, drei! Sie mobilisierte all ihre Kräfte, rutschte ab und riss sich an der spröden gesplitterten Rinde die rechte Hand auf.

»Verdammter Mist!«, schrie sie und schluchzte auf. Sie schloss die Augen. Ruhig bleiben. Es nützte nichts, jetzt in Tränen auszubrechen. Es nützte nichts, ließ sich aber nur schwer verhindern. Sie richtete ihren Blick nach oben, dorthin, wo einmal ein Spazierweg gewesen war. Noch immer war niemand zu sehen. Also schön, dann würde sie es noch einmal probieren. Ohne etwas, worauf sie sich stützen konnte, brauchte sie sich gar nicht auf den Weg zu machen. Sie zog den Ärmel ihres Pullovers über die verletzte Hand und packte den Ast erneut. Dieses Mal drehte sie ihn. Die erste Faser riss, dann die zweite. Sehr gut. Sie drehte den Knüppel immer weiter. Ein Knirschen, gleich darauf ein Knacken, geschafft.

Franziska klemmte sich den dicken Ast unter den Arm und humpelte los. Zu ihrer Linken türmte sich das Gemisch aus Kreide, Lehm und Schlamm meterhoch auf. Schräg über dem Haufen lag ein Baum, der seine Zweige in alle Himmelsrichtungen streckte. Dieses Hindernis war für sie eindeutig zu groß. Sie würde es ein Stückchen weiter rechts versuchen, wo Geröll und Holzstücke zu einem Hügel aufgeschichtet waren. Es war viel schwieriger, sich auf einem Bein fortzubewegen, als sie erwartet hatte. Trotz Stütze. Zeit zum Üben hatte sie nun einmal nicht. Sie musste es versuchen, langsam, einen Schritt nach dem anderen. Mit rechts hüpfte sie vorwärts, schlug den Ast ein Stück vor sich in den Boden, verlagerte ihr Gewicht, den linken Fuß in der Luft hängend, und hüpfte wieder. Das obere Ende des Knüppels bohrte sich schmerzhaft in ihre Achsel. Nicht darauf achten, weitermachen. Sie brauchte eine Weile, ehe sie überhaupt eine Stelle in dem ansteigenden Schotter gefunden hatte, auf die sie ihre Krücke setzen konnte. Gewicht verlagern, hüpfen. Bergauf war die ganze Sache noch schwieriger. Sie hatte nicht genug Schwung gehabt, sprang nicht voran, sondern schleifte den rechten Fuß eher über den holprigen Untergrund, blieb hängen und stolperte vorwärts. Instinktiv setzte sie den linken Fuß auf, um sich abzufangen, schrie vor Schmerz auf und knickte ein. Ihr rechtes Knie schlug hart auf den Boden. Um ein Haar hätte sie sich auch noch an ihrem Stock verletzt.

Franziska drehte sich um, schob sich ihren Regenjackenrest unter den Po und ließ sich darauf nieder. Sie würde es nicht schaffen. Wenn niemand kam, der sie rettete, würde sie die Nacht hier verbringen müssen. Bis zur Dämmerung konnte es nicht mehr lange dauern. Warum musstest du auch die Warnung ignorieren? Du wusstest, dass es mehrfach zu solchen Abbrüchen gekommen ist, dass dabei sogar Menschen ihr Leben verloren haben. Es hatte viel geregnet in letzter Zeit, auch das hatte sie gewusst. Sie war durch eigenes Verschulden in diese Lage gekommen. Das machte alles noch ein bisschen schlimmer.

Sie wischte sich mit dem Handrücken Tränen weg, die jetzt unkontrolliert über ihre Wangen liefen. Sie war nicht lebensgefährlich verletzt, dennoch schoss der Gedanke durch ihren Kopf, dass sie hätte tot sein können. Wie schnell das Leben vorbei sein konnte! Gerade erst hatte sie ihren Bruder zurückbekommen und ihr Bruder seine Schwester, schon hätte er sie um ein Haar wieder verloren. Die Vorstellung machte sie unendlich traurig. Sie hockte auf dem Zipfel ihrer Jacke und schluchzte hemmungslos. Ihr Körper bebte. Noch nie zuvor hatte sie sich so einsam und hilflos gefühlt.

Ein Tropfen fiel auf ihren Scheitel, ein weiterer traf ihren Hals. Es begann zu regnen. Auch das noch. Sie musste hier weg, solange es noch hell war. Auf ihren Stock gestützt, versuchte sie auf die Beine zu kommen. Sofort ließ sie sich wieder zu Boden sinken. Das rechte Knie, das ihr gesamtes Gewicht tragen musste, hatte bei dem Ausrutscher mehr abbekommen, als sie gedacht hatte. Ein fieses Stechen machte es unmöglich, weiterzuhumpeln. Es blieb ihr nichts anderes übrig, als um Hilfe zu rufen. Zwar würde es lange dauern, bis jemand zu ihr gelangte, aber das war immer noch besser, als auf ein Wunder zu hoffen. Sie zog ihr Handy aus der Hosentasche. Es schien sämtliche Stürze überstanden zu haben. Gott sei Dank. Das Netz war nicht besonders gut. Hoffentlich würde es reichen. Es musste einfach. Sie öffnete das interne Telefonbuch, markierte Jürgens Nummer und tippte die Anruftaste. Der Regen nahm zu, die Temperatur sank spürbar. Sie begann immer stärker zu zittern. Ihre Zähne schlugen aufeinander. Sie hörte das Freizeichen. Ihr großer Bruder musste ihr helfen, das hatte er ihr doch versprochen. Er sei immer für sie da und beschütze sie, hatte er gesagt. Doch er war nicht da. Sie hörte seine Stimme vom Band.

»Jürgen, ich bin's, Ziska. Ich bin am Strand. Oben beim Kap«, stammelte sie. »Der Kreidehang ist abgerutscht. Es ist alles voller Geröll und hinabgestürzter Bäume. Ich bin verletzt, nicht schwer, aber ich kann nicht ...« Ein Piepen signalisierte, dass die Aufnahme beendet war. »Ich kann nicht laufen«, flüsterte sie, während sie das Telefon sinken ließ. Eine Stimme in ihrem Kopf redete auf sie ein. Was hatte es für einen Sinn, Jürgen um Hilfe zu rufen, der ein Stück außerhalb von Stralsund lebte? Gut, er war im Rettungsdienst tätig und konnte seine Kollegen schicken. Bis er selbst vor Ort war, wäre es längst stockfinster. Holger fiel ihr ein. Er wohnte in Bergen, das war nicht einmal die halbe Entfernung. Mit Sassnitz war Gesa am dichtesten dran. Sie hockte klappernd auf dem Stoff ihrer zerrissenen Jacke. Nein, am schnellsten konnte Niklas hier sein. Sie hatte an ihn gedacht, seit sie das Bewusstsein wiedererlangt hatte. Er konnte am schnellsten bei ihr sein und ihr helfen. Wenn er denn wollte. Sie hatte Angst davor, die Nacht hier draußen zu verbringen, ohne eine Decke, ohne etwas zu essen und zu trinken. Vor allem aber hatte sie eine solche Sehnsucht nach Niklas, dass es weh tat. Sie wollte, dass er sie in den Arm nahm und tröstete. Würde er das tun? Oder ließ er sie eiskalt abblitzen und schickte ihr nur einen Rettungstrupp? Sie strich sich die nassen Haare aus dem Gesicht und tippte seine Nummer ein. Kurz kam ihr in den Sinn, die Verbindung wieder zu unterbrechen und den Notruf zu wählen. Freizeichen. Dann ein Knistern.

»Ja!« Niklas' Stimme. Ihr fiel ein Stein vom Herzen, der die um sie herum spielend in den Schatten stellte. »Hallo? Franziska?« Er hatte ihre Nummer anscheinend noch nicht aus seinem Telefonbuch gelöscht.

»Niklas, ich brauche Hilfe«, schluchzte sie.

»Was ist passiert? Wo bist du?« Er klang in höchstem Maße angespannt und, wie sie erleichtert feststellte, besorgt. Sie erklärte in wenigen Worten, was geschehen war. Sie musste sich sehr zusammenreißen, um das Wichtigste deutlich über die Lippen zu bringen, so sehr schlugen ihre Zähne mittlerweile aufeinander.

»Es ist so schrecklich kalt«, beendete sie leise ihren Bericht und hoffte von Herzen, er würde ihr nicht raten, 112 zu wählen und ihn in Ruhe zu lassen.

»Du musst dich bewegen. Irgendwie, so gut du kannst, hörst du? Du musst deine Arme und Beine reiben und von oben bis unten darauf herumklopfen.« Sie konnte seine Schritte hören, während er sprach, und ein Rascheln. Vermutlich zog er sich bereits an und machte sich auf den Weg. Ein gutes Gefühl. »Ich bin gleich bei dir. Du brauchst keine Angst mehr zu haben, okay?«

»Danke.« Ihr versagte die Stimme.

»Hör zu, ich ruf dich wieder an. Ich muss jetzt aber auflegen, in Ordnung? Du musst eine Weile alleine klarkommen. Schaffst du das?«

»Hm.« Sie nickte, schluckte, bekam aber kein Wort heraus.

»Durchhalten, Ziska, ich bin gleich bei dir.« Dann war er weg.

Sie zog die Beine zum Körper, schlang die Arme darum und rieb die Unterschenkel, so schnell sie konnte. Niklas war auf dem Weg zu ihr. Nie in ihrem Leben hatte sie eine größere Erleichterung gespürt. Der Regen rann in ihren Ausschnitt, tropfte aus ihren Haaren, tränkte den Pullover, der schwer und kalt auf ihrer Haut klebte. Immer wieder sagte sie sich, dass es nicht mehr lange dauern würde, bis er bei ihr war. Plötzlich fiel ihr Heinrich III. ein. Er hatte tot von seinem Fischkutter fallen wollen. Für alle anderen Varianten hatte er keinen Plan gefasst, schon gar nicht für die Option eines Schlaganfalls. Bisher hatte sie sich in ihrem Leben noch nicht viel mit dem Sterben oder einem menschenwürdigen Dasein nach einem schlimmen Unfall oder mit einer schweren Krankheit befasst. Jetzt hockte sie frierend, erschöpft und mit Schmerzen auf einem Haufen Schlamm und musste sich eingestehen, dass das ein Fehler war. Nur weil sie gerade erst dreißig wurde, war es keine Selbstverständlichkeit, gesund zu sein, für sich selbst sorgen zu können. Da hatte man Versicherungen gegen Dinge, die meist sowieso nicht eintraten, und zahlte viel Geld dafür. So ein Unsinn! Im Ernstfall konnte einem keine Versicherung dieser Welt wirklich helfen. Der Verein, den sie gründen würde, sollte genau das tun. Er war eine der besten Ideen, die sie je gehabt hatte. Sie würde sich nicht nur um ältere Herrschaften kümmern. Auch junge Menschen sollten sich bei ihr und ihrer Truppe informieren können, um immer einen Plan in der Tasche zu haben. Sie liebte Pläne, die funktionierten. Es musste ein gutes Gefühl sein, einen solchen vorbereitet zu haben, wenn einem wirklich mal etwas passierte. Etwas wie das hier. Oder etwas noch viel Schlimmeres.

Franziska war vollkommen durchnässt und steifgefroren. Jedes Zeitgefühl war ihr abhandengekommen. Sie hatte nicht ansatzweise eine Idee, wie lange sie auf ihrem Geröllhaufen kauerte. Das Prasseln des Regens, das Pfeifen des Windes und das Rauschen der Ostsee, die nicht weit von ihr bedrohlich nach dem neu aufgeschütteten Land griff, drangen wie durch einen dichten Nebel zu ihr. Sie war die ganze Zeit bei Bewusstsein gewesen. Irgendwie. Doch so recht wollte ihr Geist nicht mehr seinen Dienst tun. Er hatte abgeschaltet oder seine Aktivität auf das geringstmögliche Maß reduziert, so schien es ihr. In einer Art Dämmerzustand hatte sie es nach ein paar Minuten aufgegeben, sich zu rühren. Sie hielt ein Knie umklammert, das andere Bein hatte sie ausgestreckt. So wartete sie einfach, dass die Zeit verging. Langsam mischte sich ein unbekannter Ton in die Geräusche, an die sie sich gewöhnt hatte. Sie hatte auf Niklas' Stimme gewartet, darauf, dass er irgendwo oberhalb der Steilküste auftauchte und nach ihr rief. Doch das war nicht geschehen. Er kommt nicht, murmelte eine innere Stimme ängstlich. Er wollte zurückrufen, doch auch das hatte er nicht getan. Vielleicht war das seine Rache. Vielleicht hatte er eine lange Zeit verstreichen lassen und dann den Rettungsdienst gerufen, damit sie lange leiden und frieren musste. Das Tuckern wurde lauter. Nein, Unsinn, Niklas war kein rachsüchtiger böser Mensch. Er sorgte gut für seine Mitarbeiter, er hatte darauf bestanden, dass Ziko zum Arzt ging und seinem verletzten Bein ausreichend Ruhe gönnte. Er würde sie nicht im Stich lassen.

»Ich will dich nicht verlieren.« Wie lange war es her, dass er das zu ihr gesagt hatte? Das Tuckern war jetzt als Motor zu erkennen. Franziska hob den Kopf und blickte zum Meer. Ein kleines Boot hielt auf sie zu. Sie erkannte Niklas, der angestrengt in ihre Richtung zu blicken schien. Das Tuckern verstummte, das Boot glitt mit der Nase auf den Sand. Niklas sprang heraus und sah sich nach einem Baum um, an dem er die Leine befestigen konnte. Kaum war das erledigt, rannte er auf sie zu. Sie wollte ihn warnen, dass er aufpassen sollte, damit er nicht stolperte und fiel. Sie wollte aufstehen, ihm entgegengehen, doch sie brachte keinen Ton heraus und konnte sich nicht rühren. Er war nur noch wenige Schritte von ihr entfernt. Im Lauf zog er seine Regenjacke aus. Endlich war er da, legte ihr die Jacke um die Schultern, zog die Kapuze über ihr Haar, hockte sich zu ihr und drückte sie an sich.

»Gott, bin ich froh, dass dir nichts passiert ist«, sagte er an ihrem Ohr. Er rückte von ihr ab und legte einen Finger auf ihren verschrammten Arm. »Na ja, nichts trifft es wohl nicht ganz. Komm, ich bringe dich nach Hause.« Er stand auf und reichte ihr die Hand. »Zieh erst mal die Jacke richtig an. Du holst dir noch den Tod.«

»Danke.« Mehr brachte sie nicht raus. Dann versuchte sie mit einer Hand in den Ärmel zu fahren. Es ging nicht. Sie hatte so etwas noch nie erlebt. Ihr Körper war steif und gehorchte ihr nicht mehr. »Ich kann nicht«, stammelte sie hilflos. Verzweifelt machte sie Anstalten, seine Hand zu nehmen oder sich aufzurichten. Dabei stöhnte sie vor Schmerz.

»Ich mach das«, sagte er entschieden, legte einen Arm unter ihre Knie und den anderen um ihre Taille.

Ehe sie sich's versah, trug er sie über Stock und Stein. Sie versuchte sich wenigstens festzuhalten, nur fehlte jegliches Gefühl in ihren Fingern. Behutsam setzte er einen Fuß vor den anderen, darauf achtend, dass er nicht womöglich stolperte. Er brachte sie bis zu dem kleinen Boot, stand bis zu den Knien in der Ostsee, um sie über die flache Reling heben zu können, und war im nächsten Moment auch mit einem Satz an Bord. Aus einer Holzkiste holte er eine Wolldecke hervor und legte sie ihr um die Schultern.

»Wie konntest du nach den Regenmengen der letzten Tage bloß unterhalb der Kreideküste spazieren gehen? Schlimm genug, wenn die Touristen das machen, du müsstest es wirklich besser wissen.« Er stand vor ihr und sah ihr ernst in die Augen. »Du könntest tot sein!« Seine Lippen zitterten.

»Tut mir leid«, flüsterte sie. »Ich wollte nur … Ich weiß auch nicht. Es tut mir so leid.« Sie wünschte sich sehnlichst, dass er sie in den Arm nehmen und einfach nur festhalten würde. Natürlich tat er das nicht, sondern startete den Motor und lenkte das kleine Boot in den Hafen von Vitt. Als sie eintrafen, wurden sie bereits von dem Team eines Rettungswagens erwartet. Franziska wollte aufstehen, nachdem die Nussschale ihren Liegeplatz erreicht hatte, doch noch immer verweigerte ihr Körper ihr jegliche Mitarbeit. Die beiden Sanitäter waren sofort zur Stelle. Niklas trug sie auf seinen Armen bis zu der Trage.

»Wir bringen sie nach Bergen«, sagte einer der Männer in ihren leuchtenden Jacken. Sein Blick fiel auf Niklas' Schuhe und Hosenbeine. »Sie sollten sich umziehen, sonst holen Sie sich noch was weg.«

»Nein, ich fahre mit ihr.« Das war das Letzte, was Franziska hörte, bevor sie wieder in einen Dämmerzustand fiel. Dieses Mal fühlte sie sich sicher und geborgen.

Weißes Licht fiel durch ihre halb geöffneten Lider. Franziska blinzelte. Eine Zimmerdecke aus Kunststoffquadraten, der Geruch von Desinfektionsmitteln, Schmerzen überall – kein Zweifel, sie hatte den Unfall nicht geträumt, sondern lag in einem

Krankenhaus. Sie traute sich kaum, sich genauer umzusehen. War es tatsächlich Niklas gewesen, der sie gerettet hatte, oder gaukelte ihr Geist ihr etwas vor, hatte er pures Wunschdenken in eine vermeintliche Erinnerung verwandelt? Sie drehte den Kopf und öffnete die Augen ganz.

»Na, du Schlafmütze.« Seine Stimme klang sanft, sein Blick war ernst. Er hatte sie nicht im Stich gelassen, doch die Nähe, die einmal zwischen ihnen gewesen war, gab es nicht mehr. Sie spürte schon wieder Tränen aufsteigen. Er war da, das war die Hauptsache. »Wie fühlst du dich?«

»Könnte nicht besser sein«, sagte sie leise und lächelte. Im nächsten Moment entglitten ihre Gesichtszüge. Sie begann zu weinen. Sosehr sie es zu verhindern versuchte, sosehr sie dagegen ankämpfen wollte, sie konnte nichts tun. Ein regelrechter Weinkrampf hatte sie erfasst.

»Na, na, nun beruhige dich mal wieder.« Er tätschelte ihr unsicher die unverletzte Hand. »Anscheinend ist ja noch alles an dir dran. Es hätte viel schlimmer kommen können, das weißt du. Wie kann man auch so dämlich sein, trotz der Warnhinweise nach den Wetterereignissen, die wir hatten, durch gefährdetes Gebiet zu latschen? Ehrlich, Franziska, was hat dich bloß geritten?«

Sie versuchte tief Luft zu holen, sich endlich zu beherrschen, doch es dauerte, bis sie ihm antworten konnte.

»Ich weiß nicht, ich dachte, so schlimm war das Wetter nicht, dass es einen solchen Erdrutsch auslösen könnte. Außerdem habe ich doch aufgepasst. Dachte ich.«

»Super!« Er schüttelte den Kopf. »Dann konnte ja gar nichts passieren.«

»Es war blöd, ich weiß.«

»Das kann man wohl sagen.« Eine Weile schwiegen beide. Hin und wieder packte Franziska noch ein Schluchzen. »Dann will ich mal los.« Er machte Anstalten, von dem Stuhl aufzustehen, auf dem er an ihrem Bett gesessen hatte.

»Warte! Bitte«, fügte sie leise hinzu. Er setzte sich wieder und sah sie an. »Ich habe mich noch nicht bedankt.«

»Doch, hast du. Du warst nicht gerade redselig bisher, aber das hast du immerhin geschafft.« Er wirkte kühl. Wahrscheinlich wollte er klarstellen, dass seine Hilfe nichts zu bedeuten hatte. Es änderte nichts zwischen ihnen.

»Ich war nicht sicher, zwischendurch.« Sie wagte nicht, ihn anzusehen, sondern starrte auf die Bettdecke. »Du hast gesagt, du rufst wieder an, aber du ...«

»Ich hatte kein Netz. Ich habe einen Kumpel angerufen, dessen Boot ich brauchte. Die meiste Zeit war ich ziemlich gut damit beschäftigt, das Ding in Gang zu bringen und zu steuern. Ab und zu habe ich versucht dich zu erreichen. Kannst froh sein, dass dir das nicht vor Jasmund drüben an der Stubbenkammer passiert ist, da gibt es meist überhaupt keinen Empfang.«

»Ich verstehe.« Wenn sie nicht endlich etwas unternahm, ihre Gelegenheit nutzte, ihm reinen Wein einzuschenken, dann würde er aufstehen und verschwinden. Sie wusste nicht, ob es ihn interessierte, aber sie musste ihm die Wahrheit sagen. Jetzt. »Niklas, ich habe dich angelogen.« Sie sah ihm in die Augen. Da war Verwirrung. »Es ist nicht wahr, dass ich es eigenartig finde, wenn Jürgens Halbschwester mit seinem Halbbruder zusammen ist. Und es stimmt schon gar nicht, dass ich das mit uns beenden wollte, ehe es etwas Ernstes wird. Es war mir ernst, sehr ernst, Niklas. Ich liebe dich nämlich.« Sie schluckte. Tut mir leid, Jürgen, dachte sie, ich kann dieses Theater nicht länger durchhalten. Auch nicht dir zuliebe. Niklas sagte kein Wort. »Das habe ich Jürgen gesagt, weil ich dachte, es freut ihn, wenn wir beide uns gut verstehen. Mehr als das.«

»Lass mich raten: Es hat ihm ganz und gar nicht gepasst.« Er stieß die Luft durch die Nase aus.

»Stimmt. Er hat mich vor dir gewarnt, hat mir gesagt, du würdest mir nur das Herz brechen, so wie du es auch mit Britta gemacht hast. Er ist doch mein Bruder. Er sah so verzweifelt aus, ich musste ihm einfach versprechen, mich von dir fernzuhalten.« Der nächste Weinkrampf schüttelte sie. Was war bloß mit ihr los? So kannte sie sich gar nicht. Dieses Mal war es wohl die Erleichterung, endlich ausgesprochen zu haben, was sie seit so langer Zeit Tag für Tag quälte.

Er stand auf und setzte sich auf ihre Bettkante. »Und du bist doch eine Stadt-Schluchze. Hab ich doch gewusst.« Er nahm sie zärtlich in den Arm und drückte sie vorsichtig an sich.

»Ich bin höchstens eine Insel-Schluchze«, murmelte sie an seiner Brust und musste lachen. »Zu Hause heule ich nicht ständig.«

»Kann ja jeder sagen.« Er lächelte sie an und küsste sie sanft auf den Mund. »Wenn ich so darüber nachdenke, kann ich das schon verstehen, Ziska. Du hast einiges mitgemacht, seit du hier bist. Erst lernst du einen tollen Typen kennen, der auch noch dein Chef ist.« Sie zog eine Grimasse. »Stimmt doch, ich war dein Chef.«

»Schon klar.« Sie schmunzelte.

»Dann findest du deinen Halbbruder wieder, der dir den tollen Typen aber sofort ausreden will. Und zum guten Schluss stürzen außer Emotionen auch noch Kreide- und Schlammmassen auf dich ein. Ist ein bisschen viel, was?« Er hielt ihre Hände.

»Sieht ganz so aus.« Sie wollte ihn nie wieder loslassen.

»Die alte Geschichte mit Britta also.« Er schüttelte traurig den Kopf. »Ich dachte tatsächlich, das hätten wir hinter uns. Das war eine schlimme Sache damals. Ich wünschte, ich könnte rückgängig machen, was ich getan habe.«

»Dann ist es wahr, dass du dich absichtlich an sie herangeschmissen hast, nachdem du wusstest, was Jürgen für sie empfindet?«

»Nein, sicher nicht. Aber er hat es so aufgefasst. Es musste für ihn so aussehen.« Niklas seufzte. »Du musst wissen, dass wir einen ziemlich schwierigen Start hatten, Jürgen und ich. Als Kind war ich eifersüchtig auf ihn, weil unsere Mutter sich so intensiv um ihn gekümmert hat. Gerade war ich noch ein Einzelkind, plötzlich hatte ich einen großen Bruder, mit dem ich alles teilen musste, vor allem die Aufmerksamkeit meiner Mutter. Ich habe rebelliert, aber es hieß nur, ich müsse das verstehen. Für Jürgen sei doch alles neu und fremd. Er hatte sein vertrautes Umfeld verloren. Und was war mit mir?« Er war lauter geworden. Die Erinnerung wühlte ihn auf. »Für mich war doch auch alles neu und fremd. Ich hatte nicht nur von heute auf morgen einen Bruder, sondern musste in die DDR ziehen, nach Rügen. Außerdem ist Jürgen fünf Jahre älter als ich. Ich war der Meinung, er müsse mit der Situation besser umgehen können als ich, mehr Rücksicht nehmen auf seinen kleinen Bruder.« Er seufzte. »Am Anfang habe ich gekämpft. Jürgen war für mich ein Konkurrent, der mir die Liebe meiner Mutter wegnimmt. Ich habe erst Jahre später kapiert, dass er einfach ein anderer Typ ist als ich. Jürgen ist verschlossen und eher scheu. Das macht es ihm schwer, Kontakte zu knüpfen. Darum war unsere Mutter für ihn die wichtigste Bezugsperson, nachdem er euch nicht mehr hatte.« Franziska nickte. Sie wünschte sich, ihren Bruder jetzt in den Arm nehmen zu können. »Marianne wusste das damals schon. Deshalb hat sie sich mehr um ihn gekümmert. Sie wusste, dass ich mit meiner offenen Art schnell Anschluss finden würde. Habe ich dann ja auch.«

»Aber du hast dich zuerst auch einsam gefühlt. Das hätte sie spüren müssen.«

»Das sagt sich so leicht. Wahrscheinlich war sie überfordert. Immerhin hatte sie erwartet, in der alten Heimat gleich wieder Freunde zu haben, Unterstützung. Stattdessen stieß sie auf Ablehnung. Sie wurde nicht nur von irgendwelchen DDR-Spitzeln auseinandergenommen, sondern auch von ehemaligen Nachbarn und Bekannten mehr als kritisch beäugt. Sie wird schon mit sich selbst ziemlich beschäftigt gewesen sein, und dann klammerte noch Jürgen wie ein Äffchen. Da war einfach keine Kraft mehr für mich übrig.«

»Hätte sie Jürgen bloß nie von uns weggeholt. Er war glücklich bei uns, und für euch wäre der Schritt, nach Rügen zu ziehen, auch einfacher gewesen.«

»Hätte, hätte …« Er lächelte. »Niemand von uns weiß, was passiert wäre, wenn … Kinder arrangieren sich mit der Zeit. Jürgen und ich haben uns aneinander gewöhnt. Ich fand's zwischendurch sogar ganz gut, einen großen Bruder zu haben. Weißt du, wir sind vielleicht nicht die besten Freunde geworden, aber zeitweise haben wir durchaus Blödsinn zusammen angestellt. Fünf Jahre Altersunterschied ist eine Menge, selbst bei Geschwistern, die ganz normal zusammen aufwachsen. Unser Verhältnis war belastet, hat sich irgendwann aber eingespielt.«

»Bis das mit Britta passierte?«

»Erst als ich angefangen habe, mich für Mädchen zu interessieren, ist mir aufgefallen, dass Jürgen sich mit dem weiblichen Geschlecht schwertat. Er war schüchtern, verschlossen, ein Einzelgänger. Ich nicht, ich habe gern geflirtet und hatte schon früh Schlag bei den Mädels.« Er schmunzelte und hob entschuldigend die Schultern.

»Kann ich mir vorstellen. Du hast bestimmt nichts anbrennen lassen.«

»So schlimm war es nun auch nicht. Ist doch auch normal in dem Alter. Du hast bestimmt auch keinen süßen Kerl von der

Bettkante geschubst.« Ein freches Funkeln leuchtete in seinen Augen.

»Na, hör mal! Ich schubse dich gleich von der Bettkante.« Sie wurde ernst. »Um ehrlich zu sein, war ich eher wie Jürgen. Ich war den Jungs zu schüchtern. Die haben lieber mit den Mädels rumgemacht, die signalisiert haben, dass da schon mehr geht als nur Knutschen. Vielleicht konnte ich deshalb so gut verstehen, wie enttäuscht er war, dass du ihm das Mädchen ausgespannt hast, das er wirklich mochte. Und das auch noch nur so zum Spaß.«

»Nun aber mal langsam. So war es nicht. Britta war überhaupt nicht mein Typ. Das heißt, eigentlich habe ich sie gar nicht bemerkt, bis Jürgen mir von ihr erzählt hat. Vorgeschwärmt trifft es besser. Da kam irgendwie alles zusammen. Es war das erste Mal, dass er mir etwas anvertraut hat, etwas, das ihm wichtig war. Ich wollte unbedingt, dass er auch endlich Erfahrungen mit dem anderen Geschlecht machen kann. Ich wollte etwas tun, das uns zusammenschweißt. Wenn ich schon keinen Adler zum Freund haben konnte, dann hätte doch mein großer Bruder endlich mein bester Freund werden können.«

»Da hast du dir aber eine merkwürdige Art ausgedacht, das zu erreichen.« Sie sah ihn verständnislos an.

»Überhaupt nicht. Eigentlich. Ich habe Brittas Nähe gesucht, habe versucht sie dazu zu bewegen, dass sie uns mal besuchen kommt. Na ja, sie schien sich für mich zu interessieren, also habe ich sie zu mir eingeladen. Aber doch nicht, um etwas mit ihr anzufangen«, rief er aufgebracht. »Mein Plan war, dass sie auf Jürgen trifft, dass die beiden sozusagen aus Versehen eine ganze Zeit alleine miteinander sind. Ich war mir total sicher, dass sie ganz schnell merken würden, wie gut sie zusammenpassen.«

»Du wolltest sie verkuppeln?«

»Natürlich, was denn sonst? Ich dachte, die Silvesterparty am Strand wäre die Chance, da das vorher mit den Besuchen schon nicht geklappt hat. Ich habe Jürgen geradezu angefleht, auch zu kommen, weil ich wusste, dass Britta da sein würde. Tja, der sture Kerl ist lieber zu Hause geblieben.«

»Weil er dachte, du wolltest ihn demütigen, indem du vor seinen Augen mit Britta flirtest, sie dann aber fallen lässt.«

»Das hat er gedacht? Hat er dir das erzählt?« Niklas sah jetzt wirklich betroffen aus. Sie nickte. »Mein eigener Bruder hat mich für ein komplettes Arschgesicht gehalten. Warum? Ich habe ihm nichts getan.«

»Er hat sich vielleicht einfach in die Vorstellung verrannt.« Sie hingen beide ihren Gedanken nach. »Was ist denn nun auf dieser Silvesterfeier passiert?«, wollte Franziska wissen. »Hatte es etwas mit dir zu tun, dass diese Britta sich etwas angetan hat? Oder war es doch ein Unfall?«

»Ich glaube nicht. Aber wissen werden wir das wohl nie.« Er blickte bedrückt auf seine Hand, die noch immer die ihre hielt. »Sie war meinetwegen gekommen und hing an mir wie eine Klette«, erzählte er mit belegter Stimme. »Ich war total genervt und habe immer gehofft, dass Jürgen doch noch auftaucht. Im Lauf des Abends habe ich das eine oder andere Bier getrunken. Wie das eben so ist. Irgendwann habe ich ihr gesagt, dass sie mir nicht ständig hinterherlaufen soll. Ich habe sie weggeschickt und ziemlich heftig mit einem anderen Mädchen geflirtet, das ich echt süß fand.« Er ließ die Schultern hängen. »Ich habe nicht einmal bemerkt, wie Britta abgehauen ist. Ein Kumpel hat mir später erzählt, dass sie sich eine Flasche Sekt geschnappt und die in einem Zug zur Hälfte ausgetrunken hat. Sie hat sonst nie Alkohol angerührt. Irgendjemand hat sie noch den Strand entlanglaufen sehen. Das war es dann. Am Neujahrsmorgen hat sich schnell herumgesprochen, dass eine Frauenleiche bei Binz angespült wurde. Irgendwie wusste ich sofort, dass sie es ist.«

Ein paar Sekunden war es totenstill in dem Krankenzimmer.

»Warum hast du Jürgen nie gesagt, wie es wirklich gewesen ist?«

»Anfangs konnte ich nicht. Ich fühlte mich so schuldig. Was nützt es denn, wenn man es gut gemeint hat, aber trotzdem jemanden in den Tod getrieben hat?«

»Du hast sie doch nicht …«

»Ich weiß. Es kann ja nicht einmal jemand sagen, ob sie absichtlich ins Wasser gegangen ist oder ob sie mit dunem Kopf den hohen, kräftigen Wellen zu nahe gekommen war. Trotzdem. Ich war verzweifelt, weil ich mich eingemischt hatte. Jürgen hat damals gesagt, selbst wenn es ein Suizid war, würde jeder diese Entscheidung ganz allein treffen. Niemand anders hätte die Schuld daran.« Er lachte freudlos. »Irgendwie dachte ich, er hätte mir damit sozusagen Absolution erteilt. Ich hatte noch eine ganze Weile ziemlich viel mit mir zu tun. Je mehr Zeit vergangen ist, desto mehr hatte ich das Gefühl, ich sollte Jürgen nie mehr darauf ansprechen.« Wieder schwiegen sie. »Du hast ihm geglaubt, dass ich ihm das Mädel wegschnappen und sie vor seinen Augen schlecht behandeln wollte? Schönen Dank für dein Vertrauen.«

»Nein, ja, doch. Ich weiß nicht recht, was ich geglaubt habe. Auf jeden Fall war ich sicher, dass das Jürgens Wahrnehmung ist. Deshalb konnte er nicht ertragen, dass ich mich in dich verliebt hatte. Und darum musste ich ihm zuliebe auf Abstand zu dir gehen.«

»Tolle Logik.«

Franziska wusste nicht, wie sie Niklas trösten, wie sie sich entschuldigen sollte. Das brauchte sie auch nicht, denn in der Sekunde flog die Tür des Krankenzimmers auf. Jürgen stürmte herein.

»Zissi, Mensch, was machst du denn für Sachen?« Niklas war aufgestanden und zum Fenster getreten. So konnte Jürgen seinen Platz auf ihrer Bettkante einnehmen.

Was machst du denn für Sachen? Diese Frage hatte sie Fischer Heinrich auch gestellt. Wie unpassend, denn im Gegensatz zu ihr hatte der seinen Krankenhausaufenthalt nicht selbst verschuldet. Erst jetzt wurde ihr bewusst, dass er nur eine Etage von ihr entfernt lag. Sie würde ihn besuchen, sobald sie laufen konnte.

»Ich habe mir solche Sorgen gemacht.« Jürgen nahm ihre Hand, die verletzte. Sie entzog sie ihm. »Oh, Entschuldigung! Tut mir leid.«

»Schon gut, kannst du ja nicht wissen.«

»Hast du dich eigentlich schwer verletzt?«

»Eigentlich hat sie noch Glück gehabt«, meldete sich Niklas zu Wort.

»Oh, äh, Nik, ich … Gut, dass du so schnell bei ihr warst.« Er warf seinem Halbbruder einen erleichterten Blick zu.

»Woher weißt du überhaupt, dass ich hier bin?« Franziska beobachtete ihn aufmerksam.

Wieder sah Jürgen Niklas an. »Er hat mich angerufen. Gleich als er wusste, wohin sie dich bringen. Danke noch mal.« Der große Bruder nickte dem kleinen zu.

»Ja, ja, schon okay. Dann lass ich euch zwei mal alleine.« Niklas wollte sich verabschieden.

»Von wegen! Wenn ihr unter vier Augen reden wollt, lass ich euch gern allein. Ich muss sowieso üben, mit den Dingern da klarzukommen.« Sie deutete mit dem Kopf auf zwei Krücken, die an der Wand lehnten. »Es ist noch gar nicht lange her, dass ich mit Ziko hier war und der so etwas bekommen hat. Hätte nicht gedacht, dass ich so schnell auch welche brauchen würde.« Sie schlug die Decke zurück.

»Du bleibst schön liegen«, kommandierten die beiden Männer wie aus einem Mund.

Sie sah von einem zum anderen. »Manchmal seid ihr euch anscheinend doch einig.« Sie grinste. »Okay, ich bin brav, aber nur unter der Bedingung, dass ihr euch endlich ausspracht.«

»Das ist eigentlich Erpressung«, protestierte Jürgen und vermied es, Niklas anzusehen.

»Anders ist euch ja nicht beizukommen. Eigentlich.«

Jürgen rollte mit den Augen.

»Dann mal los.« Niklas verschränkte die Arme vor der Brust. »Ich habe Franziska gerade die Sache mit Britta erklärt. Es wird wohl wirklich Zeit, dass ich sie auch dir aus meiner Sicht schildere.«

Das tat er, und Jürgen hörte ihn mit gesenktem Kopf an. Er rührte sich nicht, seine Miene zeigte keinerlei Regung. Als Niklas geendet hatte, sagte er: »Und ich dachte, deine Verzweiflung über Brittas Tod kam daher, dass deine Spielchen dieses Mal so schlimme Folgen hatten. Ich wollte dich trösten, eigentlich, auf der anderen Seite fand ich auch, du hattest es verdient zu leiden.« Er blickte auf und sah seinen Bruder an. In seinem Blick erkannte Franziska nicht nur Schmerz, sondern auch grenzenlose Scham. »Es war kein Selbstmord, Nik. Das hätte ich dir längst sagen müssen.«

»Was?« Niklas stieß sich von der Wand ab, an der er gelehnt hatte. Franziska dachte für einen kurzen Moment, er würde Jürgen ins Gesicht schlagen, aber er schnappte sich nur den Besucherstuhl, stellte ihn neben das Bett und setzte sich darauf, so dass er seinem Bruder in die Augen sehen konnte.

»Jemand hat mir erzählt, dass sie gegen ihre Gewohnheit Alkohol getrunken hat. Viel und schnell.« Er seufzte. »Sie ist beobachtet worden, wie sie getorkelt ist. Sie hatte ihre Beine nicht mehr im Griff. Nach allem, was ich gehört habe, war sie nicht in der Lage, eine klare Entscheidung zu treffen. Selbst wenn sie an Suizid gedacht hat, war sie eigentlich nicht fähig, sich das gründlich zu überlegen. Kann sein, dass sie absichtlich zu nah ans Wasser gegangen ist. Aber bei ihrem Pegel konnte sie bestimmt nicht einschätzen, in welche Gefahr sie sich gebracht hatte. Wie es aussieht, hat sie sich mit dem Alkohol einfach abgeschossen. Sie kannte die Wirkung nicht und hat vollkommen die Kontrolle verloren. In so einer Situation spricht mehr dafür, dass sie über ihre Füße oder einen Stein gestolpert ist, als dass sie absichtlich Schluss gemacht hat.«

Das Schweigen lag wie eine tonnenschwere Last im Raum. Franziska sah von einem zum anderen.

»Kann ich mir gut vorstellen«, begann sie. »Dass sie gestolpert ist, meine ich. Mir ist das schon zweimal passiert. Und ich war stocknüchtern. Wenn man an den steinigen Strandabschnitten nicht ständig auf den Boden guckt, liegt man ziemlich schnell auf der Nase.« Ihr wurde bewusst, dass Britta etwas viel Schlimmeres zugestoßen war, als nur auf der Nase zu landen. Sie überlegte, ob sie noch etwas sagen sollte, doch ihr fiel nichts Gescheites ein.

»Dann wäre das ja jetzt geklärt«, meinte Niklas schließlich kühl.

»Noch nicht ganz.« Franziska sah Jürgen in die Augen. »Du hast es mir gegenüber dargestellt, als wärst du sicher, dass es Selbstmord war. Du hast mich glauben lassen, dass Niklas die Schuld daran hatte. Warum?«

»Ich hatte solche Angst, dass du viel mehr Zeit mit Nik verbringst als mit mir. Ich hatte Angst, dass ich dich wieder verliere.«

»So ein Unsinn!«

Erneut öffnete sich die Tür. Eine Krankenschwester trat ein.

»So, die Herren, es wird langsam Zeit, unserer Patientin etwas Ruhe zu gönnen. Sie dürfen gern morgen wiederkommen, aber jetzt ist Feierabend.«

»Mönsch, ik hab gehört, wat passiert is. Dagegen bün ik ja 'n Waisenknabe. Ik würd dir gern die Hammelbeine lang ziehen, aber ik muss nu zu dieser Reha.«

Franziska rieb sich die Augen. Heinrich stand in ihrem Zimmer. Sie musste nach dem Frühstück und der morgendlichen Visite noch einmal eingeschlafen sein. »Und du musst zur Physio oder wie der Tüünkroom heißt.«

Sie lachte. »Heinrich! Schön, dass du mich besuchen kommst. Allerdings siehst du aus, als würdest du nicht lange bleiben.«

»Nee, die bringen mich gleich wech, aufs Festland«, sagte er gedehnt und schnitt eine Grimasse. »Tut mir bannig leid. Nu hätte ich mich gern revanchiert für deine Krankenbesuche.«

»Das macht nichts.« Sie richtete sich auf und stellte das Kopfteil des Bettes senkrecht. »Wie es aussieht, darf ich heute Nachmittag sowieso nach Hause. Ich warte nur noch auf die Röntgenbilder des Knies. Der Rest wird wieder. Aber sie wollen sichergehen, dass nichts von der Kniescheibe abgesplittert ist.«

Er verzog das Gesicht. »Nee, Deern, dich kann man aber auch nich allein lassen.«

»Das sagt der Richtige. Hast du was von Heinrich III. gehört? Ich muss ihn unbedingt besuchen, sobald ich hier raus bin.«

Sein fröhlicher Blick verfinsterte sich so, dass sie einen riesigen Schreck bekam.

»Jo, dat wär fein, wenn du mal wieder nach ihm sehen könntest. Wenn es dir gut genug geht, meen ick. Er isst nicht. Hat nix angerührt, seit du das letzte Mal bei ihm warst, der Sturkopp.«

Das klang gar nicht gut. Sie versprach, sich um Heinrichs Vater zu kümmern. Dann verabschiedeten sich die beiden. Kaum dass sich die Tür hinter ihm schloss, schnappte sich Franziska ihre Krücken und humpelte auf und ab. Sie kam inzwischen einigermaßen zurecht, wenn es auch wirklich zu blöd war, dass der linke Fuß und das rechte Knie schmerzten. Wie sollte man da überhaupt auftreten? Einen Rollstuhl hatte sie kategorisch abgelehnt. Sie war selbst schuld an ihrer Misere, Jammern war also keine Option. Außerdem war wenigstens der Fuß nicht gebrochen. Es konnte also nur von Tag zu Tag besser werden, hatte sie beschlossen. Wenn sie in ihre Wohnung zurückwollte, musste sie Treppen steigen können. Wie immer galt: Aufschieben bringt nichts. Obwohl sie ein wenig Angst davor hatte, wollte sie sofort im Treppenhaus üben gehen. Sie trat hinaus auf den Flur. Da sah sie Niklas und Jürgen. Die Körpersprache der beiden verriet, dass sie nicht gerade entspannt waren. Immerhin kamen sie gemeinsam zu ihr. Das war ein Fortschritt, hoffte sie.

»Was machst du eigentlich hier draußen?« Jürgen stürzte auf sie zu, als würde sie auf einem Seil über einen Abgrund balancieren und jeden Moment den Halt verlieren.

»Kennst du eine Frau, deren Stärke Geduld ist?«, fragte Niklas ihn und schlenderte hinter ihm her.

»Ich muss schnell wieder auf die Beine kommen, damit ich mich um Heinrich III. kümmern kann.«

»Du musst dich schonen, das ist alles, was du musst. Um den alten Herrn kümmere ich mich schon.« Sie sah Niklas überrascht an. Gerade hatte sie ihm erklären wollen, wer Heinrich III. war und in welcher Verbindung sie mit ihm stand. Doch ganz offensichtlich war er im Bilde. »Jürgen hat mir von ihm erzählt. Übrigens hat er mir auch alles andere verraten, zum Beispiel, dass du dir eine Wohnung auf Rügen kaufen willst.«

»Nicht irgendeine, meine.« Beide sahen sie verständnislos an. »Die, in der ich jetzt wohne. Sie ist zu verkaufen, und ich mochte sie von Anfang an. Tja, das wusste mein lieber Bruder auch noch nicht.« Sie strahlte. »Ihr habt endlich mal mehr als drei Worte am Stück miteinander geredet?« Die beiden nickten. Endgültig war das Eis zwischen ihnen wohl noch nicht gebrochen. »Hoffentlich nicht nur über mich.«

»Nein, nein, wir haben einiges geklärt«, meinte Jürgen. »Alles.« Und wie aus einem Mund sagten sie: »Eigentlich.« Sie kicherten wie zwei Schuljungs.

»Na, das kann ja heiter werden!« Sie seufzte gespielt verzweifelt. »Um noch mal auf Heinrich III. zurückzukommen …«

»Mach dir mal keine Sorgen. Ich bin schließlich der Profi. Wenn ich freihabe, kann ich mich auch um ihn kümmern.« Jürgen tätschelte ihr den Arm.

»Ich fürchte, das reicht nicht, so lieb es von euch beiden ist. Er muss nach Hause. Und zwar schnell, sonst geht er vor die Hunde.«

Verzeihen Sie sich und anderen!

Der Alltag war nicht ganz einfach für Franziska. Zuerst hatte sie überlegt, ob sie in ihrem Wohnzimmer schlafen sollte, um sich wenigstens die Treppe in das zweite Geschoss zu sparen, doch sie hatte sich dagegen entschieden. Sie verzichtete auch auf die Schmerztabletten, die man ihr mitgegeben hatte. Nicht, dass sie bewusst leiden wollte, weil sie sich das ganze Theater schließlich auch selbst eingebrockt hatte, nein, so war es nicht. Sie war lediglich der Meinung, dass sie durchaus in der Lage war, es bis hinauf ins Schlafzimmer zu schaffen, ein Bettenlager im Wohnzimmer daher unnötig war. Und die Schmerzen waren auszuhalten. Sie war noch nie ein Freund von Medikamenten gewesen. Zwar hatte sie sie für den Notfall mitgenommen, aber der war bisher nicht eingetreten. Was sie am meisten wurmte, war, dass sie für alles so schrecklich viel Zeit brauchte. Wenn sie Heinrich III. besuchen wollte, musste sie sich mindestens eine halbe Stunde vor Abfahrt des Busses auf den Weg machen. Meist blieb sie eine Stunde bei ihm. Der Bus zurück, den sie unter normalen Umständen leicht hätte bekommen können, war für sie unerreichbar.

Ihr dreißigster Geburtstag rückte immer näher und damit auch der Besuch ihres Vaters, der bereits ein paar Tage vorher kommen wollte. Sie hatte alle Hände voll zu tun. Zu allem Überfluss stand zweimal ein Journalist vor ihrer Tür, der sie interviewen wollte. Sie war die Einzige, die den Küstenabbruch hautnah miterlebt hatte. Während der Reporter ihr zu schmeicheln versuchte, weil sie doch ganz sicher eine höchst spannende Geschichte zu erzählen habe, waren die beiden Mitarbeiter des Nationalparkamts, die Kontakt zu ihr aufgenommen hatten, weniger freundlich. Höflich machten sie ihr ihre Ansicht über ihr höchst kindisches Verhalten deutlich. Sie konnte froh sein, keinen Einsatz eines Such- und Rettungstrupps ausgelöst zu haben. Der wäre sie teuer zu stehen gekommen, ließen sie sie wissen.

Trotz allem, Franziska hätte nicht glücklicher sein können. Der Hühnergott war anscheinend auf einem Ohr taub gewesen, oder er ließ immer nur den ersten Wunsch gelten. Sie hatte sich zuerst gewünscht, mit Niklas zusammen sein zu dürfen. Dieser Wunsch war ihr erfüllt worden. Niklas hatte ihr angeboten, zu ihm zu ziehen. Wenigstens so lange, bis sie wieder ohne Krücke gehen konnte. Zwar hatte sie das nicht angenommen, aber sie sahen sich jeden Tag und planten Franziskas großes Fest gemeinsam. Es fühlte sich großartig an. Vor allem, weil sie nicht den Preis dafür zahlen musste, ihren großen Bruder wieder aufzugeben. Sie durfte beide lieben. Etwas Schöneres konnte sie sich nicht vorstellen.

Doch, konnte sie. Das Sahnehäubchen war gewissermaßen Rosa. Sie war seit zwei Tagen auf Rügen. Franziska hatte sie als etwas unsichere Person kennengelernt, die Schwierigkeiten hatte, ihr Leben im Griff zu haben. Im Umgang mit Heinrich III. war sie jedoch eine Wucht. Sie war geduldig, warmherzig und hatte eine große Portion Humor. Nie wurde sie müde, dem alten Fischer eine lustige Geschichte zu erzählen. Das Zucken um seine Mundwinkel war Franziska bestens vertraut. Rosa schaffte es, ihm ein eindeutiges Lächeln zu entlocken. Die beiden waren von der ersten Begegnung an ein Herz und eine Seele. So kam es, dass Heinrich III. an diesem sonnigen Nachmittag im Oktober aus der Kurzzeitpflege entlassen werden und nach Hause kehren konnte.

»Wo ist Thekla? Ich dachte, sie lässt es sich nicht nehmen, deinen offiziellen Arbeitsbeginn in Vitt zu überwachen«, sagte Franziska schmunzelnd, als sie Rosa und Heinrich III. zusammen mit Fine in Empfang nahm.

»Sie ist bei seinem Sohn in der Reha.« Rosas Stimme war immer eine Nuance zu leise. Man musste sich anstrengen, um sie zu verstehen. Kaum zu glauben, dass sie einmal Schauspielerin hatte werden wollen. Sobald sie mit einem älteren Menschen sprach, änderte sich ihr scheues Flüstern komplett, als hätte sie eine private und eine professionelle Lautstärke.

»Ach.« Mit allem hatte Franziska gerechnet, damit nicht.

»Heinrich wird nach seiner Reha mit Vadder hier leben«, erklärte Fine. »Wir dachten, es ist das Beste, wenn er darum alles bespricht, Anwesenheitszeiten, Aufgabenteilung, so was eben.« Sie beugte sich zu ihrem Vater hinab, den Rosa in einem Rollstuhl zum Haus schob. »Willkommen zu Hause, Vadder.« Sie drückte ihm einen Kuss auf die Wange.

»Ja, klar, nur dachte ich, Heinrich bespricht das am besten mit Rosa direkt.« Franziska verstand noch immer nicht.

»Moin, Heinrich«, rief es von nebenan. Der Nachbar, der ihr damals von Heinrichs Herzinfarkt erzählt hatte, winkte fröhlich. »Scheun, dass wieder da büst!«

»Dann machen wir mal die Runde, was?«, verkündete Rosa laut und deutlich und schob Heinrich III. zu seinem Nachbarn.

»Thekla sagte mir, ihre Tochter regelt solche Dinge nicht gern selbst«, erklärte Fine, während sie und Franziska ins Haus gingen. Fine hatte den Ofen angeheizt, so dass es wohlig warm war. Außerdem duftete es herrlich nach frischem Apfelkuchen und Kaffee. »Sie hat wohl Hemmungen, mit einem Mann allein zu sein, der nicht pflegebedürftig ist«, fuhr sie fort. »Dabei könnte mein Bruder momentan auch eine Pflegerin gebrauchen.« Sie zwinkerte verschmitzt.

»Erholt er sich denn nicht in der Reha?«

»Doch, doch, allerbest!« Sie sah zur Tür, ob niemand sie belauschte. »Is nur so drollig, finde ich, dass diese Rosa anscheinend Angst vor meinem Bruder hat. Dabei könnte er doch genauso gut einer ihrer Patienten sein, oder nicht?« Gegen diese Logik war nichts zu sagen.

»Na, die Hauptsache, sie legt ihre Angst schnell ab. Immerhin soll sie gewissermaßen unter einem Dach mit deinem Bruder leben.«

»Ach ja, wird schon.« Fine schien vollständig überzeugt zu sein, dass der Plan, Rosa als Pflegekraft ins Haus zu holen, aufgehen würde. Das war ein guter Anfang.

Als Rosa und Heinrich III. im Wohnzimmer auftauchten, hatte er endlich wieder Farbe im Gesicht. Nicht zum ersten Mal staunte Franziska, wie viel er mit seiner Mimik auszudrücken in der Lage war. Rosa half ihm mit routiniertem Griff in seinen Sessel. Er schmiegte sich geradezu in das Polster und gab sogar ein wohliges Stöhnen von sich. Vom Apfelkuchen ließ er sich ein zweites Stück auf den Teller legen. Wenn er so weitermachte, wäre er bald wieder der Alte. Wie es aussah, war seine geliebte Umgebung die beste Therapie.

Nur noch knapp eine Woche bis zu ihrem Geburtstag. Franziska hatte sich fest vorgenommen, sich nicht allzu viel aus diesem runden Jubiläum zu machen. Ob sie wollte oder nicht, die Aufregung stieg nun doch allmählich.

»Müssen wir nicht langsam los?« Sie sah zum wiederholten Mal auf die Uhr.

Niklas blickte von der Zeitung auf. »Der Zug soll um fünf vor sieben da sein, richtig? Jetzt ist es gerade halb vier.«

»Ich weiß, ich dachte nur. Es dauert, bis ich im Auto sitze. Und je nachdem, wo wir parken, brauche ich auch eine ganze Weile ...«

Er legte die Zeitung zusammen. »Okay, du Nervensäge, wir machen uns auf den Weg.«

»Jetzt sofort?«

»Ja. Du lässt mir sowieso keine Ruhe. Außerdem ist das Wetter schön. Ein paar Hüpfer an der frischen Luft können dir nicht schaden.«

»Gute Idee.« Sie strahlte wie ein Honigkuchenpferd. »Alle sagen immer, dass Binz so toll sein soll. Dann kann ich mir endlich mal selbst ein Bild davon machen.«

Er sah sie an, als hätte sie soeben verkündet, dass sie die Zeit nutzen würde, um einen gebratenen Storch auf Toast zu verspeisen. »Du warst noch nicht in Binz? Du bist jetzt ...«

»... ungefähr zwei Monate hier, ja. Es hat sich bisher nicht ergeben.«

»Dann mal los.«

Bei blauem Himmel, der nur hier und da von einer Wolke bevölkert wurde, fuhren sie über die Schaabe, durch Jasmund, an dem Koloss von Prora vorbei bis mitten hinein in das berühmte Seebad. Er stellte das Auto am Bahnhof ab.

»Ich dachte, wir bummeln noch ein bisschen durch den Ort.« Sie hatte keine Lust, stundenlang vor dem Bahnsteig auf und ab zu laufen.

»Machen wir auch. Von hier ist es nicht weit bis zum Schmachter See. Die meisten rennen zuerst zur Seebrücke, dabei ist das Naturschutzgebiet viel schöner. Na ja, anders schön. Wenn du flott genug bist, können wir nachher auch noch zur Seebrücke humpeln.« Er grinste frech.

»Witzig.«

Es war tatsächlich nur ein kurzes Stück zu dem mit Schilf bewachsenen Ufer des Sees. Sie gingen einen Pfad entlang, der sie durch den Park der Sinne führte. Zu ihrer Rechten murmelte das Wasser. Eine Entenfamilie schwamm gemächlich über die nahezu spiegelglatte Oberfläche und zog ein pfeilförmiges Muster hinter sich her. Der Park verdankte seinen Namen der Idee, an verschiedenen Stationen die unterschiedlichsten Sinne anzusprechen. So gab es etwa einen balancierenden Stein, eine Wassersäule, die man derartig in Bewegung versetzen konnte, dass sie einer Windhose glich, oder einen Kristall, der das Licht einfangen und auf wundervolle Weise brechen konnte.

»Im Sommer blüht hier alles, dann ist der Park natürlich noch schöner«, erzählte Niklas. »Ein Stückchen weiter gibt es einen Rosengarten und einen Duftgarten.«

»Klingt ja sehr begeistert.« Franziska musste sich konzentrieren, um mit ihren Gehhilfen zurechtzukommen und Schritt zu halten.

»Das ist schon ganz nett, aber ich stehe mehr auf richtige Natur. Wenn wir das nächste Mal hier sind, zeige ich dir die Obstwiese. Das ist mein Favorit.« Er blieb stehen.

»Und was zeigst du mir jetzt?«

»Ich wusste gar nicht, dass ich für das Unterhaltungsprogramm zuständig bin. Ich dachte, es reicht, wenn ich den Chauffeur spiele.«

Sie legte den Kopf schief. »Nö.«

»Na gut, dann muss ich mir wohl was einfallen lassen.« Er runzelte die Stirn und tat so, als müsste er mächtig grübeln. »Ha, ich weiß!«, rief er, nahm ihr Gesicht in seine Hände und küsste sie zärtlich.

Als er ihre Lippen wieder freigab, flüsterte sie: »Okay, die Obstwiese bekommt im Sommer ihre Chance. Vorerst ist das hier mein Favorit.«

»Das will ich meinen.« Er nahm ihr eine Krücke aus der Hand und hakte sich bei ihr unter. »So, weil du so brav im dritten Gang gehumpelt bist, besichtigen wir jetzt noch die Seebrücke.«

Ein kleiner Verbindungsweg führte sie auf die Hauptstraße. Hier waren deutlich mehr Menschen unterwegs als am See, und trotzdem ging es recht beschaulich zu. Das musste vor wenigen Wochen, während der Saison, noch ganz anders gewesen sein.

»Nicht nur die Zahl der Leute verändert sich«, erklärte Niklas, »auch der Typ Urlauber ist im Herbst ein anderer. Im Sommer sind in Binz viele, die sich zeigen wollen. Die latschen gestylt durch den Ort, als wäre das ein Laufsteg. Nicht ganz so doll wie auf Sylt, aber schon auffällig. In der Vor- und Nachsaison siehst du eher diejenigen, die ihre Ruhe haben wollen. Denen ist es egal, wie sie auf andere wirken. Mütze auf den Kopp, Schal um den Hals und los. Die wollen sich den Wind um die Nase wehen lassen.«

»Gehört die Insel eigentlich auch mal euch ganz allein?«

Er schüttelte den Kopf. »Nein, dafür ist sie einfach zu groß. Für die ganz flauen Zeiten lassen sich die schicken Hotels irgendwelche Wander- oder Wellness-Arrangements einfallen und machen günstige Preise. Ein paar Unerschütterliche sind also immer da.« Er lächelte. »Ist auch gut so. Wir leben schließlich davon. Als Fischer wie dein Heinrich kannst du hier kaum noch zurechtkommen.«

Sie hatten die Strandpromenade mit dem Kurplatz erreicht. Vor ihnen reckte sich die Seebrücke mehr als dreihundert Meter in die Ostsee. Sie spazierten darauf bis zu ihrem Ende. Franziska sog die salzig-frische Luft genussvoll durch die Nase ein. Ihr Blick schweifte in die Ferne. Es war herrlich, bis zum Horizont nur das Meer vor sich zu haben. Bei aller Liebe zu Hamburg, einen solchen Blick bekam sie in der Stadt nirgends geboten. Sie drehte sich um. Am Strand tobte ein Mann mit seinem Hund herum. Der schwarze Labrador rannte dem von Herrchen geworfenen dicken Seil mit Knoten hinterher, sprang in die Fluten und kam schwanzwedelnd, das triefende Spielzeug in der Schnauze, zurück. Ein junges Pärchen wich eilig zur Seite aus, als das Tier sich genau neben ihm schüttelte, dass Sand und Wassertropfen nur so flogen. Die Promenade wurde von dem hufeisenförmig angelegten Kurhaus dominiert. Das weiße Gebäude mit dem rötlichen Dach leuchtete in der Sonne. Für Franziskas Geschmack war es etwas zu groß, aber an einem Tag wie diesem fand sie einfach alles umwerfend.

»Einen Cent für deine Gedanken.« Niklas hatte sie offenbar die ganze Zeit beobachtet.

»Es ist so schön hier«, sagte sie, ohne zu zögern. »Ich glaube, Wittow und das Kap werden meine Lieblingsplätze auf der Insel bleiben, wenn ich auch mit der Steilküste vermutlich erst wieder langsam Frieden schließen werde. Aber es gibt so viele Orte, die alle ihren ganz eigenen Reiz haben. Und ich Glückspilz kann hier leben.«

Sie hatten sich an das hölzerne Geländer der Brücke gelehnt. »Du ziehst das wirklich durch mit der Wohnung?«

»Auf jeden Fall! Ich habe Holger schon gebeten, sich um den Vertrag und einen Notartermin zu kümmern.« Sie sah in seine ernsten Augen. »Du brauchst dir keine Sorgen zu machen, Niklas, ich ziehe nicht deinetwegen her.« Er schien ein wenig enttäuscht. Sie musste lächeln. »Nicht nur.« Sie beugte sich zu ihm und gab ihm einen Kuss. »Ich will damit sagen, dass ich schon ein großes Mädchen bin. Ich habe mir alles gut überlegt und auch gründlich durchgerechnet. Wenn ich mit den Insulanern nicht klarkomme, kann ich jederzeit zurück in die Stadt gehen. Meine Wohnung behalte ich sowieso noch mindestens ein halbes Jahr. Das Apartment in Putgarten kann ich als Ferienwohnung behalten oder zur Not sogar vermieten. Ich binde mich mit dem Kauf nicht auf Gedeih und Verderb.«

»Hm, um ehrlich zu sein, hatte ich befürchtet, du könntest wegen all dieser Dinge, die du hier erlebt hast, etwas überstürzen. Überraschenderweise scheinst du dir wirklich alles sehr vernünftig überlegt zu haben.«

»Wieso überrascht dich das so?«

»Du bist eine Frau«, erwiderte er, als würde das bereits alles erklären. »Ich konnte nicht damit rechnen, dass du vernünftig bist.«

»Macho!« Sie knuffte ihn.

»Hey! Noch einmal, und ich nehme dir die Krücken weg.«

»Mach doch, dann schreie ich um Hilfe. Was glaubst du, wer mehr Leute auf seine Seite kriegt, ein Brutalo oder eine Behinderte, der man die Gehhilfe geklaut hat?«

»Es heißt nicht behindert, es heißt mobilitätseingeschränkt.«

»Egal, das Ergebnis zählt.«

»Okay, der Punkt geht an dich.« Er schüttelte den Kopf. »Um Hilfe schreien kann ja jeder. Feige Nuss!« Ehe sie sich beschweren konnte, drückte er ihr einen Kuss auf den Mund. »Können wir jetzt vielleicht mal wieder zum Thema zurückkommen? Du willst hierherziehen. Dann musst du von irgendetwas leben. Oder bist du heimlich reich und willst schon in Rente gehen? Ich meine, mit den Dingern sieht's ja fast so aus.« Er deutete auf ihre Krücken.

»Ich dachte, du wolltest dich ernsthaft über das Thema unterhalten.« Sie warf ihm einen strafenden Blick zu. »Klar bin ich reich. Aber immer Urlaub ist mir zu langweilig. Ich habe durchaus vor, hier zu arbeiten.«

»Sehr gut. Ich habe nämlich einen Job für dich.«

»Wie bitte?«

»Den Entwurf für einen Messestand und die Flyer hast du super hingekriegt. Das hat mir richtig gut gefallen. Ich habe mir überlegt, dass ich jemanden brauchen könnte, der sich um Werbung und Außenwirkung kümmert. Eine volle Stelle kann ich dir nicht anbieten, aber als Teilzeitkraft könnte ich dich einstellen.«

»Das ist sehr lieb, aber Blödsinn. Ich helfe dir gern, wenn ich kann, aber dafür nehme ich doch kein Geld von dir.«

»Ach echt? Dann bist du also doch reich.«

»Ja, bin ich. Weil ich dich gefunden habe.«

»Das hast du ausgesprochen schön gesagt.« Er zog sie in seine Arme und küsste sie. Ein warmes wohliges Gefühl strömte durch ihren Körper wie heiße Schokolade mit Rum und Sahne an einem eisigen Wintertag.

»Niklas, ich kann meinen Job überall ausüben«, fuhr sie fort, als er sich nach einer gefühlten Ewigkeit von ihr löste.

»Im Ernst? Ich dachte, du hast dir in Hamburg einen Kundenstamm aufgebaut. Du hattest davon gesprochen, dir hier auf Rügen Klienten zu suchen, ich dachte allerdings nicht, dass das wirklich reicht.«

»In der ersten Zeit werde ich noch hin und wieder nach Hamburg fahren, um dort Termine wahrzunehmen. Deshalb kündige ich den Mietvertrag auch nicht gleich.« Sie erzählte ihm von ihrem Konzept, Coaching im Urlaub anzubieten, das bereits greifbare Formen angenommen hatte. »Außerdem möchte ich einen Verein gründen, der Menschen im Umgang mit einem würdigen Leben im Alter coachen soll. Jeder ist irgendwann mit diesem Thema konfrontiert, so oder so, aber fast keiner ist wirklich gut darauf vorbereitet. Das kann doch nicht sein!«

Während Franziska ihm erzählte, dass sie bereits mit einer Mitarbeiterin der Einrichtung gesprochen hatte, in der Heinrich III. zur Kurzzeitpflege gewesen war, machten sie sich langsam auf den Weg zum Bahnhof.

Mit quietschenden Bremsen hielt der Intercity an, mit dem ihr Vater eintreffen sollte.

»Ich bin richtig aufgeregt.« Franziska reckte sich, um die Aussteigenden gut im Blick zu haben.

»Wie lange hast du deinen Vater nicht gesehen?«

»Ist schon eine ganze Weile her. Wir telefonieren viel, aber ich habe nicht die Zeit, dauernd durch die halbe Republik zu reisen. Und er wird nicht jünger.« Sie zuckte mit den Schultern. »Rentner eben. Die haben sowieso nie Zeit.«

Da war er! Franziska genoss das Gefühl, ihren Vater mit Niklas an ihrer Seite auf Rügen in Empfang zu nehmen. Es fühlte sich richtig und seltsamerweise vertraut an.

Max hatte einen großen Koffer bei sich. Ohne Rollen natürlich. Der gute alte Lederkoffer hatte ihn noch nie im Stich gelassen. Warum sollte er sich einen neuen kaufen, der ihm das Reisen ein wenig erleichtern könnte. Max ging es finanziell bestens. Er war nicht sparsam, obwohl er ein solides Polster hatte, sondern er hatte dieses Polster, weil er sparsam war, erklärte er gerne.

»Papa!« Sie humpelte ihm entgegen.

»Ziska, meine Kleine!« Er ließ den Koffer an Ort und Stelle fallen und starrte sie an. »Mein Gott, was ist denn passiert? Hattest du einen Unfall?«

»Du hast es ihm nicht gesagt?«, zischte Niklas und bewies Bauchrednerqualitäten.

»Das sieht schlimmer aus, als es ist. Ich bin nur blöd gestolpert, das ist alles.« Komplett gelogen war das nicht, fand sie.

»Blöd gestolpert, so kann man es auch sagen.« Sie schoss Niklas einen warnenden Blick zu, woraufhin er eine betont unschuldige Miene aufsetzte.

»Werde ich gar nicht anständig begrüßt?«

»Doch, natürlich, meine Kleine. Ich bin nur … Du hast gar nichts von einem Unfall erzählt.« Endlich schloss er sie in die Arme.

»Schön, dass du da bist, Papa. Du wirst sehen, Rügen ist gar nicht so schlimm«, neckte sie ihn.

»Ich freue mich auch.« Er drückte sie kräftig an sich. Dann ließ er sie los, sah Niklas gerührt an und bekam feuchte Augen. »Ist das …?«

»Ja. Nein!« Franziska lachte. »Das ist nicht Jürgen. Gott sei Dank ist das nicht mein Bruder.«

»Ich verstehe, dann … Aber er hätte es sein können. Also, das Foto, das ich dir geschickt habe, da ist schon eine gewisse Ähnlichkeit.«

»Dieselbe Mutter.« Niklas zuckte mit den Schultern. »Hallo, Herr Marold.« Er reichte ihm die Hand.

»Max. Nennen Sie mich bitte Max.«

»Gerne. Niklas.«

»Dann sind Sie wohl der Grund, warum meine Tochter sich gleich auf dieser Insel am Ende der Welt niederlassen will, was?«

»Das mit dem Ende der Welt ist immer eine Frage des Blickwinkels. Übrigens, wenn wir schon bei Max und Niklas sind, können wir uns auch duzen, oder? Ich weiß, laut Knigge steht es mir nicht zu, diesen Vorschlag zu machen.«

»Ach, Knigge, den kennt doch heute sowieso keiner mehr. Schön, ich bin Max. Hatte ich schon gesagt. Egal, jedenfalls freue ich mich.«

»Ich glaube, die Leute hier würden sich freuen, wenn wir endlich aus dem Weg gehen würden«, meinte Franziska. »Wir stehen mitten in der Botanik.« Niklas schnappte sich Max' Koffer. »Bist du sehr müde? In einer halben Stunde kommt nämlich noch jemand an, den wir mitnehmen müssten.« Ihrem Vater war die Strapaze der langen Anreise durchaus anzusehen.

»Das kann man wohl sagen! Ich bin über elf Stunden unterwegs, davon alleine über zehn Stunden in verschiedenen Zügen.«

»Na, so viele Züge werden es wohl nicht gewesen sein.«

»Meine Tochter kennt sich aus.« Er zog ein Gesicht. »Dreimal bin ich umgestiegen!«

»Was, gibt es denn keine bessere Verbindung? Nein, nichts sagen, die gibt es bestimmt, aber dafür warst du zu knauserig.«

Er sah Hilfe suchend zu Niklas. »Ist sie nicht reizend zu ihrem alten Herrn?« Max schüttelte den Kopf. »Es hätte eine Verbindung mit nur einem Umstieg gegeben, nur hätte ich dafür noch eine Stunde früher losfahren müssen. Oder ich wäre sehr spät angekommen.«

»Wie wäre es, wenn ihr euch schon auf den Weg Richtung Seebrücke macht? Kannst du trotz der langen Reise ein paar Schritte laufen, Max?«

»Natürlich, ich bin ja kein alter Mann. Ein bisschen Bewegung ist jetzt genau richtig. Aber was ist mit ihr?« Max deutete auf Franziska, die neben ihnen humpelte.

»Die wird nicht gefragt. Der Arzt hat gesagt, sie soll sich bewegen«, gab Niklas zurück.

»Welcher Arzt soll das denn gewesen sein? Und wie willst du Thekla überhaupt alleine erkennen? Du hast sie doch noch nie gesehen.«

»So, wie du sie mir beschrieben hast, ist sie nicht zu übersehen.« Der Punkt ging an Niklas.

»Mariannes Jüngster«, sagte Max lächelnd. »Wie geht es ihr?«

»Ganz gut. Ihr werdet euch ja bald sehen.«

»Komm, Papa, ihr könnt nachher noch klönen. Jetzt gehorchen wir brav und tippeln zur Seebrücke.« Sie stutzte. »Was wollen wir da eigentlich?«

»Essen. Im Kurhaus gibt es erstklassige Steaks. Oder bist du Vegetarier?«, wollte er von Max wissen.

»Ich weiß nicht mal, wie man das schreibt. Ein Steak ist jetzt genau richtig.« Voller Vorfreude rieb er sich die Hände. Als er Anstalten machte, nach seinem Koffer zu greifen, hielt Niklas ihn auf.

»Nee, nee, den bringe ich gleich ins Auto.«

»Danke, junger Mann, das ist sehr aufmerksam.« Er hakte sich bei Franziska unter. »Da hast du dir ja endlich mal einen brauchbaren Kerl ausgesucht«, meinte er, als sie längst nicht außer Niklas' Hörweite waren.

Die weiße Decke des Steakhauses spannte sich wie ein Gewölbe über ihre Köpfe. Thekla, in einer petrolfarbenen weiten Hose und einem weißen Kaschmirpullover mit Fledermausärmeln, war nicht alleine gekommen. Sie hatte ihre Enkelin Ronja mitgebracht.

»Wer hätte sich denn um das Mädchen kümmern sollen, wenn Rosa auf der Insel ist und ich auch noch wegfahre?« Thekla sah in die Runde und stopfte sich ein Stück Brot in den Mund. »Heinrich und ich haben beschlossen, dass es ganz gut ist, wenn sein Vater Ronja schon ein paar Tage um sich hat. Nicht kratzen!« Sie merkte sofort, wenn das Mädchen sich an ihrer von der Neurodermitis geplagten Haut zu schaffen machte. Ronja rollte mit den Augen, ließ aber von der juckenden Stelle ab. »Wäre doch ziemlich blöd, wenn Rosa und Ronja bei den beiden Heinrichs einziehen, und dann stellt sich raus, dass der alte Herr allergisch auf unsere Kleine reagiert.«

»Ich bin doch kein Apfel«, protestierte Ronja.

»Eins zu null für dich.« Niklas zwinkerte ihr zu und hielt ihr die Handfläche hin. Sie klatschte dagegen. Die beiden waren jetzt schon ein verschworenes Team.

Franziska beobachtete voller Freude, wie gut er mit dem Kind umgehen konnte. Ihr war klargeworden, dass sie selbst Kinder wollte oder wenigstens ein Kind. Vor noch gar nicht allzu langer Zeit hatte sie daran gezweifelt, ob Niklas einen guten Vater abgeben würde. Dieser Zweifel löste sich gerade in nichts auf. Nun gut, sie wollte nichts überstürzen, und sie wusste schließlich gar nicht, ob er sich vorstellen konnte, eine Familie zu gründen.

Trotzdem freute sie sich darüber, dass er Ronja so viel Aufmerksamkeit widmete.

»Wie geht es Heinrich?«, erkundigte sich Franziska, die bemerkte, dass Stille eingetreten war.

Thekla lachte laut auf. »Der macht sämtliche Mitarbeiter wahnsinnig, weil ihm das Essen nicht schmeckt und er sowieso schnellstens nach Hause will.«

»Das kann ich mir lebhaft vorstellen.« Franziska schmunzelte. Sie sah ihn direkt vor sich, wie er die Nase angewidert krauszog, weil das Gemüse lappig war oder an den Kartoffeln Salz fehlte.

»Ist ein schmucker Mann, der Heinrich«, schwärmte Thekla. »Den würde ich nicht von der Bettkante schubsen.«

»Oma!«

Max verschluckte sich, Niklas musste lachen.

»Was denn? Der sieht doch gut aus.«

»Gott, bist du peinlich!« Ronja schnappte sich die Eiskarte und verschwand dahinter. Es war nicht klar, ob sie nur ein Versteck brauchte oder sich schon mal etwas aussuchte, womit sie sich erpressen und ihrer Mutter gegenüber zum Schweigen bringen lassen würde.

»Liebes, es ist nichts peinlich daran, wenn eine Frau einen Mann attraktiv findet und dazu steht.« Hinter der Eiskarte stöhnte es vernehmlich.

»Vielleicht ist es der Altersunterschied, den sie … komisch findet«, wandte Franziska ein. »Heinrich ist Anfang fünfzig, wenn ich mich recht erinnere.«

»Na und, ich bin noch nicht mal Anfang achtzig. Hätte nicht gedacht, dass du so konservativ bist.«

Die nächsten Tage flogen nur so dahin. Franziska hatte sich in den Leuchtturmwärtergarten oben am Kap Arkona verliebt. An einem ihrer ersten Tage war sie bei einem Spaziergang dort gewesen und hatte ihn nun als Ort für ihre Geburtstagsfeier auserkoren. Zwei große Pavillons waren bestellt, und einen Partyservice hatte sie auch engagiert, der ein kalt-warmes Büfett mit italienischen Köstlichkeiten sowie Rügener Spezialitäten liefern sollte. Die Menschen, die sie sich bei ihrer Feier wünschte, die meisten davon kannte sie erst einige Wochen, hatte sie bereits vor geraumer Zeit mündlich informiert. Nun hatte sie auch noch Einladungen verschickt, damit alles offiziell war. Den Notartermin, mit dem sie ihre Entscheidung über den Kauf der Wohnung endgültig besiegelte, erledigte sie geradezu nebenbei. Zwar wusste ihr Vater von ihren Plänen, dass diese allerdings schon so weit gediehen waren, wusste er nicht. So stieß sie am Abend nach der bedeutenden Unterschrift allein mit Niklas an.

»Willkommen auf der Insel«, sagte er und sah ihr in die Augen. »Ich wünsche dir, dass du diese Entscheidung nie bereust.« Er küsste sie lang und sehr innig.

»Ganz sicher nicht.« Sie seufzte glücklich.

Ein einziges Ereignis stellte eine wirkliche Zäsur in den hektischen Tagen dar: Max' Begegnung mit Jürgen. Ihr Vater hatte sich schon mit Marianne getroffen. Er hatte bewusst diese Reihenfolge gewählt, weil er hoffte, von ihr einiges über seinen Sohn zu erfahren.

»Je mehr ich über ihn weiß, desto einfacher wird es, mit ihm ins Gespräch zu kommen«, hatte er erklärt. In Wahrheit fürchtete er sich wohl bloß vor dem Wiedersehen mit seinem Sohn nach achtundzwanzig Jahren. Auch Franziska war ein wenig mulmig bei dem Gedanken daran. Sosehr sie sich darauf freute, so gut erinnerte sie sich doch noch an ihre eigene Begegnung mit Jürgen. Max hatte sie gebeten, dabei zu sein, was vermutlich auch in Jürgens Sinn war. Sie würde also Zeugin eines weiteren tränenreichen Aufeinandertreffens werden, dessen war sie absolut sicher. Und mindestens ebenso sicher wusste sie, dass sie schlimmer als jeder Schlosshund mit den Männern heulen würde. Das Gute an der Sache war, dass es Freudentränen sein würden. Weiche Knie hatte sie trotzdem. Niklas hatte vorgeschlagen, dieses Mal kein Kaffeetrinken zu arrangieren, bei dem dann doch niemand einen Bissen hinunterbringen würde.

»Ich glaube, die letzten trockenen Stücke von deinem Besuch liegen immer noch im Kühlschrank meiner Mutter«, meinte er.

»Das will ich nicht hoffen. Dann hätten sie jetzt nämlich ein Fell.« Franziska verzog das Gesicht. »Was schlägst du denn vor? Ein Strandspaziergang ist ja wohl auch nicht das Richtige.« Sie hob eine Krücke in die Luft. »Es geht zwar schon ganz gut ohne, aber für einen Gewaltmarsch bin ich noch nicht die geeignete Begleitung. Und ich möchte mich auf keinen Fall in gefährdetem Gebiet erwischen lassen. Ich glaube, dann verhaften mich die Jungs vom Nationalparkamt.«

»Das wäre allerdings ungünstig. Dann müsstest du deinem Vater nämlich reinen Wein über die Entstehung deiner Verletzungen einschenken.«

»Wieso? Ich bin gestolpert. Stimmt doch. Aber jetzt mal im Ernst, wenn wir kein Kaffeetrinken arrangieren, was dann?« Ihr fiel nichts ein.

»Wie wäre es mit einem Ausflug in die Natur, bei dem man nicht viel herumlaufen muss?«

»Ich nehme an, du denkst an etwas Spezielles.«

»Bevor ich mich mit Rügorange selbständig gemacht habe, habe ich als Führer bei Kranichbeobachtungen gearbeitet.«

»Sieh an, du kennst dich also nicht nur mit Pflanzen, sondern auch mit Vögeln aus.« Für den Bruchteil einer Sekunde herrschte Stille, dann brach Niklas in schallendes Gelächter aus. »Halt, nein! Das habe ich nicht gemeint. Pfui, was du gleich denkst.« Auch Franziska musste lachen.

»Wie, was ich denke? Du hast es gesagt.« Er rang nach Luft. »Na ja«, er grinste anzüglich, »das kannst du schließlich nicht wissen. Ob ich mich nur mit Pflanzen auskenne, oder ...« Er ließ den Satz in der Luft hängen, zog sie an sich und küsste sie. Ein Kribbeln wanderte durch ihren Körper. So hatte er sie noch nie geküsst. Zwar war er zärtlich, doch gleichzeitig auch mutiger, fordernder. Es waren nicht nur seine Lippen, die mit ihren spielten, seine Zungenspitze mischte sich ein, erkundete das weibliche Terrain. Franziska ließ ihn gerne gewähren. Mehr noch, sie fuhr mit den Fingernägeln über seinen Nacken und schob die andere Hand unter seinen Pullover, um auch die nackte Haut seiner Hüften streicheln zu können.

»Kann es sein, dass du dich auch ein bisschen auskennst?«, flüsterte er und nahm ihr Ohrläppchen vorsichtig zwischen die Zähne.

Sie stöhnte. »Höchstens ein ganz kleines bisschen.« Jetzt spielte seine Zunge mit ihrem Ohr, seine Hände zogen ihre Bluse aus der Hose und begaben sich auf Erkundungstour über ihre Haut. Franziska hatte sich oft vorgestellt, wie es sein würde, wenn sie miteinander schliefen. Nachdem sie bei ihrem zweiten Rendezvous schon dachte, er könnte sie gar nicht schnell genug ins Bett kriegen, hatte es ihr gefallen, dass er sich doch Zeit damit gelassen hatte. Sie hatte sich ausgemalt, dass sie bei Kerzenschein und einem Glas Wein zusammensitzen würden, bevor es passierte. Sie hätte sich auch vorstellen können, dass er sie nach ihrer Geburtstagsfeier nach Hause brachte und verführte. Dass es ein unachtsam dahingesagter Satz werden würde, der sie mitten am helllichten Tag ohne jegliche Romantik übereinander herfallen lassen würde, hätte sie nie geglaubt. Doch genau das geschah. Und genau so wollte sie es. Ihr Verlangen nach ihm war von einer Sekunde zur anderen so gewaltig, dass sie sich nicht würde beherrschen können. Ihm schien es genauso zu gehen. Sie drängte sich an ihn. Seine Lust war überdeutlich zu spüren. Schon hatte er ihr die Bluse über den Kopf gezogen. Er küsste ihren Arm, der zwar gut verheilte, aber noch Spuren ihrer ganz persönlichen Beinahe-Katastrophe zeigte.

»Ich möchte dir nicht weh tun, Ziska, aber ich möchte mit dir schlafen. Jetzt.«

»Keine Angst. Ich bin sicher, dir fällt etwas ein, um mich von den Schrammen abzulenken.«

»Versprochen«, flüsterte er und küsste sie wieder. Seine Lippen wanderten von ihrem Mund über den Hals. Sie legte den Kopf in den Nacken und spürte, wie er die Kuhle über dem Brustbein küsste. Er schob die Träger ihres BHs über ihre Schultern und erkundete mit seinen Lippen ihre Brüste. Ihr Atem ging schneller. Ein Schauer lief über ihren Körper. Sie fühlte ein verräterisches Ziehen in ihrem Leib.

»Ist dir noch kalt?«, hauchte sie an seinem Ohr, küsste es und biss spielerisch hinein.

Seine Antwort war ein Stöhnen. Sie zog ihm den Pullover über den Kopf und warf ihn achtlos auf die Erde.

»Ha!«, machte sie. »Jetzt noch die Hose, dann gehörst du mir.«

»Das werden wir noch sehen, wer hier wem gehört.« Mit einer blitzschnellen Bewegung griff er auf ihren Rücken und öffnete ihren BH, der zu Boden glitt. »Haha!«, machte er triumphierend, dann wurde er ernst und betrachtete sie. »Du bist so schön.« Er sah sie beinahe ehrfurchtsvoll an.

»Warte, bis du den Rest siehst«, schnurrte sie und öffnete ihre Jeans, ohne ihren Blick von ihm zu wenden. Sie sah ihm in die Augen, während er sie dabei beobachtete, wie sie die Hose langsam über ihre Oberschenkel schob. Sie ließ das Becken kreisen. Er schluckte. Auch sie hatte einen trockenen Mund. Ein Glas Wein wäre jetzt nicht schlecht, aber sie würde einen Teufel tun und ihn allein lassen. Als sie nur noch in ihrem Höschen vor ihm stand, zog er sie an sich.

»Komm her!«, sagte er heiser, drängte sie rückwärts zum Sofa und kniete in der nächsten Sekunde über ihr. Franziska schloss die Augen und genoss mit jeder Faser ihres Körpers, was Niklas tat. Seine Lippen und seine Hände liebkosten sie von der Stirn bis hinab zu ihren Schenkeln. Immer schneller ging ihr Atem, immer wilder bäumte sie sich auf, drängte sich ihm entgegen. Sie mochte den rauen Stoff seiner Jeans an den empfindlichen Innenseiten ihrer Oberschenkel, doch dann wollte sie ihn endlich pur bei sich spüren, auf sich und in sich. Sie machte sich an seiner Hose zu schaffen. Er hielt ihre Hand fest und sah ihr in die Augen.

»Ich liebe dich, Franziska. Ich gebe dich nicht mehr her. Niemals.« Mit schnellen Handgriffen zog er sich aus und streifte auch ihr das Höschen ab. Noch einmal sah er sie an, dann drang er in sie ein. Sie schlang die Beine um seine Taille. Er fühlte sich großartig an. Sie wollte ihn so nah bei sich, so tief in sich haben, wie es nur ging.

Niklas' Plan war einfach perfekt. Sie hatten sich mit Max auf dem Gelände von Rügorange getroffen und ihm zuerst die Sanddornplantagen gezeigt. Max hatte zwar gemeint, da gebe es doch nichts zu sehen, nachdem die Ernte schließlich vorbei sei, aber als er bei Sonnenschein zwischen den Sträuchern hindurchspazierte, darüber staunte, wie unterschiedlich die Pflanzen in den verschiedenen Bereichen der Felder aussahen, hier kahl gerupft, dort stattlich und wieder woanders sogar noch mit wenigen Beeren bestückt, gefiel ihm das Ganze doch recht gut. Es lenkte ihn ein wenig ab und nahm ihm zumindest hin und wieder einen Teil seiner Nervosität. Ihm komplett die Unsicherheit und das Zittern zu nehmen, war unmöglich. Dafür hatte

Franziska volles Verständnis. Es war nicht lange her, dass sie in derselben nervenaufreibenden Situation gesteckt hatte.

»Er wird sich riesig freuen, dich endlich wiederzusehen, ermutigte sie ihn immer wieder.

Und Niklas meinte: »Wenn Jürgen sich sogar mit mir einigermaßen vertragen hat, wird er dir aus der Hand fressen.«

»Ihr müsst euch keine Mühe geben, mich zu beruhigen«, hatte er mit verunglücktem Lachen erwidert. »Marianne hat mit ihm gesprochen. Sie hat zugegeben, dass sie ihn gegen meinen Willen zu sich geholt hat. Das hat sie mir gesagt. Mein Junge hat keinen Grund, auf mich sauer zu sein.« Es sei denn, er fragte sich, warum sein Vater nicht um ihn gekämpft hatte. Diese Kleinigkeit blieb jedoch unerwähnt. Franziska war froh, dass das Treffen mit Marianne gut verlaufen war. Max war regelrecht aufgekratzt gewesen, als er zurückgekommen war. Nach dem ersten Schreck, dass sie aufgegangen war wie ein Hefekuchen, wie er sich ausdrückte, und nichts aus sich machte, war zwischen den beiden das Eis wohl recht schnell gebrochen. Wenn man ihm zuhörte, konnte man glauben, seine erste Frau sei ausgesprochen gut gelaunt und eine ebenso amüsante wie aufmerksame Gastgeberin gewesen. Das war für Franziska schwer vorstellbar. Vielleicht war nach allem, was geschehen war, auch von Marianne eine Last gefallen, dachte sie, die in den letzten Jahren so eine verbitterte Person aus ihr gemacht hatte. Auf jeden Fall stand fest, dass es zwischen ihr und Jürgen eine längst überfällige Aussprache gegeben hatte. Die war die beste Basis für die Begegnung, die nun bevorstand.

Sie kamen gerade von den Feldern, als Jürgens Auto auf den Hof fuhr. Max blieb stehen. Er rührte sich nicht mehr, während sein Sohn ausstieg und die Tür hinter sich zuwarf.

»Das wird schon, Papilein«, sagte Franziska, die sich bei ihm eingehakt und auf ihre Krücken verzichtet hatte. Er erwiderte nichts. Sie hörte, wie er tief ein- und ausatmete. Niklas ging unterdessen zu Jürgen, der ebenso unsicher wirkte wie Max.

»Ist ein netter Kerl, dein Vater«, begrüßte er ihn. »Ich könnte fast ein bisschen neidisch werden.«

»Vielleicht wird er ja dein Schwiegervater.« Jürgen sah ihn an und lächelte schüchtern.

Endlich standen sich die beiden gegenüber. Niklas war sofort wieder an Franziskas Seite, die schon Tränen in den Augen hatte, seit Max an einem Fleck verharrte.

»Jürgen, wie geht es dir?«, brachte ihr Vater hervor und reichte ihm zögerlich die Hand.

»Ja, gut, danke.« Er griff nach Max' Hand. Dabei musste er sich beinahe vorbeugen, so weit standen die Männer auseinander. »Und dir? Ich weiß jetzt eigentlich gar nicht, was ich sagen soll.«

»Ja. Nee, ich auch nicht.« Max schluckte hörbar. Franziska war fassungslos und gleichzeitig wie gelähmt.

Also übernahm Niklas das Kommando. »Wenn ihr schon nichts zu sagen habt, dann dürft ihr euch ruhig in den Arm nehmen. Tut auch nicht weh. Ich tröste Ziska solange. Die heult nämlich gleich wieder.« Sie knuffte ihm in die Seite. Doch als sie sah, wie Jürgen und Max im selben Augenblick einen Schritt aufeinander zumachten, als hätten sie nur auf ein Signal gewartet, als sie sich in den Armen lagen und anscheinend gar nicht mehr loslassen wollten, da kullerten ihr die Tränen tatsächlich über die Wangen wie Tauwasser von einem Gletscher. »Was habe ich euch gesagt?« Niklas stöhnte. »Ist ja nicht auszuhalten. Ich bringe die Heulsuse mal rein. Du kennst dich ja aus, Jürgen. Wenn ihr etwas braucht, meldet euch einfach. Ihr habt eine gute Stunde, dann müssen wir los.« Jürgen nickte, ohne den Blick von Max zu wenden. »Und du beruhigst dich jetzt mal wieder.« Niklas küsste sie auf die Wange und führte sie in das Gebäude.

»Denkst du, die beiden kommen klar?« Sie tupfte sich die feuchten Augen, stand am Fenster und reckte sich auf Zehenspitzen, um Bruder und Vater beobachten zu können.

»Warte mal, wie alt sind die noch mal?« Er schaute nachdenklich zur Decke. »Ja, doch, ich glaube, die kommen klar.«

Niklas behielt recht, eine Stunde war für das erste Gespräch nach fast dreißig Jahren genau richtig. Ehe eine peinliche Stille eintreten konnte, war die Zeit auch schon um. Dann machten sie sich zu viert auf den Weg zum Naturschutzgebiet Spyckerscher See, das direkt an den Großen Jasmunder Bodden grenzte. Niklas erzählte ihnen einiges über Kraniche, die Vögel des Glücks, wie sie genannt wurden. Die ersten Exemplare schwebten bereits heran. Im Flug erinnerten sie ein wenig an Störche. Als die Abenddämmerung allmählich einsetzte, wurde das helle schnarrende Rufen lauter. Dazu kam das Rauschen, das die eindrucksvollen Schwingen bei jedem Flügelschlag verursachten.

»Danke!«, flüsterte Franziska, die ganz dicht bei Niklas stand.

»Wofür?«

»Für das.« Sie deutete unauffällig auf Jürgen und Max, die es sichtlich genossen, in völlig unbefangener Atmosphäre miteinander zu plaudern oder auch mal gemeinsam zu schweigen. »Und dafür.« Jetzt blickte sie hinauf zu den langbeinigen grauen Vögeln, die in immer größerer Zahl herbeikamen, und zu einem umwerfenden bonbonblauen Himmel. »Das nennt man wohl blaue Stunde.« Sie seufzte. »Könntest du für meinen Dreißigsten bitte exakt so einen Himmel bestellen?«

»Klar, kein Problem.«

Das Blau wurde immer dunkler, die Abendsonne zauberte orange Streifen darauf, vor denen sich die Schwärme eindrucksvoll abhoben. Auch die Kraniche wurden von der Sonne angestrahlt, als würde ihr Gefieder dunkelorange leuchten. Mal herrschte komplettes Durcheinander, dann wieder glitten und segelten die Tiere in perfekter Formation zu ihren Schlafplätzen im flachen Wasser und auf einer Insel im Bodden. Es war ein atemberaubendes Schauspiel. Franziska hatte noch nichts Vergleichbares gesehen. Im letzten Licht des Tages fanden die Vögel des Glücks ihre Ruhe und Vater und Sohn ihren Frieden.

* 30 * *Herzlich willkommen* * 30 *

War das Banner über dem ersten Pavillon nicht etwas zu groß geraten? Franziska ging einige Schritte rückwärts und ließ das Bild auf sich wirken. Für eine Gesellschaft von etwa einem Dutzend Personen hatte sie es vielleicht übertrieben. Andererseits wurde sie schließlich nur einmal dreißig. Viel wichtiger: Für sie war es ein ganz besonderer Tag. In ihrem Leben hatte sich in den letzten Wochen einiges grundlegend geändert. Das durfte ruhig pompös gefeiert werden, beschloss sie.

Franziska hatte darauf bestanden, alleine und viel zu früh herzukommen. Nachher würde sie von einem Gast zum anderen huschen, würde mit ihrer alten Freundin Maren einen Sekt trinken und sich von Florian die Hand küssen lassen. Sie würde Spaß haben, aber kaum mehr als ein paar Minuten Zeit für jeden und vermutlich keine Zeit für sich selbst. Deshalb war sie ohne Begleitung gekommen, bevor der Trubel über sie hereinbrach. Ihre Sinne waren wach und vollständig mit der Gegenwart beschäftigt. Es war nicht so sonnig wie in den letzten Tagen, aber es war trocken. Der Herbst regierte mit harter Hand, die Temperaturen waren deutlich in den einstelligen Bereich gerutscht. Sobald Niklas da war, würde er die Feuerkörbe anzünden. Sie hatte sie vor den Pavillons und rund um den kleinen Platz davor aufstellen lassen. Das hatte sie vom Erntefest abgeschaut. Ein bisschen Wärme konnte nicht schaden. Was gab es Schöneres als knisternde Scheite, den Duft von brennendem Holz, züngelnde Flammen und geheimnisvolle Glut? Die scheußlichen Gasdinger, die heutzutage auf jeder Restaurantterrasse herumstanden, damit die Gäste in Decken gehüllt bis weit in den Dezember hinein oder womöglich das ganze Jahr über draußen sitzen konnten, kamen für sie nicht in Frage.

Franziska schlenderte zu einem alten Baum, dessen Stamm sich in zwei Haupttriebe teilte, die waagerecht nach rechts und links wuchsen und dazu einluden, auf ihnen Platz zu nehmen. Sie lehnte sich an den knorrigen Gesellen und ließ ihre Hand über das raue Holz gleiten. Dann blickte sie hinauf zu den beiden Leuchttürmen. Sie standen dicht und unerschütterlich nebeneinander. Wie Jürgen und Max, deren Zuneigung füreinander eine wirklich harte Probe zu überstehen gehabt hatte? Oder eher wie Niklas und Jürgen, die gezwungenermaßen immer nah beieinander gewesen waren, ohne sich dabei näherkommen zu können? Vielleicht symbolisierten die Türme auch sie selbst und ... Wen eigentlich? Sie schaute zu den Spitzhelmen empor. Einer saß auf einem runden, der andere auf einem eckigen Backsteinbau. Mit einem Mal wurde ihr klar, dass die Leuchttürme eins waren. Sie standen für die zwei Hälften eines Ganzen, fand sie. Und sie erkannte sich darin. Eine Hälfte symbolisierte die Franziska, die vor drei Monaten auf Rügen angekommen war, eckig, voller ungelöster Fragen und erfüllt von einer Sehnsucht, die sie nicht hatte benennen können, deren ständige Präsenz ihr jedoch seit Kindertagen vertraut gewesen war. Die andere Hälfte stand für die heutige Franziska und, so hoffte sie, für die der Zukunft. An die Stelle der Sehnsucht war ein Gefühl getreten, als hätte sich ein Kreis geschlossen. Alles war rund und stimmig. Das Verhältnis zu ihrer Mutter würde schon aufgrund der großen Entfernung wohl nie sehr intensiv werden. Sie nahm sich vor, den Kontakt demnächst wenigstens ein bisschen zu intensivieren, sofern es in ihrer Macht stand. Von ihrer Mutter abgesehen war ihre Familie endlich komplett. Ihre beruflichen Pläne, das ehrenamtliche Engagement, das ihr vorschwebte, eingeschlossen, fühlten sich perfekt an. Sie hatte keinen Zweifel daran, an ihren Erfolg, den sie sich in den letzten Jahren erarbeitet hatte, anknüpfen zu können. Auf der Insel hatte sie erkannt, dass der ihr nicht so wichtig war, wie sie bisher immer geglaubt hatte. Wenn sie durch ihren Umzug Einbußen hinnehmen musste, konnte sie gut damit leben.

Franziska atmete tief ein und wieder aus. Dass sie ausgerechnet auf Rügen auch noch den Mann fürs Leben finden würde, hätte sie für einen blöden Scherz gehalten, hätte es ihr jemand vor drei Monaten erzählt. Aber genau das war geschehen. Na gut, niemand konnte sagen, ob das mit Niklas für die Ewigkeit war. Am Anfang fühlte es sich doch immer so an. Nein, wenn sie es recht bedachte, hatte sie noch bei keinem ihrer Verflossenen etwas Vergleichbares empfunden. Oder gaukelten ihr das nur die Hormone vor? Was auch immer dahintersteckte, sie hoffte, es dauerte noch sehr lange.

»Na, alte Frau, Midlife-Crisis?«

Franziska fuhr herum. »Maren!« Sie wollte auf die Freundin zustürmen, musste aber einen Gang zurückschalten, weil Knie und Fuß sich gleichzeitig meldeten.

»Kaum ist sie dreißig, kann sie nicht mehr gehen.« Maren schüttelte den Kopf und nahm sie in den Arm. »Herzlichen Glückwunsch und willkommen im Club der alten Schachteln!«

»Besten Dank. Da du auch Mitglied bist, kann ja nichts schiefgehen. Schön, dass du endlich da bist.«

»Ich wäre gern früher gekommen, aber die Fischstäbchen. Riechen meine Finger noch?« Sie hielt ihr die Hände vor die Nase. »Ich bin gewissermaßen direkt von den panierten Schätzchen auf die Insel geeilt. Gehe nicht über Mann und Kinder, gehe nicht über Kickbox-Studio.« Sie verdrehte die Augen.

»Toll, dass es geklappt hat. Bleibst du ein paar Tage? Ich fürchte nämlich, wenn gleich die anderen kommen, können wir uns nicht mehr in Ruhe unterhalten, so von Frau zu Frau.«

»Das fürchte ich auch. Deshalb das Wichtigste im SMS-Stil. Los, deine Zeit läuft.«

Franziska fasste zusammen, was sie auf Rügen erlebt hatte. Es war Maren anzusehen, dass sie nicht alle Zusammenhänge verstand und zu gerne nach einigen Details gefragt hätte. Doch das Timing war perfekt. Kaum dass Franziska nach ihrer Kurzversion demonstrativ nach Luft schnappte, tauchten Niklas und Jürgen mit Max auf.

»Wer ist nun welcher?«, wollte Maren wissen, nachdem sie Franziskas Vater begrüßt hatte. Die küsste Jürgen auf die Wange und Niklas auf den Mund. »Alles klar.«

Einer nach dem anderen traf ein. Franziska bekam gar nicht mit, dass Niklas die Feuerkörbe anzündete. Irgendwann bemerkte sie, dass die Flammen längst loderten. Marianne hatte sich überraschend elegant zurechtgemacht und wirkte tatsächlich völlig verändert. Sie schien auf einmal in sich zu ruhen, eine Eigenschaft, die Franziska mit jedem in Verbindung gebracht hätte, nur nicht mit ihr. Thekla erschien in einem rot-schwarzen Hosenanzug. Sie trug riesige Ohrringe und eine passende dunkelrote Schleife im Haar. Sofort kam sie mit Gesa ins Gespräch, deren Tuch, das sie um den Kopf geschlungen hatte, ebenfalls rot war.

Es war genau, wie Franziska es erwartet hatte. Sie sorgte dafür, dass jemand Sekt bekam, sie begrüßte Neuankömmlinge, war Ansprechpartnerin für den Catering-Service und plauderte kaum mehr als ein paar Sätze, bevor schon wieder jemand nach ihr verlangte.

Bevor sie schließlich das Büfett eröffnete, hielt sie eine kleine Rede. Sie begrüßte noch einmal alle offiziell und stellte sie kurz vor: »Holger habe ich schon im Zug kennengelernt. Er hat mich gerettet, als mir von der ungewohnten Erntearbeit jeder Knochen weh tat. Außerdem verdanke ich ihm meine süße kleine Wohnung, die echt ein Traum ist.« Sie nickte ihm zu. Er zwinkerte. Leider war er ohne seine Frau gekommen. Er hatte es versucht sie zum Mitkommen zu überreden, doch im letzten Moment hatte sie ihm erklärt, sie fühle sich außerstande. »Thekla und ich haben uns beim Bernsteinschnitzen kennengelernt. Ich habe übrigens eine verkrüppelte Möwe geschnitzt. Was war es bei dir noch?«

»Weiß nicht mehr. Irgendetwas Rundes.« Thekla lachte herzlich. »Eine Qualle?«

»Ja, genau, jedenfalls war das zwischendurch dein Plan. Ich bin sehr froh, dass ich Thekla begegnet bin. Nicht nur, weil sie eine warmherzige wundervolle Frau ist, sondern auch wegen ihrer Tochter.« Jetzt begrüßte sie Rosa mit Ronja. »Rosa hat dafür gesorgt, dass ein sehr lieber Mensch wieder in seiner vertrauten Umgebung leben darf. Ich kann euch gar nicht sagen, wie glücklich ich darüber bin. Wenn ihr im Lauf des Abends diesen lieben Menschen kennenlernt, werdet ihr mich verstehen. Es ist Heinrich III.« Sie schickte eine Kusshand zu dem alten Fischer hinüber, der in eine dicke Decke gehüllt in einem Rollstuhl saß. »Wie ich höre, hat Ronja dich schon um den kleinen Finger gewickelt. Wenn es dir zu viel wird, schicken wir das junge Fräulein auf die Sanddornplantage.« Seine Mundwinkel zuckten. Franziska war überglücklich, dass auch Fischer Heinrich da war. Er hatte ihr augenzwinkernd erzählt, dass er Urlaub genommen habe. Er musste noch mal zurück in die Reha. Wahrscheinlich war es eher so, dass die Mitarbeiter dort sich Urlaub von ihm gegönnt hatten. Gott sei Dank hatte er eine gesunde Gesichtsfarbe und wirkte putzmunter. Bald würde auch er wieder in seinem Zuhause in Vitt sein. Sie stellte Fine vor und Gesa, Florian und Maren. »Maren ist, von meinem Vater abgesehen, die Einzige, die ich schon aus meinem früheren Leben kenne, aus der Zeit vor Rügen.« Sie lächelte. »Sie ist die beste Freundin, die man sich wünschen kann, und gehört eigentlich zu meiner Familie. Glänzende Überleitung, was? Jetzt kommen wir nämlich zur buckeligen Verwandtschaft.« Sie spürte einen Kloß im Hals und rettete sich mit flapsigen Witzen. Obwohl Marianne streng genommen nicht zu ihrer Familie gehörte, stellte sie sie an dieser Stelle vor und bedankte sich dafür, in ihrem Haus einen Raum gehabt zu haben, in dem sie ihren Bruder nach achtundzwanzig Jahren wiedersehen durfte. Dann war Jürgen an der Reihe. »Ein großer Bruder ist das allerschönste Geburtstagsgeschenk, das ich mir vorstellen konnte.« Sie strahlte ihn an. »Es ist schon komisch, als kleines Mädchen habe ich noch nach ihm gefragt. Aus verschiedenen Gründen habe ich damit aufgehört, aber ich habe nie aufgehört, ihn zu vermissen, selbst dann nicht, als ich schon gar nicht mehr an seine Existenz geglaubt habe. Blut ist doch dicker als Wasser. Bisher war das für mich nur ein Spruch, ein ziemlich blöder noch dazu. Aber ich sage euch, jetzt weiß ich's besser.« Jürgen kam zu ihr und drückte sie. »So, bevor ich jetzt ganz rührselig werde, präsentiere ich euch noch zwei tolle Männer. Der eine ist mein Vater Max. Ich danke meinem Papa sehr für alles, was er ein Leben lang für mich getan hat.« Sie schluckte, als sie sah, wie seine Augen glänzten. Schnell sprach sie weiter: »Vor allem, lieber Papa, danke ich dir, weil ich nämlich glaube, dass ich nur auf Rügen gelandet bin, weil du immer so komische Bemerkungen über die Insel gemacht hast.« Allgemeines Gelächter. »Ich habe gespürt, dass dich irgendetwas damit verbindet. Jedenfalls glaube ich, dass es so gewesen ist. Da ich nun mal von Haus aus neugierig bin, musste ich herausfinden, was das ist. Jetzt weiß ich es.« Sie grinste breit und höchst zufrieden. Dann sagte sie: »Meine Mutter kann heute leider nicht hier sein. Sie lebt auch auf einer Insel, allerdings im Süden, auf Ibiza.« Natürlich hatte Franziska ihr eine Einladung geschickt, war aber nicht sicher, ob diese überhaupt noch rechtzeitig eingetroffen war. Ein bisschen nagte deswegen das schlechte Gewissen an ihr, denn sie war einfach davon ausgegangen, dass ihre Mutter ohnehin nicht kommen würde. Die Kurzmitteilung, die sie am Morgen auf dem Handy gehabt hatte, bestätigte ihre Vermutung. Daraus war nicht zu entnehmen, ob ihre Mutter etwas von der Feier wusste. Es waren Zeilen gewesen, die man jemandem schickte, dem man nicht gerade nahestand. »Herzlichen Glückwunsch zum Dreißigsten. Wie die Zeit vergeht ... Alles Gute, Deine Mutter«

»Könnt ihr euch vorstellen, wie aufwendig es ist, von Ibiza nach Rügen zu kommen?« Die Stimme kam mitten aus der Gruppe der Gäste. Franziska hatte das Gefühl, die Steilküste würde noch einmal in sich zusammenstürzen. Sie sah eine Gestalt in einem Poncho mit Handschuhen und dickem Wollschal hervortreten. »Ich bin erst nach Düsseldorf geflogen. Von Düsseldorf ging es nach Heringsdorf. Das ist auf Usedom. Und von da hat mich so eine niedliche Propellermaschine hierhergebracht.«

»Mama?« Sie sah Max an, der über das ganze Gesicht grinste. »Du wusstest Bescheid?«, rief sie. Ihr blieb die Luft weg. Sie drückte ihre Mutter an sich. Damit hätte sie niemals gerechnet. Auch nicht damit, dass sie sich doch so sehr über ihr Erscheinen freute. Die kleine Gesellschaft applaudierte, während die beiden sich umarmten.

»Du hast hoffentlich nicht im Ernst gedacht, ich schicke dir eine läppische SMS, und das war es.« Franziska schämte sich, denn genau das hatte sie angenommen. Ihre Mutter sah gut aus, anscheinend nahm sie brav ihre Medikamente. »Natürlich wusste dein Vater Bescheid. Wir haben dauernd wegen der Buchung und dem genauen Ort, an dem du feierst, telefoniert. Und um die Hotelreservierung hat er sich auch gekümmert.«

Franziska schüttelte fassungslos den Kopf. Auf diese Überraschung war sie nicht mal in ihren wildesten Träumen vorbereitet gewesen. Aber das war schließlich das Wesen von Überraschungen. Sie sah, wie Susanne zu Jürgen hinüberging und ihn an sich drückte. Sofort hatte sie wieder einen Kloß im Hals.

»So, jetzt bin ich vollkommen aus dem Konzept«, knüpfte sie an ihre kleine Rede an. »Wie gut, dass ich nur noch eine Person vorzustellen habe. Das ist Niklas. Er war auf der Sanddornplantage mein Chef. Ich hoffe, er wird nicht auch in Zukunft immer die Hosen anhaben.« Es gab anzügliche Pfiffe und Gelächter, während Franziska mit roten Wangen verkündete, das Büfett sei eröffnet.

Niklas nahm sie in den Arm und flüsterte: »Da hast du ja mal wieder einen wunderbar zweideutigen Satz hinbekommen. Ich hoffe, du erwartest nicht, dass ich die Hose auf der Stelle fallen lasse.«

»Du weißt genau, wie das gemeint war«, erwiderte sie lachend.

Thekla und Heinrich wichen einander keine Sekunde von der Seite.

»Jüngere Männer haben eine bessere Wirkung auf uns Frauen als jede Antifaltencreme«, verkündete Thekla vergnügt. »Obendrein haben wir einige Gemeinsamkeiten: Ich habe vier Söhne und eine Tochter, Heinrich hat diverse Brüder und eine Schwester. In meinem hohen Alter werde ich wohl nicht mehr umziehen. Mach dich aber drauf gefasst, dass du mich sehr häufig auf Rügen antreffen wirst.«

»Liebend gern!« Franziska staunte, dass sich zwischen der wilden Neunundsiebzigjährigen und dem Anfangfünfziger offenbar etwas anbahnte. Tja, Liebe oder tiefe Sympathien kannten eben keine Regeln. Wozu Zeit verlieren, wenn man jemanden getroffen hatte, mit dem man in Zukunft gerne viele Stunden teilen wollte?

Gesa wusch Franziska ausgiebig den Kopf. »Hattest du mir nicht versprochen, mir alle Einzelheiten zu erzählen? Da kann ich anscheinend warten, bis ich alt und gammelig bin.«

»Tut mir wirklich leid, die Ereignisse haben sich einfach überschlagen. Ich wollte dich besuchen kommen, ehrlich.«

»Sei froh, dass du Geburtstag hast, da muss man nett zu dir sein.«

»Puh, Glück gehabt. Okay, für dich noch mal auf die Schnelle: Niklas und ich …«

»Was? Na, jetzt bin ich platt wie 'ne Flunder! Ehrlich, Ziska, das habe ich schon mitgekriegt, als du selbst offenbar noch keine Ahnung hattest.« Sie lachte ihr lautes, ansteckendes Lachen. »Ich habe nur nicht kapiert, wieso bei euch zwischendurch Eiszeit geherrscht hat. Gegen euch war ja der Froster für den Sanddorn die reinste Sauna.«

Franziska erklärte ihr mit wenigen Worten, warum sie sich eine Weile von Niklas zurückgezogen hatte, da tauchte Holger auf, und sie war froh, die alten traurigen Geschichten ruhen lassen zu können.

»Ich wollte mich übrigens noch bei dir bedanken.« Holger drückte ihr ein Glas Sekt in die Hand.

»Wofür?«

»Die Sache mit der Fischerkate in Vitt hätte schiefgehen können wie der Turm in Pisa. Hätte ich den Verkauf vorangetrieben und dann hätte mir der Besitzer in letzter Sekunde einen Strich durch die Rechnung gemacht, hätte ich ganz schön alt ausgesehen.« Er lachte etwas bemüht. »Ich weiß, hätte, hätte, Fahrradkette. Nee, aber ehrlich. Ich bin froh, dass du mir rechtzeitig den Tipp gegeben hast.« Er sah zu Thekla und Heinrich rüber, die bei Rosa und Heinrich III. standen. »Ist auch am besten so. Die Rosa ist übrigens eine Nette. Ich habe mich vorhin ein bisschen mit ihr unterhalten.« Seine Augen blitzten.

»Auch wenn du deinen Ring nicht trägst, du bist verheiratet, Holger«, warnte sie ihn.

»Ja, ist klar. Das vergesse ich nicht, wenn's auch manchmal schwer ist.«

Franziska klopfte ihm freundschaftlich auf die Schulter. »Übrigens sollten wir unbedingt bald mit deinem Coaching anfangen. Ich habe mir überlegt, dass du dich spezialisieren solltest.«

»Aha.«

»Nicht auf Nobelunterkünfte, wie es viele Makler machen, sondern besser auf Unterkünfte für Saisonarbeiter und auf Generationen-Wohnobjekte. Das hat Zukunft, glaube ich.« Er sah nicht sehr überzeugt aus, aber er würde die Vorteile schon noch erkennen. Franziska wusste, wie man jemanden sanft zu einer Erkenntnis brachte.

»Excusez moi!« Florian war neben Holger aufgetaucht. »Ich muss die Dame jetzt entführen.«

»Hilfe, Niklas, ich werde entführt!«, rief sie lachend.

»Da kannst du lange rufen«, erklärte Florian zufrieden, »der steckt mit mir unter einer Decke.« Er bugsierte sie zu einem Stuhl. Dahinter war eine kleine Bühne aufgebaut worden, wie sie überrascht feststellte. »Meine Damen und Herren, hochverehrtes Publikum!« Der kleine Mann breitete die Arme aus, verneigte sich unter stürmischem Beifall und deutete schließlich mit beiden Händen zur Bühne. »Sehen Sie nun einen wissenschaftlich fundierten Beitrag über die Gattung der Gemeinen Stadt-Schluchze, ihr Verhalten und ihre Fortpflanzung.«

»Nein! Darüber doch nicht.« Niklas wedelte in der Luft herum.

»Natürlich, es sind Kinder im Raum. Also nur über das Verhalten und die merkwürdigen Eigenarten. Sehr verehrte Damen und Herren, ich bitte um einen tosenden Applaus für die Stage-Kids!«

Unter lautem Beifall liefen Kinder aus Florians Schule von zwei Seiten herein. Sie verbeugten sich, dann setzten sie Pappmasken auf, die Franziskas Gesicht zeigten. Auch Max und Susanne sowie Jürgen und Niklas waren in Miniausgaben vorhanden. Franziska fragte sich, woher Florian all die Fotos bekommen hatte, aus denen die Masken gebastelt worden waren. Noch lieber hätte sie gewusst, wer ihm all ihre Macken verraten hatte. Die Kinder zogen ihre ausgeprägte Italienliebe ebenso durch den Kakao wie ihr häufiges Mäkeln an Kaffee, der nicht perfekt geröstet und zubereitet war. Sie spielten Franziska als gelangweilten Coach und zeigten sie beim Kofferpacken, wo sämtliche Kleidungsstücke, die bereits eingepackt waren, im hohen Bogen wieder dem Gepäckstück flogen. Am Ende überlegte es sich die Mini-Franziska anders, buchte um und fing von vorne an, da ihr neues Reiseziel völlig andere klimatische Verhältnisse bereithielt als das ursprünglich gewählte. Nicht nur die Texte und Szenen waren lustig, in denen ihre Charaktereigenschaften und Ereignisse ihres Lebens wie in einer Naturdokumentation über die Gemeine Stadt-Schluchze erläutert wurden, es sah auch einfach zu komisch aus, wie die Kinder mit den Gesichtern der Erwachsenen agierten. Franziska liefen vor Lachen die Tränen. Auch die Gäste konnten sich kaum beruhigen. Immer wieder gab es Szenenapplaus.

Die letzten Unerschrockenen trotzten der Kälte bis nach drei Uhr. Gesa gehörte dazu. So hatten sie und Franziska endlich die Zeit gehabt, sich ausführlicher zu unterhalten. Auch Maren war wieder auf dem neuesten Stand, was ihre Freundin betraf, und meinte, sie könne sie guten Gewissens nach Rügen ziehen lassen.

»Herrlich, dann habe ich ab sofort einen Rückzugsort, wenn meine Familie mir mal wieder auf den Nerven herumtrampelt.«

Zusammen mit Florian hatten die beiden Frauen grob für Ordnung gesorgt, während Franziska mit Niklas, Jürgen und ihren Eltern, in Erinnerungen schwelgend, um einen Feuerkorb saß. Dann war es Zeit für den Aufbruch.

»Danke für alles«, sagte sie aus tiefstem Herzen, als sie mit Niklas die Wohnung betrat. »Selbst für die gespielte Natur-Doku. Es war sensationell!«

»Was Florian und die Kinder in so kurzer Zeit hingekriegt haben, war tatsächlich sensationell.« Er lächelte versonnen. »Was mich allerdings sehr nachdenklich gemacht hat, ist deine Entscheidungsunfreudigkeit. Als ich nach deinen Macken und nach lustigen Erlebnissen gefragt habe, die wir verwursten können, haben alle diese Eigenschaft erwähnt, ausnahmslos.«

»Olle Petzen!« Sie zog ein Gesicht. »Wie bist du eigentlich an die ganzen Telefonnummern gekommen? Ich meine, Maren zum Beispiel ...«

»Dein Vater. Nachdem ich seine Telefonnummer hatte, war der Rest ganz leicht.«

Sie schüttelte ungläubig den Kopf. »Es wird höchste Zeit, ins Bett zu gehen.« Sie gähnte.

»Moment, du hast abgelenkt. Bist du wirklich so unentschlossen? Muss ich damit rechnen, dass du die Wohnung nächste Woche wieder verkaufst und mich gegen diesen Holger eintauschst?«

»Gott bewahre.« Sie sah ihn an. »Dinge ändern sich. Jetzt bin ich dreißig. Vielleicht treffe ich ab jetzt leichter Entscheidungen und werfe sie nicht mehr über den Haufen. Außerdem bist du

jetzt ja da. Dann musst du eben doch die Hosen anhaben und mir die Leviten lesen, wenn ich anfange herumzueiern.« Sie küsste ihn zärtlich auf den Mund. »Eine Entscheidung steht jetzt auf jeden Fall absolut fest«, schnurrte sie.
»Und das wäre?«
»Ich gehe jetzt schlafen.«
»Wie langweilig.«
»Morgen ist auch noch ein Tag.« Sie küsste ihn wieder. »Und dann kommt noch einer.« Kuss. »Und noch einer.« Kuss. »Und noch einer …«

Ein herzliches Dankeschön geht an die Sanddornmanufaktur Storchennest in Ludwigslust. Ich hatte das Vergnügen, dort an einer Führung teilzunehmen. Auch beim Erntefest gab es sehr interessante Einblicke. Nicht zuletzt ein Dankeschön für die Sanddornfrüchte, die ich mit nach Hause nehmen durfte. Sie waren köstlich!

LENA JOHANNSON
Die Bernsteinsammlerin

ROMAN

Lübeck 1806: Die Thuraus sind eine Familie, die durch den Handel mit Wein reich und mächtig geworden ist. Ihre Tochter Femke aber, deren meergrüne Augen schon so manchen fasziniert haben, zaubert aus dem Bernstein, den sie am Ostseestrand sammelt, wahre Meisterwerke, denen man sogar magische Fähigkeiten nachsagt. Als die Familie aufgrund der Bedrohung durch Napoleons Truppen in wirtschaftliche Bedrängnis gerät, ist es Femkes Talent, das den Thuraus das Überleben sichert. Femke ahnt nicht, dass sie ein Findelkind ist und dass ein dunkles Geheimnis in ihrer Herkunft sie mit dem Stein verbindet, der ihr Schicksal ist ...

»Zauberhafter Roman aus dem alten Lübeck.«
Bergedorfer Zeitung

LENA JOHANNSON

Die Bernsteinheilerin

ROMAN

Lübeck zu Beginn des 19. Jahrhunderts. Die kleine Johanna wächst wohlbehütet bei ihren Großeltern auf. Von ihren Eltern weiß sie nur, dass die Mutter wenige Tage nach Johannas Geburt gestorben ist. Als Johanna erwachsen wird, soll sie eine Ausbildung als Bernsteinschnitzerin machen – und versteht absolut nicht, warum sie als Mädchen in eine handwerkliche Lehre gehen muss. Sollte ihr Schicksal wirklich an den geheimnisvollen Bernsteinanhänger gebunden sein, den ihre Mutter ihr hinterlassen hat?

Ein wunderbarer Roman über den Zauber des Bernsteins und eine Frau, die mutig ihren Weg geht!

Wind, Wellen und der Traum von einem anderen Leben

LENA JOHANNSON
Die Ärztin von Rügen

ROMAN

Rügen um 1890: Die junge Arzttochter Anne hat nur einen Traum – sie will in die Fußstapfen ihres Vaters treten, doch das ist zu dieser Zeit für eine Frau unmöglich. Als Assistentin ihres Vaters und des neuen Badearztes steht sie zahlreichen Patienten mit Rat und Tat zur Seite. Doch dann versagt der Arzt kläglich, und Anne wird Zeugin seines Scheiterns. Von nun an macht er Anne das Leben zur Hölle und gefährdet sogar ihre Liebe zu einem Kollegen.